边城

沈从文精选集

世纪文学经典
SHIJI WENXUE
JINGDIAN

沈从文 著

北京燕山出版社

"世纪文学60家"书系总策划

白烨、陈骏涛、倪培耕、贺绍俊、张红梅

"世纪文学60家"评选专家名单

(以姓氏笔画为序)

出版前言

　　"世纪文学60家"书系的创编与推出,旨在以名家联袂名作的方式,检阅和展示20世纪中国文学所取得的丰硕成果与长足进步,进一步促进先进文化的积累与经典作品的传播,满足新一代文学爱好者的阅读需求。

　　为使"世纪文学60家"书系的评选、出版活动,既体现文学专家的学术见识,又吸纳文学读者的有益意见,我们采取了专家评选与读者投票相结合的方式。我们依据20世纪华文作家在中国现当代文学史上的地位与影响,经过反复推敲和斟酌,确定了100位作家及其代表作作为候选名单。其后,又约请25位中国现当代文学专家组成"世纪文学60家"评选委员会,在100位候选人名单的基础上进行书面记名投票,以得票多少为顺序,产生了"世纪文学60家"的专家评选结果。为了吸纳广大读者对20世纪华文作家及作品的相关看法和阅读意向,我们与"新浪网·读书频道"全力合作,展开了为期两个月的"华文'世纪文学60家'全民网络大评选"活动。2005年12月16日,读者评选结果在"新浪网·读书频道"正式公布。为了使"世纪文学60家"的评选与编选,能够比较客观地反映专家和读者两方面的意见,经过反复协商,最终以各占50%的权重,得出了"世纪文学60家"书系入选名单。

　　"世纪文学60家"书系入选作家,均以"精选集"的方式收入其代表性的作品。在作品之外,我们还约请有关专家、学者撰写了研究性序言,编制了作家的创作要目,为读者了解作家作品、创作特点和其在文学史上的地位,提供必要的导读和更多的资讯。

"世纪文学 60 家" 评选结果

排名	作家	专家评分	读者评分	评选结果	排名	作家	专家评分	读者评分	评选结果
1	鲁迅	100	100	100	31	赵树理	85	55	70
2	张爱玲	100	97	98.5	32	梁实秋	67	71	69
3	沈从文	100	96	98	33	郭沫若	70	65	67.5
4	老舍	94	94	94	33	陈忠实	67	68	67.5
4	茅盾	100	88	94	35	张恨水	64	70	67
6	贾平凹	94	92	93	36	苏童	58	75	66.5
7	巴金	94	90	92	36	冰心	51	82	66.5
7	曹禺	100	84	92	38	穆旦	78	52	65
9	钱锺书	80	99	89.5	39	丁玲	78	47	62.5
10	余华	85	92	88.5	40	顾城	29	95	62
11	汪曾祺	100	76	88	41	舒婷	51	69	60
12	徐志摩	85	89	87	42	张承志	67	51	59
12	莫言	94	80	87	43	王朔	45	72	58.5
14	王安忆	94	77	85.5	44	刘震云	58	58	58
15	金庸	70	98	84	45	韩少功	54	57	55.5
15	周作人	94	74	84	46	阿城	54	56	55
17	朱自清	70	93	81.5	47	张洁	64	44	54
18	郁达夫	78	83	80.5	48	三毛	22	85	53.5
19	戴望舒	94	66	80	49	铁凝	51	53	52
20	史铁生	80	79	79.5	50	张炜	60	40	50
20	北岛	78	81	79.5	50	李劼人	78	22	50
22	孙犁	94	62	78	52	宗璞	64	33	48.5
22	王蒙	78	78	78	53	郭小川	58	36	47
24	艾青	94	60	77	53	柳青	58	36	47
25	余光中	78	73	75.5	55	施蛰存	51	42	46.5
26	白先勇	85	64	74.5	56	张贤亮	42	49	45.5
27	萧红	85	61	73	56	刘恒	64	27	45.5
27	路遥	60	86	73	56	高晓声	45	46	45.5
29	闻一多	78	67	72.5	56	李锐	51	40	45.5
30	林语堂	54	87	70.5	60	徐訏	45	43	44

目录 CONTENTS

湘　西

从文自传

序言

湘土异域情

贺兴安

当剧烈的变革把政治需要提升到突出位置的时候，文学的本性在另一面又显示它的沉稳和持重。文学的这种本性和宽容性是耐得住颠簸和寂寞的。作家的命运也常在这种一波三折中，终于得到世人公正的界定。沈从文就是这种中国现代作家中最具声望，又带传奇性的一位。

沈从文（1902—1988），原名沈岳焕，湘西凤凰人。他出身行伍家庭，祖父少年时卖马草为生，因镇压太平军有功，官至贵州提督，后厌倦官场辞官归隐。父亲参与辛亥革命起义军攻打凤凰城，后去北京密谋刺杀袁世凯，事迹败露后逃到关外。沈从文的祖母是苗族，母亲为土家族。谈及不同民族血统的影响时，施蛰存说他存在"苗汉混血青年的某种潜在意识的偶然奔放"。湘西的山水人情瑰丽而又浪漫。这里属楚文化区，中原文化鞭长难及。在这种文化环境中成长的沈从文，幼年贪玩逃学，对人生万象充满了好奇与求知欲。他觉得"我的智慧应当从直接生活上吸收消化，却不须从一本好书一句好话上学来"。祖母是苗人，"照当地习惯，和苗族所生儿女无社会地位，不能参预文武科举，因此这个苗族女人被远远嫁去，乡下虽埋了个坟，却是假的"（《从文自传》）。辛亥革命时，年约九岁的沈从文听说衙门从城边抬回四百多个人头和一大串人耳朵，又在天王庙大殿里看到犯人用掷竹筊的办法决定自己的生死。过了十四岁，他到土著军队里当兵，在沅水一带闯荡了五年，看到过诸如兵士押解着十二三岁的孩子，孩子挑着自己父亲或者叔伯的人头，后面跟着一两个双手反缚的人，一担衣箱，一匹耕牛的惨状。他当过书记，接触了许多古籍和文物。后来，又在一家报馆读到《新潮》《改造》《创造周刊》和一些新书，受到"五四"新文化的启迪。他反省"我虽时时刻刻为人生现象自然现象所神往倾心，却不知道为新的人生智慧光辉而倾心"，他感到有一种新的、更理想的、通过"文学重造"达到"社会重造"的工作等着他去做。于是，二十岁时孤身一人来到了北京。

沈从文1923年夏到北京，生活清苦。他自修成才，转益多师。早年创作中，不忘情于湘西乡下，又瞩目于城市人生。他笔下的题材和人物多种多样，体裁样式又多方尝试，包括散文、戏剧、诗歌和长中短篇小说。《阿丽思中国游记》（1928）以童话形式指斥了包括崇洋媚外在内的诸多丑态恶行；《龙朱》（1929）是取材于民间传说的一组短篇小说；《月下小景》（1933）改写了一组佛经故事，作者取名《新十日谈》，意在列入大众文学，供读者把玩。笔下的人物遍及社会多个层面，除船夫、水手、妓女、军人、老板、杂役等湘西人物是他熟悉的，城市的绅士、太太、学生、文人、妓女、演员也都纳入了他的视野。总的质量上，写城市生活的作品不如湘西题材的，但也留下了一些独到的观察与生动的剪辑。《十四夜间》（1927）、《第一次做男人的那个人》（1928）篇幅很短，写沉沦的嫖者和娼者的邂逅，写邂逅时的忏悔，从人性丑中挖掘出了人性美。1929年发表的《会明》与《灯》，前一篇写军队火夫，后一篇写家庭厨子，人物性格憨厚善良，却又各具特色。

沈从文进城后，直接接触到了新文化和文化人。他以思想启蒙和文学革命作为自己的大目标，在结交朋友上不以政治划线，常以性情投合从善如流。在文化思想上，不拘泥某个主义和流派，而是杂取众家，包括他突出地提到的从契诃夫、屠格涅夫、莫泊桑以及鲁迅、郁达夫身上学到不少东西。他1925年就提到"潜意识"，从林宰平学习柏格森的生命哲学，从聂仁德姨父学到达尔文的进化论、地方自治和宇宙论，向丁西林、许地山学民俗学、人类学、心理学，从周作人、张东荪那里接受了性心理学和精神分析的观点，还吸收了西方变态心理学的某些主张。《阿金》（1928）写村寨人求偶婚配中的偶然、愚昧和生命的无力，《如蕤》（1933）写女主人公的爱情追求以及骤然辞别，《都市一妇人》

（1932）写一位女性被玩弄以及玩弄人、终于抓到一个心爱的丈夫又亲自弄瞎了他的眼睛以求不再被遗弃，从中可明显看出民俗学和变态心理学的影响。

沈从文缺乏政治理论思维应有的某些坚持与机敏，与此同时，少数民族的血液所形成的生理素质和心理素质，个人亲历的人生苦难，使他的艺术悟性和直觉思维得到了高度的发展。在写作追求与创作方法上，他有别于新文学（特别是左翼文学）多数作家奉为主流传统的"必然（本质）+理性"的、强调个性与共性（阶级性）统一的"典型环境中的典型性格"的人学模式，坚持自己的"偶然+情感"的创作追求，新辟蹊径，营造着一块引人注目、不可或缺的新鲜园地。

沈从文晚年对自己的文学创作作总体回顾时说，来城市五六十年，仍然"苦苦怀念我家乡那条沅水和水边的人们，我感情同他们不可分。虽然也写都市生活，写城市各阶层人，但对我自己的作品，我比较喜爱的还是那些描写我家乡水边人的哀乐故事"。① 在早年的多方探求和尝试之后，进入 20 世纪 30 年代，他的主要精力就集中于湘西世界了。《柏子》（1928）是他的第一篇成名短篇小说，是确立他的独特乐章的一个序曲。美国记者埃德加·斯诺在 30 年代编译的中国现代短篇小说选《活的中国》中，收进了这篇作品。鲁迅在同斯诺的谈话中，列举了包括沈从文在内的中国七八个最好的小说家。作者以不同于内地作家的传统伦理观念和审美眼光，把笔触伸向了湘西河流的吊脚楼露水夫妻生活。船夫同吊脚楼妇人的炽热情欲写得活灵活现。船只一靠岸，桅子上的歌声便起，妇人把临河的窗子打开，一会儿，这船上唱歌人就跃上吊脚楼："门开了，一只泥腿在门里，一只泥腿在门外，身子便为两条臂缠紧了。在那新刮过的日炎雨淋粗糙的脸上，就贴紧了一个宽宽的温暖的脸子。"人物对话充满了村野与泼辣，女人责怪这"悖时的"来得太晚，男人要她赌咒真那么"规矩"。末后，是互表"忠贞"，是女人把柏子随身带的香粉、雪花膏搜光，柏子把积蓄一两个月的铜钱倒光。然后，柏子点燃废

_____

① 《自我评述》，见《沈从文别集·凤凰集》。

缆子回到船上，等待再过半月一月的下次欢聚。多么热情而又令人悲悯的乡间生灵！

比较起来，《丈夫》（1930）有更为深广的开掘。离开了石磨和小牛也离开了丈夫的女人，是为了接济家庭到妓船卖身的。丈夫来船上探亲，碰上妻子接客，丈夫只能从船舱板缝里观察动静，妻子也只能在半夜里抽空爬过后舱，给丈夫塞一片冰糖。作品提到这夫妻在农村受到村长和乡绅的盘剥，写到水上水保、副爷、巡官的胡作非为，他们都是可以随意霸占妻子而丈夫只得躲进后舱的人物。在妻子身边，作品安置了年长的掌班大娘和年幼的五多，她们是妻子的未来与过去的影子。最后写到他们第二天一早回乡。但谁能担保妻子不再回到船上呢？

作者最早的短篇小说，更像散文，结构上散漫无序，到了《柏子》《丈夫》已达到结构上的严整了。在表现风格上，有人称作者"使悲啸的大号化为一支悠远的洞箫"（何立伟），日本的冈崎俊夫谈到《丈夫》时说："要是一位左翼作家的话，一定以咏叹的怒吼来描写这场悲惨状况，这位作家却用冷静和细致的笔来描写，而且在深处漂浮着不可测度的悲痛。"冈本隆三（日本）赞扬沈从文远远脱离道德君子的感情，能在不符合伦理的东西里发现美好的感性。黄永玉说："他的一篇小说《丈夫》，我的一位从事文学几十年的，和从文表叔没有见过面的前辈，十多年前读到之后，深受感动，他说：'……这篇小说真像普希金说过的，伟大的俄罗斯的悲哀。'"①

在湘西题材的短篇小说中，作者有自己的独特的设计与追求，以便多侧面展示湘西世界的底蕴。《旅店》（1929）是借旅店这个特定的场景以及女主人公性意识的勃发，写出她、驼子助理与大鼻子客人为偶然性的生死命运所播弄，在人生如梦的世界里各自又受到制约的漂泊感和难言的苦痛。《菜园》（1930）写玉太太的儿子和媳妇作为共产党"陈尸教场"，全篇贯穿悲剧调子，从人物爱穿的白麻布白绸子衣服到白菜、冬雪、白菊、白色母鸡等场景道具，渲染一派凄清和悲悼色调。《黔小景》

---

① 黄永玉：《太阳下的风景——沈从文与我》。

（1931）表现出作者的绘画才能，写客栈烤火，写旅途惨状，人与影的配搭，光与色的运用，是一幅惨不忍睹的贵州难民图。1937 年写的《贵生》，阶级斗争色彩较浓，这位厚道助人的青年农民的情人被五爷霸占后，奋起烧掉房子。作者爱憎鲜明，至少在客观上肯定了特殊条件下暴力的合理性。

《八骏图》（1935）则是城市题材的代表作。沈从文写城里人，也明显烙印着他这个"乡下人"艺术家的眼光与情感。小说写作家达士先生到青岛休假和讲课，发现同来的七位专家"心灵皆不健全"。达士说他们的性意识同虚饰的外表发生冲突，通篇又是达士的一幅自嘲图。达士自认是医治者，是主人，结果反倒需要医治，成了奴隶。小说以达士到青岛始，将离终，以写信始，拍电报终，通篇贯穿那个有点神秘感的女人的黄色身影，采用颜色学上富于刺目性的"黄色点子"，让她晃动其间，布局上错落有致。"八骏"之说，就是"乡下人"的反讽。假道学的虚伪、反自然的矫情、粗鲁的纵情主义，都在揶揄之列。对于这篇作品，不能停留对人物的性意识潜意识等"无常的人性"的认识和分析，如果只讲"无常的人性，无常的爱，无常的欲，这正是《八骏图》所写的主题"（司马长风），这就太拘泥于事象的表面，倒是金介甫讲的"从病理学角度剖析作家的使命，对中国现代知识阶级尽情嘲弄"①，把握了这篇作品的主旨。

1934 年初，沈从文回到阔别十余年的湘西故里。他从沿途给妻子张兆和的信件里，整理集结成了散文系列《湘行散记》。它同三年前的《从文自传》有好多印象叠合的地方，前为现实见闻，后为往事追忆。三年后，抗战爆发，他第二次回故乡，又写了《湘西》。加上这之前写的《记胡也频》《记丁玲》，见出了沈从文在散文、纪实文学方面的卓著成绩。总根于他这个"少见的热爱家乡，热爱土地的人"（汪曾祺）的爱，他的笔下蘸满了感情的浓汁，带着一种"乡土性"的抒情，在对读者喃喃诉说式的叙述风格中，从"淡淡的孤独悲哀"中感受到他对家乡人的

---

① 金介甫：《沈从文传》。

深深悲悯。司马长风在《中国新文学史》中提到因为读了《湘行散记》，把沈从文列入优秀散文作家。《从文自传》出版后，周作人在1935年《论语》杂志举办的"我最爱读的三本书"里，把它列为第一本。沈从文在这些散文系列长卷里，把历史回顾、现实观察同人世变故加以综合处理，由浓郁得化解不开的感情所绾住，摆脱了不少散文家常有的市井气、闺秀气、学院气或闲适气。

《湘行散记》写他第一次回乡，可以和《从文自传》相印证，可以"温习那个业已消逝的童年梦境"，对人生和历史的思索构成这个散记的突出主题。作者看到船上站着鱼鹰，石滩上走着拉纤人，日复一日，代复一代，于是感慨着"历史对于他们俨然毫无意义，然而提到他们这点千年不变无可记载的历史，却使人引起无言的哀戚"（《一九三四年一月十八日》）。最简单、最常见的是单个人的人生循环、人人相因。《桃源与沅州》写到一只桃源小划子的人员格局：一个舵手，一个拦头工人，一个听使唤打杂的小水手。这种小水手"除了学习看水，看风，记石头，使用篙桨以外，也学习挨打挨骂。尽各种古怪希奇字眼儿成天在耳边反复响着，好好的保留在记忆里，将来长大时再用它来辱骂旁人"。他们是明天的拦头工人或舵手，再重复另一种人的命运。吊脚楼里妓女的命运就更惨。她们年轻时同水手大概有过真情的恩爱与相许，到了年老多病，只能胡乱吃药打针，"直到病了，毫无希望可言了，就叫毛伙用门板抬到那类住在空船中孤身过日子的老妇人身边去，尽她咽最后那一口气"。这类卑微的人生循环，只能是维护着一个蠕动着的社会的继续蠕动。《老伴》记述作者三次路过泸溪县城绒线铺。第一二两次是同一个补充兵（成衣人的独生子），那补充兵看中了铺里的女孩子，发誓要娶她。到了十七年后的第三次，作者又在这里看到一个女孩子，"两手反复交换动作挽她的棉线"，同以前那个女孩一模一样。很明显她就是当年那个女孩的女儿。这时，一个"老人"出现了，"在黄晕晕煤油灯光下，我原来又见了那成衣人的独生子，这人简直可说是一个老人，很显然的，时间同鸦片烟已毁了他"。如果说，人生循环乃是历史循环的基础和表征，作者对于这种拖累历史的超稳定现象，发出了深长的慨叹。

沈从文谈自己说别人，都不去遵循道德君子的通行指路牌，而是本着艺术家探幽烛微的勇气，行其所当行。作品敢于触及自己潜意识里对异性的慕悦，这在汉族作家来说会是必须遮掩而不便启齿的。作者还处理了一些怪异的、常人不敢涉猎的材料。《从文自传》里写过一个卖豆腐的青年，把一个刚刚死去的商会会长的美丽女儿的尸体从墓里掘去，背到山洞里睡了三天，他在就地正法前给作者露出了一个"微笑"。另外，还写到一个土匪出身的大王想保释一个美丽的女匪首，并同她在夜里"亲近过一次"，临到处死他们时，大王给众人"送了一个微笑"，女犯则"神色自若""头掉下地尸身还并不倒下"。从政治和道德角度讲，上述人事不值一提，但作者让人们注视这块湘西土地上怪异的、忽开忽落的花朵，给读者深广得不可测量的人生思索提供新鲜的例证。

《记丁玲》《记胡也频》作为两位革命作家的人物特写，作者是本着友人与知情人的责任，在他们一个被杀、一个失踪时，为了不至于忘却而记录下来的。他立意写出一个多面的、圆形的、完整的人物。作品在整体上展示了女作家"异常美丽的光辉"，同时也写她在荒郊的"痴坐痛哭"，写她同胡也频的同居和吵嘴。它让我们看到革命者有血有肉的灵魂，包括他们性格成长中的稚气和弱点。当作品再描叙他们的信仰、追求与献身，写到胡也频遇害后丁玲"在任何熟人面前，并不滴过一滴眼泪"，写到来人表示慰藉与同情时，她"还只是抿着嘴唇，沉默的微笑着"，就让读者留下了一个坚忍强毅的女革命者形象。

除了众多的短篇小说与散文篇章外，沈从文写有中篇小说《边城》和长篇小说《长河》，两者在他的创作生涯中占据重要的位置。1933 年夏天，沈从文同张兆和在山东崂山看见溪边一个哭泣的穿白色孝服的小姑娘烧纸钱提水，便对张兆和说："我要用她来写一个故事！"据作者自述，翠翠这个形象还糅进了泸溪县绒线铺的女孩和他的新婚妻子某些投影。对女性命运的关切，一直是他创作的一个着力点。此前，《萧萧》（1929）写了一个已婚的童养媳手里抱的丈夫只有三岁，她同粗脖子花狗的野合差一点落得个"发卖"或"沉潭"的命运，对她来说，只能照顾丈夫长大，再抱抱自己"新生的月毛毛"。《三三》（1931）写一个未婚女子三三在封闭偏僻的碾坊里长大，她十五岁时对一个城里白脸男子产生种种幻想，又因他突然死去而使这幻想发生断弦似的崩裂。《边城》里的翠翠比她们有较多的自主追求，小说全景式地展示小城生活的方方面面，较为充分地描写这个小社会的风俗民情和人物的错综纠葛。

《边城》突出"善"的悲剧。它同西方那种着眼于伟大与崇高的毁灭的悲剧模式不同，出现的是普通人、善良人的命运。翠翠写得很美，"在风日里长养着，把皮肤变得黑黑的，触目为青山绿水，一对眸子清明如水晶""为人天真活泼，处处俨然如一只小兽物。人又那么乖，如山头黄麂一样"。她有一个慈祥的老船夫祖父，她不是被恶人恶行逼入苦境的。大老和二老都爱上了她，因为阴差阳错，她所爱的二老在选择"走马路"（唱歌）求爱时她偏偏睡着了，一气之下去了桃源。这时，祖父又去世了。诚如作者说过的，"一切充满了善，然而到处是不凑巧。既然是不凑巧，因之素朴的善终难免产生悲剧"。①

这部作品又是作者的一个梦境。像摆渡、教子、救人、助人、送葬这些乡镇常事，都写得相当理想化。老船夫不要过渡人给钱，发出"告他不要钱，他还同我吵，不讲道理"的埋怨，确有"君子国"景象。但明眼人仍不难从作品的背景材料看出社会矛盾。作者直言不讳他的支持"民族复兴大业的人""给他们一种勇气同信心"的写作企图。日本作家山宝静说的"看起来很平静的笔底下，恐怕隐藏着对于现代文明的尖锐的批判和抗议——至少也怀嫌恶之感"，也切中了作品的旨意。

《长河》是作者写作时间最长（1938—1942）、规模最大的作品。假如说，《边城》偏重浪漫色彩的理想追慕，《长河》就现出写实风格的现实褒贬。它以1936年长河上的吕家坪码头为基地，依作者在《长河·题记》说的，"作品设计注重在将常与变错综，写出'过去''当前'与那个发展中的'未来'"。所谓"常"，就是长河流域的漫长的、超稳定的自然经济，是自屈原以来不是"吃土地饭"（种地）就是"吃水上饭"（行船）的生活方式。所谓"变"，就是绵延不断的大小内战，是强加给

---

① 《水云》，见《沈从文别集·友情集》。

吕家坪的国民党保安团。作品围绕这个思路编织人物，意在抗战中给外界提供湘西社会的真实图画，给人们以"克服困难的勇气和信心"。

老水手满满、橘园藤长顺和商会会长都是吃水上饭和吃土地饭的。老水手硬朗而又耿直，藤长顺厚实不失机警，加上商会会长的上下应酬左右周旋，给读者留下了乡镇河街的历史人物剪影。在今天看来，他们纠缠于人生琐事，耗费了过多的智力与体力，给社会发展带来的实际贡献却又很少，是另一类令人叹息的生灵。从上面派给吕家坪的保安团、各种名目的捐赋以及闹剧式的"新生活"运动，给这里带来了"变"。保安队宗队长集中了这种乡镇社会的三大罪恶：侵占民财，贪赃枉法，调戏妇女。沈从文对他批评的人物（包括那个大王、女妖和豆腐老板）极少做全然否定性的描写，宗队长例外，他同作者在《巧秀和冬生》里写的调戏妇女不成便将她"沉潭"的族长一样，是十足的恶人。

作品里的天天兄妹，是令人喜爱的青年人。天天的哥哥三黑子是敢于把"恨"记在心里的人物。他"人缘好""为人正直"，同宗队长的对峙总有剑拔弩张之感，两人代表善与恶的两极。他喊出的"做官的不好，也得枪毙"，能得到读者的同情和支持。作品不单写天天"黑中俏""精灵灵的，九头鸟，穿山甲"，也不单像写其他乡村女子胸前围裙上的绣花以及手带麻花绞银手镯等等，而是突出她的精神风貌和审美意识的自觉。写她打扫枫树叶，看见叶子"同红雀儿一般，在高空里翻飞""天天一面打扫祠堂前木叶，一面抬头望半空中飘落的木叶，用手去承接捕捉"，对自然美的这种感受和自觉意识，使女性的表现进入了新的层次。作品还写天天谦虚不占先逞强，面对宗队长的讹诈挺得住，在调戏面前又能巧妙应对。在作者笔下的湘西少女中，她具有鲜明的反抗性。可以说，这部作品在表现社会矛盾方面有了提升，把爱与憎、悲与喜、社会批判与牧歌情调、历史追求与现实场景都综合进去了。

《长河》只完成了第一卷。在续篇中，作者接下来要写蒋介石横暴占领湘西，借抗战之名消灭地方势力。但作者的计划后来未能实现。

在"五四"新文化运动和"文学革命"的推动下，沈从文早年思想激进。但他的湘西特殊经历，加上进城后的文化接受和交友联络，促成他走上了个人奋斗、突出启蒙的道路，在政治上信奉超越政治、超越党派的自由主义。在尖锐的夺取政权的斗争中，这自然要受到批评。但文化思想界的政治分歧，需要时间进行学习、交流乃至磨合。1949年初，北京大学却贴出打倒沈从文的标语，并引证郭沫若头一年《斥反动文艺》对他的指斥。从此，沈从文坠入"呓语狂言"，向妻子诉说自己已是"一只沉舟"。他曾寻求自尽而未果。同年7月召开的首次文代会，他连代表也不是。他终于放弃文学创作改行研究文物。历史的发展不是笔直一条路，文化知识界的急进和极端思潮常待历史经验得到澄清和匡正。人们看到，正是当年指斥沈从文的郭沫若，却在三十年之后，以科学院院长身份为沈从文的《中国古代服饰研究》巨著写了序文。

个人经历和历史进程常常不会同步，但历史的筛选同文化的积淀终归并行不悖。改革开放后，沈从文创作的独立和独创精神、揭示人性和人生的丰富性以及乡土性和现代性的结合，重新受到世人注目和推崇。巴金赞扬老朋友沈从文"独特的风格""很高的才华"和"金子般的心"。巴金去世后，金庸在悼文中把"他和鲁迅、沈从文三位先生列为我近代最佩服的文人"。大约从1983年起，瑞典皇家学院设立的诺贝尔文学奖就开始瞩目中国作家。在议及的几名中国作家中，沈从文被认为"实力最雄厚"。许多瑞典人认为，如果沈从文在世，肯定是中国作家获奖"最强有力的候选人"。沈从文在这种未能料到、也不去预料的可能的荣誉之前就去世了，然而，他的作品却永生。

SHIJI WENXUE
JINGDIAN

中短篇小说

柏 子

把船停顿到岸边,岸是辰州的河岸。

于是客人可以上岸了,从一块跳板走过去。跳板一端固定在码头石级上,一端搭在船舷,一个人从跳板走过时,摇摇荡荡不可免。凡要上岸的全是那么摇摇荡荡上岸了。

泊定的船太多了,沿岸泊,桅子数不清,大大小小随意矗到空中去。桅子上的绳索象纠纷到成一团,然而却并不。

每一个船头船尾全站得有人,穿青布蓝布短汗褂,口里嘬了长长的旱烟杆,手脚露在外面让风吹,——毛茸茸的象一种小孩子想象中的妖洞里喽罗毛脚毛手。看到这些手脚,很容易记起"飞毛腿"一类英雄名称。可不是,这些人正是……桅子上的绳索揩指定活车,拖拉全无从着手时,这些飞毛腿的本领,有的是机会显露!毛脚毛手所有的不单是毛,还有类乎钩子的东西,光溜溜的桅,只要一贴身,便飞快的上去了。为表示上下全是儿戏,这些年青水手一面整理绳索,一面还将在上面唱歌,那一边桅上,也有这样人时,这种歌便来回唱下去。

昂了头看这把戏的,是各个船上的伙计。看着还在下面喊着。左边右边,不拘要谁一个试上去,全是容易之至的事,只是不得老舵手吩咐,则不敢放肆而已。看的人全已心中发痒,又不能随便爬上桅子顶尖去唱歌,逗其他船上媳妇发笑,便开口骂人。

"我的儿,摔死你!"

"我的孙,摔死了你看你还唱!"

"............"

全是无恶意而快乐的笑骂。

仍然唱，且更起劲了一点。但可以把歌唱给下面骂人的人听，当先若唱的是"一枝花"，这时唱的便是"众儿郎"了。"众儿郎"却依然笑嘻嘻的昂了头看这唱歌人，照例不能生气的。

可是在这情形中，有些船，却有无数黑汉子，用他的毛手毛脚，盘着大而圆的黑铁桶，从舱中滚出，也是那么摇摇荡荡跌到岸边泥滩上了。还有作成方形用铁皮束腰的洋布，有海带，有鱿鱼，有药材……这些东西同搭客一样，在船上舱中紧挤着卧了二十天或十二天，如今全应当登岸了。登岸的人各自还家，各自找客栈，各自吃喝，这些货物却各自为一些大脚婆子走来抱之负之送到各个堆栈里去。

在各样匆忙情形中，便正有闲之又闲的一类人在。这些人住到另一个地方，耳朵能超然于一切嘈杂声音以上，听出桅子上人的歌声，——可是心也正忙着，歌声一停止，唱歌地方代替了一盏红风灯以后，那唱歌的人便已到这听歌人的身边了。桅上用红灯，不消说是夜里了。河边夜里不是平常的世界。

落着雨，刮着风，各船上了篷，人在篷下听雨声风声，江波吼哮如癫子，船只纵互相牵连互相依靠，也簸动不止，这一种情景是常有的。坐船人对此决不奇怪，不欢喜，不厌恶，因为凡是在船上生活，这些平常人的爱憎便不及在心上滋生了。(有月亮又是一种趣味，同晚日与早露，各有不同。)然而他们全不会注意。船上人心情若必须勉强分成两种或三种，这分类方法得另作安排。吃牛肉与吃酸菜，是能左右一般水手心情的一件事。泊半途与湾口岸，这于水手们情形又稍稍不同。不必问，牛肉比酸菜合乎这类"飞毛腿"胃口，船在码头停泊他们也欢喜多了！

如今夜里既落小雨，泥滩头滑溜溜使人无从立足，还有人上岸到河街去。

这是其中之一个,名叫柏子,日里爬桅子唱歌,不知疲倦;到夜来,还依然不知道疲倦。所以如其他许多水手一样,在腰边板带中塞满了铜钱,小心小心的走过跳板到岸边去。先是在泥滩上走,没有月,没有星,细毛毛雨在头上落,两只脚在泥里慢慢翻——成泥腿,快也无从了——目的是河街小楼红红的灯光,灯光下有使柏子心开一朵花的东西存在。

灯光多无数,每一小点灯光便有一个或一群水手。灯光还不及塞满这个小房,快乐却将水手们胸中塞紧,欢喜在胸中涌着,各人眼睛皆眯了起来。沙喉咙的歌声笑声从楼中溢出,与灯光同样,溢进上岸无钱守在船中的水手耳中眼中时,便如其他世界一样,反应着欢喜的是诅咒。那些不能上岸的水手,他们诅咒着,然而一颗心也摇摇荡荡上了岸,且不必冒滑滚的危险,全各以经验为标准,把心飞到所熟习的楼上去了。

酒与烟与女人,一个浪漫派文人非此不能夸耀于世人的三样事,这些喽罗们却很平常的享受着。虽然酒是酽冽的酒,烟是平常的烟,女人更是……然而各个人的心是同样的跳,头脑是同样的发迷,口——我们全明白这些平常时节只是吃酸菜南瓜臭牛肉以及说点下流话的口,可是到这时也粘粘糍糍,也能找出所蓄于心、各样对女人的诙谐言语,献给面前的妇人,也能粗粗卤卤的把它放到妇人的脸上去,脚上去,以及别的位置上去。他们把自己沉浸在这欢乐空气中,忘了世界也忘了自己的过去与未来。女人则帮助这些可怜人,把一切穷苦一切期望从这些人心上挪去。放进的是类乎烟酒的兴奋与醉麻。在每一个妇人身上,一群水手同样做着那顶切实的顶勇敢的好梦,预备将这一月储蓄的金钱与精力,全倾之于妇人身上,他们却不曾预备要人怜悯,也不知道可怜自己。

他们的生活,若说还有使他们在另一时反省的机会,仍然是快乐的罢。这些人,虽然缺少眼泪,却并不缺少欢乐的承受!

其中之一的柏子，为了上岸去找寻他的幸福，终于到一个地方了。

先打门，用一个水手通常的章法，且吹着哨子。

门开后，一只泥腿在门里，一只泥腿在门外，身子便为两条胳膊缠紧了，在那新刮过的日炙雨淋粗糙的脸上，就贴紧了一个宽宽的温暖的脸子。

这种头香油是他所熟习的。这种抱人的章法，先虽说不出，这时一上身却也熟习之至。还有脸，那么软软的，混着脂粉的香，用口可以吮吸。到后是，他把嘴一歪，便找到了一个湿的舌子了，他咬着。

女人挣扎着，口中骂着：

"悖时的！我以为你到常德府，被婊子尿冲你到洞庭湖了！"

进到里面的柏子，在一盏"满堂红"灯下立定。妇人望他痴笑。这一对是并肩立着，他比她高一个头，他蹲下去，象整理橹绳那样扳了妇人的腰身时，妇人身便朝前倾。搜索柏子身上的东西。搜出的东西便往床上丢去，又数着东西的名字："一瓶雪花膏，一卷纸，一条手巾，一个罐子——这罐子装甚么？"

"猜呀！"

"猜你妈，忘了为我带的粉吗？"

"你看那罐子是甚么招牌！打开看！"

妇人不认识字，看了看罐上封皮，一对美人儿画相。把罐子在灯前打开，放鼻子边闻闻，便打了一个嚏。柏子可乐了，不顾妇人如何，把罐子抢来放在一条白木桌上，便擒了妇人向床边倒下去。

灯光明亮，照着一堆泥脚迹在黄色楼板上。

外面雨大了。

张耳听，还是歌声与笑骂声音。房子相间多只一层薄薄白木板子，比吸烟声音还低一点的声音也可以听出，然而人全无闲心听隔壁。

柏子的纵横脚迹渐干了,在地板上也更其分明。灯光依然,把一对横搁在床上的人照得清清楚楚。

"柏子,我说你是一个牛。"

"我不这样,你就不信我在下头是怎么规矩!"

"你规矩!你赌咒你干净得可以进天王庙!"

"赌咒也只有你妈去信你,我不信。"

柏子只有如妇人所说,粗卤得同一只小公牛一样。到后于是喘息了,松弛了,象一堆带泥的吊船棕绳,散漫的搁在床边上。

柏子紧紧搂住妇人,且用口去咬。咬她的下唇,咬她的膀子,……一点不差,这柏子就是日里爬桅子唱歌的柏子。

妇人望到他这些行为发笑。

过一阵,两人用一个烟盘作长城,各据长城一边烧烟吃。

妇人一旁烧烟,一旁唱《孟姜女》给柏子听,在这样情形下的柏子,喝一口茶且吸一泡烟,象是作皇帝。

"婊子我告给你听,近来下头媳妇才标得要命!"

"你命怎么不要去,又跟船到这地方来?"

"我这命送她们,她们也不要。"

"不要的命才轮到我。"

"轮到你,你这……好久才轮到我!我问你,到底有多少日子才轮到我?"

妇人嘴一扁,举起烟枪把一个烧好的烟泡装上,就将烟枪送过去塞了柏子的嘴,省得再说混话。

柏子吸了一口烟,又说,"我问你,昨天有人来?"

"来你妈!别人早就等你,我算到日子,我还算到你这尸……"

"老子若是真在青浪滩上泡坏了,你才乐!"

"是,我才乐!"妇人说着便稍稍生了气。

柏子是正要妇人生气才欢喜的。他见妇人把脸放下，便把烟盘移到床头去。长城一去情形全变了，一分钟内局面成了新样子。

一种丑的努力，一种神圣的愤怒，是继续，是开始。

柏子冒了大雨在河岸的泥滩上慢慢的走着，手中拿的是一段燃着火头的废缆子，光旺旺的照到周围三尺远近。光照前面的雨成无数反光的线，柏子全无所遮蔽的从这些线林穿过，一双脚浸在泥水里面，——把事情作完了，他回船上去。

雨虽大，也不忙。一面怕滑倒，一面有能防雨——或者不如说忘雨的东西吧。

他想起眼前的事心是热的。想起眼前的一切，则头上的雨与脚下的泥，全成为毋须置意的事了。

这时妇人是睡眠了，还是陪别一个水手又来在那大白木床上作某种事情，谁知道。柏子也不去想这个。他把妇人的身体，记得极其熟习。恰如离开妇人身边一千里，也象可以用手摸，说得出尺寸。妇人的笑，妇人的动，也死死的象蚂蟥一样钉在心上。这就够了。他的所得抵得过一个月的一切劳苦，抵得过船只来去路上的风雨太阳，抵得过打牌输钱的损失，抵得过……他还把以后下行日子的快乐预支了。这一去又是半月或一月，他很明白的。以后也将高高兴兴的做工，高高兴兴的吃饭睡觉，因为今夜已得了前前后后的希望，今夜所"吃"的足够两个月咀嚼，不到两月他又回来了。

他的板带钱已光了，这种花费是很好的一种花费。并且他也并不是全无计算，他已预先留下了一小部分钱，作为在船上玩牌用的。花了钱，得到些甚么，他是不去追究的。钱是在甚么情形下得来，又在甚么情形下失去，柏子不能拿这个来比较。比较有时也比较过了，但结果不消说还是"合算"。

轻轻的唱着《孟姜女》，唱着《打牙牌》，到得跳板边时，柏子小心小心的走过去，预定的《十八摸》便不敢唱了——因为老板娘还在喂小船老板的奶，听到哄孩子声音，听到吮奶声音。

　　辰州河岸的商船各归各帮，泊船原有一定地方，各不相混。可是每一只船，把货一起就得到另一处去装货，因此柏子从跳板上摇摇荡荡上过两次岸，船就开了。

一九二八年五月作

一九三五年改写

阿　金

　　黄牛寨十五赶场,鸦拉营的地保,在场头上一个狗肉铺子里,吃过一斤肥狗肉,喝过半斤包谷烧,格外热心好事,向一个预备和寡妇结婚的好友阿金进言。这地保说话的本领,原同他吃狗肉的本领一样好,成天不会餍足。又好象是由于胃口好,话也格外多。

　　"阿金管事,我直得同一根葱一样,把话说尽了。听不听全在你。我告你的事是幺是六,清清楚楚。事情摆在你面前,要是不要,你自己决定。你已经不是小孩子。你懂得别人不懂的许多事情——譬如扒算盘,九九归一,就使人佩服。你头脑明白,不是醉酒。你要讨老婆,这是你的事情,不用别人出主意做军师。不过我说,女人脾气不容易捉摸。我们看过许多会管账的人,管不了一个老婆;家里有福不享福,脚板心痒痒的,闪不知,就跟唱花鼓戏的旦角溜了。我们又得承认,许多大人带兵管将有作为,有手段,独断独行,威风凛凛,一到女人面前就糟糕。为甚么巡防军的游击大人,被官太太罚跪到榻凳上,笑话会遐迩尽知?为甚么有人说我们县长怕老婆,还拿来扮戏?为甚么在鸦拉营地方为人正直的阿金,也有一天吃妇人洗脚水?这事情你不怕人说,难道我还怕人说?"

　　地保一番好心好意告给阿金,反复引古证今,说有些人不宜讨媳妇,和个小铜锣一样,尽在耳边敲得当当响。所谓阿金者,这时节似乎有点听厌烦了,站起身来,正想拔脚走去,来个溜之大吉。

　　地保眼尖手快,隔桌子一手把阿金捞着,不即放手。走是不行的了。地保力气大，有武功，能敌得过两个阿金。

"兄弟你别着急！你得听完我的好话再走不迟！我不怕人说我有私心，愿意鸦拉营正派人阿金做地保的侄女婿。谣言从天上来，我也不怕。我不图财，不图名，劝你多想一天两天。你为甚么这样忙？我的话你不能听完，耳边风，左边来右边出去，将来你能同那女人相处长久？"

阿金带着告饶神气，"我的哥，你放手，我听你说！"

地保笑了。他望阿金笑，自知以力服人非心服。笑阿金为女人着迷到这样子，全无考虑，就只想把女人接进门，真象吃了甚么迷魂汤。又笑自己做老朋友的，也不很明白为甚么今天特别有兴致，非把话说完不可。见阿金样子象求情告饶，倒觉得好笑起来了。不拘是这时，是先前，地保对阿金原本完完全全是一番好意，不存丝毫私心的。

除了口多，爱说点闲话，这地保在鸦拉营原被所有人称为正派的。就是口多，爱说说这样那样，在许多人面前，也仍然不算坏人啊！一个地保，他若不爱说话，成天到各处去吃酒坐席，仿佛一个哑子，地保的身分，还在甚么地方可以找寻呢？一个知县的本分，照本地人说来，只是拿来坐轿子下乡，把个一百四十八斤重结结实实的身体，给那三个轿夫压一身臭汗。一个地保不长于语言，可真不成其为地保！

地保见阿金重复又坐定了后，他把拉阿金那一只右手，拿起桌上的刀来就割，割了就往口里送。（割的是狗肉！）他嚼着那油肥肥的狗肉，从口中发出咀嚼的声音，把眼睛略闭了一会，又复睁开，话又说到了阿金婚事的得失。

　………………

总而言之，他要阿金多想一天。就只一天，老朋友的建议总不能不稍加考虑！因为不能说不赞成这件事，这地保到后来方提出那么一个办法，凡事等"明天"再说。仿佛这一天有极大关系存在，一到明天就"革命"似的,使世界一切发生了变化,天下太平。这婚事阿金原是预备今晚上就定规的。抱兜里的钱票一束,就为的是预备下定钱作聘礼用的东西。这乡下人今年三十三岁,手摸钞票、洋钱摸厌了,如今存心想换换花样。算不得是怎样不合理的欲望!但是禁不住地保用他的老友资格一再劝告,且所说的只是一天的事,只想一天,想不想还是由自己,不让步真象对不起这好人。他到后只好答应下来了。

为了使地保相信——也似乎为了使地保相信方能脱身的原因,阿金管事举起酒杯,喝了一杯白酒,当天赌了个咒作担保,说今天不上媒人家走动,绝对要回家考虑,绝对要想想利害。赌过咒,地保方面得了保障,到后更满意的微笑着,近于开释似的把阿金管事放走了。

阿金在乡场上,各处走动了一阵。今天苗族女人格外多。各处是年青的风仪,年青的声音,年青的气味。因此阿金更不能忘情粑粑寨那年青寡妇。粑粑寨这个年青女人是妖是神,比酒还使人沉醉,要不承认是不行的。这管事,打量讨进门的女人,就正是一寨中身体顶壮、肌肤顶白的一个女子!

在别的许多地方,一个人有了点积蓄时,照例可以做许多事情。或者花五百银子,买一匹名叫"拿破仑"的狼狗;或者花一千银子,买一部宋版书。这样那样,钱总有个花处,花得又开心又得体。还有作军官的杀了许多人,得了许多钱,又把钱嫖赌逍遥,哗喇哗喇花去,也象是悖入悖出,都十分自然。阿金是苗人,生长在苗地,他不明白这些城里人事情。他只按照一个当地平常人的希望,要得到一种机会,将自己的精力和身边储蓄,用在一个妇人身上去。精致的物品只合那有钱的人享用,这句话凡是世界上所有用货币的地方都通行。这妇人的聘礼值五头黄牛,凡出得起这个价钱作聘礼的人,都有做她丈夫的资格。阿金管事既不缺少这份金钱,自然就想娶这个结实精致、体面妇人到家做老婆。

妇人新寡不多久,婆家照规矩可以让她走路,但是得收回一笔财礼。人在本地出名的美丽。大致因为美,引起了许多人的不平。许多无从和这个妇人亲近的汉子中,就传述了一种只有男子们才会有的谣言。地保既是阿金的老友,因此一来,自然就感到一分责任了。地保奉劝阿金,不是为自己有侄女看上了阿金,也不是自己看上了那妇人,这意思是得到了阿金管事谅解的。既然谅解了老友,阿金当真觉得不大方便在今天上媒人家了。

知道了阿金不久将为那美妇人的新夫的大有其人。这些人,今天同样的来到了黄牛寨场上会集,见到阿金就问:"阿金管事,甚么时候可吃喜酒?"这正直乡下人,在心上好笑,随口说是"快了罢,一个月以内罢"。答着这样话时,阿金管事显得非常快乐。因为照本地规矩,一面说吃酒,一面就有送礼物道贺意思。如今刚好进十月,十月小阳春,山桃也开了花,正是乡下各处吹唢呐接亲送女的一个好季节。

说起这妇人,阿金管事就仿佛挨到了妇人的白肉,或亲着了妇人的脸,有说不出的兴奋快活。他的身子虽在场坪里打转,他的心还是在媒人家那一边。人家那一边也正等待阿金一言为定。

虽然赌了小咒,说决定想一天再看,然而事情终归办不到。"驿马星"已动,不由自主又向做媒那家走去了。走到了街的一端狗肉摊前时,却迎面遇见了好心地保,把手一摊,拦住了去路。

"阿金管事,这是你的事情,我本来不必管。不过你答应了我想一天!"

原来地保鬼灵精,预先等候在那里。他知道阿金会翻悔的。阿金一望到那个大酒糟鼻子,连话也不多听,就回头拔脚走了。

地保一心为好,候在那去媒人家的街口,预备拦阻阿金,这关切真来得深厚。阿金明白这种关切意思,只有赶快回头走路。

他回头时就绕了这场坪,走过卖牛羊处去,看别人做牛羊买卖。认得到阿金管事的,都来问他要不要牛羊。他只要人。他预备的是用值得六只牯牛的银钱,换一个身体肥胖胖白蒙蒙的、年纪二十二岁的妇人。望到别人牛羊全成了交易,心中有点难过,不知不觉又往媒人家路上走去。老远就听得那地保和他人说话的声音,知道那好管闲事的人还坚守在阵地上,简直象狗守门,第二次又回了头。

第三次已悄悄走过了地保身边,却被另一人拉着讲话,所以终于又被地保发现,赶来一手拉住。又不能进媒人家里。

第四次他还只起了心,就有另一个熟人来奉告,说是地保还端坐在那狗肉摊边不动,和人谈天,谈到阿金赌咒的事情。阿金便不好意思再过去冒险了。

地保的好心肠的的确确全为的是替阿金打算。他并不想从中叨光,也不想拆散鸳鸯。究竟为甚么不让阿金抱兜中洋钱送上媒人的门,是一件很不容易明白的事。但他总有他的道理。好管闲事的脾气,这地保平素虽有一点,也不很多,恰恰今天他却多喝了半斤"闷胡子",吃了斤"汪汪叫",显得特别关心到阿金的婚事。究竟为甚么缘故?因为妇人太美,麻衣相书上写明"尅夫"。老朋友意思,不大愿意阿金勤苦多年积下的一注财产、一份事业为一个相书上注明尅夫的妇人毁去。

为了避开这麻烦,决计让地保到夜炊时回家,再上媒人家去下定钱。阿金管事无意中走到场坪端赌场里面去看看热闹。一个心里有事情的人,赌博自然不大留心。阿金一进了赌场,也同别的许多人一样,由小到大,很豪兴的玩了一阵。到得出来时,天当真已入夜了。这时节看来无论如何那个地保应当回家吃红炖猪脚去了。但是阿金抱兜已空,翻转来看,还是罄空尽光,所有钱财既然业已输光,好象已无须乎再上媒人家商量迎娶了。一切倒省事,甚么忌讳都是多余的担心!

过了几天，鸦拉营为人正直热情的地保，在路上遇到那为阿金做媒的人。问起阿金管事的婚事究竟如何。媒人说阿金管事出不起钱，妇人已归一个远方绸商带走了。亲眼见到阿金抱兜里一大束钞票的地保，还以为必是好友阿金已相信了他的忠告，觉得美妇人不能做媳妇，因此将做亲事的念头打消了，假装没钱，不再定约。地保还自以为自己作了一件很对得起朋友的事情；即刻就带了一大葫芦烧酒，走到黄牛寨去看阿金管事，为老朋友的有决断致贺。

一九二八年十二月写成
一九五七年三月一日校正

萧　萧

　　乡下人吹唢呐接媳妇,到了十二月是成天会有的事情。

　　唢呐后面一顶花轿,两个伕子平平稳稳的抬着,轿中人被铜锁锁在里面,虽穿了平时没上过身的体面红绿衣裳,也仍然得荷荷大哭。在这些小女人心中,做新娘子,从母亲身边离开,且准备做他人的母亲,从此必然将有许多新事情等待发生。象做梦一样,将同一个陌生男子汉在一个床上睡觉,做着承宗接祖的事情。这些事想起来,当然有些害怕,所以照例觉得要哭哭,于是就哭了。

　　也有做媳妇不哭的人。萧萧做媳妇就不哭。这小女子没有母亲,从小寄养到伯父种田的庄子上,终日提个小竹兜篓,在路旁田坎捡狗屎挑野菜。出嫁只是从这家转到那家。因此到那一天,这女人还只是笑。她又不害羞,又不怕。她是甚么事也不知道,就做了人家的新媳妇了。

　　萧萧做媳妇时年纪十二岁,有一个小丈夫,年纪还不到三岁。丈夫比她年少九岁,还不曾断奶。按地方规矩,过了门,她喊他做弟弟。她每天应做的事是抱弟弟到村前柳树下去玩,到溪边去玩。饿了,喂东西吃;哭了,就哄他,摘南瓜花或狗尾草戴到小丈夫头上,或者亲嘴,一面说:"弟弟,哪,啵。再来,啵。"在那肮脏的小脸上亲了又亲,孩子于是便笑了。孩子一欢喜兴奋,行动粗野起来,会用短短的小手乱抓萧萧的头发。那是平时不大能收拾蓬蓬松松在头上的黄发。有时候,垂到脑后那条小辫儿被拉得太久,把红绒线结也弄松了,生了气,就搯那弟弟几下,弟弟自然哇的哭出声来。萧萧于是也装成要哭的样子,用手指着弟弟的哭脸,说:"哪,人不讲理,可不行!"

天晴落雨日子混下去,每日抱抱丈夫,也帮同家中做点杂事,能动手的就动手。又时常到溪沟里去洗衣,搓尿片,一面还捡拾有花纹的田螺给坐在身边的小丈夫玩。到了夜里睡觉,便常常做这种年龄人所做的梦,梦到后门角落或别的甚么地方捡得大把大把铜钱,吃好东西,爬树,自己变成鱼到水中各处溜。或一时仿佛身子很小很轻,飞到天上众星中,没有一个人,只是一片白,一片金光,于是大喊"妈!"人就吓醒了。醒来心还只是跳。吵了隔壁的人,不免骂着:"疯子,你想甚么!白天玩得疯,晚上就做梦!"萧萧听着却不作声,只是咕咕的笑。也有很好很爽快的梦,为丈夫哭醒的事情。那丈夫本来晚上在自己母亲身边睡,吃奶方便。有时吃多了奶,或因另外情形,半夜大哭,起来放水拉稀是常有的事。丈夫哭到婆婆无可奈何,于是萧萧轻脚轻手爬起床来,睡眼迷蒙,走到床边,把人抱起,给他看月光,看星光;或者仍然啵啵的亲嘴,互相觑着,孩子气的"嗨嗨,看猫呵!"那样喊着哄着,于是丈夫笑了。玩一会会,困倦起来,慢慢的合上眼。人睡定后,放上床,站在床边看着,听远处一传一递的鸡叫,知道天快到甚么时候了,于是仍然蜷到小床上睡去。天亮后,虽不做梦,却可以无意中闭眼开眼,看一阵在面前空中变幻无端的黄边紫心葵花,那是一种真正的享受。

萧萧嫁过了门,做了拳头大丈夫的小媳妇,一切并不比先前受苦,这只看她一年来身体发育就可明白。风里雨里过日子,象一株长在园角落不为人注意的蓖麻,大叶大枝,日增茂盛。这小女人简直是全不为丈夫设想那么似的,一天比一天长大起来了。

夏夜光景说来如做梦。大家饭后坐到院中心歇凉,挥摇蒲扇,看天上的星同屋角的萤,听南瓜棚上纺织娘咯咯咯拖长声音纺车,远近声音繁密如落雨,禾花风飐飐吹到脸上,正是让人在各种方便中说笑话的时候。

萧萧好高,一个人常常爬到草料堆上去,抱了已经熟睡的丈夫在怀里,轻轻的轻轻的随意唱着自编的四句头山歌。唱来唱去却把自己也催眠起来,快要睡去了。

在院坝中,公公婆婆,祖父祖母,另外还有帮工汉子两个,散乱的坐在小板凳上,摆龙门阵学古,轮流下去打发上半夜。

祖父身边有个烟包,在黑暗中放光。这用艾蒿做成的烟包,是驱逐长脚蚊得力东西,蜷在祖父脚边,犹如一条乌梢蛇。间或又拿起来晃那么几下。

想起白天场上的事情,祖父开口说话:

"我听三金说,前天又有女学生过身。"

大家就哄然笑了起来。

这笑的意义何在?只因为在大家印象中,都知道女学生没有辫子,留下个鹌鹑尾巴,象个尼姑,又不完全象。穿的衣服象洋人,又不是洋人。吃的,用的,……总而言之,事事不同,一想起来就觉得怪可笑!

萧萧不大明白,她不笑。所以老祖父又说话了。他说:

"萧萧,你长大了,将来也会做女学生!"

大家于是更哄然大笑起来。

萧萧为人并不愚蠢,觉得这一定是不利于己的一件事情,所以接口便说:

"爷爷,我不做女学生。"

"你象个女学生,不做可不行。"

"我不做。"

众人有意取笑,异口同声的说:"萧萧,爷爷说得对,你非做女学生行!"

萧萧急得无可如何,"做就做,我不怕。"其实做女学生有甚么不好,萧萧全不知道。

女学生这东西,在本乡的确永远是奇闻。每年一到六月天,据说放"水假"日子一到，照例便有三三五五女学生，由一个荒谬不经的热闹地方来，到另一个远地方去，取道从本地过身。从乡下人眼中看来，这些人都近于另一世界中活下的人，装扮奇奇怪怪，行为更不可思议。这种女学生过身时，使一村人都可以说一整天的笑话。

祖父是当地一个人物，因为想起所知道的女学生在大城中的生活情形，所以说笑话要萧萧也去做女学生。一面听到这话，就感觉一种打哈哈趣味，一面还那被说的萧萧感觉一种惶恐，说这话不为无意义了。

女学生由祖父方面所知道的是这样一种人：她们穿衣服不管天气冷热，吃东西不问饥饱，晚上交到子时才睡觉，白天正经事全不做，只知唱歌打球，读洋书。她们都会花钱，一年用的钱可以买十六只水牛。她们在省里京里想往甚么地方去时，不必走路，只要钻进一个大匣子中，那匣子就可以带她到地。城市中还有各种各样的大小不同匣子，都用机器开动。她们在学校，男女在一处上课读书，人熟了，就随意同那男子睡觉，也不要媒人，也不要财礼，名叫"自由"。她们也做做州县官，带家眷上任，男子仍然喊作"老爷"，小孩子叫"少爷"。她们自己不养牛，却吃牛奶羊奶，如小牛小羊；买那奶时是用铁罐子盛的。她们无事时到一个唱戏地方去，那地方完全象个大庙，从衣袋中取出一块洋钱来（那洋钱在乡下可买五只母鸡），买了一小方纸片儿，拿了那纸片到里面去，就可以坐下看洋人扮演的影子戏。她们被冤了，不赌咒，不哭。她们年纪有老到二十四岁还不肯嫁人的，有老到三十四十居然还好意思嫁人的。她们不怕男子，男子不能使她们受委屈，一受委屈就上衙门打官司，要官罚男子的款，这笔钱她有时独占自己花用，有时和官平分。她们不洗衣煮饭，也不养猪喂鸡；有了小孩子，也只花五块钱或十块钱一月，雇个人专管小孩，自己仍然整天看戏打牌，或者读那些没有用处的闲书。……

总而言之，说来事事都希奇古怪，和庄稼人不同，有的简直还可说岂有此理。这时经祖父一说，听过这话的萧萧，心中却忽然有了一种模模糊糊的愿望,以为倘若她也是个女学生,她是不是照祖父说的女学生一个样子去做那些事情?不管好歹,女学生并不可怕,因此一来,却已为这乡下姑娘初次体念到了。

因为听祖父说起女学生是怎样的人物,到后萧萧独自笑得特别久。笑够了时,她说:

"爷爷,明天有女学生过路,你喊我,我要看看。"

"你看,她们捉你去做丫头。"

"我不怕她们。"

"她们读洋书念经你也不怕?"

"念观音菩萨消灾经,念紧箍咒,我都不怕。"

"她们咬人,和做官的一样,专吃乡下人,吃人骨头渣渣也不吐,你不怕?"

萧萧肯定的回答说:"也不怕。"

可是这时节萧萧手上所抱的丈夫,不知为甚么,在睡梦中哭了,媳妇于是用做母亲的声势,半哄半吓的说:

"弟弟,弟弟,不许哭,不许哭,女学生咬人来了。"

丈夫还仍然哭着,得抱起各处走走。萧萧抱着丈夫离开了祖父,祖父同人说另外一样古话去了。

萧萧从此以后心中有个"女学生"。做梦也便常常梦到女学生,且梦到同这些人并排走路。仿佛也坐过那种自己会走路的匣子,她又觉得这匣子并不比自己跑路更快。在梦中那匣子的形体同谷仓差不多,里面还有小小灰色老鼠,眼珠子红红的,各处乱跑,有时钻到门缝里去,把个小尾巴露在外边。

因为有这样一段经过,祖父从此喊萧萧不喊"小丫头",不喊"萧萧",却唤作"女学生"。在不经意中萧萧答应得很好。

乡下的日子也如世界上一般日子,时时不同。世界上人把日子糟蹋,和萧萧一类人家把日子吝惜是同样的,各有所得,各属分定。

许多城市中文明人,把一个夏天完全消磨到软绸衣服、精美饮料以及种种好事情上面。萧萧的一家,因为一个夏天的劳作,却得了十多斤细麻,二三十担瓜。

做小媳妇的萧萧,一个夏天中,一面照料丈夫,一面还绩了细麻四斤。到秋八月工人摘瓜,在瓜间玩,看硕大如盆、上面满是灰粉的大南瓜,成排成堆摆到地上,很有趣味。时间到摘瓜,秋天真的已来了,院子中各处有从屋后林子里树上吹来的大红大黄木叶。萧萧在瓜旁站定,手拿木叶一束,为丈夫编小小笠帽玩。

工人中有个名叫花狗,年纪二十三岁,抱了萧萧的丈夫到枣树下去打枣子。小小竹竿打在枣树上,落枣满地。

"花狗大①,莫打了,太多了吃不完。"

虽这样喊,还不动身。到后,仿佛完全因为丈夫要枣子,花狗才不听话。萧萧于是又警告她那小丈夫:

"弟弟,弟弟,来,不许捡了。吃多了生东西肚子痛!"

丈夫听话,兜了大堆枣子向萧萧身边走来,请萧萧吃枣子。

"姐姐吃,这是大的。"

"我不吃。"

"要吃一颗!"

她两手哪里有空!木叶帽正在制边,工夫要紧,还正要个人帮忙!

"弟弟,把枣子喂我口里。"

丈夫照她的命令做事,做完了觉得有趣,哈哈大笑。

她要他放下枣子帮忙捏紧帽边,便于添加新木叶。

丈夫照她吩咐做事,但老是顽皮的摇动,口中唱歌。这孩子原来象一只猫,欢喜时就得捣乱。

"弟弟,你唱的是甚么?"

---

① 花狗大的"大"字,即大哥简称。

"我唱花狗大告我的山歌。"

"好好的唱一个给我听。"

丈夫于是帮忙拉着帽边，一面就唱下去，照所记到的歌唱：

　　天上起云云起花，

　　包谷林里种豆荚，

　　豆荚缠坏包谷树，

　　娇妹缠坏后生家。

　　天上起云云重云，

　　地下埋坟坟重坟，

　　娇妹洗碗碗重碗，

　　娇妹床上人重人。

歌中意义丈夫全不明白，唱完了就问萧萧好不好。萧萧说好，并且问跟谁学来的，她知道是花狗教他的，却故意盘问他。

"花狗大告我，他说还有好多歌，长大了再教我唱。"

听说花狗会唱歌，萧萧说：

"花狗大，花狗大，你唱一个好听的歌我听听。"

那花狗，面如其心，生长得不很正气，知道萧萧要听歌，人也快到听歌的年龄了，就给她唱"十岁娘子一岁夫"。那故事说的是妻年大，可以随便到外面做一点不规矩事情；夫年小，只知吃奶，让他吃奶。这歌丈夫完全不懂，懂到一点儿的是萧萧。把歌听过后，萧萧装成"我全明白"那种神气，她用生气的样子，对花狗说：

"花狗大，这个不行，这是骂人的歌！"

花狗分辩说："不是骂人的歌。"

"我明白，是骂人的歌。"

花狗难得说多话，歌已经唱过了，错了赔礼，只有不再唱。他看她已经有点懂事了，怕她回头告祖父，会挨顿臭骂，就把话支吾开，扯到"女学生"上头去。他问萧萧,看不看过女学生习体操唱洋歌的事情。

若不是花狗提起,萧萧几乎已忘却了这事情。这时又提到女学生,她问花狗近来有没有女学生过路,她想看看。

花狗一面把南瓜从棚架边抱到墙角去,告她女学生唱歌的事情,这些事的来源还是萧萧的那个祖父。他在萧萧面前说了点大话,说他曾经到官路上见过四个女学生,她们都拿得有旗子,走长路流汗喘气之中仍然唱歌,同军人所唱的一模一样。不消说,这自然完全是胡诌的笑话。可是那故事把萧萧可乐坏了,因为花狗说这个就叫做"自由"。

花狗是起眼动眉毛、一打两头翘、会说会笑的一个人。听萧萧带着歆羡口气说"花狗大,你膀子真大",他就说:"我不止膀子大。"

"你身个子也大。"

"我全身无处不大。"

萧萧还不大懂得这个话的意思,只觉得憨而好笑。

到萧萧抱了她的丈夫走去以后,同花狗在一起摘瓜,取名字叫哑巴的,开了平时不常开的口。

"花狗,你少坏点。人家是十三岁黄花女,还要等十年才圆房!"

花狗不作声,打了那伙计一巴掌,走到枣树下捡落地枣去了。

到摘瓜的秋天,日子计算起来,萧萧过丈夫家有一年半了。

几次降霜落雪,几次清明谷雨,一家中人都说萧萧是大人了。天保佑,喝冷水,吃粗粝饭,四季无疾病,倒发育得这样快。婆婆虽生来象一把剪子,把凡是给萧萧暴长的机会都剪去了,但乡下的日头同空气都帮助人长大,却不是折磨可以阻拦得住。

萧萧十五岁时已高如成人,心却还是一颗糊糊涂涂的心。

人大了一点,家中做的事也多了一点。绩麻、纺车、洗衣、照料丈夫以外,打猪草推磨一些事情也要做,还有浆纱织布。凡事都学,学学就会了。乡下习惯凡是行有余力的都可从劳作中攒点本分私房，两三年来仅仅萧萧个人份上所聚集的粗细麻和纺就的棉纱，也够萧萧坐到土机上抛三个月的梭子了。

丈夫早断了奶。婆婆有了新儿子，这五岁儿子就象归萧萧独有了。不论做甚么，走到甚么地方去，丈夫总跟在身边。丈夫有些方面很怕她，当她如母亲，不敢多事。他们俩实在感情不坏。

地方稍稍进步，祖父的笑话转到"萧萧你也把辫子剪去好自由"那一类事上去了。听着这话的萧萧，某个夏天也看过一次女学生，虽不把祖父笑话认真，可是每一次在祖父说过这笑话以后，她到水边去，必不自觉的用手捏着辫子末梢，设想没有辫子的人那种神气，那点趣味。

打猪草，带丈夫上螺蛳山的山阴是常有的事。

小孩子不知事故，听别人唱歌也唱歌。一开腔唱歌，就把花狗引来了。

花狗对萧萧生了另外一种心，萧萧有点明白了，常常觉得惶恐不安。但花狗是男子，凡是男子的美德恶德都不缺少，劳动力强，手脚勤快，又会玩会说，所以一面使萧萧的丈夫非常欢喜同他玩，一面一有机会即缠在萧萧身边，且总是想方设法把萧萧那点惶恐减去。

山大人小，到处是树林蒙茸，平时不知道萧萧所在，花狗就站在高处唱歌逗萧萧身边的丈夫；丈夫小口一开，花狗穿山越岭就来到萧萧面前了。

见了花狗，小孩子只有欢喜，不知其他。他原要花狗为他编草虫玩，做竹箫哨子玩，花狗想方法支使他到一个远处去找材料，便坐到萧萧身边来，要萧萧听他唱那使人开心红脸的歌。她有时觉得害怕，不许丈夫走开；有时又象有了花狗在身边，打发丈夫走去反倒好一点。终于有一天，萧萧就这样给花狗把心窍子唱开，变成个妇人了。

那时节，丈夫走到山下采刺莓去了，花狗唱了许多歌，到后却向萧萧唱：

娇家门前一重坡，

别人走少郎走多，

铁打草鞋穿烂了，

不是为你为哪个？

末了却向萧萧说："我为你睡不着觉。"他又说他赌咒不把这事情告给人。听了这些话仍然不懂甚么的萧萧，眼睛只注意到他那一对粗粗的手膀子，耳朵只注意到他最后一句话。末了花狗大便又唱了许多歌给她听。她心里乱了。她要他当真对天赌咒，赌过了咒，一切好象有了保障，她就一切尽他了。到丈夫返身时，手被毛毛虫螫伤，肿了一大片，走到萧萧身边，萧萧捏紧这一只小手，且用口去呵它，吮它，想起刚才的糊涂，才仿佛明白自己做了一点不大好的糊涂事。

花狗诱她做坏事情是麦黄四月，到六月，李子熟了，她欢喜吃生李子。她觉得身体有点特别，在山上碰到花狗，就将这事情告给他，问他怎么办。

讨论了多久，花狗全无主意。虽以前自己当天赌得有咒，也仍然无主意。原来这家伙个子大，胆量小。个子大容易做错事，胆量小做了错事就想不出办法。

到后，萧萧捏着自己那条乌梢蛇似的大辫子，想起城里了，她说："花狗大，我们到城里去自由，帮帮人过日子，不好么？"

"那怎么行？到城里去做甚么？"

"我肚子大了。"

"我们找药去。场上有郎中卖药。"

"你赶快找药来，我想……"

"你想逃到城里去自由，不成的。人生面不熟，讨饭也有规矩，不能随便！"

"你这没有良心的，你害了我，我想死！"

"我赌咒不辜负你。"

"负不负我有甚么用,帮我个忙,赶快拿去肚子里这块肉吧。我害怕!"

花狗不再作声,过了一会,便走开了。不久丈夫从他处拿了大把山里红果子回来,见萧萧一个人坐在草地上眼睛红红的,丈夫心中纳罕。看了一会,问萧萧:

"姐姐,为甚么哭?"

"不为甚么,灰尘落到眼睛窝里,痛。"

"我吹吹吧。"

"不要吹。"

"你瞧我,得这些这些。"

他把手中拿的和从溪中捡来放在衣口袋里的小蚌、小石头全部陈列到萧萧面前,萧萧泪眼婆娑看了一会,勉强笑着说:"弟弟,我们要好,我哭你莫告家中。告家中我可要生气!"到后这事情家中当真就无人知道。

过了半个月,花狗不辞而行,把自己所有的衣裤都拿去了。祖父问同住的长工哑巴,知不知道他为甚么走路,走哪儿去?是上山落草,还是作薛仁贵投军?哑巴只是摇头,说花狗还欠了他两百钱,临走时话都不留一句,为人少良心。哑巴说他自己的话,并没有把花狗走的理由说明。因此这一家希奇一整天,谈论一整天。不过这工人既不偷走物件,又不拐带别的,这事情过后不久,自然也就把他忘掉了。

萧萧仍然是往日的萧萧。她能够忘记花狗就好了,但是肚子真有些不同了,肚中东西总在动,使她常常一个人干着急,尽做怪梦。

她脾气坏了一点,这坏处只有丈夫知道,因为她对丈夫似乎严厉苛刻了好些。

仍然每天同丈夫在一处,她的心,想到的事自己也不十分明白。她常想,我现在死了,甚么都好了。可是为甚么要死?她还很高兴活下去,愿意活下去。

家中人不拘谁在无意中提起关于丈夫弟弟的话,提起小孩子,提起花狗,都象使这话如拳头,在萧萧胸口上重重一击。

到九月,她担心人知道更多了,引丈夫庙里去玩,就私自许愿,吃了一大把香灰。吃香灰被她丈夫看见了,丈夫问这是做甚么,萧萧就说肚痛,应当吃这个。虽说求菩萨保佑,菩萨当然没有如她的希望,肚子中的东西依旧在慢慢的长大。

她又常常往溪里去喝冷水,给丈夫看见时,丈夫问她,她就说口渴。

一切她所想到的方法都没有能够使她同自己不欢喜的东西分开。大肚子只有丈夫一人知道,他却不敢告这件事给父母晓得。因为时间长久,年龄不同,丈夫有些时候对于萧萧的怕同爱,比对于父母还深切。

她还记得花狗赌咒那一天里的事情,如同记着其他事情一样。到秋天,屋前屋后毛毛虫都结茧,成了各种好看蝶蛾,丈夫象故意折磨她一样,常常提起几个月前被毛毛虫螫手的旧话,使萧萧心里难过。她因此极恨毛毛虫,见了那小虫就想用脚去踹。

有一天,又听人说有好些女学生过路,听过这话的萧萧,睁了眼做过一阵梦,愣愣的对日头出处痴了半天。

萧萧步花狗后尘,也想逃走,收拾一点东西预备跟了女学生走的那条路上城去。但没有动身,就被家里人发觉了。这种打算照乡下人说来是一件大事,于是把她两手捆了起来,丢在灶屋边,饿了一天。

家中追究这逃走的根源,才明白这个十年后预备给小丈夫生儿子继香火的萧萧肚子已被另一个人抢先下了种。这在一家人生活中真是了不得的一件大事!一家人的平静生活,为件新事全弄乱了。生气的生气,流泪的流泪,骂人的骂人,各按本分乱下去。悬梁,投水,吃毒药,被禁困着的萧萧,诸事漫无边际的全想到了,究竟是年纪太小,舍不得死,却不曾做。于是祖父从现实出发,想出个聪明主意,把萧萧关在房里，派人好好看守着，请萧萧本族的人来说话，照规矩，看是"沉潭"还是"发卖"？萧萧家中人要面子，就沉潭淹死了她；舍不得死就发卖。萧萧只有一个伯父，在近处庄子里为人种田，去请他时先还以为是吃酒，到了才知是这样丢脸事情，弄得这老实忠厚的家长手足无措。

大肚子作证，甚么也没有可说。照习惯，沉潭多是读过"子曰"的族长爱面子才做出的蠢事。伯父不读"子曰"，不忍把萧萧当牺牲，萧萧当然应当嫁人作"二路亲"了。

这也是一种处罚，好象极其自然，照习惯受损失的是丈夫家里，然而却可以在发卖上收回一笔钱，当作为损失赔偿。那伯父把这事情告给了萧萧，就要走路。萧萧拉着伯父衣角不放，只是幽幽的哭。伯父摇了一会头，一句话不说，仍然走了。

一时没有相当的人家来要萧萧，送到远处去也得有人，因此暂时就仍然在丈夫家中住下。这件事情既经说明白，照乡下规矩，倒又象不甚么要紧，只等待处分，大家反而释然了。先是小丈夫不能再同萧萧在一处，到后又仍然如月前情形，姐弟一般有说有笑的过日子了。

丈夫知道了萧萧肚子中有儿子的事情，又知道因为这样萧萧才应当嫁到远处去。但是丈夫并不愿意萧萧去，萧萧自己也不愿意去。大家全莫名其妙，只是照规矩象逼到要这样做，不得不做。究竟是谁定的规矩，是周公还是周婆。也没有人说得清楚。

在等候主顾来看人，等到十二月，还没有人来，萧萧只好在这人家过年。

萧萧次年二月间，十月满足，坐草生了一个儿子，团头大眼，声响洪壮。大家把母子二人照料得好好的，照规矩吃蒸鸡同江米酒补血，烧纸谢神。一家人都欢喜那儿子。

生下的既是儿子，萧萧不嫁别处了。

到萧萧正式同丈夫拜堂圆房时，儿子已经年纪十岁，有了半劳动力，能看牛割草，成为家中生产者一员了。平时喊萧萧丈夫做大叔，大叔也答应，从不生气。

　　这儿子名叫牛儿。牛儿十二岁时也接了亲，媳妇年长六岁。媳妇年纪大，才能诸事做帮手，对家中有帮助。唢呐吹到门前时，新娘在轿中呜呜的哭着，忙坏了那个祖父、曾祖父。

　　这一天，萧萧抱了自己新生的毛毛，在屋前榆蜡树篱笆间看热闹，同十年前抱丈夫一个样子。

一九二九年作
一九五七年二月校改字句

丈　夫

落了春雨,一共有七天,河水涨大了。

河中涨了水,平常时节泊在河滩的烟船、妓船,离岸极近,全系在吊脚楼下的支柱上。

在楼上四海春茶馆喝茶的闲汉子,俯身临河一面窗口,可以望到对河宝塔边"烟雨红桃"好景致,也可以知道船上妇人陪客烧烟的情形。因为那么近,上下都方便,有喊熟人的声音,从上面或从下面喊叫。到后是互相见面了,谈话了,取了亲昵样子,骂着野话粗话,于是楼上人会了茶钱,从湿而发臭的甬道走去,从那些肮脏地方走到船上了。

上了船,花钱半块到五块,随心所欲吃烟睡觉,同妇人毫无拘束的放肆取乐。这些在船上生活的大臀肥身的年青乡下女人,就用一个妇人的好处,热忱而切实的服侍男子过夜。

船上人,把这件事也象其余地方一样,叫这做"生意"。她们都是做生意而来的。在名分上,那名称与别的工作同样,既不和道德相冲突,也并不违反健康。她们从乡下来,从那些种田挖园的人家,离了乡村,离了石磨同小牛,离了那年青而强健的丈夫,跟随着一个同乡熟人,就来到这船上做生意了。做了生意,慢慢的变成为城市里人,慢慢的与乡村离远,慢慢的学会了一些只有城市里才需要的恶德,于是妇人就毁了。但那毁是慢慢的,因为很需要一些日子,所以谁也不去注意。而且也仍然不缺少在任何情形下还依旧好好的保留着那乡村纯朴气质的妇人。所以在本市大河妓船上,决不会缺少年青女子的来路。

事情非常简单，一个不亟亟于生养孩子的妇人，到了城市，能够每月把从城市里两个晚上所得的钱，送给那留在乡下诚实耐劳、种田为生的丈夫，在那方面就过了好日子，名分不失，利益存在。所以许多年青的丈夫，在娶媳妇以后，把她送出来，自己留在家中耕田种地，安分过日子，也竟是极其平常的事情。

这种丈夫，到甚么时候，想到那在船上做生意的年青的媳妇，或逢年过节，照规矩要见见媳妇的面了，媳妇不能回来，自己便换了一身浆洗干净的衣服，腰带上挂了那个工作时常不离口的短烟袋，背了整箩整篓的红薯糍粑之类，赶到市上来，象访远亲一样，从码头第一号船上问起，一直到认出自己女人所在的船上为止。问明白后，到了船上，小心小心的把一双布鞋放到舱外护板上，把带来的东西交给了女人，一面便用着吃惊的眼睛，搜索女人的全身。这时节，女人在丈夫眼下自然已完全不同了。

大而油光的发髻，用小镊子扯成的细细眉毛，脸上的白粉同绯红胭脂，以及那城市里人神气派头、城市里人的衣服，都一定使从乡下来的丈夫感到极大的惊讶，有点手足无措。那呆相是女人很容易清楚的。女人到后开了口，或者问："那次五块钱得了么?"或者问："我们那对猪养儿子了没有?"女人说话时口音自然也完全不同了，变成象城市里做太太的大方自由，完全不是在乡下做媳妇的羞涩畏缩神气了。

听女人问起钱，问起家乡豢养的猪，这做丈夫的看出自己做丈夫的身分，并不在这船上失去，看出这城里奶奶还不完全忘记乡下，胆子大了一点，慢慢的摸出烟管同火镰。第二次惊讶，是烟管忽然被女人夺去，即刻在那粗而厚大的手掌里，塞了一支"哈德门"香烟的缘故。吃惊也仍然是暂时的事，于是这做丈夫的，一面吸烟一面谈话，……

到了晚上，吃过晚饭，仍然在吸那有新鲜趣味的香烟。来了客，一个船主或一个商人,穿生牛皮长统靴子,抱兜一角露出粗而发亮的银链,喝过一肚子烧酒,摇摇荡荡的上了船。一上船就大声的嚷要亲嘴要睡觉。那洪大而含胡的声音,那势派,都使这做丈夫的想起了村长同乡绅那些大人物的威风。于是这丈夫不必指点,也就知道往后舱钻去,躲到那后梢舱上去低低的喘气,一面把含在口上那支卷烟摘下来,毫无目的的眺望河中暮景。夜把河上改变了,岸上河上已经全是灯火。这丈夫到这时节一定要想起家里的鸡同小猪,仿佛那些小小东西才是自己的朋友,仿佛那些才是亲人;如今和妻接近,与家庭却离得很远,淡淡的寂寞袭上了身,他愿意转去了。

当真转去没有?不。三十里路,路上有豺狗,有野猫,有查夜放哨的团丁,全是不好惹的东西,转去实在做不到。船上的大娘自然还得留他上"三元宫"看夜戏,到"四海春"去喝清茶。并且既然到了市上,大街上的灯同城市中人更不可不去看看。于是留下了,坐在后舱看河中景致,等候大娘的空暇。到后要上岸时,就由船边小阳桥攀援篷架到船头;玩过后,仍然由那旧地方转到船上,小心小心使声音放轻,省得留在舱里躺到床上烧烟的客人发怒。

到要睡觉的时候,城里起了更,西梁山上的更鼓咚咚响了一会,悄悄的从板缝里看看客人还不走,丈夫没有甚么话可说,就在梢舱上新棉絮里一个人睡了。半夜里,或者已睡着,或者还在胡思乱想,那媳妇抽空爬过了后舱,问是不是想吃一点糖。本来非常欢喜口含片糖的脾气,做媳妇的记得清楚明白,所以即或说已经睡觉,已经吃过,也仍然还是塞了一小片糖在口里。媳妇用着略略抱怨自己那种神气走去了。丈夫把糖含在口里,正象仅仅为了这一点理由,就得原谅媳妇的行为,尽她在前舱陪客,自己仍然很和平的睡觉了。

这样丈夫在黄庄多着!那里出强健女子同忠厚男人。地方实在太穷了,一点点收成照例要被上面的人拿去一大半,手足贴地的乡下人,任你如何勤省耐劳的干做,一年中四分之一时间,即或用红薯叶和糠灰拌和充饥,总还是不容易对付下去。地方虽在山中,离大河码头只三十里，由于习惯，女子出乡讨生活，男人通明白这做生意的一切利益。他懂事，女人名分仍然归他，养得儿子归他，有了钱，也总有一部分归他。

那些船只排列在河下，一个陌生人，数来数去是永远无法数清的。明白这数目，而且明白那秩序，记忆得出每一个船和摇船人样子，是五区一个老"水保"。

水保是个独眼睛的人。这独眼据说在年青时节因殴斗杀过一个水上恶人，因为杀人，同时也就被人把眼睛抠瞎了。但两只眼睛不能分明的，他一只眼睛却办到了。一个河里都由他管事。他的权力在这些小船上，比一个中国的皇帝、总统在地面上的权力还统一集中。

涨了河水，水保比平时似乎忙多了。由于责任，他得各处去看看，是不是有些船上做父母的上了岸，小孩子在哭奶了。是不是有些船上在吵架，需要排难解纷。是不是有些船因照料无人，有溜去的危险。在今天，这位大爷，并且要到各处去调查一些从岸上发生影响到了水面的事情。岸上这几天来出过三次小抢案，据公安局那方面人说，凡地上小缝小罅都找寻到了，还是毫无线索。地上小缝小罅都亏那些体面的在职从公人员找过，于是水保的责任便到了。他得了通知，就是那些说谎话的公安局办事处通知，要他到半夜会同水面武装警察上船去搜索"歹人"。

水保得到这消息时是上半天。一个整白天他要做许多事情。他要先尽一些从平日受人款待好酒好肉而来的义务了。于是沿了河岸，从第一号船起始，每个船上去谈谈话。他得先调查一下，问问这船上是不是留容得有不端正的外乡人。

做水保的人照例是水上一霸，凡是属于水面上的事情他无有不知。这人本来就是一个吃水上饭的人，是立于法律同官府对面，按照习惯被官吏来利用，处治这水上一切的。但人一上了年纪，世界成天变，变去变来这人有了钱，成过家，喝点酒，生儿育女，生活安舒，慢慢的转成一个和平正直的人了。在职务上帮助官府,在感情上却亲近了船家。在这些情形上面他建设了一个道德的模范。他受人尊敬不下于官,却不让人害怕厌恶。他做了河船上许多妓女的干爹。由于这些社会习惯的联系,他的行为处事是靠在水上人一边的。

他这时节正从一个跳板上跃到一只新油漆过的"花船"头,那船位置在较清静的一家莲子铺吊脚楼下,他认得这只船归谁管业,一上船就喊"七丫头"。

没有声音。年青的女人不见出来,年老的掌班也不见出来。老年人很懂事情,以为或者是大白天有年青男子上船做呆事,就站在船头眺望,等了一会。

过一阵,他又喊了两声,又喊伯妈,喊五多;五多是船上的小毛头,年纪十二岁,人很瘦,声音尖锐,平时大人上了岸就守船,买东西煮饭,常常挨打,爱哭,过了一会儿又唱起小调来。但是喊过五多后,也仍然得不到结果。因为听到舱里又似乎实在有声音,象人出气,不象全上了岸,也不象全在做梦。水保就偻身窥觑舱口,向暗处询问"是谁在里面"。

里面还是不敢作答。

水保有点生气了,大声的问:"你是哪一个?"

里面一个很生疏的男子声音,又虚又怯回答说:"是我。"接着又说:"都上岸去了。"

"都上岸了么?"

"上岸了。她们……"

好象单单是这样答应,还深恐开罪了来人,这时觉得有一点义务要尽了,这男子于是从暗处爬出来,在舱口,小心小心扳着篷架,非常拘束的望着来人。

先是望到那一对峨然巍然似乎是用柿油涂过的猪皮靴子,上去一点是一个赭色柔软麂皮抱兜,再上去是一双回环抱着的毛手,满是青筋黄毛,手上有颗其大无比的黄金戒指,再上去才是一块正四方形象是无数橘子皮拼合而成的脸膛。这男子，明白这是有身分的主顾了，就学着城市里人说话："大爷，您请里面坐坐，她们就回来。"

从那说话的声音，以及干浆衣服的风味上，这水保一望就明白这个人是才从乡下来的种田人。本来女人不在船就想走，但年青人忽然使他发生了兴味，他留着了。

"你从甚么地方来的?"他问他。为了不使人拘束，水保取的是做父亲的和平样子，望到这年青人，"我认不得你。"

他想了一下，好象也并不认得客人，就回答："我是昨天来的。"

"乡下麦子抽穗了没有?"

"麦子吗? 水碾子前我们那麦子，嘿，我们那猪，嘿，我们那……"

这个人，象是忽然明白了答非所问，记起了自己是同一个有身分的城里人说话，不应当说"我们"，不应当说"我们水碾子"同"猪"。把字眼儿用错，所以再也接不下去了。

因为不说话，他就怯怯的望到水保微笑，他要人了解他，原谅他——他是一个正派人，并不敢有意张三拿四。

水保懂得这个意思的。且在这对话中，明白这是船上人的亲戚了，他问年青人："老七到甚么地方去了? 甚么时候可以回来?"

这时节，这年青人答语小心了。他仍然说："是昨天来的。"他又告水保，他"昨天晚上来的"；末了才说，老七同掌班同五多上岸烧香去了，要他守船。因为守船必得把守船身分说出，他还告给了水保，他是老七的"汉子"。

因为老七平常喊水保都喊"干爹"，这干爹第一次认识了女婿，不必挽留，再说了几句，不到一会儿，两人皆爬进舱中了。

舱中有个小小床铺，床上有锦绸同红色印花洋布铺盖，折叠得整整齐齐。来客照规矩应当坐在床沿。光线从舱口来，所以在外面以为舱中极黑，到里面却一切分明。

年青人为客找烟卷，找自来火，毛脚毛手打翻了身边那个贮栗子的小坛子，圆而发乌金光泽的板栗便在薄明的船舱里各处滚去，年青人各处用手去捕捉,仍然放到小坛中去,也不知道应当请客人吃点东西。但客人却毫不客气,从舱板上把栗拾起咬破了吃,且说这风干的栗子真好。

"这个很好,你不欢喜么?"因为水保见到主人并不剥栗子吃。

"我欢喜。这是我屋后栗树上长的。去年生了好多,乖乖的从刺球里爆出来,我欢喜。"他笑了,近于提到自己儿子模样,很高兴说这个话。

"这样大栗子不容易得到。"

"我一个一个选出来的。"

"你选的?"

"是的,因为老七欢喜吃这个,我才留下来。"

"你们那里可有猴栗?"

"甚么猴栗?"

水保就把故事所说的:"猴子在大山上住,被人辱骂时,抛下拳大栗子打人。人想得到这栗子,就故意去山下骂丑话,预备捡栗子。"一一说给乡下人听。

因为栗子,正苦无话可说的年青人,得到同情他的人了。他知道的乡下问题可多咧。于是他说到地名"栗坳"的新闻。又说到一种栗木作成的犁柄如何结实合用。这个人太需要说些家常了。昨天来一晚上都有客人吃酒烧烟,把自己关闭在小船后梢,同五多说话,五多却睡得成死猪。今天一早上,本来应当有机会同媳妇谈到乡下事情了,女人又说要上岸过七里桥烧香,派他一个人守船。坐船上等了半天,还不见人回,到后梢去看河上景致,一切新奇不同,只给自己发闷。先一时,正睡在舱里,就想这满江大水若到乡下去涨,鱼梁上不知道应当有多少鲤鱼上梁!把鱼捉来时,用柳条穿腮到太阳下去晒,正计算那数目,总算不清楚。忽然客人来到船上,似乎一切鱼都争着跳进水中去了。

来了客人,且在神气上看出来人是并不拒绝这些谈话的,所以这年青人，凡是预备到同自己媳妇在枕边诉说的各样事情，这时得到了一个好机会，都拿来同水保谈着。

他告给水保许多乡下情形，说到小猪捣乱的脾气，叫小猪做"乖乖"。又说到新由石匠整治过的那副石磨，顺便告给了一个石匠的笑话。又提起一把失去了多久的小镰刀，一把水保梦想不到的小镰刀，他说：

"你瞧，奇怪不奇怪？我赌咒我各处都找到了。我们的床下、门枋上、仓角里，甚么地方不找到？它简直躲了。躲猫猫一样，不见了。我为这件事骂老七。老七哭过。可还是不见。鬼打岩，蒙蒙眼，原来它躲在屋梁上饭箩里！半年躲在饭箩里！它吃饭！一身锈得象生疮。这东西多坏多狡猾！我说这个你明白我没有？怎么会到饭箩里半年？那是一只做样子的东西，挂到斗窗上。我记起那事了，是我削楔子，手上刮了皮，流了血，生了大气，赌气把刀那么一丢。……到水上磨了半天，还不错，仍然能吃肉，你一不小心，就得流血。我还不曾同老七说起这个，她不会忘记那哭得伤心的一回事。找到了，哈哈，真找到了。"

"找到它就好了。"水保随便那么说着。

"是的，得到了它那是好的。因为我总疑心这东西是老七掉到溪里，不好意思说明。我知道她不骗我了。我明白了。我知道她受了冤屈，因为我说过：'找不出么？那我就要打人！'我并不曾动过手。可是生气时也真吓人。她哭了半夜！"

"你是用它割草么？"

"嗨，哪里，用处多咧。是小镰刀，那么精巧，你怎么说割草？那是削一点薯皮，刮刮箫，这些这些用的。小得很，值三百钱，钢火妙极了。我们都应当有这样一把刀，放到身边，不明白么？"

水保说："明白明白。都应当有一把，我懂你这个话。"

他以为水保当真懂的，因此再说下去，甚么也说到了。甚至于希望明年来一个小宝宝，这样只合宜于同自己的媳妇睡到一个枕头上商量的话也说到了。年青人毫无拘束的还加上许多粗话蠢话。说了半天,水保起身要走了,他记起问客人贵姓。

"大爷,您贵姓?留一个片子到这里,我好回话。"

"不用不用。你只告他有这么一个大个儿到过船上,穿这样大靴子,告她晚上不要接客,我要来。"

"不要接客,您要来?"

"就是这样说。我一定要来的。我还要请你喝酒。我们是朋友。"

"是朋友,是朋友。"

水保用他那大而厚的手掌,拍了一下年青人的肩膊,从船头跃上岸,走到别一个船上去了。

水保走去后,年青人就一面等候,一面猜想这个大汉子是谁。他还是第一次和这样尊贵的人物谈话,他不会忘记这很好的印象的。人家今天不仅是和他谈话,还喊他做朋友,答应请他喝酒!他猜想这人一定是老七的熟客。他猜想老七一定得了这人许多钱。他忽然觉得愉快,感到要唱一个歌了,就轻轻的唱了一首山歌,用四溪人体裁,他唱的是"水涨了,鲤鱼上梁,大的有大草鞋那么大,小的有小草鞋那么小"。

但是等了一会,还不见老七回来,一个鬼也不回来,他又想起那大汉子的丰采言谈了。他记起那一双靴子,闪闪发光,以为不是极好的山柿油涂到上面,是不会如此体面好看的。他记起那黄而发沉的戒指,说不分明那将值多少钱,一点不明白那宝贝为甚如此可爱。他记起那伟人点头同发言,一个督抚的派头,一个省长的身分——这是老七的财神!他于是又唱了一首歌,用杨村人不庄重口吻,唱的是"山坳里团总烧炭,山脚里地保爬灰;爬灰红薯才肥,烧炭脸庞发黑"。

到午时,各处船上都已经有人在烧饭了。湿柴烧不燃,烟子各处窜,使人流泪打嚏。柴烟平铺到水面时如薄绸。听到河街馆子里大师傅用铲子敲打锅边的声音，听到邻船上白菜落锅的声音，老七还不见回来。可是船上烧湿柴的本领年青人还没有学会，小钢灶总是冷冷的不发吼。做了半天还是无结果，只有拿它放下了。

应当吃饭时候不得吃饭，人饿了，坐到小凳上敲打舱板，他仍然得想一点事情。一个不安分的估计在心上滋长了。正似乎为装满了钱钞便极其骄傲模样的抱兜，在他眼下再现时，把原有和平失去了。一个用酒糟同红血所捏成的橘皮红色四方脸，也是极其讨厌的神气，保留在印象上。并且，要记忆有甚么用？他记忆得到那嘱咐，是当到一个丈夫面前说的！"今晚上不要接客，我要来。"该死的话，是那么不客气的从那吃红薯的大口里说出！为甚么要说这个？有甚么理由要说这个？……

胡想使他心上增加了愤怒，饥饿重复揪着了这愤怒的心，便有一些原始人不缺少的情绪，在这个年青简单的人情绪中滋长不已。

他不能再唱一首歌了。喉咙为妒嫉所扼，唱不出甚么歌。他不能再有甚么快乐。按照一个种田人的脾气，他想到明天就要回家。

有了脾气，再来烧火，自然更不行了，于是把所有的柴全丢到河里去了。

"雷打你这柴！要你到洋里海里去！"

但那柴是在两三丈以外，便被别个船上的人捞起了的。那船上人似乎一切都准备好了，正等待一点从河面漂流而来的湿柴，把柴捞上，即刻就见到用废缆一段引火，且即刻满船发烟，火就带着小小爆裂声音燃好了。眼看这一切，新的愤怒使年青人感到羞辱，他想不必等待人回船就走路。

在街尾却遇到女人同小毛头五多两个人，正牵了手说着笑着走来。五多手上拿得有一把胡琴，崭新的样子，这是做梦也不曾遇到的一个好家伙。

"你走哪里去？"

"我——要回去。"

"教你看船船也不看,要回去,甚么人得罪了你,这样小气?"

"我要回去,你让我回去。"

"回到船上去!"

看看媳妇,样子比说话还硬劲。并且看到那一张胡琴,明知道这是特别买来给他的,所以再不能坚持。摸了摸自己发烧的额角,幽幽的说:"回去也好,回去也好。"就跟着媳妇的身后跑转船上。

掌班大娘也赶来了。原来提了一副猪肺,好象东西只是乘便偷来的,深恐被人追上带到衙门里去,所以跑得颧骨发了红,喘气不止。大娘一上船,女人在舱中就喊:

"大娘,你瞧,我家汉子想走!"

"谁说的,戏也不看就走!"

"我们到街口碰到他,他生气样子,一定是怪我们不早回来。"

"那是我的错;是菩萨的错;是屠户的错。我不该同屠户为一个钱吵闹半天,屠户不该肺里灌了这样多水。"

"是我的错。"陪男子在舱里的女人,这样说了一句话,坐下了。对面是男子汉。她于是有意的在把衣服解换时,露出极风情的红绫胸褡。胸褡上绣了"鸳鸯戏荷",是上月自己亲手新做的。

男子觑着不说话。有说不出的甚么东西,在血里窜着涌着。

在后梢,听到大娘同五多谈着柴米。

"怎么,我们的柴都被谁偷去了?"

"米是谁淘好的?"

"一定是火烧不燃。……姐夫是乡下人,只会烧松香。"

"我们不是昨天才解散一捆柴么?"

"都完了。"

"去前面搬一捆,不要说了。"

"姐夫只知道淘米!"小五多一面说一面笑。

听到这些话的年青汉子,一句话不说,静静的坐在舱里,望着那一把新买来的胡琴。

女人说:"弦早配好了,试拉拉看。"

先是不作声,到后把琴搁在膝上,查看琴筒上的松香。调弦时,生疏的音响从指间流出,拉琴人便快乐的微笑了。

不到一会满舱是烟,男子被女人喊出,依旧把琴拿到外面去,站在船头调弦。

到吃中饭时,五多说:

"姐夫你回头拉《孟姜女哭长城》,我唱。"

"我不会拉!"

"我听说你拉得很好,你骗我,谎我。"

"我不骗你。我只会拉《娘送女》流水板。"

大娘说:"我听老七说你拉得好,所以到庙里,一见这琴,我想起你,才说就为姐夫买回去吧。真是运气,烂贱就买来了。这到乡里一块钱还恐怕买不到,不是么?"

"是的,多少钱?"

"一吊六。他们都说值得!"

五多笑着搭嘴说:"谁那么说值得?"

大娘很生气的说:"毛丫头,谁说不值得?你知道甚么?撕你的嘴!"

五多把舌伸伸,表示口不关风说错了话。

原来这琴是从个卖琴熟人手上拿来,一个钱不花。听到大娘的谎话,五多分辩,大娘就骂五多。老七却笑了。男子以为这是笑大娘不懂事,所以也在一旁干笑着。

男子先把饭一骨碌吃完,就动手拉琴,新琴声音又清又亮。五多高兴到得意忘形,放下碗筷唱将起来,被大娘结结实实打了一筷子头,才忙着吃饭,收碗,洗锅子。

到了晚上,前舱盖了篷,男子拉琴,五多唱歌,老七也唱歌。美孚灯罩子有红纸剪成的遮光帽，全舱灯光红红的如过年办喜事。年青人在热闹中心上开了花。可是不多久，有兵士从河街过身，喝得烂醉，听到这声音了。

两个醉鬼跟跟跄跄到了船边，两手全是污泥，手扳船沿，象含胡桃那么混混胡胡的嚷叫：

"甚么人唱，报上名来！唱得好，赏一个五百。不听到么？老子赏你五百！"

里面琴声戛然而止，沉静了。

醉鬼用脚不住踢船，蓬蓬蓬发出钝而沉闷的声音。且想推篷，搜索不到篷盖接榫处。于是又叫嚷："不要赏么，婊子狗造的！装聋，装哑？甚么人敢在这里作乐？我怕谁？皇帝我也不怕。大爷，我怕皇帝我不是人！我们军长师长，都是混账王八蛋，是皮蛋鸡蛋，寡了的臭蛋，我才不怕！"

另一个喉咙发沙的说道：

"骚婊子，出来拖老子上船！"

并且即刻听到用石头打船篷，大声的辱宗骂祖，一船人都吓慌了。大娘忙把灯扭小一点，走出去推篷。男子听到那汹汹声气，夹了胡琴就往后舱钻去。不一会，醉人已经进到前舱了，两个人一面说着野话，一面还要争夺同老七亲嘴，同大娘、五多亲嘴。且听到有个哑嗓子问："是甚么人在此唱歌作乐？把拉琴的抓来，再为老子唱一个歌。"

大娘不敢作声，老七也无了主意，两个酒疯子就大声的骂人：

"臭货，喊龟子出来，跟老子拉琴，赏一千！英雄盖世的曹孟德也不会这样大方！我赏一千，一千个红薯。快来，不出来我烧掉你们这只船！听着没有，老东西！赶快，莫让老子们生了气，灯笼子认不得人！"

"大爷，这是我们自己家几个人玩玩，不是外人。……"

"不！不！不！老婊子，你不中吃。你老了，皱皮柑！快叫拉琴的来！杂种！我要拉琴，我要自己唱！"一面说一面便站起身来，想向后舱去搜寻。大娘弄慌了，把口张大合不拢去。老七人急智生，拖着那醉鬼的手，安置到自己的大奶上。醉鬼懂到这个意思，又坐下了。"好的，妙的，老子出得起钱。老子今天晚上要到这里睡觉！……孤王酒醉桃花宫，韩素梅生来好貌容……"

这一个在老七左边躺下去后，另一个不说甚么，也在右边躺了下去。

年青人听到前舱仿佛安静了一会，在隔壁轻轻的喊大娘。正感到一种侮辱的大娘，悄悄爬过去，男子还不大分明是甚么事情，问大娘："甚么事情？"

"营上的副爷，醉了，象猫。等一会儿就得走。"

"要走才行。我忘记告你们了，今天有一个大方脸人来，好象大官，吩咐过我，他晚上要来，不许留客。"

"是脚上穿大皮靴子，说话象打锣么？"

"是的，是的。他手上还有一个大金戒子。"

"那是老七干爹。他今早上来过了么？"

"来过的。他说了半天话才走，吃过些风干栗子。"

"他说些甚么？"

"他说一定要来，一定莫留客，……还说一定要请我喝酒。"

大娘想想，来做甚么？难道是水保自己要来歇夜？难道是老对老，水保注意到……？想不通，一个老鸨虽说一切丑事做成习惯，甚么也不至于红脸，但被人说到"不中吃"时，是多少感到一种羞辱的。她悄悄的回到前舱，看前舱新事情不成样子，扁了扁瘪嘴，骂了一声"猪狗"，终归又转到后舱来了。

"怎么？"

"不怎么。"

"怎么，他们走了？"

"不怎么，他们睡了。"

"睡了——?"

大娘虽看不清楚这时男子的脸色，但她很懂得这语气，就说："姐夫，你难得上城来，我们可以上岸玩玩去，今夜三元宫夜戏，我请你坐高台子，戏是《秋胡三戏结发妻》。"

男子摇头不语。

兵士胡闹了一阵走去后，五多、大娘、老七都在前舱灯光下说笑，说那兵士的醉态。男子留在后舱不出来。大娘到门边喊过了二次，不答应，不明白这脾气从甚么地方发生。大娘回头就来检查那四张票子的花纹，因为她已经认得出票子的真假。票子倒是真的，她在灯光下指点给老七看那些记号，那些花，且放近鼻子上嗅嗅，说这个一定是清真牛肉馆子里找出来的，因为有牛油味道。

五多第二次又走过去，"姐夫，姐夫，他们走了，我们来把那个唱完，我们还得……"

女人老七象是想到了甚么心事，拉着了五多，不许她说话。

一切沉默了。男子在后舱先还是正用手指扣琴弦，作小小声音，这时手也离开那弦索了。

船上四个人都听到从河街上飘来的锣鼓、唢呐声音。河街上一个做生意人办喜事，客来贺喜，大唱堂戏，一定有一整夜的热闹。

过了一会，老七一个人轻脚轻手爬到后舱去，但即刻又回来了。显然是要讲和，交涉办不好。

大娘问："怎么了？"

老七摇摇头，叹了一口气，"牛脾气，让他去。"

先以为水保恐怕不会来的，所以大家仍然睡了觉，大娘、老七、五多三个人在前舱，只把男子放到后面。

查船的在半夜时，由水保领来了。水面鸦雀无声，四个全副武装警察守在船头，水保同巡官晃着手电筒进到前舱。这时大娘已把灯捻明了，她经验多，懂得这不是大事情。老七披了衣坐在床上，喊"干爹"，喊"巡官老爷"，要五多倒茶。五多还睡意迷蒙，只想到梦里在乡下摘三月莓!

男子被大娘摇醒揪出来,看到水保,看到一个穿黑制服的大人物,吓得不能说话,不晓得有甚么严重事情发生。那巡官于是装成很有威风的神气开了口:"这是甚么人?"

水保代为答应:"老七的汉子,才从乡下来走亲戚。"

老七补说道:"巡官,他昨天才来。"

巡官看了一会儿男子,又看了一会儿女人,仿佛看出水保的话不是谎话,就不再说话了。随意在前舱各处翻翻,待注意到那个贮风干栗子的小坛子时,水保便抓了大把栗子,塞进巡官那件体面制服的大口袋里去。巡官只是笑,也不说甚么。

一伙人一会儿就走到另一船上去了。大娘刚要盖篷,一个警察回来传话:

"大娘,大娘,你告老七,巡官要回来过细考察她一下,你懂不懂?"

大娘说:"就来么?"

"查完夜就来。"

"当真吗?"

"我甚么时候同你这老婊子说过谎?"

大娘很欢喜的样子,使男子奇怪。因为他不明白为甚么巡官还要回来考察老七。但这时节望到老七睡起的样子,上半晚的气已经没有了,他愿意讲和,愿意同她在床上说点家常私话,商量件事情,就傍床沿坐定不动。

大娘象是明白男子的心事,明白男子的欲望,也明白他不懂事,故只同老七打知会,"巡官就要来的!"

老七咬着嘴唇不作声,半天发痴。

男子一早起身就要走路,沉沉默默的一句话不说,端整了自己的草鞋,找到了自己的烟袋。一切归一了,就坐到那矮床边沿,象是有话说又说不出口。

老七问他："你不是答应过干爹,到他家喝酒吗?"

"……"摇摇头不作答。

"人家特意为你办了酒席! 四盘四碗一火锅,大面子事情,难道好意思不领情?"

"…………"

"戏也不看看么?"

"…………"

"'满天红'的荤油包子,到半日才上笼,那是你欢喜的包子!"

"…………"

一定要走了,老七很为难,走出船头呆了一会,回身从荷包里掏出昨晚上那兵士给的票子来,点了一下数目,一共四张,捏成一把塞到男子左手心里去。男子无话说。老七似乎懂到那意思了,"大娘,你拿那三张也把我。"大娘将钱取出,老七又将这钱点数一下,塞到男子右手心里去。

男子摇摇头,把票子撒到地下去,两只大而粗的手掌捂着脸孔,象小孩子那样莫名其妙的哭了起来。

五多同大娘看情形不好,一齐逃到后舱去了。五多心想这真是怪事,那么大的人会哭,好笑! 可是她并不笑。她站在船后梢看见挂在梢舱顶梁上的胡琴,很愿意唱一个歌,可是不知为甚么也总唱不出声音来。

水保来船上请远客吃酒时,只有大娘同五多在船上,问及时,才明白两夫妇一早都回转乡下去了。

一九三〇年四月十三日作于吴淞

一九三四年七月二十一日改于北京

一九五七年三月重校

三 三

　　杨家碾坊在堡子外一里路的山嘴路旁。堡子位置在山弯里，溪水沿了山脚流过去，平平的流，到山嘴折弯处忽然转急，因此很早就有人利用它，在急流处筑了一座石头碾坊。这碾坊，不知从甚么时候起，就叫杨家碾坊了。

　　从碾坊往上看，看到堡子里比屋连墙，嘉树成荫，正是十分兴旺的样子。往下看，夹溪有无数山田，如堆积蒸糕；因此种田人借用水力，用大竹扎了无数水车，用椿木做成横轴同撑柱，圆圆的如一面锣，大小不等竖立在水边。这一群水车，就同一群游手好闲人一样，成日成夜不知疲倦的咿咿呀呀唱着意义含胡的歌。

　　一个堡寨里只有这样一座碾坊，所以凡是堡子里碾米的事都归这碾坊包办。成天有人轮流挑了仓谷来，把谷子倒进石槽里去后，抽去水闸的板，枧槽里水冲动了下面的暗轮，石磨盘带着动情的声音，即刻就转动起来了。于是主人一面谈说一件事情，一面清理簸箩筛子，到后头包了一块白布，拿着个长把的扫帚，追逐磨盘，跟着打圈儿，扫除溢出槽外的谷米，再到后，谷子便成白米了。

　　到米碾好了，筛好了，把米糠挑走之后，主人全身是糠灰，常常如同一个滚入豆粉里的汤圆。然而这生活，是明明白白比堡子里许多人生活还从容，而为一堡子中人所羡慕的。

　　凡是到杨家碾坊碾过谷子的，都知道杨家三三。妈妈二十年前嫁给守碾坊的杨，三三五岁，爸爸就丢下碾坊同母女，甚么话也不说死去了。爸爸死去后，母亲做了碾坊的主人，三三还是活在碾坊里，吃米饭同青菜、小鱼、鸡蛋过日子,生活毫无甚么不同处。三三先是眼见爸爸成天全身是糠灰;到后爸爸不见了,妈妈又成天全身是糠灰,……于是三三在哭里笑里慢慢的长大了。

妈妈随着碾槽转,提着小小油瓶,为碾盘的木轴铁心上油,或者很兴奋的坐在屋角拉动架上的筛子时,三三总很安静的自己坐在另一角玩。热天坐到风凉处吹风,用包谷秆子做个小笼,捉蝈蝈、纺织娘玩。冬天则伴同猫儿蹲在火桶里,拨灰煨栗子吃。或者有时候从碾米人手上得到一个芦管做成的唢呐,就学着打大傩的法师神气,屋前屋后吹着,半天还玩不厌倦。

这碾坊外屋墙上爬满了青藤,绕屋全是葵花同枣树,疏疏树林里,常常有三三葱绿衣裳的飘忽。因为一个人在屋里玩厌了,就出来坐在废石槽上洒米头子给鸡吃;在这时,甚么鸡逞强欺侮了另一只鸡,三三就得赶逐那横蛮无理的鸡,直等到妈妈在屋后听到声音,代为讨情才止。

这碾坊上游有一潭,四面是大树覆荫,六月里阳光照不到水面。碾坊主人在这潭中养得有几只白鸭子,水里的鱼也比上下溪里多。照当地习惯,凡靠自己屋前的水,也算是自己财产的一份。水坝既然全为了碾坊而筑成的,一乡公约不许毒鱼下网,所以这小溪里鱼极多。遇不甚面熟的人来钓鱼,看潭边幽静,想蹲一会儿,三三见到了时,总向人说:"不行,这鱼是我家潭里养的,你到下面去钓吧。"人若顽皮一点,听了这个话等于不听到,仍然拿着长长的竿子,搁到水面上去安闲的吸着烟管,望着小姑娘发笑。三三急了,便高声喊叫她的妈:"娘,娘,你瞧,有人不讲规矩,钓我们的鱼,你来折断他的竿子,你快来!"娘自然是不会来干涉别人钓鱼的。

母亲就从没有照到女儿意思折断过谁的竿子,照例将说:"三三,鱼多咧,让别人钓吧。鱼是会走路的,上面堡子塘里的鱼,因为欢喜我们这里的水,都跑来了。"三三照例应当还记得夜间做梦,梦到大鱼从水里跃起来吃鸭子,听完这个话,也就没有甚么可说了,只静静的看着,看这不讲规矩的人,到后究竟钓了多少鱼去。她心里记着数目,回头好告给妈妈。

有时因为鱼太大了一点,上了钩,拉得不合式,撇断了钓竿,三三可乐极了,仿佛娘不同自己一伙,鱼反而同自己是一伙了的神气。那时就应当轮到三三向钓鱼人咧着嘴发笑了。但是三三却常常急忙跑回去,把这件事告给母亲,母女两人同笑。

有时钓鱼的人是熟人,人家来钓鱼时,见到了三三,知道她的脾气,就照例不忘记问:"三三,许我钓鱼吧?"三三便说:"鱼是各处走动的,又不是我们养的,怎么不能钓!"同一件事情对待不同,原来是来人讲礼,三三也讲礼。

钓鱼的是熟人时,三三常搬了小小木凳子,坐在旁边看鱼上钩,且告给这人,另一时谁个把钓竿撇断的故事。到后这熟人回碾坊时,照例会把所得的大鱼分一些给三三家。三三看着母亲用刀剖鱼,掏出白色的鱼脬来,就放在地上用脚去踹,发声如放一枚小爆仗,听来十分快乐。鱼洗好后,揉了些盐,三三忙取麻线来把鱼穿好,挂到太阳下去晒。等待有客时,这些干鱼同辣子炒在一个碗里待客。母亲如想到折钓竿的话,将说:"这是三三的鱼。"三三就笑,心想着:"怎么不是三三的鱼?潭里鱼若不是归我照管,早被村子里看牛孩子捉完了。"

三三如一般小孩,换几回新衣,过几回节,看几回狮子龙灯,就长大了。熟人都说看到三三是在糠灰里长大的。一个堡子里的人,都愿意得到这糠灰里长大的女孩子做媳妇,因为人人都知道这媳妇的妆奁是一座石头做成的碾坊。照规矩十五岁的三三,要招郎上门,也应当是时候了。但妈妈有了一点私心,记得一次签上的话语,不大相信媒人的话语,所以这碾坊还是只有母女二人,一时节不曾有谁添入。

三三大了,还是同小孩一样,一切得傍着妈妈。母女两人把饭吃过后,在流水里洗了脸,眺望行将下沉的太阳,一个日子就打发走了。

有时听到堡子里的锣鼓声音,或是甚么人接亲,或是甚么人做斋事,"娘,带我去看,"又象是命令又象是请求的说着;若无甚么别的理由推辞时,娘总得答应同去。去一会儿,或停顿在甚么人家喝一杯蜜茶,荷包里塞满了榛子、胡桃,预备回家时,有月亮天,甚么也不用,就可以走回家。遇到夜色晦黑,燃了一把油柴,毕毕剥剥的响着爆着,甚么也不必害怕。若到寨子里去玩时,还常有人打了灯笼火把送客,一直送到碾坊外边。三三觉得只有这类事是顶有趣味的事情。在雨里打灯笼走夜路,三三不能常常得到这机会,却常常梦到一人那么拿着小小红纸灯笼,在溪旁走着,好象只有鱼知道这回事。

当真说来,三三的事情,鱼知道的比母亲应当还多一点,也是当然的。三三在母亲身旁,说的是母亲全听得懂的话;那些凡是母亲不明白的,差不多都在溪边说去。溪边除了鸭子就只有那些水里的鱼。鸭子成天自己嘎嘎的叫个不休,哪里还有耳朵听别人说话!

这个夏天,母女两人一吃了晚饭,不到日黄昏,总常常过堡子里一个姓宋的熟人家去,陪一个行将远嫁的姑娘谈天,听一个从小寨来的人唱歌。有一天,照例又进堡子里去,却因为谈到绣花,要三三回碾坊来取样子,三三就一个人赶忙跑回碾坊来。快到屋边时,黄昏里望到溪边有两个人影子,有一个人到树下,拿着一根竿子,好象要下钩的神气。三三心想,这一定是来偷鱼的,因此照规矩喊着:"不许钓鱼,这鱼是有主人的!"一面想走上前去看是些甚么人。

就听到一个人说:"谁说溪里的鱼也有主人?难道溪里活水也可养鱼吗?"

另一人又说:"这是碾坊里小姑娘说着玩的。"

先说话的一个人就笑了。

旋即又听到第二个人说:"三三,三三,你来,你鱼都被人捉完了!"

三三听到人家取笑她,声音好象是熟人,心里十分不平。就冲过去,预备看是谁在此撒野,以便回头告给母亲。走过去时,才知道那

第二回说话的人是堡子里一个管事先生,另外是一个从不见面的年青男人。那男人手里拿的原来只是一个拐杖,不是甚么钓竿。那管事先生认得三三,三三也认识他,所以当三三走近身时,就取笑说:

"三三,怎么鱼是你家里养的? 你家养了多少鱼呀?"

三三见是堡子里管事先生,甚么话也不说了,只低下头笑。头虽低低的,却望到那个好象从城里来的人白裤白鞋,且听到那个男子说:"这女孩倒很聪明,很美,长得不坏。"管事的又说:"这是我堡子里美人。"两人这样说着,那男子就笑了。

到这时,她猜测男子是对她望着发笑。三三心想:"你笑我干吗?"又想:"你城里人只怕狗,见了狗也害怕,还笑人,真亏你不羞。"她好象这句话已说出了口,为那人听到了,故打量趁此跑去。管事先生知道她要害羞跑了,便说:"三三,你别走,我们是来看你碾坊的。你娘呢?"

"娘不在碾坊。"

"到堡子里听小寨人唱歌去了,是不是?"

"是的。"

"你怎么不欢喜听唱歌?"

"你怎么知道我不欢喜?"

管事先生笑着说:"因为看你一个人回来,还以为你是听厌了那歌,担心这潭里鱼被人偷尽,所以赶回来看看,好小气!"

三三同管事先生说着,慢慢的把头抬起,望到那生人的脸目了,白白的脸好象在甚么地方看见过,就估计:莫非这人是唱戏的小生,忘了擦去脸上的粉,所以那么白?……那男子见三三已不再怕人,就问三三:

"这是你的家吗?"

三三说:"怎么不是我家!"

因为这答话很有趣味,那男子就说:

"你住在这个山沟边,不怕大水把你冲去吗?"

"嗨，"三三抿着小小美丽嘴唇，狠狠的望了这陌生男子一眼，心里想："狗来了，你这人吓倒落到水里，水就会冲去你。"想着当真冲去的情形，一定很是好笑，就不理会这两人，笑着跑去了。

从碾坊取了花样子回向堡子走去的三三，在潭边再上游一点，望到那两个白色影子还在前面，不高兴又同这管事先生打麻烦，于是故意跟随这两个人身后，慢慢的走着。听两个人说到城里甚么人甚么事情，听到说开河，又听到说学务局要办学校。因为这两人全都不知道有人在后面，所以自己觉得很有趣味。到后又听管事先生提起碾坊，提起妈妈怎么好，更极高兴。再到后，就听那城里男人说：

"女孩子倒真俏皮，照你们乡下习惯，应当快放人了。"

那管事的先生笑着说："少爷欢喜，要总爷做红叶，可以去说亲。不过这碾坊是应当由姑爷管业的。"

三三轻轻的呸了一口，停顿了一下，把两个指头紧紧的塞了耳朵。但依然听到那两人的笑声。她想知道那个由城里来好象唱小生的人还要说些甚，所以不久就继续跟上前去。

那小生说些甚，可听不明白，就只听那个管事先生一人说话。那管事先生说："做了碾坊主人，别的不说，成天可有新鲜鸡蛋吃，也很值得的！"话一说完，两人又笑了。

三三这次可再不能跟上去了，就坐在溪边的石头上，脸上发着烧，十分生气。心里想："你要我嫁你，我才偏偏不嫁你！我家里的鸡就是成天下二十个蛋，我也不会给你一个吃。"坐了一会，凉凉的风吹到脸上，水声淙淙使她记忆起先一时估计中那男子为狗吓倒跌在溪里的情形，可又快乐了，就望到溪里水深处，一人自言自语说："你怎么这样不中用，管事的救你，你可以喊他救你！"

到宋家时，宋家婶子正说起一件已经说了一会儿的事情，只听宋家妇人说：

"……他们养病倒希奇，说是养病，日夜睡在廊下风里让风吹。……脸儿白得如闺女,见了人就笑。……谁说是团总的亲戚,团总见他那种恭敬样子,你还不见到。福音堂洋人还怕他,他要媳妇有多少!"

母亲就说:"那么他养甚么病?"

"谁知道是甚么病?横顺成天吃那些甜甜的药,甚么事情不做,在床上躺着。在城里是享福,来乡里也是享福。老庚说,害第三期的病,又说是痨病,说也说不清楚。谁清楚城里人那些病名字。依我想,城里人欢喜害病,所以病的名字特别多。我们不能因害病耽搁事情,所以除打摆子只发烧肚泻,别的名字的病,也就从不到乡下来了。"

另外一个妇人因为生过瘰疬,不大悦服宋家妇人武断的话,就说:"我不是城里人,可是也害城里人的病。"

"你舅妈是城里人!"

"舅妈管我甚么事?"

"你文雅得象城里人,所以才生疡子!"

这样说着,大家全笑了起来。

母女两人回去时,在路上三三问母亲:"谁是白白脸庞的人?"母亲就照先前一时听人说过的话,告给三三,堡子里如何来了一位城里的病人,样子如何俊,性情如何怪。一个乡下人,对于城中人隔膜的程度,在那些描写里是分明易见的,自然说得十分好笑。在平常某个时节,三三对于母亲在叙述中所加的批评与稍稍过分的形容,总觉得母亲说得极其俨然,十分有味,这时不知如何却不相信这话了。

走了一会,三三忽问:"娘,娘,你见到那个城里白脸人没有呢?"

妈妈说:"我怎么会见他?我这几天又不到团总家里去。"

三三心想:"你不见人怎么说了那么半天。"

三三知道妈妈不见到的,自己倒早见到了,便把这件事保守秘密,却十分高兴。以为只有自己明白这件事情,此外凡是说到城里人的都不甚可靠。

两人到潭边时,三三又问:

"娘,你见团总家管事先生没有?"

若是娘说没有见过,反问她一句,那么,三三就预备把先前遇到那两个人的一切,都说给妈妈听了。但母亲这时正想起别一个问题,完全不关心三三问的话,所以三三把方才的事情瞒着母亲,一个字不提。

第二天,三三的母亲到堡子里去,在团总家门前,碰着那个从城里来的白脸客人,同团总的管事先生,正在围城边看马打滚。那管事先生告她,说他们昨天曾到碾坊前散步,见到三三。又告给三三母亲说,这客人是从城里来养病的客人。到后就又告给那客人,说这个人就是碾坊的主人杨伯妈。那人说,真很同小三姐相象。那人又说三三长得很好,很聪明,做母亲的真福气。说了一阵话,把这老妇人说快乐了,在心中展开了一个幻景,想起自己觉得有些近于糊涂的事情,忙匆匆的回转碾坊去,望着三三痴笑。

三三不知母亲为甚么今天特别乐,就问母亲到了甚么地方,遇着了谁。

母亲想,应当怎么说好?想了许久才开口:

"三三,昨天你见过谁?"

三三说:"我见到谁?没有!"

娘就笑了,"三三你记记,晚上天黑时,你不看见两个人吗?"

三三以为是娘知道一切了,就忙说:"人有两个,一个是团总家管事的先生,一个是生人……怎么?"

"不怎么。我告你,那个生人就是城里来的先生。今天我看见他们,他们说已经和你认识了,所以我们说了许多话。那人真象个姑娘样子。"母亲说到这里时,想起一件事情好笑。

三三以为妈妈是在笑她,偏过头去看土地上灶马,不理会母亲。

母亲说:"他们问我要鸡蛋,你下半天送二十个去,好不好?"

三三听到说鸡蛋,打量昨天两个男人说的笑话都为母亲知道了,心里很不高兴,说道:"谁去送他们鸡蛋?娘,娘,我说……他们是坏人!"

母亲奇怪极了,问:"怎么是坏人?甚么地方坏?"

三三红了脸不愿答应。母亲说:

"三三,你说甚么事?"

迟了许久,三三才说:"他们背地里要找团总做媒,把我嫁给那个白脸人。"

母亲听到这天真话甚么也不说,笑了好一阵。到后估计三三要跑了,才拉着三三说:"小报应,管事先生他们说笑话,这也生气吗?谁敢欺侮你!……"

说到后来,三三也被说笑了。

三三后来就告给娘城里人如何怕狗的话,母亲听后不作声,好久以后,才说:"三三,你真还象个小丫头,甚么也不懂。"

第二天,妈妈要三三送鸡子到寨子里去,三三不说甚么,只摇头。妈妈既然答应了人家,就只好亲自送去。母亲走后,三三一个人在碾坊里玩,玩厌了,又到潭边去看白鸭,看了一会鸭子,等候母亲还不回来,心想莫非管事先生同妈妈吵了架,或者天热在路上发了痧?……心里老不自在,回到碾坊里去。

但是过了一会,母亲可仍然回来了,回到碾坊一脸的笑,跨着脚如一个男子神气。坐在小凳上,不住抹额头上汗水,告给三三如何见到那先生,那先生又如何要她坐到那个用粗布做成的软椅子上去,摇着荡着象一个摇网,怪舒服怪不舒服。又说到城里人说的三三为何不念书,城里女人全念书。又说到……

三三正因为等了母亲大半天,十分不高兴。如今听母亲说的话,莫名其妙,不愿意再听,所以不让母亲说完就走了。走到外边站在溪岸旁,望着清清的溪水,记起从前有人告诉她的话,说这水流下去,一直从山里流一百里,就流到城里了。她这时忖想……甚么时候我一定也不让谁知道,就要流到城里去,一进城里就不回来了。但是如当真要流去时，她倒愿意那碾坊、那些鱼、那些鸭子，以及那一匹花猫，和她在一处流去。同时还有，她很想母亲永远和她在一处，她才能够安安静静的睡觉。

母亲看不见三三，站在碾坊门前喊着：

"三三，三三，天气热，你脸上晒出油了，不要远走，快回来！"

三三一面走回来，一面就自己轻轻的说："三三不回来了！"

下午天气较热，倦人极了，躺到屋角竹凉床上的三三，耳中听着远处水车陆续的懒懒的声音，眯着眼睛觑母亲头上的髻子，仿佛一个瘦人的脸。越看越活，朦朦胧胧便睡着了。

她还似乎看到母亲包了白帕子，拿着扫帚追赶碾盘，绕屋打着圈儿，就听到有人在外面说话，提起她的名字。

只听人说："三三到甚么地方去了，怎么不出来？"

她奇怪这声音很熟，又想不起是谁的声音，赶忙走出去，站在门边打望，才望到原来又是那个白脸的人，规规矩矩坐在那儿钓鱼。过细看了一下，却看见那个钓竿，原来是团总家管事先生的烟杆，一头还冒烟。

拿一根烟杆钓鱼，倒是极新鲜的事情，但身旁似乎又已经得到了许多鱼，所以三三非常奇怪。正想走去告母亲，忽然管事先生也从那边走来。

好象又是那一天的那种情景，天上全是红霞，妈妈不在家，自己回来原是忘了把鸡关到笼子里，因此赶忙跑回来捉鸡的。如今碰到这两个人：管事先生同那白脸城里人，都站在那石碾子上，轻轻的商量一件事情。这两人声音很轻，三三却听得出是一件关于不利于自己的行为。因为听到说这些话，又不能喊人走开，又不能自己走开，三三就非常着急，觉得自己的脸上也象天上的霞一样。

那个管事先生装作正经人样子说："我们是来买鸡蛋的，要多少钱把多少钱。"

那个城里人，也象唱戏小生那么把手一扬，就说："你说错了，要多少金子把多少金子。"

三三因为人家用金子恐吓她,所以说:"可是我不卖给你,不想你的钱。你搬你家大块金子来,到场上去买老鸦蛋吧。"

管事先生于是又说:"你不卖行吗?别人卖的凤凰蛋我也不希罕。你舍不得鸡蛋为我做人情,你想想,妈妈以后写庚帖,还少得了管事先生吗?"

那城里人于是又说:"向小气的人要甚么鸡蛋,不如算了吧。"

三三生气似的大声说:"就算我小气也行,我把鸡蛋喂虾米,也不卖给人!我们赌咒不羡慕别人的金子宝贝。你和别人去说金子,恐吓别人罢。"

可是两个人还不走,三三心里就有点着急,很愿意来一只狗向两个人扑去。正那么打量着,忽然从家里就扑出来一条大狗,全身是白色,大声汪汪的吠着,从自己身边冲过去,凶凶的扑到两人身边去,即刻就把这两个恶人冲落到水里去了。

于是溪里的水起了许多波花,起了许多大泡,管事先生露出一个光光的头在水面,那城里人则长长的头发,缠在贴近水面的柳树根上,情景十分有趣。

可是一会儿水面甚么也没有了,原来那两个人在水里摸了许多鱼,上了岸,拍拍身上的水点,把鱼全拿走了。

三三想去告给妈妈,一滑就跌下了。

刚才的事原来是做一个梦。母亲似乎是在灶房煮夜饭,因为听到三三梦里说话,才赶出来的。见三三醒了,摇着她问:"三三,三三,你同谁吵闹?"

三三定了一会儿神,望妈妈笑着,甚么也不说。

妈妈说:"起来看看,我今天为你焖芋头吃。你去照照镜子,脸睡得一片红!"虽然依照母亲说的,去照了镜子,还是一句话不说。人虽早已清醒,还记得梦里一切的情景。到后来又想起母亲说的同谁吵闹的话,才反去问母亲,究竟听到吵闹些甚么话。妈妈自然不注意这些，说听不分明，三三也就不再问甚么了。

直到吃饭时，妈妈还说到脸上睡得发红，所以三三就告给老人家先后做了些甚么梦，母亲听来笑了半天。

第二次送鸡蛋去时，三三也去了，那时是下午。吃过饭后不久，两人进了团总家的大院子。在东边偏院里，看到城里来的那个客，正躺在廊下藤椅上，眺望天上飞的老鹰。管事的不在家，三三认得那个男子，不大好意思上前去，就要母亲过去，自己站在月门边等候。母亲上前去时节，三三又为出主意，要妈妈站在门边大声说"送鸡蛋的来了"，好让他知道。母亲自然甚么都照三三主意做去。三三听母亲说这句话，说到第三次，才引起那个白白脸庞的城里人注意，自己就又急又笑。

三三这时是站在月门外边的。从门罅里向里面窥看，只见那白脸人站起身来又坐下去，正象梦里那种样子。同时就听到这个人同母亲说话，说起天气和别的事情，妈妈一面说话一面尽掉过头来望到三三所在的一边。白脸人以为她就要走去了，便说：

"老太太，你坐坐，我同你说说话。"

妈妈于是坐下了，可是同时那白脸的城里人也注意到那一面门边有一个人等候了，"谁在那里？是不是你的小姑娘？"

一看情形不妙，三三就想跑。可是一回头，却望到管事先生站在身后，不知已站了多久。打量逃走自然是难办到的，末后就被拉着袖子，牵进小院子来了。

听到那个人请自己坐下，听到那个人同母亲说那天在溪边看见自己的情形，三三眼望另一边，傍近母亲身旁，一句话不说，巴不得即刻离开，可是想不出怎么就可以离开。

坐了一会儿，出来了一个穿白袍戴白帽、装扮古怪的女人。三三先还以为是个男子，不敢细细的望。后来听这女人说话，且看她站在城里人身旁，用一根小小白色管子塞进那白脸男子口里去，又抓了男子的手捏着，捏了好一会，拿一支好象笔的东西，在一张纸上写了些甚么记号。那先生问"多少'豆'"？就听她回答说："'豆瘦'同昨天一样。"且因为另外一句话听到这个人笑，才晓得那是一个女人。这时似乎妈妈那一方面，也刚刚才明白这是一个女人，且听到说"多少'豆'"，以为奇怪，所以两人互相望望，都抿着嘴笑了起来。

看着这母女生疏的情形，那白袍子女人也觉得好笑，就不即走开。

那白脸城里人说："周小姐，你到这地方来一个朋友也没有，就同这小姑娘做个朋友吧。她家有个好碾坊，在那边溪头，有一个动人的水车，前面一点还有一个好堰坝。你同她做朋友，就可到那儿去玩，还可以钓些鱼回来。你同她去那边林子里玩玩吧，要这小姑娘告你那些花名、草名。"

这周小姐就笑着过来，拖了三三的手，想带她走去。三三想不走，望着母亲，母亲却做样子努嘴要她去，不能不走。

可是到了那一边，两人即刻就熟了。那看护把关于乡下的一切，这样那样问了她许多。她一面答着，一面想问那女人一些事情，却找不出一句可问的话，只很希奇的望到那一顶白帽子发笑。觉得好奇怪，怎么顶在头上不怕掉下来。

过后听母亲在那边喊自己的名字，三三也不知道还应当同看护告别，还应当说些甚么话，只说"妈妈喊我回去，我要走了"，就一个人忙忙的跑回母亲身边，同母亲走了。

母女两人回到路上走过了一个竹林，竹林里恰正当晚霞的返照，满竹林是金色的光。三三把一个空篮子戴在头上，扮作钓鱼翁的样子，同时想起团总家养病服侍病人那个戴白帽子的女人，就和妈妈说：

"娘，你看那个女人好不好？"

母亲说："你说的是哪一个女人？"

三三好象以为这答复是母亲故意装作不明白的样子，因此稍稍有点不高兴，向前走去。

妈妈在后面说:"三三,你说谁?"

三三就说:"我说谁,我问你先前那个女子,你还问我!"

"我怎么知道你是说谁?你说那姑娘,脸庞红红白白的,是说她吗?"

三三才停着了脚,等着她的妈。且想起自己无道理处,悄悄的笑了。母亲赶上了三三,推着她的背,"三三,那姑娘长得好体面,你说是不是?"

三三本来就觉得这人长得体面,听到妈妈先说,所以就故意说:"体面甚么?人高得象一条菜瓜,也算体面!"

"人家是读过书来的,你没看她会写字吗?"

"娘,那你明天要她拜你做干娘吧。她读过书,娘,你近来只欢喜读书的。"

"嗨,你瞧你!我说读书好,你就生气。可是……你难道不欢喜读书的吗?"

"男人读书还好,女人读书讨厌咧。"

"你以为她讨厌,那我们以后讨厌她得了。"

"不,干吗说'讨厌她得了'?你并不讨厌她!"

"那你一人讨厌她好了。"

"我也不讨厌她!"

"那是谁该讨厌她?三三,你说。"

"我说,谁也不该讨厌她。"

母亲想着这个话就笑,三三想着也笑了。

三三于是又匆匆的向前走去。因为黄昏太美,三三不久又停顿在前面枫树下了,还要母亲也陪她坐一会,送那片云过去再走。母亲自然不会不答应的。两人坐在那石条子上,三三把头上的竹篮儿取下后,用手整理发辫,就又想起那个男人一样短短头发的女人。母亲说:"三三,你用围裙揩揩脸,脸上出汗了。"三三好象没听到妈妈的话,眺望另一方,她心中出奇,为甚么有许多人的脸,白得象茶花。她不知不觉又把这个话同母亲说了，母亲就说，这是他们称呼做"城里人"的理由，不必擦粉，脸也总是很白的。

三三说："那不好看。"母亲也说"那自然不好看"。三三又说："宋家的黑子姑娘才真不好看。"母亲因为到底不明白三三意思所在，拿不稳风向，所以再不敢插言，就只貌作留神的听着，让三三自己去作结论。

三三的结论就只是故意不同母亲意见一致，可是母亲若不说话时，自己就不须结论，也闭了口，不再作声了。

另外某一天，有人从大寨里挑谷子来碾坊的，挑谷子的男人走后，留下一个女人在旁边照料一切。这女人欢喜说白话，且不久才从六十里外一个寨上吃喜酒回来，有一肚子的故事，许多乡村消息，得和一个人说说才舒服，所以就拿来与碾坊母女两人说。母亲因为自己有一个女儿，有些好奇的理由，专欢喜问人家到甚么地方吃喜酒，看见些甚么体面姑娘，看到些甚么好嫁妆。她还明白，照例三三也愿意听这些故事。所以就问那个人，问了这样又问那样，要那人一五一十说出来。

三三却静静的坐在一旁，用耳朵听着，一句话不说。有时说的话那女人以为不是女孩子应当听的，声音较低时，三三就装作毫不注意的神气，用绳子结连环玩，实际上仍然听得清清楚楚。因为听到些怪话，三三忍不住要笑了，却扭过头去悄悄的笑，不让那个长舌妇人注意。

到后那两个老太太，自然而然就说到团总家中的来客，且说及那个白袍白帽的女人了。那妇人说她听人说这白帽白袍女人，是用钱雇来的，雇来照料那个先生，好几两银子一天。但她却又以为这话不十分可靠，以为这人一定就是城里人的少奶奶，或者小姨太太。

三三的妈妈意见却同那人的恰恰相反，她以为那白袍女人，决不是少奶奶。

那妇人就说："你怎么知道不是少奶奶?"

三三的妈说："怎么会是少奶奶!"

那人说："你告诉我些道理。"

三三的妈说："自然有道理,可是我说不出。"

那人说："你又看不见,你怎么会知道?"

三三的妈说："我怎么看不见? ……"

两人争着不能解决,又都不能把理由说得完全一点,尤其是三三的母亲,又忘记说是听到过那一位喊叫过周小姐的话,用来作证据。三三却记起许多话,只是不高兴同那个妇人去说。所以三三就用别种的方法打乱了两人不能说清楚的问题。三三说："娘,莫争这些闲事情,帮我洗头吧,我去热水。"

到后那妇人把米碾完挑走了。把水热好了的三三,坐在小凳上一面解散头发,一面带着抱怨神气向她娘说:

"娘,你真奇怪,欢喜同那老婆子说空话。"

"我说了些甚么空话?"

"人家媳妇不媳妇,管你甚么事!"

…………

母亲想起甚么事来了,抿着口痴了半天,轻轻的叹了一口气。

过几天,那个白帽白袍的女人,却同寨子里一个小女孩子到碾坊来玩了。玩了大半天,说了许多话,妈妈因为第一次有这么一个稀客,所以走出走进,只想杀一只肥母鸡留客吃饭,但是又不敢开口,所以十分为难。

三三却把客人带到溪下游一点有水车的地方去,玩了好一阵,在水边摘了许多金针花,回来时又取了钓竿,搬个矮脚凳子,到溪边去陪白帽子女人钓鱼。

溪里的鱼好象也知道凑趣。那女人一根钓竿,一会儿就得了四条大鲫鱼,使她十分欢喜。到后应当回去了,女人不肯拿鱼回去,母亲可不答应，一定要她拿去。并且因为白帽子女人说南瓜子好吃，又另外取了一口袋的生瓜子，要同来的那个小女孩代为拿着。

再过几天，那白脸人同管事先生也来钓了一次鱼，又拿了许多礼物回去。

再过几天，那病人却同女人一块儿来了，来时送了一些用瓶子装的糖，还送了些别的东西，使得主人不知如何措置手脚。因为不敢留这两个人吃饭，所以到临走时，三三母亲还捉了两只活鸡，一定要他们带回去。两人都说留到这里生蛋，用不着捉去，还不行。到后说等下一次来再杀鸡，那两只鸡才被开释放下了。

自从两个客人到来后，碾坊里有点不同过去的样子，母女两人说话，提到"城里"的事情，就渐渐多了。城里是甚么样子，城里有些甚么好处，两人本来全不知道。两人只从那个白脸男子、白袍女人的神气，以及平常从乡下听来的种种，作为想象的根据，摹拟到城里的一切景况，都以为城里是那么一种样子：有一座极大的用石头垒就的城，这城里就竖了许多好房子。每一栋好房子里面都住了一个老爷同一群少爷；每一个人家都有许多成天穿了花绸衣服的女人，装扮得同新娘子一样，坐在家里，甚么事也不必做。每一个人家，房子里一定还有许多跟班同丫头，跟班的坐在大门前接客人的名片，丫头便为老爷剥莲心，去燕窝毛。城里一定有很多条大街，街上全是车马。城里有洋人，脚杆直直的，就在大街上走来走去。城里还有大衙门，许多官都如"包龙图"一样，威风凛凛，一天审案到夜，夜了还得点了灯审案。虽有一个包大人，坏人还是数不清。城里还有好些铺子，卖的是各样希奇古怪的东西。城里一定还有许多大庙小庙，成天有人唱戏，成天也有人看戏。看戏的全是坐在一条板凳上，一面看戏一面剥黑瓜子。坏女人想勾引人就向人打瞟瞟眼。城门口有好些屠户，都长得胖墩墩的。城门口还坐有个王铁嘴，专门为人算命打卦。

这些情形自然都是实在的。这想象中的都市，象一个故事一样动人，保留在母女两人心上，却永远不使两人痛苦。她们在自己习惯生活中得到幸福,却又从幻想中得到快乐,所以若说过去的生活是很好的,那到后来可说是更好了。

但是,从另外一些记忆上,三三的妈妈却另外还想起了一些事情,因此有好几回同三三说话到城里时,却忽然又住了口不说下去。三三询问这是甚么意思,母亲就笑着,仿佛意思就只是想笑一会儿,甚么别的意思也没有。

三三可看得出母亲笑中有原因,但总没有方法知道这另外原因究竟是甚么。或者是妈妈预备要搬进城里,或者是做梦到过城里,或者是因为三三长大了,背影子已象一个新娘子了,妈妈惊讶着,这些躲在老人家心上一角儿的事可多着呐。三三自己也常常发笑,且不让母亲知道那个理由。每次到溪边玩,听母亲喊"三三你回来吧",三三一面走一面总轻轻的说:"三三不回来了,三三永不回来了。"为甚么说不回来,不回来又到甚么地方去落脚,三三并不曾认真打量过。

有时候两人都说到前一晚上梦中去过的城里,看到大衙门大庙的情形,三三总以为母亲到的是一个城里,她自己所到又是一个城里。城里自然有许多,同寨子差不多一样,这个三三老早就想到了的。三三所到的城里一定比母亲那个还远一点,因为母亲凡是梦到城里时,总以为同团总家那堡子差不多,只不过大了一点,却并不很大。三三因为听到那白帽子女人说过,一个城里看护至少就有两百,所以她梦到的,就是两百个白帽子女人的城里!

妈妈每次进寨子送鸡蛋去,总说他们问三三,要三三去玩,三三却怪母亲不为她梳头。但有时头上辫子很好,却又说应当换干净衣服才去。一切都好了,三三却常常临时又忽然不愿意去了。母亲自然不强着三三的。但有几次母亲有点不高兴了,三三先说不去,到后又去;去到那里,两人却都很快乐。

人虽不去大寨,等待妈妈回来时,三三总愿意听听说到那一面的事情。母亲一面说,一面注意三三的眼睛,这老人家懂得到一点三三心事。她自己以为十分懂得三三,所以有时话说得也稍多了一点。

譬如关于白帽子女人,如何照料白脸男子那一类事,母亲说时总十分温柔,同时看三三的眼睛,也照样十分温柔。于是,这母亲,忽然又想到了远远的甚么一件事,不再说下去;三三也想到了另外一件事,不必妈妈说话了。母女二人就沉默了。

寨子里人有次又过碾坊来了,来时三三已出到外边往下溪水车边采金针花去了。三三回碾坊时,望见母亲同那个人商量甚么似的在那里谈话,一见到三三,就笑着甚么也不说。三三望望母亲的脸,从母亲脸上颜色,她看出象有些甚么事情,很有点蹊跷。

那人一见三三就说:"三三,我问你,怎么不到堡子里去玩,有人等你!"

三三望望自己手上那一把黄花,头也不抬说:"谁也不等我。"

"你的朋友等你。"

"没有人是我的朋友。"

"一定有人! 想想看,有一个人!"

"你说有就有吧。"

"你今年几岁,是不是属龙的?"

三三对这个谈话觉得有点古怪,就对妈妈看着,不即作答。

"你不说我也知道,你妈妈还刚刚告我,四月十七,你看对不对?"

三三心想,四月十七、五月十八你都管不着,我又不希罕你为我拜寿。但因为听说是妈妈告的,三三就奇怪,为甚么母亲同别人谈这些话。她就对母亲把小小嘴唇撇了一下,怪她不该同人说起这些。本来折的花应送给母亲,也不高兴了,就把花放在休息着的碾盘旁,跑出到溪边,拾石子打飘飘梭去了。

不到一会儿,听到母亲送那人出来了,三三赶忙用背对着大路,装作眺望溪对岸那一边牛打架的样子,好让他们走去。那人见三三在水边,却停顿到路上,喊三姑娘,喊了好几声,三三还故意不理会,又才听到那人笑着走了。

到了晚上，母亲因为见三三不大说话，和平时完全不同了，母亲说："三三，怎么，是不是生谁的气？"

三三口上轻轻的说"没有"，心里却想哭一会儿。

过两天，三三又似乎仍然同母亲讲和了，把一切事都忘掉了，可是再也不提到大寨里去玩，再也不提醒母亲送鸡蛋给人了。同时母亲那一面，似乎也因为了一件事情，不大同三三提到城里的甚么，不说是应当送鸡蛋到大寨去了。

日子慢慢的过着，许多人家田间的新稻，为了好的日头同恰当的雨水，长出的禾穗全垂了头。有些人家的新谷已上了仓，有些人家摘着早熟的禾线，舂出新米各处送人尝新了。

因为寨子里那家嫁女的好日子快到了，搭了信来接母女两人过去陪新娘子。母亲正新给三三缝了一件葱绿布围裙，要三三去住两天。三三没有甚么理由可以说不去，所以母女两人就带了些礼物到寨子里来了。到了那个嫁女的家里，按照一乡的风气，在女人未出阁以前，有展览妆奁的习惯，一寨子的女人都来看，就见到了那个白帽子的女人。她因为在乡下除了照料病人就无甚么事情可做，所以一个月来在乡下就成天同乡下女人玩玩，如今随同别的女人来看嫁妆，碰到了三三母女两人。

一见面，这白帽子女人便用城里人的规矩，怪三三母亲，问为甚么多久不到总爷家里来看他们；又问三三，为甚么忘了她。这母女两人自然甚么也不好说，只按照一个乡下人的方法，望着略显得黄瘦了的白帽子女人笑着。后来这白帽子的女人就告给三三妈妈，说病人的病还不怎么好，城里医生来了一次，以为秋天还要换换地方，预备八月里回城去，再要到一个顶远的有海的地方去养息。因为不久就要走了，所以她自己同病人，都很想念母女两人，和那个小小碾坊。

这白帽子女人又说，曾托过人带信要她们来玩的，不知为甚么她们不来。又说，她很想再来碾坊那小潭边钓鱼，可是因为天气热了一点，不好出门。

这白帽子女人，看见三三的新围裙，裙上还扣了朵小花，式样秀美，充满了一种天真的妩媚，就说：

"三三，你这个围腰真美，妈妈自己做的是不是？"

三三却因为这女人一个月以来脸晒红多了，就只望着这个人的红脸好笑，笑中包含了一种纯朴的友谊。

母亲说："我们乡下人，要甚么讲究东西，只要穿得上身就好了。"因为母亲的话不大实在，三三就轻轻的接下去说："可是改了三次。"

那白帽女人听到这个话，向母女笑着，"老太太你真有福气，做你女儿的也真有福气。"

"这算福气吗？我们乡下人，哪里比得城里人好。"

因为有两个人正抬了一盒礼物过去，三三追上前想看看是甚么时，白帽子女人望着三三的背影，"老太太，你三姑娘陪嫁的，一定比这家还多。"

母亲也望那一方说："我们是穷人，姑娘嫁不出去的。"

这些话三三都听到，所以看完了那一抬礼，还不即过来。

说了一阵话，白帽子女人想邀母女两人进寨子里去看看病人，母亲见三三神气有点不高兴，同时且想起是空手，乡下人照例不好意思空手进人家大门，所以就答应过两天再去。

又过了几天，母女二人在碾坊，因为谈到新娘子敷水粉的事情，想起白帽子女人的脸，一到乡下后就晒红了许多的情形，且想起那天曾答应人家的话了，所以妈妈问三三，甚么时候高兴去寨子里看"城里人"。三三先是说不高兴，到后又想了一下，去也不甚么要紧，就答应母亲，不拘那一天去都行。既然不拘甚么时候，那么，自然第二天就可以去了。

因为记起那白帽子女人说的话，很想来碾坊玩，所以三三要母亲早上同去，好就便邀客来，到了晚上再由三三送客回去。母亲却因为想到前次送那两只鸡，客人答应了下次来吃，所以还预备早早的回来，好杀鸡款客。

一早上,母女两人就提了一篮鸡蛋,向大寨走去。过桥,过竹林,过小小山坡,道旁露水还湿湿的。金铃子象敲钟一样,叮叮的从草里发出声音来,喜鹊喳喳的叫着从头上飞过去。母亲走在三三的后面,看到三三苗条如一根笋子,拿着棍儿一面走一面打道旁的草,记起从前团总家管事先生问过她的话,不知道究竟是甚么意思。又想到几天以前,白帽子女人说及的话,就觉得这些从三三日益长大快要发生的事情,不知还有许多。

她零零碎碎就记起一些属于别人的印象来了……一顶凤冠,用珠子穿好的,搁到谁的头上? 二十抬贺礼,金锁金鱼,这是谁? ……床上撒满了花,同百果、莲子、枣子,这是谁? ……这是谁? ……那三三是不是城里人? ……

若不是滑了一下,向前一蹿,这梦还不知如何放肆做下去。

因为听妈妈口上连作呸呸,三三才回过头来,"娘,你怎么? 想些甚么? 差点儿把鸡蛋篮子也摔了。你想些甚么?"

"我想我老了,不能进城去看世界了。"

"你难道欢喜进城吗?"

"你将来一定是要到城里去的!"

"怎么一定? 我偏不上城里去!"

"那自然好极了。"

两人又走着,三三忽然又说:"娘,娘,为甚么你说我要到城里去? 你怎么个想起这事情?"

母亲忙分辩说:"你不去城里,我也不去城里。城里天生是给城里人预备的;我们有我们的碾坊,自然不会离开的。"

不到一会儿,就望到大寨子那门楼了,门前有许多大榆树和梧桐。两人进了寨门向南走,快要走到时,就望见榆树下面,有许多人站立,好象在看热闹,其中还有些人,忙手忙脚的搬移一些东西,看情形一定是发生了甚么事情,或者来了远客,或者还有别的原因。母女两人也不甚么出奇,依然慢慢的走过去。三三一面走一面说:"莫非是衙门的委员来了？娘，我在这里等你，你先过去看看吧。"母亲随随便便答应着，心里觉得有点蹊跷，就把篮子放下，要三三等着，自己赶上前去了。

这时恰巧有个妇人抱了自己孩子向北走，预备回家，看见三三了，就问："三三，怎么你这样早，有些甚么事？"但同时却看到了三三篮里的鸡蛋了，"三三，你送谁的礼呢？"

三三说："随便带来的。"因为不想同这人说别的话，于是低下头去，用手盘弄那个盘云的葱绿围腰扣子。

那妇人又说："你妈呢？"

三三还是低着头用手向南方指着，"过那边去了。"

那女人说："那边死了人。"

"是谁死了？"

"就是上个月从城中搬来养病的少爷。只说是病，前一些日子还常常出外面玩，谁知忽然犯病就死了。"

三三听到这个，心里一跳，心想："难道是真话吗？"

这时节，母亲从那边也知道消息了，匆匆忙忙的跑回来，心门口咚咚跳着，脸儿白白的，到了三三跟前，甚么话也不说，拉着三三就走。好象是告三三，又象是自言自语的说："就死了，就死了，真不象会死！"

但三三却立定了，问："娘，那白脸先生死了吗？"

"都说是死了的。"

"我们难道就回去吗？"

母亲想想，"真的，难道就回去？"

因此母女两人又商量了一下，还是过去看看，好知道究竟是甚么原因。三三且想见见那白帽子女人，找到白帽子女人一切就明白了。但一走进大门边，望见许多人站在那里，大门却敞敞的开着。两人又象怕人家知道他们是来送礼的，不敢进去。在那里就听许多人说到这个病人的一切，说到那个白帽子女人，称呼她为病人的媳妇，又说到别的。都显然证明这些人并不和这两个城里人有甚么熟识。

三三脸白白的拉着妈妈的衣角,低声的说:"娘,走。"两人于是就走了。

到了磨坊,因为有人挑了谷子来在等着碾米,母亲提着蛋篮子进去了。三三站立溪边,眼望一泓碧流,心里好象掉了甚么东西。极力去记忆这失去的东西的名称,却数不出。

母亲想起三三了,在里面喊着三三的名字,三三说:"娘,我在看虾米呢。"

"来把鸡蛋放到坛子里去,虾米在溪里可以成天看!"因为母亲那么说着,三三只好进去了。水闸门的闸板已提起,磨盘正开始在转动,母亲各处找寻油瓶,为碾盘轴木加油,三三知道那个油瓶挂在门背后,却不作声,尽母亲乱乱的各处去找。三三望着那篮子,就蹲到地下去数篮里的鸡蛋,数了半天。后来碾米的人,问为甚么那么早拿鸡蛋往别处去,送谁,三三好象不曾听到这个话,站起身来又跑出去了。

一九三一年八月写成于青岛

一九四一年十一月在昆明重看

一九五七年三月校正

边　城

一

　　由四川过湖南去,靠东有一条官路。这官路将近湘西边境,到了一个地方名叫"茶峒"的小山城时,有一小溪,溪边有座白色小塔,塔下住了一户单独的人家。这人家只一个老人,一个女孩子,一只黄狗。

　　小溪流下去,绕山岨流,约三里便汇入茶峒大河。人若过溪越小山走去,只一里路就到了茶峒城边。溪流如弓背,山路如弓弦,故远近有了小小差异。小溪宽约二十丈,河床是大片石头作成。静静的河水即或深到一篙不能落底,却依然清澈透明,河中游鱼来去皆可以计数。小溪既为川、湘来往孔道,水常有涨落,限于财力不能搭桥,就安排了一只方头渡船。这渡船一次连人带马,约可以载二十位搭客过河,人数多时必反复来去。渡船头竖了一根小小竹竿,挂着一个可以活动的铁环;溪岸两端水面横牵了一段竹缆,有人过渡时,把铁环挂在竹缆上,船上人就引手攀缘那条缆索,慢慢的牵船过对岸去。船将拢岸时,管理这渡船的,一面口中嚷着"慢点慢点",自己霍的跃上了岸,拉着铁环,于是人货牛马全上了岸,翻过小山不见了。渡头属公家所有,过渡人本不必出钱;有人心中不安,抓了一把钱掷到船板上时,管渡船的必为一一拾起,依然塞到那人手心里去,俨然吵嘴时的认真神气:"我有了口粮,三斗米,七百钱,够了! 谁要你这个!"

但是，凡事求个心安理得，出气力不受酬谁好意思，不管如何还是有人要把钱的。管船人却情不过，也为了心安起见，便把这些钱托人到茶峒去买茶叶和草烟，将茶峒出产的上等草烟，一扎一扎挂在自己腰带边，过渡的谁需要这东西必慷慨奉赠。有时从神气上估计那远路人对于身边草烟引起了相当的注意时，这弄渡船的便把一小束草烟扎到那人包袱上去，一面说："大哥，不吸这个吗？这好的，这妙的，看样子不成材，巴掌大叶子，味道蛮好，送人也很合式！"茶叶则在六月里放进大缸里去，用开水泡好，给过路人随意解渴。

管理这渡船的，就是住在塔下的那个老人。活了七十年，从二十岁起便守在这小溪边，五十年来不知把船来去渡了若干人。年纪虽那么老了，骨头硬硬的，本来应当休息了，但天不许他休息，他仿佛便不能够同这一份生活离开。他从不思索自己职务对于本人的意义，只是静静的很忠实在那里活下去。代替了天，使他在日头升起时，感到生活的力量，当日头落下时，又不至于思量和日头同时死去的，是那个近在他身旁的女孩子。他惟一的伙伴是一只渡船和一只黄狗，惟一的亲人便只那个女孩子。

女孩子的母亲，老船夫的独生女，十七年前同一个茶峒屯防军人唱歌相熟后，很秘密的背着那忠厚爸爸发生了暧昧关系。有了小孩子后，结婚不成，这屯戍兵士便想约了她一同向下游逃去。但从逃走的行为上看来，一个违悖了军人的责任，一个却必得离开孤独的父亲。经过一番考虑后，屯戍兵见她无远走勇气，自己也不便毁去作军人的名誉，就心想一同去生既无法聚首，一同去死应当无人可以阻拦，首先服了毒。女的却关心腹中的一块肉，不忍心，拿不出主张。事情业已为作渡船夫的父亲知道，父亲却不加上一个有分量的字眼儿，只作为并不听到过这事情一样，仍然把日子很平静的过下去。女儿一面怀了羞惭，一面却怀了怜悯，依旧守在父亲身边。等待腹中小孩生下后，却到溪边故意吃了许多冷水死去了。在一种近乎奇迹中这遗孤居然已长大成人，一转眼间便十五岁了。为了住处两山多竹篁，翠色逼人而来，老船夫随便给这个可怜的孤雏，拾取了一个近身的名字，叫做"翠翠"。

翠翠在风日里长养着，把皮肤变得黑黑的，触目为青山绿水，一对眸子清明如水晶，自然既长养她且教育她。为人天真活泼，处处俨然如一只小兽物。人又那么乖，如山头黄麂一样，从不想到残忍事情，从不发愁，从不动气。平时在渡船上遇陌生人对她有所注意时，便把光光的眼睛瞅着那陌生人，作成随时都可举步逃入深山的神气，但明白了面前的人无机心后，就又从从容容的在水边玩耍了。

老船夫不论晴雨，必守在船头，有人过渡时，便略弯着腰，两手缘引了竹缆，把船横渡过小溪。有时疲倦了，躺在临溪大石上睡着了，人在隔岸招手喊过渡，翠翠不让祖父起身，就跳下船去，很敏捷的替祖父把路人渡过溪，一切溜刷在行，从不误事。有时又和祖父、黄狗一同在船上，过渡时与祖父一同动手牵缆索。船将近岸边，祖父正向客人招呼"慢点，慢点"时，那只黄狗便口衔绳子，最先一跃而上，且俨然懂得如何方称尽职似的，把船绳紧衔着拖船拢岸。茶峒附近村子里人不仅认识弄渡船的祖孙二人，也对于这只狗充满好感。

风日清和的天气，无人过渡，镇日长闲，祖父同翠翠便坐在门前大岩石上晒太阳。或把一段木头从高处向水中抛去，嗾使身边黄狗从岩石高处跃下，把木头衔回来。或翠翠与黄狗皆张着耳朵，听祖父说些城中多年以前的战争故事。或祖父同翠翠两人，各把小竹作成的竖笛，逗在嘴边吹着迎亲送女的曲子。过渡人来了，老船夫放下了竹管，独自跟到船边去横溪渡人。在岩上的一个，见船开动时，于是锐声喊着：

"爷爷，爷爷，你听我吹，你唱！"

爷爷在溪中央于是便很快乐的唱起来，哑哑的声音同竹管声，振荡在寂静空气里，溪中仿佛也热闹了些。实则歌声的来复，反而使一切更加寂静。

有时过渡的是从川东过茶峒的小牛，是羊群，是新娘子的花轿，翠翠必争着作渡船夫,站在船头,懒懒的攀引缆索,让船缓缓的过去。牛、羊、花轿上岸后,翠翠必跟着走,送队伍上山,站到小山头,目送这些东西走去很远了,方回转船上,把船牵靠近家的岸边;且独自低低的学小羊叫着,学母牛叫着,或采一把野花缚在头上,独自装扮新娘子。

茶峒山城只隔渡头一里路,买油买盐时,逢年过节祖父得喝一杯酒时,祖父不上城,黄狗就伴同翠翠入城里去备办节货。到了卖杂货的铺子里,有大把的粉条,大缸的白糖,有炮仗,有红蜡烛,莫不给翠翠一种很深的印象,回到祖父身边,总把这些东西说个半天。那里河边还有许多上行船,百十船夫忙着起卸百货,这种船只比起渡船来全大得多,有趣味得多,翠翠也不容易忘记。

二

茶峒地方凭水依山筑城,近山一面,城墙俨然如一条长蛇,缘山爬去。临水一面则在城外河边留出空地设码头,湾泊小小篷船。船下行时运桐油、青盐、染色的五倍子。上行则运棉花、棉纱,以及布匹、杂货同海味。贯串各个码头有一条河街,人家房子多一半着陆,一半在水,因为余地有限,那些房子莫不设有吊脚楼。河中涨了春水,到水脚逐渐进街后,河街上人家,便各用长长的梯子,一端搭在自家屋檐口,一端搭在城墙上,人人争骂着嚷着,带了包袱、铺盖、米缸,从梯子上进城里去,等待水退时,方又从城门口出城。某一年水若来得特别猛一些,沿河吊脚楼,必有一处两处为大水冲去,大家皆在城上头呆望,受损失的也同样呆望着,对于所受的损失仿佛无话可说,与在自然安排下,眼见其他无可挽救的不幸来时相似。涨水时在城上还可望着骤然展宽的河面,流水浩浩荡荡,随同山水从上流浮沉而来的有房子、牛、羊、大树。于是在水势较缓处,税关趸船前面,便常常有人驾了小舢版,一见河心浮沉而来的是一匹牲畜、一段小木或一只空船，船上有一个妇人或一个小孩哭喊的声音，便急急的把船桨去，在下游一些迎着了那个目的物，把它用长绳系定，再向岸边桨去。这些诚实勇敢的人，也爱利，也仗义，同一般当地人相似。不拘救人救物，却同样在一种愉快冒险行为中，做得十分敏捷勇敢，使人见及不能不为之喝彩。

那条河水便是历史上知名的酉水，新名字叫做白河。白河下游到辰州与沅水汇流后，便略显浑浊，有出山泉水的意思。若溯流而上，则三丈五丈的深潭可清澈见底。深潭中为白日所映照，河底小小白石子、有花纹的玛瑙石子，全看得明明白白。水中游鱼来去，全如浮在空气里，两岸多高山，山中多可以造纸的细竹，长年作深翠颜色，逼人眼目。近水人家多在桃杏花里，春天时只须注意，凡有桃花处必有人家，凡有人家处必可沽酒。夏天则晒晾在日光下耀目的紫花布衣裤，可以作为人家所在的旗帜。秋冬来时，酉水中游如王村、浆岔、保靖、里耶和许多无名山村，人家房屋在悬崖上的、滨水的，无不朗然入目。黄泥的墙，乌黑的瓦，位置却永远那么妥贴，且与四周环境极其调和，使人迎面得到的印象，实在非常愉快。一个对于诗歌、图画稍有兴味的旅客，在这小河中，蜷伏于一只小船上，作三十天的旅行，必不至于感到厌烦。正因为处处若有奇迹可以发现，人的劳动的成果，自然的大胆处与精巧处，无一地无一时不使人神往倾心。

白河的源流，从四川边境而来，从白河上行的小船，春水发时可以直达川属的秀山。但属于湖南境界的，茶峒算是最后一个水码头。这条河水的河面，在茶峒时虽宽约半里，当秋冬之际水落时，河床流水处还不到二十丈，其余只是一滩青石。小船到此后，既无从上行，因此凡是川东的进出口货物，得从这地方落水起岸。出口货物俱由脚夫用桑木扁担压在肩膊上挑抬而来，入口货物也莫不从这地方成束成担的用人力搬去。

这地方城中只驻扎一营由昔年绿营屯丁改编而成的戍兵，及五百家左右的住户。（这些住户中，除了一部分拥有一些山田同油坊，或放账屯油、屯米、屯棉纱的小资本家外，其余多数是当年屯戍来此有军籍的人家。)地方还有个厘金局，办事机关在城外河街下面小庙里，经常挂着一面长长的幡信。局长则长住城中。一营兵士驻扎老参将衙门，除了号兵每天上城吹号玩，使人知道这里还驻有军队以外，其余兵士仿佛并不存在。冬天的白日里，到城里去，便只见各处人家门前各晾晒有衣服同青菜；红薯多带藤悬挂在屋檐下；用棕衣作成的口袋，装满了栗子、榛子和其他硬壳果，也多悬挂在檐口下。屋角隅各处有大小鸡叫着玩着。间或有甚么男子，占据在自己屋前门限上锯木，或用斧头劈树，劈好的柴堆到敞坪里去如一座一座宝塔。又或可以见到几个中年妇人，穿了浆洗得极硬的蓝布衣裳，胸前挂有白布扣花围裙，躬着腰在日光下一面说话一面做事。一切总永远那么静寂，所有的人每个日子都在这种不可形容的单纯寂寞里过去。一分安静增加了人对于"人事"的思索力，增加了梦，在这小城中生活的，各人自然也一定各在分定一份日子里，怀了对于人事爱憎必然的期待。但这些人想些甚么？谁知道！住在城中较高处，门前一站便可以眺望对河以及河中的景致，船来时，远远的就从对河滩上看着无数纤夫。那些纤夫也有从下游地方，带了细点心、洋糖之类，拢岸时却拿进城中来换钱的。船来时，小孩子的想象，应当在那些拉船人一方面。大人呢，孵一窠小鸡，养两只猪，托下行船夫打副金耳环，带两丈官青布，或一坛好酱油，一个双料的美孚灯罩回来，便占去了大部分作主妇的心了。

这小城里虽那么安静和平，但地方既为川东商业交易接头处，因此城外小小河街，情形却不同了一点。也有商人落脚的客店，坐镇不动的理发馆。此外饭店、杂货铺、油行、盐栈、花衣庄，莫不各有一种地位，装点这条小河街。还有卖船上檀木活车竹缆与锅罐铺子，介绍水手职业吃码头饭的人家。小饭店门前长案上常有煎得焦黄的鲤鱼豆腐，身上装饰了红辣椒丝，卧在浅口钵头里，钵旁大竹筒中插着大把朱红筷子，不拘谁个愿意花点钱，这人就可以傍了门前长案坐下来，抽出一双筷子捏到手上，那边一个眉毛扯得极细、脸上擦了白粉的妇人就走过来问："大哥，副爷，要甜酒？要烧酒？"男子火焰高一点的，谐趣的，对内掌柜有点意思的，必故意装成生气似的说："吃甜酒？又不是小孩子，还问人吃甜酒！"那么，酽冽的烧酒，从大瓮里用木滤子舀出，倒进土碗里，即刻就来到身边案桌上了。这烧酒自然是浓而且香的，能醉倒一个汉子的，所以照例也不会多吃。杂货铺卖美孚油及点美孚油的洋灯与香烛、纸张。油行屯桐油。盐栈堆四川火井出的青盐。花衣庄则有白棉纱、大布、棉花，以及包头的黑绉绸出卖。卖船上用物的，百物罗列，无所不备，且间或有重到百斤的铁锚，搁在门外路旁，等候主顾问价的。专以介绍水手为事业，吃水码头饭的，在河街的家中，终日大门必敞开着，常有穿青羽缎马褂的船主与毛手毛脚的水手进出，地方象茶馆却不卖茶，不是烟馆又可以抽烟。来到这里的，虽说所谈的是船上生意经，然而船只的上下，划船拉纤人大都有个一定规矩，不必作数目上的讨论。他们来到这里大多数倒是在"联欢"。以"龙头管事"作中心，谈论点本地时事，两省商务上情形，以及下游的"新闻"。邀会的，集款时大多数都在此地；扒骰子看点数多少轮作会首时，也常常在此举行。真真成为他们生意经的，有两件事：买卖船只，买卖媳妇。

大都市随了商务发达而产生的某种寄食者，因为商人的需要，水手的需要，这小小边城的河街，也居然有那么一群人，聚集在一些有吊脚楼的人家。这种小妇人不是从附近乡下弄来，便是随同川军来湘流落后的妇人，穿了假洋绸的衣服，印花标布的裤子，把眉毛扯得成一条细线，大大的发髻上敷了香味极浓俗的油类，白日里无事，就坐在门口小凳子上做鞋子，在鞋尖上用红绿丝线挑绣双凤，或为情人水手做绣花抱肚，一面看过往行人，消磨长日。或靠在临河窗口上看水手起货，听水手爬桅子唱歌。到了晚间，却轮流的接待商人同水手，切切实实尽一个妓女应尽的义务。

由于边地的风俗淳朴，便是作妓女，也永远那么浑厚，遇不相熟的主顾，做生意时得先交钱，数目弄清楚后，再关门撒野。人既相熟后，钱便在可有可无之间了。妓女多靠四川商人维持生活，但恩情所结，却多在水手方面。感情好的，别离时互相咬着嘴唇咬着颈脖发了誓，约好了"分手后各人不许胡闹"；四十天或五十天，在船上浮着的那一个，同在岸上蹲着的这一个，便各在分上呆着打发这一堆日子，尽把自己的心紧紧缚定远远的一个人。尤其是妇人，情感真挚痴到无可形容，男子过了约定时间不回来，做梦时，就总常常梦船拢了岸，那一个人摇摇荡荡的从船跳板到了岸上，直向身边跑来。或日中有了疑心，则梦里必见那个男子在桅上向另一方面唱歌，却不理会自己。性格弱一点儿的，接着就在梦里投河、吞鸦片烟；性格强一点儿的，便手执菜刀，直向那水手奔去。他们生活虽那么同一般社会疏远，但是眼泪与欢乐，在一种爱憎得失间，揉进了这些人生命里时，也便同另外一片土地另外一些年轻生命相似，全个身心为那点爱憎所浸透，见寒作热，忘了一切。若有多少不同处，不过是这些人更真切一点，也就更近于糊涂一点罢了。短期的包定，长期的嫁娶，一时间的关门，这些关于一个女人身体上的交易，由于民情的淳朴，身当其事的不觉得如何下流可耻，旁观者也就从不用读书人的观念，加以指摘与轻视。这些人既重义轻利，又能守信自约，即便是娼妓，也常常较之讲道德知羞耻的城市中绅士还更可信任。

掌水码头的名叫顺顺，一个前清时便在营伍中混过日子来的人物，辛亥革命时在著名的陆军四十九标做个什长。同样做什长的，有因革命成了伟人名人的，有杀头碎尸的，他却带着少年喜事得来的脚疯痛，回到了家乡，把所积蓄的一点钱，买了一条六桨白木船，租给一个穷船主，代人装货在茶峒与辰州之间来往。气运好，两年之内船不坏事，于是他从所赚的钱上，又讨了一个略有产业的白脸黑发小寡妇。因此一来，数年后，在这条河上，他就有了大小四只船，一个妻子，两个儿子了。

但这个大方洒脱的人，事业虽十分顺手，却因欢喜交朋结友，慷慨而又能济人之急，便不能同贩油商人一样大大发作起来。自己既在粮子里混过日子，明白出门人的甘苦，理解失意人的心情，于是凡因船只失事破产的船家、过路的退伍兵士、游学文墨人，到了这个地方，闻名求助的莫不尽力帮助。一面从水上赚来钱，一面就这样洒脱散去。这人虽然脚上有点小毛病，还能泅水；走路难得其平，为人却那么公正无私。水面上各事原本极其简单，一切都为一个习惯所支配，谁个船碰了头，谁个船妨害了别一人别一只船的利益，照例有习惯方法来解决。惟运用这种习惯规矩排调一切的，必须一个高年硕德的中心人物。某年秋天，那原来执事的人死去了，顺顺作了这样一个代替者。那时他还只五十岁，为人既明事明理，正直和平，又不爱财，因此无人对他年龄怀疑。

到如今，他的儿子大的已十八岁，小的已十六岁。两个年青人都结实如小公牛，能驾船，能泅水，能走长路。凡从小乡城里出身的年青人所能够作的事，他们无一不作，作去无一不精。年纪较长的，性情如他们爸爸一样，豪放豁达，不拘常套小节。年幼的气质近于那个白脸黑发的母亲，不爱说话，眼眉却秀拔出群，一望即知其为人聪明而又富于感情。

两兄弟既年长大，必须在各一种生活上来训练他们的人格，做父亲的就轮流派遣两个小孩子各处旅行。向下行船时，多随了自己的船只充当伙计，甘苦与人相共。荡桨时选最重的一把，背纤时拉头纤二纤，吃的是干鱼、辣子、臭酸菜，睡的是硬邦邦的舱板。向上行从旱路走去，则跟了川东客货，过秀山、龙潭、酉阳做生意，不论寒暑雨雪，必穿了草鞋按站赶路。且佩了短刀，遇不得已必须动手，便霍的把刀抽出，站到空阔处去，等候对面的一个，继着就同这个人用肉搏来解决。地方的风气，既为"对付仇敌必须用刀，联结朋友也必须用刀"，到需要刀时，他们也就从不让它失去那点机会。学贸易，学应酬，学习到一个新地方去适应各种生活，且学习用刀保护身体同名誉。教育的目的，似乎在使两个孩子学得做人的勇气与义气。一分教育的结果，弄得两个人结实如老虎，却又和气亲人，不骄惰，不浮华，不倚势凌人。故父子三人在茶峒边境上，为人所提及时，人人对这个名姓无不加以一种尊敬。

作父亲的当两个儿子很小时，就明白大儿子一切和自己相似，能成家立业，却稍稍见得溺爱那第二个儿子。由于这点不自觉的私心，他把长子取名天保，次子取名傩送。意思是天保佑的在人事上或不免有些龃龉处，至于傩神所送来的，照当地习气，人便不能稍加轻视了。傩送美丽得很，茶峒船家人拙于赞扬这种美丽，只知道为他取出一个诨名叫"岳云"。虽无甚么人亲眼看到过岳云，一般的印象，却从戏台上小生穿白盔白甲的岳云，得来一个相近的神气。

三

两省接壤处，十余年来主持地方军事的，知道注重在安辑保守，处置还得法，并无特别变故发生。水陆商务既不至于受战争停顿，也不至于为土匪影响，一切莫不极有秩序，人民也莫不安分乐生。这些人，除了家中死了牛，翻了船，或发生别的死亡大变，为一种不幸所绊倒，觉得十分伤心外，中国其他地方正在如何不幸挣扎中的情形，似乎就还不曾为这边城人民所感到。

边城所在一年中最热闹的日子，是端午、中秋和过年。三个节日过去三五十年前，如何兴奋了这地方人，直到现在，还毫无甚么变化，仍旧是那地方居民最有意义的几个日子。

端午日，当地妇女、小孩子，莫不穿了新衣，额角上用雄黄蘸酒画了个王字。任何人家到了这天必可以吃鱼吃肉。大约上午十一点钟左右，全茶峒人就吃了午饭，把饭吃过后，在城里住家的，莫不倒锁了门，全家出城到河边看划船。河街有熟人的，可到河街吊脚楼门口边看，不然就站在税关门口与各个码头上看。河中龙船以长潭某处作起点，税关前作终点，作比赛竞争。因为这一天军官、税官以及当地有身分的人，莫不在税关前看热闹。划船的事各人在数天以前就早有了准备，分组分帮，各自选出了若干身体结实、手脚伶俐的小伙子，在潭中练习进退。船只的形式，和平常木船大不相同，形体一律又长又狭，两头高高翘起，船身绘着朱红颜色长线，平常时节多搁在河边干燥洞穴里，要用它时，才拖下水去。每只船可坐十二个到十八个桨手，一个带头的，一个鼓手，一个锣手。桨手每人持一支短桨，随了鼓声缓促为节拍，把船向前划去。带头的坐在船头上，头上缠裹着红布包头，手上拿两支小令旗，左右挥动，指挥船只的进退。擂鼓打锣的，多坐在船只的中部，船一划动便即刻蓬蓬锵锵把锣鼓很单纯的敲打起来，为划桨水手调理下桨节拍。一船快慢既不得不靠鼓声，故每当两船竞赛到剧烈时，鼓声如雷鸣，加上两岸人呐喊助威，便使人想起小说故事上梁红玉老鹳河时水战擂鼓种种情形。凡是把船划到前面一点的，必可在税关前领赏，一匹红、一块小银牌，不拘缠挂到船上某一个人头上去，都显出这一船合作努力的光荣。好事的军人，当每次某一只船胜利时，必在水边放些表示胜利庆祝的五百响鞭炮。

赛船过后，城中的戍军长官，为了与民同乐，增加这个节日的愉快起见，便派兵士把三十只绿头长颈大雄鸭，颈脖上缚了红布条子，放入河中，尽善于泅水的军民人等，自由下水追赶鸭子。不拘谁把鸭子捉到，谁就成为这鸭子的主人。于是长潭换了新的花样，水面各处是鸭子，同时各处有追赶鸭子的人。

船和船的竞赛，人和鸭子的竞赛，直到天晚方能完事。

掌水码头的龙头大哥顺顺，年青时节便是一个泅水的高手，入水中去追逐鸭子，在任何情形下总不落空。但一到次子傩送年过十岁时，已能入水闭气氽着到鸭子身边，再忽然冒水而出，把鸭子捉到，这作爸爸的便解嘲似的向孩子们说："好，这种事情有你们来作，我不必再下水和你们争显本领了。"于是当真就不下水与人来竞争捉鸭子。但下水救人呢，当作别论。凡帮助人远离患难，便是入火，人到八十岁，也还是成为这个人一种不可逃避的责任！

天保、傩送两人都是当地泅水划船好选手。

端午又快来了，初五划船，河街上初一开会，就决定了属于河街的那只船当天入水。天保恰好在那天应当向上行，随了陆路商人过川东龙潭送节货，故参加的就只傩送。十六个结实如牛犊的小伙子，带了香烛鞭炮，同一个用生牛皮蒙好、绘有朱红太极图的高脚鼓，到了搁船的河上游山洞边，烧了香烛，把船拖入水中后，各人上了船，燃着鞭炮，擂着鼓，这船便如一支没羽箭似的，很迅速的向下游长潭射去。

那时节还是上午，到了午后，对河渔人的龙船也下了水，两只龙船就开始预习种种竞赛的方法。水面上第一次听到了鼓声，许多人从这鼓声中，都感到了节日临近的欢悦。住临河吊脚楼对远方人有所等待、有所盼望的，也莫不因鼓声想到远人。在这个节日里，必然有许多船只可以赶回，也有许多船只只合在半路过节，这之间，便有些眼目所难见的人事哀乐，在这小山城河街间，让一些人开心，也让一些人皱眉！

蓬蓬鼓声掠水越山到了渡船头那里时，最先注意到的是那只黄狗。那黄狗汪汪的吠着，受了惊似的绕屋乱走；有人过渡时，便随船渡过河东岸去，且跑到那小山头向城里一方面大吠。

翠翠正坐在门外大石上用棕叶编蚱蜢、蜈蚣玩，见黄狗先在太阳下睡着，忽然醒来便发疯似的乱跑，过了河又回来，就问它骂它：

"狗，狗，你做甚么！不许这样子！"

可是一会儿那远处声音被她发现了，她于是也绕屋跑着，并且同黄狗一块儿渡过了小溪，站在小山头听了许久，让那点迷人的鼓声，把自己带到一个过去的节日里去。

四

还是两年前的事。五月端阳，渡船头祖父找人作了替手，便带了黄狗同翠翠进城，到大河边去看划船。河边站满了人，四只朱色长船在潭中划着。龙船水刚刚涨过,河中水皆泛着豆绿色,天气又那么明朗,鼓声蓬蓬响着,翠翠抿着嘴一句话不说,心中充满了不可言说的快乐。河边人太多了一点,各人尽张着眼睛望河中,不多久,黄狗还留在身边,祖父却挤得不见了。

翠翠一面注意划船,一面心想:"过不久爷爷总会找来的。"但过了许久,祖父还不来,翠翠便稍稍有点儿着慌了。先是两人同黄狗进城前一天,祖父就问翠翠:"明天城里划船,倘若你一个人去看,人多怕不怕?"翠翠就说:"人多我不怕。但是只是自己一个人可不好玩。"于是祖父想了半天,方想起一个住在城中的老熟人,赶夜里到城里去商量,请那老人来看一天渡船,自己却陪翠翠进城玩一天。且因为那人比渡船老人更孤单,身边无一个亲人,也无一只狗,因此便约好了那人早上过家中来吃饭,喝一杯雄黄酒。第二天那人来了,吃了饭,把职务委托那人以后,翠翠等便进了城。到路上时,祖父想起甚么似的,又问翠翠:"翠翠,翠翠,人那么多,好热闹,你一个人敢到河边看龙船吗?"翠翠说:"怎么不敢? 可是一个人玩有甚么意思。"到了河边后,长潭里的四只红船,把翠翠的注意力完全占去了,身边祖父似乎也可有可无了。祖父心想:"时间还早,到收场时,至少还得三个时刻。溪边的那个朋友,也应当来看看年青人的热闹,回去一趟,换换地位还赶得及。"因此就告翠翠:"人太多了,站在这里看,不要动,我到别处去有点事情,无论如何总赶得回来伴你回家。"翠翠正为两只竞速并进的船迷着,祖父说的话毫不思索就答应了。祖父知道黄狗在翠翠身边,也许比他自己在她身边还稳当,于是便回家看船去了。

祖父到了那渡船处时,见代替他的老朋友,正站在白塔下注意听远处鼓声。

祖父喊叫他,请他把船拉过来,两人渡过小溪仍然站到白塔下去。那人问老船夫为甚么又跑回来,祖父就说想替他一会儿,所以把翠翠留在河边,自己赶回来,好让他也过大河边去看看热闹,且说:

"看得好,就不必再回来,只须见了翠翠告她一声,翠翠到时自会回家的。小丫头不敢回家,你就伴她走走!"但那替手对于看龙船已无甚么兴味,却愿意同老船夫在这溪边大石上各自再喝两杯烧酒。老船夫听说十分高兴,于是把酒葫芦取出,推给城中来的那一个。两人一面谈些端午旧事,一面喝酒,不到一会,那人却在岩石上被烧酒醉倒了。

人既醉倒后,无从入城,祖父为了责任又不便与渡船离开,留在城中河边的翠翠,便不能不着急了。

河中划船的决了最后胜负后,城里军官已派人驾小船在潭中放了一群鸭子,祖父还不见来。翠翠恐怕祖父也正在甚么地方等着她,因此带了黄狗向各处人丛中挤着去找寻祖父,结果还是不得祖父的踪迹。后来看看天快要黑了,军人扛了长凳出城看热闹的,都已陆续扛了那凳子回家。潭中的鸭子只剩下三五只,捉鸭人也渐渐的少了。落日向上游翠翠家中那一方落去,黄昏把河面装饰了一层银色薄雾。翠翠望到这个景致,忽然起了一个怕人的想头,她想:"假若爷爷死了?"

她记起祖父嘱咐她不要离开原来地方那一句话,便又为自己解释这想头的错误,以为祖父不来,必是进城去或到甚么熟人处去,被人拉着喝酒,一时间不能脱身。正因为这也是可能的事,她又不愿在天未断黑以前,同黄狗赶回家去,只好站在那石码头边等候祖父。

再过一会,对河那两只长船已泊到对河小溪里去不见了,看龙船的人也差不多全散了。吊脚楼有娼妓的人家,已上了灯,且有人敲小蟹鼓弹月琴唱曲子。另外一些人家,又有划拳行酒的吵嚷声音。同时停泊在吊脚楼下的一些船只,上面也有人在摆酒炒菜,把青菜萝卜之类,倒进滚热油锅里去时发出沙沙的声音。河面已朦朦胧胧,看去好象只有一只白鸭在潭中浮着,也只剩一个人追着这只鸭子。

翠翠还是不离开码头,总相信祖父会来找她,同她一起回家。

吊脚楼上唱曲子声音热闹了一些,只听到下面船上有人说话,一个水手说："金亭,你听你那婊子陪川东庄客喝酒唱曲子,我赌个手指,说这是她的声音!"另外一个水手就说:"她陪他们喝酒唱曲子,心里可想我。她知道我在船上!"先前那一个又说:"身体让别人玩着,心还想着你,你有甚么凭据?"另一个说:"我有凭据。"于是这水手吹着嗒哨,作出一个古怪的记号,一会儿,楼上歌声便停止了。歌声停止后,两个水手哈哈大笑起来。两人接着便说了些关于那个女人的一切,使用了不少粗鄙字眼,翠翠很不习惯把这种话听下去,但又不能走开。且听水手之一说,楼上妇人的爸爸是七年前在棉花坡被人杀死的,一共杀了十七刀。翠翠心中那个古怪的想头:"爷爷死了呢?"便仍然占据到心里有一会儿。

两个水手还正在谈话,潭中那只白鸭却慢慢的向翠翠所在的码头边游过来,翠翠想:"再过来些我就捉住你!"于是静静的等着。但那鸭子将近岸边三丈远近时,却有个人笑着,喊那船上水手。原来水中还有个人,那人已把鸭子捉到手,却慢慢的踹水游近岸边的。船上人听到水面的喊声,在隐约里也喊道:"二老,二老,你真能干,你今天得了五只吧?"那水上人说:"这家伙狡猾得很,现在可归我了。""你这时捉鸭子,将来捉女人,一定有同样的本领。"水上那一个不再说甚么,手脚并用的拍着水傍了码头。湿淋淋的爬上岸时,翠翠身旁的黄狗,仿佛警告水中人似的,汪汪的叫了几声,表示这里有人,那人才注意到翠翠。码头上已无别的人,那人问:

"是谁人?"

"我是翠翠。"

"翠翠又是谁?"

"是碧溪岨撑渡船的孙女。"

"这里又没有人过渡,你在这儿做甚么?"

"我等我爷爷。我等他来好回家去。"

"等他来他可不会来。你爷爷一定到城里军营里喝了酒,醉倒后被人抬回去了!"

"他不会，他答应来找我，就一定会来的。"

"这里等也不成，到我家里去，到那边点了灯的楼上去，等爷爷来找你好不好？"

翠翠误会了邀她进屋里去那个人的好意，心里记着水手说的妇人丑事，她以为那男子就是要她上有女人唱歌的楼上去，本来从不骂人，这时正因为等候祖父太久了，心中焦急得很，听人要她上去，以为欺侮了她，就轻轻的说：

"你个悖时砍脑壳的！"

话虽轻轻的，那男的却听得出，且从声音上听得出翠翠年纪，便带笑说："怎么，你那么小小的还会骂人！你不愿意上去，要呆在这儿，回头水里大鱼来咬了你，可不要叫喊救命！"

翠翠说："鱼咬了我，也不关你的事。"

那黄狗好象明白翠翠被人欺侮了，又汪汪的吠起来，那男子把手中白鸭举起，向黄狗吓了一下，"老兄，你要怎么！"便走上河街去了。黄狗为了自己被欺侮还想追过去，翠翠便喊："狗，狗，你叫人也看人叫！"翠翠意思仿佛只在告诉狗"那轻薄男子还不值得叫"，但男子听去的却是另外一种好意，男的以为是她要狗莫向好人乱叫，放肆的笑着，不见了。

又过了一阵，有人从河街拿了一个废缆做成的火炬，一面晃着一面喊叫着翠翠的名字来找寻她，到身边时翠翠却不认识那个人。那人说：老船夫回到家中，不能来接她，故搭了过渡人口信来告翠翠，要她即刻就回去。翠翠听说是祖父派来的，就同那人一起回家，让打火把的在前引路，黄狗时前时后，一同沿了城墙向渡口走去。翠翠一面走一面问那拿火把的人，是谁告他就知道她在河边。那人说这是二老告他的，他是二老家里的伙计，送翠翠回家后还得回转河街。

翠翠说："二老他怎么知道我在河边？"

那人便笑着说："他从河里捉鸭子回来，在码头上见你，他说好意请你上家里坐坐，等候你爷爷，你还骂过他！你那只狗不识吕洞宾，只是叫!"

翠翠带了点儿惊讶,轻轻的问:"二老是谁?"

那人也带了点儿惊讶说:"二老你还不知道? 就是我们河街上的傩送二老! 就是岳云! 他要我送你回去!"

傩送二老在茶峒地方不是一个生疏的名字。

翠翠想起自己先前骂人那句话,心里又吃惊又害羞,再也不说甚么,默默的随了那火把走去。

翻过了小山岨,望得见对溪家中火光时,那一方面也看见了翠翠方面的火把,老船夫即刻把船拉过来,一面拉船,一面哑声儿喊问:"翠翠,翠翠,是不是你?"翠翠不理会祖父,口中却轻轻的说:"不是翠翠,不是翠翠,翠翠早被大河里鲤鱼吃去了。"翠翠上了船,二老派来的人,打着火把走了,祖父牵着船问:"翠翠,你怎么不答应我,生我的气了吗?"

翠翠站在船头还是不作声。翠翠对祖父那一点儿埋怨,等到把船拉过了溪,一到了家中,看明白了醉倒的另一个老人后,就完事了。但是另外一件事,属于自己不关祖父的,却使翠翠沉默了一个夜晚。

五

两年日子过去了。

这两年来两个中秋节,恰好无月亮可看,凡在这边城地方,因看月而起整夜男女唱歌的故事,通统不能如期举行,因此两个中秋留给翠翠的印象,极其平淡无奇。两个新年虽照例可以看到军营里和各乡来的狮子龙灯,在小教场迎春,锣鼓喧阗大热闹。到了十五夜晚,城中舞龙耍狮子的镇筸兵士,还各自赤裸着肩膊,往各处去欢迎炮仗烟火。城中军营里,税关局长公馆,河街上一些大字号,莫不预先截老毛竹筒,或镂空棕榈树根株,用洞硝拌和磺炭钢砂,一千槌八百槌把烟火做好。好勇取乐的军士,光赤着个上身,玩着灯打着鼓来了,小鞭炮如落雨的样子,从悬到长竿尖端的空中落到玩灯的光赤赤肩背上,锣鼓催动急促的拍子,大家情绪都为这事情十分兴奋。鞭炮放过一阵后,用长凳脚绑着的大筒烟火,在敞坪一端燃起了引线,先是咝咝的流泻白光,慢慢的这白光便吼啸起来,作出如雷如虎惊人的声音,白光向上空冲去,高至二十丈,下落时便洒散着满天花雨。人人把颈脖缩着,又怕又欢喜。玩灯的兵士,却在火花中绕着圈子,俨然毫不在意的样子。翠翠同她的祖父,也看过这样的热闹,留下一个热闹的印象,但这印象不知为甚么原因,总不如那个端午所经过的事情甜而美。

翠翠为了不能忘记那件事,上年一个端午又同祖父到城边河街去看了半天船,一切玩得正好时,忽然落了行雨,无人衣衫不被雨湿透。为了避雨,祖孙二人同那只黄狗,走到顺顺吊脚楼上去,挤在一个角隅里。有人扛凳子从身边过去,翠翠认得那人正是去年打了火把送她回家的人,就告给祖父:

"爷爷,那个人去年送我回家,他拿了火把走路时,真象个山上的喽罗!"

祖父当时不作声,等到那人回头又走过面前时,就闪不知一把抓住那个人,笑嘻嘻说:

"嗨嗨,你这个喽罗!要你到我家喝一杯也不成,还怕酒里有毒,把你这个真命天子毒死!"

那人一看是守渡船的,且看到了翠翠,就笑了。"翠翠,你长大了!二老说你在河边大鱼会吃你,我们这里河中的鱼,现在可吞不下你了。"

翠翠一句话不说,只是抿起嘴唇笑着。

这一次虽在这喽罗长年口中听到个"二老"名字,却不曾见及这个人。从祖父和那长年谈话里,翠翠听明白了二老是在下游六百里外沅水中部青浪滩过端午的。但这次不见二老,却认识了大老,且见着了那个一地出名的顺顺。大老把河中的鸭子捉回家里后,因为守渡船的老家伙称赞了那只肥鸭两次，顺顺就要大老把鸭子给翠翠。且知道祖孙二人所过的日子，十分拮据，节日里自己不能包粽子，又送了许多尖角粽子。

那水上名人同祖父谈话时，翠翠虽装作眺望河中景致，耳朵却把每一句话听得清清楚楚。那人向祖父说，翠翠长得很美，问过翠翠年纪，又问有不有了人家。祖父则很快乐的夸奖了翠翠不少，且似乎不许别人来关心翠翠的婚事，因此一到这件事便闭口不谈。

回家时，祖父抱了那只白鸭子同别的东西，翠翠打火把引路。两人沿城墙脚走去，一面是城，一面是水。祖父说："顺顺真是个好人，大方得很。大老也很好。这一家人都好！"翠翠说："一家人都好，你认识他们一家人吗？"祖父不明白这句话的意思所在，因为今天太高兴一点，便不加检点笑着说："翠翠，假若大老要你做媳妇，请人来做媒，你答应不答应？"翠翠就说："爷爷，你疯了！再说我就生你的气！"

祖父话虽不再说了，心中却很显然的还转着这些可笑的不好的念头。翠翠着了恼，把火炬向路两旁乱晃着，向前快快的走去了。

"翠翠，莫闹，我摔到河里去，鸭子会走脱的！"

"谁也不希罕那只鸭子！"

祖父明白翠翠为甚么事情不高兴，便唱起摇橹人驶船下滩时催橹的歌声，声音虽然哑沙沙的，字眼儿却稳稳当当毫不含糊。翠翠一面听着一面向前走去，忽然停住了发问：

"爷爷，你的船是不是正在下青浪滩呢？"

祖父不说甚么，还是唱着。两人都记起顺顺家二老的船正在青浪滩过节，但谁也不明白另外一个人的记忆所止处。祖孙二人便沉默的一直走还家中。到了渡口，那另外一个代理看船的，正把船泊在岸边等候他们。几人渡过溪到了家中，剥粽子吃。到后那人要进城去，翠翠赶即为那人点上火把，让他有火把照路。人过了小溪上小山时，翠翠同祖父在船上望着，翠翠说：

"爷爷，看喽罗上山了啊！"

祖父把手攀引着横缆,注目溪面升起的薄雾,仿佛看到了另外一种甚么东西,轻轻的吁了一口气。祖父静静的拉船过对岸家边时,要翠翠先上岸去,自己却守在船边,因为过节,明白一定有乡下人来城里看龙船,还得乘黑赶回家去。

六

白日里,老船夫正在渡船上,同个卖皮纸的过渡人有所争持。一个不能接受所给的钱,一个却非把钱送给老人不可。正似乎因为那个过渡人送钱气派有些强横,使老船夫受了点压迫,这撑渡船人就俨然生气似的,迫着那人把钱收回,使这人不得不把钱捏在手里。但到船拢岸时,那人跳上了码头,一手铜钱向船舱里一撒,却笑眯眯的匆匆忙忙走了。老船夫手还得拉着船让别一个人上岸,无法去追赶那个人,就喊小山头的孙女:

"翠翠,翠翠,为我拉着那个卖皮纸的小伙子,不许他走!"

翠翠不知道是怎么回事,当真便同黄狗去拦着那第一个下船人。那人笑着说:

"请不要拦我! ……"

"不成,你不能走!"

正说着,第二个商人赶来了,就告给翠翠是甚么事情。翠翠明白了,更紧拉着卖纸人衣服不放,只说:"不许走! 不许走!"黄狗为了表示同主人的意见一致,也便在翠翠身边汪汪的吠着。其余商人都笑着,一时不能走路。祖父气吁吁的赶来了,把钱强迫塞到那人手心里,并且搭了一大束草烟到那商人的担子上去,搓着两手笑着说:"走呀! 你们上路走!"那些人于是全笑着走了。

翠翠说:"爷爷,我还以为那人偷你东西同你打架!"

祖父就说:

"嗨,他送我好些钱,我才不要这些钱! 告他不要钱,他还同我吵,不讲道理!"

翠翠说:"全还给他了吗?"

祖父抿着嘴把头摇摇,闭上一只眼睛,装成狡猾得意神气笑着,把扎在腰带上留下的那枚单铜子取出,送给翠翠,且说:

"礼轻仁义重,我留下一个。他得了我们那把烟叶,可以吃到镇算城!"

远处鼓声又蓬蓬的响起来了,黄狗张着两个耳朵听着。翠翠问祖父听不听到甚么声音。祖父一注意,知道是甚么声音了,便说:

"翠翠,端午又来了。你记不记得去年天保大老送你那只肥鸭子?早上大老同一群人上川东去,过渡时还问你。你一定忘记那次落的行雨。我们这次若去,又得打火把回家;你记不记得我们两人用火把照路回家?"

翠翠还正想起两年前的端午一切事情哪。但祖父一问,翠翠却微带点儿恼着的神气,把头摇摇,故意说:"我记不得,我记不得,我全记不得!"其实她那意思就是"你这个人!我怎么记不得?"

祖父明白那话里意思,又说:"前年还更有趣,你一个人在河边等我,差点儿不知道回来,天夜了,我还以为大鱼会吃掉你!"

提起旧事,翠翠嗤的笑了。

"爷爷,你还以为大鱼会吃掉我?是别人家说我,我告给你的!你那天只是恨不得让城中的那个爷爷把装酒的葫芦吃掉!你这种人,好记性!"

"我人老了,记性也坏透了。翠翠,现在你人长大了,一个人一定敢上城去看船,不怕鱼吃掉你了。"

"人大了就应当守船呢。"

"人老了才应当守船。"

"人老了应当歇憩!"

"你爷爷还可以打老虎,人不老!"祖父说着,于是,把手膀子弯曲起来,努力使筋肉在局束中显得又有力又年青,并且说:"翠翠,你不信,你咬。"

翠翠睨着腰背微驼白发满头的祖父,不说甚么话。远处有吹唢呐的声音,她知道那是甚么事情,且知道唢呐方向。要祖父同她下了船,把船拉过家中那边岸旁去。为了想早早的看到那迎婚送亲的喜轿,翠翠还爬到屋后塔下去眺望。过不久,那一伙人来了,两个吹唢呐的,四个强壮乡下汉子,一顶空花轿,一个穿新衣的团总儿子模样的青年;另外还有两只羊,一个牵羊的孩子,一坛酒,一盒糍粑,一个担礼物的人。一伙人上了渡船后,翠翠同祖父也上了渡船,祖父拉船,翠翠却傍花轿站定,去欣赏每一个人的脸色与花轿上的流苏。拢岸后,团总儿子模样的人,从扣花抱肚里掏出了一个小红纸包封,递给老船夫。这是当地规矩,祖父再不能说不接收了。但得了钱祖父却说话了,问那个人,新娘是甚么地方人;明白了,又问姓甚么;明白了,又问多大年纪;一起弄明白了。吹唢呐的一上岸后,又把唢呐呜呜喇喇吹起来,一行人便翻山走了。祖父同翠翠留在船上,感情仿佛皆追着那唢呐声音走去,走了很远的路方回到自己身边来。

祖父掂着那红纸包封的分量说:"翠翠,宋家堡子里新嫁娘年纪还只十五岁。"

翠翠明白祖父这句话的意思所在,不作理会,静静的把船拉动起来。

到了家边,翠翠跑还家中去取小小竹子做的双管唢呐,请祖父坐在船头吹《娘送女》曲子给她听,她却同黄狗躺到门前大岩石上荫处看天上的云。白日渐长,不知甚么时节,守在船头的祖父睡着了,躺在岸上的翠翠同黄狗也睡着了。

七

到了端午,祖父同翠翠在三天前业已预先约好,祖父守船,翠翠同黄狗过顺顺吊脚楼去看热闹。翠翠先不答应,后来答应了。但过了一天,翠翠又翻悔回来,以为要看两人去看,要守船两人守船。祖父明白那个意思,是翠翠玩心与爱心相战争的结果。为了祖父的牵绊,应当玩的也无法去玩,这不成!祖父含笑说:"翠翠,你这是为甚么?说定了的又翻悔,同茶峒人平素品德不相称。我们应当说一是一,不许三心二意。我记性并不坏到这样子,把你答应了我的即刻忘掉!"祖父虽那么说,很显然的事,祖父对于翠翠的打算是同意的。但人太乖巧,祖父有点愀然不乐了。见祖父不再说话,翠翠就说:"我走了,谁陪你?"

祖父说:"你走了,船陪我。"

翠翠把一对眉毛皱拢去苦笑着,"船陪你,嗨,嗨,船陪你。爷爷,你真是,只有这只宝贝船!"

祖父心想:"你总有一天会要走的!"但不敢提起这件事。祖父一时无话可说,于是走过屋后塔下小圃里去看葱,翠翠跟了过去。

"爷爷,我决定不去,要去让船去,我替船陪你!"

"好,翠翠,你不去我去,我还得戴了朵红花,装刘姥姥进城去见世面!"

两人为这句话笑了许久。所争持的事,不求结论了。

祖父理葱,翠翠却摘了一根大葱呜呜吹着玩。有人隔溪喊过渡,翠翠不让祖父占先,便忙着跑下溪边,跳上了渡船,援着横溪缆子拉船过溪去接人。一面拉船一面喊祖父:

"爷爷,你唱,你唱!"

祖父不唱,却只站在高岩上望翠翠,把手摇着,一句话不说。

祖父有点心事,心子重重的。翠翠长大了。

翠翠一天比一天大了,无意中提到甚么时,会红脸了。时间在成长她,似乎正催促她,使她在另外一件事情上负点儿责。她欢喜看扑粉满脸的新嫁娘,欢喜述说关于新嫁娘的故事,欢喜把野花戴到头上去,还欢喜听人唱歌。茶峒人的歌声,缠绵处她已领略得出。她有时仿佛孤独了一点,爱坐在岩石上去,向天空一片云一颗星凝眸。祖父若问："翠翠,你在想甚么?"她便带着点儿害羞情绪,轻轻的说:"在看水鸭子打架!"照当地习惯意思,就是"翠翠不想甚么"。但在心里却同时又自问:"翠翠,你真在想甚么?"同时自己也就在心里答着:"我想的很远,很多。可是我不知想些甚么。"她的确在想,又的确连自己也不知在想些甚么。这女孩子身体既发育得很完全,在本身上因年龄自然而来的一件"奇事",到月就来,也使她多了些思索,多了些梦。

祖父明白这类事情对于一个女子的影响,祖父心情也变了些。祖父是一个在自然里活了七十年的人,但在人事上的自然现象,就有了些不能安排处。因为翠翠的长成,使祖父记起了些旧事,从掩埋在一大堆时间里的故事中,重新找回了些东西。这些东西压到心上很显然是有个分量的。

翠翠的母亲,某一时节原同翠翠一个样子。眉毛长,眼睛大,皮肤红红的。也乖得使人怜爱——也照例在一些小处,起眼动眉毛,机灵懂事,使家中长辈快乐。也仿佛永远不会同家中这一个分开。但一点不幸来了,她认识了那个兵。到末了丢开老的和小的,却陪了那个兵死了。这些事从老船夫说来谁也无罪过,只应由天去负责。翠翠的祖父口中不怨天,不尤人,心中却不能完全同意这种不幸的安排。到底还象年青人,说是放下了,也正是不能放下的莫可奈何容忍到的一件事情。摊派到本身的一份说来实在不太公平!

可是终究还有个翠翠。如今假若翠翠又同妈妈一样,老船夫的年龄,还能把再下一代小雏儿再抚育下去吗?人愿意的事天却不同意!人太老了,应当休息了,凡是一个良善的中国乡下人,一生中活下来所应得到的劳苦与不幸,业已全得到了。假若另外高处真有一个玉皇上帝,这上帝且有一双巧手能支配一切,很明显的事,十分公道的办法,是应当把祖父先收回去,再来让那个年青的在新的生活上得到应分接受那一份幸或不幸,才合道理!

可是祖父并不那么想,他为翠翠担心,有时便躺到门外岩石上,对着星子想他的心事。他以为死是应当快到了的,正因为翠翠人已长大了,证明自己也真正老了。可是无论如何,得让翠翠有个着落。翠翠既是她那可怜的母亲交把他的,翠翠大了,他也得把翠翠交给一个可靠的人,手续清楚,他的事才算完结! 翠翠应分交给谁? 必须甚么样的人才不委屈她?

前几天顺顺家天保大老过溪时,同祖父谈话,这心直口快的青年人,第一句话就说:

"老伯伯,你翠翠长得真标致,象个观音样子。再过两年,若我有闲空能留在茶峒照料家事,不必象老鸦成天到处飞,我一定每夜到这溪边来为翠翠唱歌。"

祖父用微笑奖励这种自白。一面把船拉动,一面把那双饱经风日的小眼睛瞅着大老。意思好象说:好小子,你的傻话我全明白,我不生气。你尽管说下去,看你还有甚么要说。

于是大老当真又说:

"翠翠太娇了,我担心她只宜于听点茶峒人的歌声,不能作茶峒女子做媳妇的一切正经事。我要个能听我唱歌的有情人,却更不能缺少个照料家务的好媳妇。我这人就是这么一个打算,'又要马儿不吃草,又要马儿走得好',唉,这两句话恰是古人为我说的!"

祖父慢条斯理把船转了头,让船尾傍岸,就说:

"大老,也有这种事儿! 你瞧着吧。"究竟是甚么一种事儿? 祖父可并不明白说下去。

那青年走去后,祖父温习着那些出于一个年青男子口中的真话,实在又愁又喜。翠翠若应当交把一个人,这个人是不是适宜于照料翠翠? 当真交把了他,翠翠是不是愿意?

八

初五大清早落了点毛毛雨,河上游且涨了点龙船水,河水全变作豆绿色。祖父上城买办过节的东西，戴了个粽粑叶"斗篷"，携带了一个篮子，一个装酒的大葫芦，肩头上挂了个褡裢，内中放了一吊六百制钱，就走了。因为是节日，这一天从小村小寨带了铜钱担了货物，上城去办货调货的极多，这些人起身也极早，故祖父走后，黄狗就伴同翠翠守船。翠翠头上戴了一个崭新的斗篷，把过渡人一趟一趟的送来送去。黄狗坐在船头，每当船拢岸时必先跳上岸边去衔绳头，引起每个过渡人的兴味。有些过渡乡下人也携狗上城，照例如俗话说的"狗离不得屋"，这些狗一离了自己的家，即或傍着主人，也变得非常老实了。到过渡时，翠翠的狗必走过去嗅嗅，从翠翠方面讨取了一个眼色，似乎明白翠翠的意思，就不敢有甚么特别举动。直到上岸后，把拉绳子的事情作完，眼见到那只陌生的狗上小山去了，也必跟着追去。或者向狗主人轻轻吠着，或者带着好弄喜事的快乐神气，逐着那陌生的狗。必得翠翠带点儿嗔恼的跺脚嚷着："狗，狗，你狂甚么？还有事情做，你就跑呀！"于是这黄狗赶快跑回船上来，参加工作，依然满船闻嗅不已。翠翠说："这算甚么轻狂举动！跟谁学得的？还不好好蹲到那边去！"狗俨然极其懂事，便即刻到它自己原来地方去，只间或又象想起甚么心事似的，轻轻的吠几声。

　　雨落个不止，溪面一片烟。翠翠在船上无事可作时，便算着老船夫的行程。她知道他这一去应到甚么地方碰到甚么人，谈些甚么话，这一天城门边应当是些甚么情形，河街上应当是些甚么情形，"心中一本册"，她完全如同亲眼见到的那么明明白白。她又知道祖父的脾气，一见城中相熟粮子上人物，不管是马夫火夫，总会把过节时应有的颂祝说出。这边说："副爷，你过节吃饱喝饱！"那一个便也将说："划船的，你吃饱喝饱！"这边如果说着如上的话，那边人说："有甚么可以吃饱喝饱？四两肉，两碗酒，既不会饱也不会醉！"那么，祖父必很诚实邀请这熟人过碧溪岨喝个够量。倘若有人当时就想喝一口祖父葫芦中的酒，这老船夫也从不吝啬，必很快的就把葫芦递过去。酒喝过后，那兵营中人卷舌子舔着嘴唇，称赞酒好，于是又必被勒迫着喝第二口。酒在这种情形下少起来了,就又跑到原来铺上去,加满为止。翠翠且知道祖父还会到码头上去同刚拢岸一天两天的上水船水手谈谈话,问问下河的米价盐价,有时且弯着腰钻进那带有海带鱿鱼味,以及其他油味、醋味、柴烟味的船舱里去。水手们从小坛中抓出一把红枣,递给老船夫。过一阵,等到祖父回家被翠翠埋怨时,这红枣便成为祖父与翠翠和解的工具。祖父一到河街上,且一定有许多铺子上商人送他粽子与其他东西,作为对这个忠于职守的划船人一点敬意。祖父虽笑嚷着"我带了那么一大堆,回去会把老骨头压断",可是不管如何,这些东西多少总得领点情。走到卖肉案桌边去,他想买肉,人家却照例不愿接钱。屠户若不接钱,他却宁可到另外一家去,决不想占那点便宜。那屠户说:"爷爷,你为人那么硬算甚么?又不是要你去做犁口耕田!"但不行,他以为这是血钱,不比别的事情,你不收钱他会把钱预先算好,猛的把钱掷到大而长的钱筒里去,攫了肉就走去的。卖肉的明白他那种性情,到他称肉时总选取最好的一处,并且把分量故意加多,他见及时却将说:"喂喂,大老板,凡事公平,我不要你那些好处!腿上的肉是城里斯文人炒鱿鱼肉丝用的肉,莫同我开玩笑!我要夹项刀头肉,我要浓的,糯的。我是个划船人,我要拿去炖胡萝卜喝酒的!"得了肉,把钱交过手时,自己先数一次,又嘱咐屠户再数,屠户却照例不理会他,把一手钱哗的向长竹筒口丢去。他于是简直是妩媚的微笑着走了。屠户和其他买肉人,见到他这种神气,必笑个不止。……

翠翠还知道祖父必到河街上顺顺家里去。

翠翠温习着两次过节、两个日子所见所闻的一切,心中很快乐,好象目前有一个东西,同早间在床上闭了眼睛所看到那种捉摸不定的黄葵花一样,这东西仿佛很明朗的在眼前,却看不准,抓不住,想放又放不下。

翠翠想:"白鸡关真出老虎吗?"她不知道为甚么忽然想起白鸡关。白鸡关是酉水中部一个地名,离茶峒两百多里路!

于是又想："三十二个人摇六匹橹，一面蹂脚一面唱歌，上水走风时张起个大篷，一百幅白布拼成的一片东西，坐在这样大船上过洞庭湖，多可笑……"她不明白洞庭湖有多大，也就从不见过这种大船；更可笑的，还是她自己也不知道为甚么却想起这个问题！

一群过渡人来了，有担子，有送公事跑差模样的人物，另外还有母女二人。母亲穿了新浆洗得硬朗的蓝布衣服，女孩子脸上涂着两饼红色，穿了不甚称身的新衣，上城到亲戚家中去拜节看龙船的。等待众人上船稳定后，翠翠一面望着那小女孩，一面把船拉过溪去。那小孩从翠翠估来年纪也将十三四岁了，神气却很娇，似乎从不曾离开过母亲。脚下穿的是一双尖尖头新油过的皮钉鞋，上面沾污了些黄泥。裤子是那种泛紫的葱绿布做的，滚了一道花边。见翠翠尽是望她，她也便看着翠翠，眼睛光光的如同两粒水晶球。神气中有点害羞，有点不自在，同时也有点不可言说的爱娇。那母亲模样的妇人便问翠翠年纪有几岁。翠翠笑着，不高兴答应，却反问小女孩今年几岁。听那母亲说十三岁时，翠翠忍不住笑了。那母女显然是员外财主人家的妻女，从神气上就可看出的。翠翠注视那女孩，发现了女孩子手上还戴得有一副麻花绞的银手镯，闪着白白的亮光，心中有点儿歆羡。船傍岸后，人陆续上了岸，妇人从身上摸出一把铜子，塞到翠翠手中，就走了。翠翠当时竟忘了祖父的规矩，也不说道谢，也不把钱退还，只望着这一行人中那个女孩子身后发痴。一行人正将翻过小山时，翠翠忽又忙匆匆的追上去，在山头上把钱还给那妇人。那妇人说："这是送你的！"翠翠不说甚么，只微笑把头尽摇，表示不能接受；且不等妇人来得及说第二句话，就很快的向自己渡船边跑去了。

到了渡船上，溪那边又有人喊过渡，翠翠把船又拉回去。第二次过渡是七个人，又有两个女孩子，也同样因为看龙船特意换了干净衣服，相貌却并不如何美观，因此使翠翠更不能忘记先前那一个。

今天过渡的人特别多，其中女孩子比平时更多。翠翠既在船上拉缆子摆渡，故见到甚么好看的、脸上长雀斑的、面相极古怪的、人乖的、眼睛眶子红红的，莫不在记忆中留下个印象。无人过渡时，等着祖父，祖父又不来，便尽只反复温习这些女孩子的神气，且轻轻的无所谓的唱着：

> 白鸡关出老虎咬人，不咬别人，团总的小姐派第一。……大姐戴副金簪子，二姐戴副银钏子，只有我三妹没得甚么戴，耳朵上长年戴条豆芽菜。

城中有人下乡的，在河街上一个酒店前面，曾见及那个撑渡船的老头子，把葫芦嘴推让给一个年青水手，请水手喝他新买的白烧酒。翠翠问及时，那城中人就告给她所见到的事情。翠翠笑祖父的慷慨不是时候，不是地方。过渡人走了，翠翠就在船上又轻轻的哼着巫师十二月里为人还愿迎神的歌玩——

> 你大仙，你大神，睁眼看看我们这里人！
> 他们既诚实，又年青，又身无疾病。
> 他们大人会喝酒，会做事，会睡觉。
> 他们孩子能长大，能耐饥，能耐冷。
> 他们牯牛肯耕田，山羊肯生仔，鸡鸭肯孵卵。
> 他们女人会织布，会唱歌，会找她心中欢喜的情人！
>
> 你大神，你大仙，排驾前来站两边！
> 关夫子身跨赤兔马，
> 尉迟公手拿大铁鞭！
> 你大仙，你大神，云端下降慢慢行！
> 张果老驴上得坐稳，
> 铁拐李脚下要小心！

福禄绵绵是神恩，
和风和雨神好心，
好酒好饭当前陈，
肥猪肥羊火上烹！

洪秀全、李鸿章，
你们在生是霸王；
杀人放火尽节全忠各有道，
今来坐席又何妨！

慢慢吃，慢慢喝，
月白风清好过河！
醉时携手同归去，
我当为你再唱歌！

那首歌声音既极柔和，快乐中又微带忧郁。唱完了这个歌，翠翠心上觉得浸入了一丝儿凄凉。她想起秋末酬神还愿时田坪中的火燎同鼓角。

远处鼓声已起来了，她知道绘有朱红长线的龙船这时节已下河了。细雨依然落个不止，溪面一片烟。

九

祖父回家时，大约已将近平常吃早饭时节了，肩上手上全是东西。一上小山头便喊翠翠，要翠翠拉船过小溪来迎接他。翠翠眼看到多少人已进了城，正在船上急得莫可奈何，听到祖父的声音，精神旺了，锐声答着："爷爷，爷爷，我来了！"老船夫从码头边上了渡船后，把肩上手上的东西搁到船头上，一面帮着翠翠拉船，一面向翠翠笑着,如同一个小孩子,神气充满了谦虚与羞怯,"翠翠,你急坏了,是不是?"翠翠本应埋怨祖父的,但她却回答说:"爷爷,我知道你在河街上劝人喝酒,好玩得很。"翠翠还知道祖父极高兴到河街上去玩,但如此说来,将要使祖父害羞乱嚷了,因此话到口边不提出。

翠翠把搁在船头的东西——估记在眼里,不见了酒葫芦。翠翠嗤的笑了。

"爷爷,你倒慷慨大方,请城中副爷和船上人吃酒,连葫芦也让他们吃到肚里去了!"

祖父笑着,忙作说明:

"哪里,哪里,我那葫芦被顺顺大伯扣下了,他见我在河街上请人喝酒,就说:'喂,喂,摆渡的张横,这不成的。你不开糟坊,如何这样子! 你要做仁义大哥梁山好汉,把你那个放下来,请我全喝了吧。'他当真那么说'请我全喝了吧'。我把葫芦放下了。但是我猜想他是同我闹着玩的。他家里还少烧酒吗? 翠翠,你说,是不是? ……"

"爷爷,你以为人家不是真想喝你的酒,便是同你开玩笑吗?"

"那是怎么的?"

"你放心,人家一定因为你请客不是地方,所以扣下你的葫芦,不让你请人把酒喝完。等等就会派毛伙为你送来的,你还不明白,真是——"

"唉,当真会是这样的!"

说着船已拢了岸,翠翠抢先帮祖父搬东西回家,但结果却只拿了那尾鱼,那个花裢裢;裢裢中钱已用光了,却有一包白糖,一包芝麻小饼子。

两人刚把新买的东西搬运到家中,对溪就有人喊过渡。祖父要翠翠看着肉菜免得被野猫拖去,争先下溪去做事。一会儿,便同那个过渡人笑着嚷着到家中来了。原来这人便是送酒葫芦的。只听到祖父说:"翠翠,你猜对了。人家当真把酒葫芦送来了!"

翠翠来不及向灶边走去,祖父同一个年纪青青的脸黑肩膊宽的人物,便进到屋里了。

　　翠翠同客人皆笑着,让祖父把话说下去。客人又望着翠翠笑,翠翠仿佛明白为甚么被人望着,有点不好意思起来,走到灶边烧火去了。溪边又有人喊过渡,翠翠赶忙跑出门外船上去,把人渡过了溪。恰好又有人过溪。天虽落小雨,过渡人却分外多,一连三次。翠翠在船上一面做事,一面想起祖父的趣处。不知怎么的,从城里被人打发来送酒葫芦的,她觉得好象是个熟人。可是眼睛里象是熟人,却不明白在甚么地方见过面。但也正象是不肯把这人想到某方面去,方猜不着这来人的身分。

　　祖父在岩坎上边喊:"翠翠,翠翠,你上来歇歇,陪陪客!"本来无人过渡便想上岸去烧火,但经祖父一喊,反而有意装听不到,不上岸了。

　　来客问祖父"进不进城看船",老渡船夫就说:"今天来往人多,应当看守渡船。"两人又谈了些别的话。到后来客方言归正传。

　　"伯伯,你翠翠象个大人了,长得很好看!"

　　撑渡船的笑了。"口气同哥哥一样,倒爽快呢。"这样想着,却那么说:"二老,这地方配受人称赞的只有你,人家都说你好看!'八面山的豹子,地地溪的锦鸡',全是特为颂扬你这个人好处的警句!"

　　"但是,这很不公平。"

　　"很公平的!我听船上人说,你上次押船,船到三门下面白鸡关滩口出了事,从急浪中你援救出三个人。你们在滩上过夜,被村子里女人见着了,人家在你棚子边唱歌一整夜,是不是真有其事?"

　　"不是女人唱歌一夜,是狼嗥。那地方著名多狼,只想得机会吃我们!我们烧了一大堆火,吓住了它们,才不被吃!"

　　老船夫笑了,"那更妙!人家说的话还是很对的。狼是只吃姑娘,吃小孩,吃十八岁标致青年的。象我这种老骨头,它不要吃,只嗅一嗅就会走开的!"

　　那二老说:"伯伯,你到这里见过两万个日头,别人家全说我们这个地方风水好,出大人,不知为甚么原因,如今还不出大人?"

"你是不是说风水好应出有大名头的人?我以为,这种人不生在我们这个小地方也不碍事。我们有聪明、正直、勇敢、耐劳的年青人,就够了。象你们父子兄弟,为本地方增光彩已经很多很多!"

"伯伯,你说得好,我也是那么想。地方不出坏人出好人,如伯伯那么样子,人虽老了,还硬朗得同棵楠木树一样,稳稳当当的活到这块地面,又正经,又大方,难得的咧。"

"我是老骨头了,还说甚么。日头,雨水,走长路,挑分量沉重的担子,大吃大喝,挨饿受寒,自己分上的都拿过了,不久就会躺到这冰凉土地上喂蛆吃的。这世界有的是你们小伙子分上的一切,应当好好的干,日头不辜负你们,你们也莫辜负日头!"

"伯伯,看你那么勤快,我们年青人不敢辜负日头。"

说了一阵,二老想走了,老船夫便站到门口去喊叫翠翠,要她到屋里来烧水煮饭,掉换他自己看船。翠翠不肯上岸,客人却已下船了。翠翠把船拉动时,祖父故意装作埋怨神气说:

"翠翠,你不上来,难道要我在家里做媳妇煮饭吗?这个我可做不来!"

翠翠斜睨了客人一眼,见客人正盯着她,便把脸背过去,抿着嘴儿,不声不响,很自负的拉着那条横缆。船慢慢拉过对岸了。客人站在船头同翠翠说话:

"翠翠,吃了饭,和你爷爷到我家吊脚楼上去看划船吧?"

翠翠不好意思不说话,便说:"爷爷说不去,去了无人守这个船。"

"你呢?"

"爷爷不去,我也不去。"

"你也守船吗?"

"我陪我爷爷。"

"我要一个人来替你们守渡船,好不好?"

嘭的一下船头已撞到岸边土坎上了,船拢了岸。二老向岸上一

跃,站在斜坡上说:

"翠翠,难为你!……我回去就要人来替你们。你们赶快吃饭,一同到我家里去看船,今天人多咧,热闹咧。"

翠翠不明白这陌生人的好意,不懂得为甚么一定要到他家中去看船,抿着小嘴笑笑,就把船拉回去了。到了家中一边溪岸后,只见那个年青人还正在对溪小山上,好象等待甚么,不即走开。翠翠回转家中,到灶口边去烧火,一面把带点湿气的草塞进灶里去,一面向正在把客人带回的那一葫芦酒试着的祖父询问:

"爷爷,那人说回去就要人来替你,要我们两人去看船,你去不去?"

"你高兴去吗?"

"两人同去我高兴。那个人很好,我象认得他,他姓甚么?"

祖父心想:"这倒对了,人家也觉得你好!"祖父笑着说:"翠翠,你不记得你前年在大河边时,有个人说大鱼咬你吗?"

翠翠明白了,却仍然装不明白,问:"他是谁?"

"你想想看,猜猜看。"

"一本百家姓好多人,我猜不着他是张三李四。"

"顺顺船总家的二老,他认识你,你不认识他啊!"他呷了一口酒,象赞美这个酒,又象赞美另一个人,低低的说:"好的,妙的,这是难得的。"

过渡的人在门外坎下叫唤着,老祖父口中还是"好的,妙的",匆匆的下船做事去了。

十

吃饭时隔溪有人喊过渡,翠翠抢着下船,到了那边,方知道原来过渡的人,便是船总顺顺家派来作替手的水手。这人一见翠翠就说道:"二老要你们一吃了饭就去,他已下河了。"见了祖父又说:"二老

104

要你们吃了饭就去,他已下河了。"

张耳听听,便可听出远处鼓声已较繁密,从鼓声里使人想到那些极狭的船,在长潭中笔直前进时,水面上画着如何美丽的长长的线路,真是有意思的一个节日!

新来的人茶也不吃,便在船头站稳了。翠翠同祖父吃饭时,邀他喝一杯,只是摇头推辞。祖父说:

"翠翠,我不去,你同小狗去好不好?"

"要不去,我也不想去!"

"我去呢?"

"我本来也不想去,但是我愿意陪你去。"

祖父微笑着,"翠翠,翠翠,你陪我去,好的,你就陪我去。可不要离开爷爷!"

祖父同翠翠到城里大河边时,河岸边早站满了人。细雨已经停止,地面还是湿湿的。祖父要翠翠过河街船总家吊脚楼上去看船,翠翠却似乎有心事怕到那边去,以为站在河边较好。两人虽在河边站定,不多久,顺顺便派人来把他们请去了。吊脚楼上已有了很多的人。早上过渡时为翠翠所注意的乡绅妻女,受顺顺家的特别款待,占据了两个最好窗口,一见到翠翠,那女孩子就说:"你来,你来!"翠翠带着点儿羞怯走去,坐在他们身后边条凳上,祖父不久便走开了。

祖父并不看龙船竞渡,却为一个熟人杨马兵拉到河上游半里路远近,过一个新碾坊看水碾子去了。老船夫对于水碾子原来就极有兴味的。倚山滨水来一座小小茅屋,屋中有那么一个圆石片子,固定在一个檀木横轴上,斜斜的搁在石槽里。当水闸门抽去时,流水冲激地下的暗轮,上面的圆石片便飞转起来。作主人的管理这个东西,把毛谷倒进石槽中去,把碾好的米弄出,放在屋角隅长方罗筛里,再筛去糠灰。地下全是糠灰,自己头上包着块白布帕子,头上肩上也全是糠灰。天气好时就在碾坊前后隙地里种些萝卜、青菜、大蒜、四季葱。水沟坏了,就把裤子脱去,到河鱼里去堆砌石头,修理泄水处。水碾坝若修筑得好,还可装个小小鱼梁,涨小水时就自会有鱼上梁来,不劳而获。在河边管理一个碾坊比管理一只渡船多变化,有趣味,情形一看也就明白了。但一个撑渡船的若想有座碾坊,那简直是不可能的妄想。凡碾坊照例是属于当地员外财主的产业。杨马兵把老船夫带到碾坊边时,就告给他这碾坊业主为谁,两人一面各处观察,一面说话。

那熟人用脚踢着新碾盘说:

"中寨人自己坐在高山寨子上,却欢喜来到这大河边置产业;这是中寨王团总的,值大钱七百吊!"

老船夫转着那双小眼睛,很羡慕的去欣赏一切,估计一切,把头点着,且对于碾坊中物件一一加以很得体的批评。后来两人就坐到那还未完工的白木条凳上去。熟人又说到这碾坊的将来,似乎是团总女儿陪嫁的妆奁。那人于是想起了翠翠,且记起大老过去一时托过他的事情来了,便问道:

"伯伯,你翠翠今年十几岁?"

"满十五岁进十六岁。"老船夫说过这句话后,便接着在心中计算过去的年月。

"十六岁姑娘多能干,将来谁得她真有福气!"

"有甚么福气?又无碾坊陪嫁,一个光人。"

"别说一个光人;一个有用的人,两只手敌得过五座碾坊。洛阳桥也是鲁班两只手造成的!……"这样那样的说着,表示对老船夫的抗议。说到后来那人自然笑了。

老船夫也笑了,心想:"翠翠有两只手,将来也去造洛阳桥吧,新鲜事喔!"

杨马兵过了一会又说:

"茶峒人年青男子眼睛光,选媳妇也极在行。伯伯,你若不多我的心时,我就说个笑话给你听。"

老船夫问:"是甚么笑话?"

杨马兵说:"伯伯你若不多心时,这笑话也可以当真话去听咧。"

老船夫心想:"原来是要做说客的,想说就说吧。"

接着说下去的就是顺顺家大老如何在人家面前赞美翠翠,且如何托他来探听老船夫口气那么一件事。末了还同老船夫来转述另一回会话的情形。"我问他:'大老,大老,你是说真话还是说笑话?'他就说:'你为我去探听探听那老的,我欢喜翠翠,想要翠翠,是真话呀!'我说:'我这人口钝得很,话说出了口收不回,万一说错了,老的一巴掌打来呢?'他说:'你怕打,你先当笑话去说,不会挨打的!'所以,伯伯,我就把这件真事情当笑话来同你说了。你试想想,他初九从川东回来见我时,我应当如何回答他?"

老船夫记起前一次大老亲口所说的话,知道大老的意思很真,且知道顺顺也欢喜翠翠,心里很高兴。但这件事照本地规矩,得这个人带封点心亲自到碧溪岨家中去说,方见得慎重其事。老船夫就说:"等他来时你说:老家伙听过了笑话后,自己也说了个笑话,他说:'下棋有下棋规矩,车是车路,马是马路,各有走法。大老若走的是车路,应当由大老爹爹做主,请了媒人来正正经经同我说。若走的是马路,应当自己做主,站在渡口对溪高崖上,为翠翠唱三年六个月的歌。'一切由翠翠自己做主!"

"伯伯,若唱三年六个月的歌,动得了翠翠的心,我赶明天就自己来唱歌了。"

"你以为翠翠肯了,我还会不肯吗?"

"不咧,人家以为这件事情你老人家肯了,翠翠便无有不肯呢。"

"不能那么说,这是她的事呵!"

"便是她的事情,可是必须老的做主,人家也仍然以为在日头月光下唱三年六个月的歌,还不如得伯伯说一句话好。"

"那么,我说,我们就这样办。等他从川东回来时,要他同顺顺去说个明白。我呢,我也先问问翠翠;若以为听了三年六个月的歌,再跟那唱歌人走去有意思些,我就请你劝大老走他那弯弯曲曲的马路。"

"那好的。见了他，我就说：'大老，笑话吗，我已经说过了，没有挨打。真话呢，看你自己的命运去了。'当真看他的命运去了。不过我明白，他的命运，还是在你老人家手上捏着紧紧的。"

"老兄弟，不是那么说！我若捏得定这件事，我马上就答应了你。"

这里两人把话说完后，就过另一处看一只顺顺新近买来的三舱船去了。河街上顺顺吊脚楼方面，却发生了如下事情。

翠翠虽被那乡绅女儿喊到身边去坐，地位非常之好，从窗口望出去，河中一切朗然在望，然而心中可不安宁。挤在其他几个窗口看热闹的人，似乎都常常把眼光从河中景物挪到这边几个人身上来。还有些人故意装成有别的事情样子，从楼这边走过那一边，事实上却全为得是好好仔细看看翠翠这方面几个人。翠翠心中老不自在，只想借故跑去。一会儿河下的炮声响了，几只从对河取齐的船只，直向这方面划来，先是四条船相去不远，如四支箭在水面射着；到了一半，已有两只船占先了些；再过一会子，那两只船中间便又有一只超过了并进的船只而前，看看船到了税局门前时，第二次炮声又响，那船便胜利了。这时节胜利的已判明属于河街人所划的一只，各处便响着庆祝的小鞭炮。那船于是沿了河街吊脚楼划去，鼓声蓬蓬作响，河边与吊脚楼各处，都同时呐喊表示快乐的祝贺。翠翠眼见在船头站定、摇动小旗指挥进退、头上包着红布的那个年青人，便是送酒葫芦到碧溪岨的二老，心中便印着两年前的旧事："大鱼吃掉你！""吃掉不吃掉，不用你这个人管！""好的，我就不管！""狗，狗，你也看人叫！"想起狗，翠翠才注意到自己身边那只黄狗，早已不知跑到甚么地方去，便离了座位，在楼上各处找寻她的黄狗，把船头人忘掉了。

她一面在人丛里找寻黄狗，一面听人家正说些甚么话。

一个大脸妇人问："是谁家的人，坐到顺顺家当中窗口前那块好地方？"

一个妇人就说："是寨子上王乡绅大姑娘，今天说是自己来看船，其实来看人，同时也让人看！人家命好，有福分坐那块好地方！"

"看甚么人？被谁看？"

"嗨，你还不明白，王乡绅想同顺顺打亲家呢。"

"那姑娘配甚么人？是大老，还是二老？"

"说是二老呀，等等你们看这岳云，就会上楼来拜他丈母娘的。"

另有一个女人便插嘴说："事弄成了，好得很呢，人家在大河边有一座崭新碾坊陪嫁，比雇十个长年还得力一些。"

有人问："二老怎么样？可乐意？"

又有人就轻轻的可是极肯定的说："二老已说过了——这不必看。第一件事我就不想作那个碾坊的主人！"

"你听岳云二老亲口说过吗？"

"我听别人说的。还说二老欢喜一个撑渡船的。"

"他又不是傻小二，不要碾坊，要渡船吗？"

"那谁知道。横顺人是'牛肉炒韭菜，各人心里爱'，只看各人心里爱甚么就吃甚么，渡船不会不如碾坊！"

当时各人眼睛对着河里，信口说着这些闲话，却无一个人回头来注意到身后边的翠翠。

翠翠脸发着烧走到另外一处去，又听有两个人提及这件事，且说："一切早安排好了，只需要二老一句话。"又说："只看二老今天那么一股劲儿，就可以猜想得出，这劲儿是岸上一个黄花姑娘给他的！"谁是激动二老的黄花姑娘？听到这个，翠翠心中不免有点儿乱。

翠翠人矮了些，在人背后已望不见河中情形，只听到擂鼓声渐近渐激越，岸上呐喊声自远而近，便知道二老的船恰恰经过楼下。楼上人也大喊着，夹杂叫着二老的名字。乡绅太太那方面，且有人放小百子鞭炮。忽然有人又用另外一种惊讶声音喊着，且同时便见许多人出门向河下走去。翠翠不知出了甚么事，心中有点迷乱，正不知走回原来座位边去好，还是依然站在人背后好，只见那边正有人拿了个托盘,装了一大盘粽子同细点心,在请乡绅太太小姐用点心,不好意思再过那边去,便想也挤出大门外到河下去看看。从河街一个盐店旁边甬道下河时,正在一排吊脚楼的梁柱间,迎面碰头一群人,护着那个头包红布的二老来了。原来二老因失足落水,已从水中爬起来了。路太窄了一些,翠翠虽闪过一旁,与迎面来人仍然得肘子触着肘子。二老一见翠翠就说:

"翠翠,你来了,爷爷也来了吗?"

翠翠脸还发着烧不便作声,心想:"黄狗跑到甚么地方去了呢?"

二老又说:"怎不到我家楼上去看呢?我已要人替你弄了个好位子。"

翠翠心想:"碾坊陪嫁,希奇事情咧。"

二老不能逼迫翠翠回去,到后便各自走开了。翠翠到河下时,小小心腔中充满了一种说不分明的东西。是烦恼吧,不是!是忧愁吧,不是!是快乐吧,不,有甚么事情使这个女孩子快乐呢?是生气了吧,——是的,她当真仿佛觉得自己是在生一个人的气,又象是在生自己的气。河边人太多了,码头边浅水中,船桅船篷上,以至于吊脚楼的柱子上,无不挤满了人。翠翠自言自语说:"人那么多,有甚么三脚猫好看?"先还以为可以在甚么船上发现她的祖父,但各处搜寻了一阵,却无祖父的影子。她挤到水边去,一眼便看到了自己家中那条黄狗,同顺顺家一个长年,正在去岸数丈一只空船上看热闹。翠翠锐声叫喊了两声,黄狗张着耳叶昂头四面一望,便猛的扑下水中,向翠翠方面泅来了。到了身边时,狗身上已全是水,把水抖着且跳跃不已,翠翠便说:"得了,狗,装甚么疯!你又不翻船,谁要你落水呢?"

翠翠同黄狗各处找寻祖父,在河街上一个木行前恰好遇着了祖父。

老船夫说:"翠翠,我看了个好碾坊,碾盘是新的,水车是新的,屋上稻草也是新的!水坝管着一绺水,急溜溜的,抽水闸板时水车转得如陀螺。"

翠翠带着点做作问:"是甚么人的?"

"是甚么人的? 住在山上的员外王团总的。我听人说是那中寨人为女儿作嫁妆的东西,好不阔气,包工就是七百吊大制钱,还不管风车,不管家什。"

"是甚么人讨那个人家的女儿?"

祖父望着翠翠干笑着,"翠翠,大鱼咬你,大鱼咬你。"

翠翠因为对于这件事心中有了个数目,便仍然装着全不明白,只询问祖父:"爷爷,甚么人得到那个碾坊?"

"岳云二老!"祖父说了,又自言自语的说:"有人羡慕二老得到碾坊,也有人羡慕碾坊得到二老!"

"谁羡慕呢,爷爷?"

"我羡慕。"祖父说着便又笑了。

翠翠说:"爷爷,你今天又喝醉了。"

"可是二老还称赞你长得美呢。"

翠翠说:"爷爷,你醉疯了。"

祖父说:"爷爷不醉不疯,……去,我们到河边看他们放鸭子去。可惜我老了,不能下水里去捉只鸭子回家焖紫姜吃。"他还想说:"二老捉得鸭子,一定又会送给我们的。"话不及说,二老来了,站在翠翠面前微笑着。翠翠也不由不抿着嘴微笑着。

于是三个人回到吊脚楼上去。

十一

有人带了礼物到碧溪岨。掌水码头的顺顺,当真请了媒人为儿子向驾渡船的攀亲戚来了。老船夫看见杨马兵手中提了红纸封的点心,慌慌张张把这个人渡过溪口,一同到家里去。翠翠正在屋门前剥豌豆,来了客并不如何注意。但一听到客人进门说:"贺喜贺喜",心中有事,不敢再蹲在屋门边,就装作追赶菜园地的鸡,拿了竹响篙刷刷的摇着，一面口中轻轻喝着，向屋后白塔跑去了。

来人说了些闲话，言归正传转述到顺顺的意见时，老船夫不知如何回答，只是很惊惶的搓着两只茧结的大手，好象这不会真有其事，而且神气中只象在说"那好的，那妙的"，其实这老头子却不曾说过一句话。

来人把话说完后，就问作祖父的意见怎么样。老船夫笑着把头点着说："大老想走车路，这个很好。可是我得问问翠翠，看她自己主张怎么样。"来人被打发走后，祖父在船头叫翠翠下河边来说话。

翠翠拿了一簸箕豌豆下到溪边，上了船，娇娇的问她的祖父："爷爷，你有甚么事？"祖父笑着不说甚么，只偏着个白发盈颠的头看着翠翠。看了许久。翠翠坐到船头，有点不好意思，低下头去剥豌豆，耳中听着远处竹篁里的黄鸟叫。翠翠想："日子长咧，爷爷话也长了。"翠翠心轻轻的跳着。

过了一会，祖父说："翠翠，翠翠，先前那个杨伯伯来作甚么，你知道不知道？"

翠翠说："我不知道。"说后脸同脖颈全红了。

祖父看看那种情景，明白翠翠的心事了，便把眼睛向远处望去，在空雾里望见了十六年前翠翠的母亲，老船夫心中异常柔和了。轻轻的自言自语说："每一只船总要有个码头，每一只雀儿得有个窠。"他同时想起那个可怜的母亲过去的事情，心中有了一点隐痛，却勉强笑着。

翠翠呢，正从山中黄鸟、杜鹃叫声里，以及山谷中伐竹人哆哆一下一下的砍伐竹子声音里，想到许多事情。老虎咬人的故事，和人对骂时四句头的山歌，造纸作坊中的方坑，铁工场熔铁炉里泄出的铁汁，耳朵听来的，眼睛看到的，她似乎都要去温习温习。她所以这样作，又似乎全只为了希望忘掉眼前的一桩事件而起。但她实在有点误会了。

祖父说："翠翠，船总顺顺家里请人来做媒，想讨你做媳妇，问我愿不愿。我呢,人老了,再过三年两载会过去的,我没有不愿意的事情。这是你自己的事,你自己想想,自己来说。愿意,就成了;不愿意,也好。"

翠翠不知如何处理这个崭新问题,装作从容,怯怯的望着老祖父。又不便问甚么,当然也不好回答。

祖父又说:"大老是个有出息的人,为人又正直,又慷慨,你嫁了他,算是命好!"

翠翠弄明白了,人来做媒的是大老! 不曾把头抬起,心忡忡的跳着,脸烧得厉害,仍然剥她的豌豆,且随手把空豆荚抛到水中去,望着它们在流水中从从容容的流去,自己也俨然从容了许多。

见翠翠总不作声,祖父于是笑了,且说:"翠翠,想几天不碍事。洛阳桥不是一个晚上造得好的,要日子咧。前次那个人来,就向我说起这件事,我已经告过他:车是车路,马是马路,各有规矩! 想爸爸做主,请媒人正正经经来说是车路;要自己做主,站到对溪高崖竹林里为你唱三年六个月的歌是马路。——你若欢喜走马路,我相信人家会为你在日头下唱热情的歌,在月光下唱温柔的歌,象只杜鹃一样一直唱到吐血喉咙烂!"

翠翠不作声,心中只想哭,可是也无理由可哭。祖父再说下去,便引到死去了的母亲来了。老人话说了一阵,沉默了。翠翠悄悄把头撇过一些,见祖父眼中业已酿了一汪眼泪。翠翠又惊又怕,怯生生的说:"爷爷,你怎么的?"祖父不作声,用大手掌擦着眼睛,小孩子似的咕咕笑着,跳上岸跑回家中去了。

翠翠心中乱乱的,想赶去却不赶去。

雨后放晴的天气,日头炙到人肩上背上,已有了点儿力量。溪边芦苇水杨柳,菜园中菜蔬,莫不繁荣滋茂,带着一分有野性的生气。草丛里绿色蚱蜢各处飞着,翅膀搏动空气时窸窣作声。枝头新蝉声音虽不成腔,却已渐渐洪大。两山深翠逼人的竹篁中,有黄鸟与竹雀、杜鹃交递鸣叫。翠翠感觉着,望着,听着,同时也思索着:

"爷爷今年七十岁……三年六个月的歌——谁送那只白鸭子呢？……得碾子的好运气,碾子得谁更是好运气……"

痴着,忽地站起,半簸箕豌豆便倾倒到水中去了。伸手把那簸箕从水中捞起时,隔溪有人喊过渡。

十二

翠翠第二天第二次在白塔下菜园地里,被祖父询问到自己主张时,仍然心儿忡忡的跳着,把头低下不作理会,只顾用手去掐葱。祖父笑着,心想:"还是等等看,再说下去这一畦葱会全掐掉了。"同时似乎又觉得这其间有点古怪,不好再说下去,便自己按捺住言语,用一个做作的笑话,把问题引到另外一件事情上去了。

天气渐渐的越来越热了。近六月时,天气热了些,老船夫把一个满是灰尘的黑陶缸子,从屋角隅里搬出。自己还匀出些闲工夫,拼了几方木板,作成一个圆盖;又锯木头作成一个三脚架子,且削刮了个大竹筒,用葛藤系定,放在缸边作为舀茶的家具。自从这茶缸移到屋门溪边后,每早上翠翠就烧一大锅开水,倒进那缸子里去。有时缸里加些茶叶,有时却只放下一些用火烧焦的锅巴,趁那东西还燃着时便抛进缸里去。老船夫且照例准备了些发痧肚痛、治疱疮疡子的草根木皮,把这些药搁在家中当眼处,一见过渡人神气不对,就忙匆匆的把药取来,善意的勒迫这过路人使用他的药方,且告给人这许多救急丹方的来源(这些丹方自然全是他从城中军医同巫师学来的)。他终日裸着两只膀子,在溪中方头船上站定,头上还常常是光光的,一头短短白发,在日光下如银子。翠翠依然是个快乐人,屋前屋后跑着唱着,不走动时就坐在门前高崖树荫下,吹小竹管儿玩。爷爷仿佛把大老提婚的事早已忘掉,翠翠自然也似乎忘掉这件事情了。

可是那做媒的不久又来探口气了,依然同从前一样,祖父把事情成否全推到翠翠身上去,打发了媒人上路。回头又同翠翠谈了一次,也依然不得结果。

老船夫猜不透这事情在这甚么方面有个疙瘩,解除不去,夜里躺在床上便常常陷入一种沉思里去,隐隐约约体会到一件事情——翠翠爱二老不爱大老。想到了这里时,他笑了,为了害怕而勉强笑了。其实他有点忧愁,因为他忽然觉得翠翠一切全象那个母亲,而且隐隐约约便感觉到这母女二人共同的命运。一堆过去的事情蜂拥而来,不能再睡下去了,一个人便跑出门外,到那临溪高崖上去,望天上的星辰,听河边纺织娘和一切虫类如雨的声音,许久许久还不睡觉。

这件事翠翠自然是注意不及的。这女孩子日里尽管玩着,工作着,也同时为一些很神秘不易具体明白的东西驰骋在她那颗小小的心上,但一到夜里,却依旧甜甜的睡眠了。

不过一切都得在一份时间中变化。这一家安静平凡的生活,也因了一堆接连而来的日子,在人事上把那安静空气完全打破了。

船总顺顺家中一方面,天保大老的事已被二老知道了,傩送二老同时也让他哥哥知道了弟弟的心事。这一对难兄难弟原来同时都爱上了那个撑渡船的外孙女。这事情在本地人说来也并不希奇。边地俗话说:"火是各处可烧的,水是各处可流的,日月是各处可照的,爱情是各处可到的。"有钱船总儿子,爱上一个弄渡船的穷人家女儿,不能成为希罕的新闻。有一点困难处,只是这两兄弟到了谁应取得这个女人做媳妇时,是不是也还得照茶峒人规矩,来一次流血的挣扎?

兄弟两人在这方面是不至于动刀的,但也不作兴有"情人奉让",如大都市懦怯男子爱与仇对面时作出的可笑行为。

那哥哥同弟弟在河上游一个造船的地方,看他家中那一只新船,在新船旁把一切心事全告给了弟弟;且附带说明,这点念头还是两年前植下根基的。弟弟微笑着,把话听下去。两人从造船处沿了河岸又走到王乡绅新碾坊去,那大哥就说:

"二老,你运气倒好,做了王团总女婿,有座碾坊。我呢,若把事情弄好了,我应当接那个老的手来划渡船了。我欢喜这个事情,我还想把碧溪岨两个山头买过来,在界线上种一片大楠竹,围着这一条小溪作为我的寨子!"

那二老仍然默默的听着,把手中拿的一把弯月形镰刀随意斫削路旁的草木,到了碾坊时,却站住了向他哥哥说:

"大老,你信不信这女子心上早已有了个人?"

"我相信。"

"大老,你信不信这碾坊将来归我?"

"我不信。"

两人于是进了碾坊。

二老又说:"你不必——大老,我再问你,假若我不想得到这座碾坊,却打量要那只渡船,而且这念头也是两年前的事,你信不信呢?"

那大哥听来真着了一惊,望了一下坐在碾盘横轴上的傩送二老,知道二老不是说谎,于是站近了一点,伸手在二老肩上拍打了一下,且想把二老拉下来。他明白了这件事,他笑了。他说:"我相信的,你说的全是真话!"

二老把眼睛望着他的哥哥,很诚实的说:

"大老,相信我,这是真事。我早就那么打算到了。家中不答应,那边若答应了,我当真预备去弄渡船的! ——你告我,你呢?"

"爸爸已听了我的话,为我要城里的杨马兵做保山,向划渡船说亲去了!"大老说到这个求亲手续时,好象知道二老要笑他,又解释要保山去的用意,只是"因为老的说车有车路,马有马路,我就走了车路"。

"结果呢?"

"得不到甚么结果。老的口上含李子,说不明白。"

"马路呢?"

"马路呢,那老的说若走马路,我得在碧溪岨对溪高崖上唱三年六个月的歌。把翠翠心子唱软,翠翠就归我了。"

"这并不是个坏主张!"

"是呀,一个结巴人话说不出还唱得出。可是这件事轮不到我了,我不是竹雀,不会唱歌。鬼知道那老人家存心是要把孙女儿嫁个会唱歌的水车,还是预备规规矩矩嫁个人!"

"那你打算怎么样?"

"我想告那老的,要他说句实在话。只一句话。不成,我跟船下桃源去了;成呢,便是要我撑渡船,我也答应了他。"

"唱歌呢?"

"二老,这是你的拿手好戏,你要去做竹雀,你就赶快去吧,我不会捡马粪塞你嘴巴的。"

二老看到哥哥那种样子,便知道为这件事哥哥感到的是一种如何烦恼了。他明白他哥哥的性情,代表了茶峒人粗卤爽直一面,弄得好,掏出心子来给人也很慷慨作去;弄不好,亲舅舅也必一是一,二是二。大老何尝不想在车路上失败时走马路;但他一听到二老的坦白陈述后,他就知道马路只二老有份,他自己的事不能提了。因此他有点气恼,有点愤慨,自然是无从掩饰的。

二老想出了个主意,就是两兄弟月夜里同到碧溪岨去唱歌,莫让人知道是弟兄两个,两人轮流唱下去,谁得到回答,谁便继续用那张唱歌胜利的嘴唇,服侍那划渡船的外孙女。大老不善于唱歌,轮到大老时也仍然由二老代替。两人凭命运来决定自己的幸福,这么办可说是极公平了。提议时,那大老还以为他自己不会唱,也不想请二老替他做竹雀。但二老那种诗人性格,却使他很固执的要哥哥实行这个办法。二老说必须这样作,一切才公平。

大老把弟弟提议想想,作了一个苦笑。"×娘的,自己不是竹雀,还请老弟做竹雀! 好,就是这样子,我们各人轮流唱,我也不要你帮忙,一切我自己来吧。树林子里的猫头鹰,声音不动听,要老婆时也仍然是自己叫下去,不请人帮忙的!"

两人把事情说妥当后,算算日子,今天十四,明天十五,后天十六,接连而来的三个日子,正是有大月亮天气。气候既到了中夏,半夜里不冷不热,穿了白家机布汗裼,到那些月光照及的高崖上去,遵照当地的习惯,很诚实与坦白去为一个"初生之犊"的黄花女唱歌。露水降了,歌声涩了,到应当回家时,就趁残月赶回家去。或过那些熟识的整夜工作不息的碾坊里去,躺到温暖的谷仓里小睡,等候天明。一切安排都极其自然,结果是甚么,两人虽不明白,但也看得极其自然。两人便决定了从当夜起始,来作这种为当地习惯所认可的竞争。

十三

黄昏来时,翠翠坐在家中屋后白塔下,看天空被夕阳烘成桃花色的薄云。十四中寨逢场,城中生意人过中寨收买山货的很多,过渡人也特别多。祖父在溪中渡船上,忙个不息。天已快夜,别的雀子似乎都休息了,只杜鹃叫个不息。石头泥土为白日晒了一整天,草木为白日晒了一整天,到这时节都放散出一种热气。空气中有泥土气味,有草木气味,还有各种甲虫类气味。翠翠看着天上的红云,听着渡口飘来下乡生意人的杂乱声音,心中有些儿薄薄的凄凉。

黄昏照样的温柔、美丽和平静。但一个人若体念或追究到这个当前一切时,也就照样的在这黄昏中会有点儿薄薄的凄凉。于是,这日子成为痛苦的东西了。翠翠在成熟中的生命,觉得好象缺少了甚么。好象眼见到这个日子过了,想要在一件新的人事上攀住它,但不成。好象生活太平凡了,忍受不住。于是胡思乱想:

"我要坐船下桃源县过洞庭湖,让爷爷满城打锣去叫我,点了灯笼火把去找我。"

她便同祖父故意生气似的,很放肆的去想到这样一件不可能事情,且想象她出走后,祖父用各种方法寻觅她都无结果,到后无可奈何躺在渡船上。

"人家喊:'过渡,过渡,老伯伯,你怎么的,不管事!''怎么的?我家翠翠走了,下桃源县了!''那你怎么办?''怎么办吗,拿了把刀,放在包袱里,搭下水船去杀了她!'……"

翠翠仿佛当真听着这种对话,吓怕起来了,一面锐声喊着她的祖父,一面从坎上跑向溪边渡口去。见到了祖父正把船拉在溪中心,船上人喁喁说着话,小小心子还依然跳跃不已。

"爷爷,爷爷,你把船拉回来呀!"

那老船夫不明白她的意思,还以为是翠翠要为他代劳了,就说:

"翠翠,等一等,我就回来!"

"你不拉回来了吗?"

"我就回来!"

翠翠坐在溪边,望着溪面为暮色所笼罩的一切,且望到那只渡船上一群过渡人,其中有个吸旱烟的打着火镰吸烟,把烟杆在船边剥剥的敲着烟灰,就忽然哭起来了。

祖父把船拉回来时,见翠翠痴痴的坐在岸边,问她是甚么事,翠翠不作声。祖父要她去烧火煮饭,想了一会儿,觉得自己哭得可笑,一个人便回到屋中去,坐在黑黝黝的灶边把火烧燃后,她又走到门外高崖上去,喊叫她的祖父,要他回家里来。在职务上毫不儿戏的老船夫,因为明白过渡人是要赶回城中吃晚饭的,人来一个就渡一个,不便要人站在那岸边呆等,故不上岸来。只站在船头告翠翠,不要叫他,且让他做点事,把人渡完事后,就会回家里来吃饭。

翠翠第二次请求祖父,祖父不理会,她坐在悬崖上,很觉得悲伤。

天夜了,有一匹大萤火虫尾上闪着蓝光,很迅速的从翠翠身旁飞过去,翠翠想:"看你飞得多远!"便把眼睛随着那萤火虫的明光追去。杜鹃又叫了。

"爷爷,为甚么不上来? 我要你!"

在船上的祖父听到这种带着娇、有点儿埋怨的声音,一面粗声粗气的答道:"翠翠,我就来,我就来!"一面心中却自言自语:"翠翠,爷爷不在了,你将怎么样?"

老船夫回到家中时,见家中还黑黝黝的,只灶间有火光;见翠翠坐在灶边矮条凳上,用手蒙着眼睛。

走过去才晓得翠翠已哭了许久。祖父一个下半天来,都弯着个腰在船上拉来拉去,歇歇时手也酸了,腰也酸了,照规矩,一到家里就会嗅到锅中所焖瓜菜的味道,且可看见翠翠安排晚饭在灯光下跑来跑去的影子。今天情形竟不同了一点。

祖父说:"翠翠,我来慢了,你就哭,这还成吗? 我死了呢?"

翠翠不作声。

祖父又说:"不许哭,做一个大人,不管有甚么事都不许哭。要硬扎一点,结实一点,才配活到这块土地上!"

翠翠把手从眼睛边移开,靠近了祖父身边去:"我不哭了。"

两人吃饭时,祖父为翠翠述说起一些有趣味的故事。因此提到了死去了的翠翠的母亲。两人在豆油灯下把饭吃过后,老船夫因为工作疲倦,喝了半碗白酒,饭后兴致极好,又同翠翠到门外高崖上月光下去说故事。说了些那个可怜母亲的乖巧处,同时且说到那可怜母亲性格强硬处,使翠翠听来神往倾心。

翠翠抱膝坐在月光下,傍着祖父身边,问了许多关于那个可怜母亲的故事。间或吁一口气,似乎心中压上了些分量沉重的东西,想挪移得远一点,才吁着这种气,可是却无从把那种东西挪开。

月光如银子,无处不可照及,山上竹篁在月光下变成一片黑色。身边草丛中虫声繁密如落雨。间或不知道从甚么地方,忽然会有一只草莺"嗗嗗嗗嗗嘘!"啭着它的喉咙,不久之间,这小鸟儿又好象明白这是半夜,不应当那么吵闹,便仍然闭着那小小眼儿安睡了。

祖父夜来兴致很好,为翠翠把故事说下去,就提到了本城人二十年前唱歌的风气,如何驰名于川、黔边地。翠翠的父亲,便是当地唱歌的第一手,能用各种比喻解释爱与憎的结子,这些事也说到了。翠翠母亲如何爱唱歌,且如何同父亲在未认识以前在白日里对歌,一个在半山上竹篁里砍竹子,一个在溪面渡船上拉船,这些事也说到了。

翠翠问:"后来怎么样?"

祖父说："后来的事当然长得很,最重要的事情,就是这种歌唱出了你。"

十 四

老船夫做事累了,睡了,翠翠哭倦了,也睡了。翠翠不能忘记祖父所说的事情,梦中灵魂为一种美妙歌声浮起来了,仿佛轻轻的各处飘着,上了白塔,下了菜园,到了船上,又复飞窜过对山悬崖半腰——去作甚么呢?摘虎耳草!白日里拉船时,她仰头望着崖上那些肥大虎耳草已极熟悉。崖壁三五丈高,平时攀折不到手,这时节却可以选顶大的叶子作伞。

一切全象是祖父说的故事,翠翠只迷迷胡胡的躺在粗麻布帐子里草荐上,以为这梦做得顶美顶甜。祖父却在床上醒着,张起个耳朵听对溪高崖上的人唱了半夜的歌。他知道那是谁唱的,他知道是河街上天保大老走马路的第一着,因此又忧愁又快乐的听下去。翠翠因为日里哭倦了,睡得正好,他就不去惊动她。

第二天,天一亮翠翠同祖父起身了,用溪水洗了脸,把早上说梦的忌讳去掉了,翠翠赶忙同祖父去说昨晚上所梦的事情。

"爷爷,你说唱歌,我昨天就在梦里听到一种顶好听的歌声,又软又缠绵,我象跟了这声音各处飞,飞到对溪悬崖半腰,摘了一大把虎耳草,得到了虎耳草,我可不知道把这个东西交给谁去了。我睡得真好,梦的真有趣!"

祖父温和悲悯的笑着,并不告给翠翠昨晚上的事实。

祖父心里想:"做梦一辈子更好,还有人在梦里作宰相中状元咧。"

昨晚上唱歌的,老船夫还以为是天保大老,日来便要翠翠守船,借故到城里去送药,探听情形。在河街见到了大老,就一把拉住那小伙子,很快乐的说:

"大老，你这个人，又走车路又走马路，是怎样一个狡猾东西！"

但老船夫却作错了一件事情，把昨晚唱歌人"张冠李戴"了。这两弟兄昨晚上同时到碧溪岨去，为了作哥哥的走车路占了先，无论如何也不肯先开腔唱歌，一定得让那弟弟先唱。弟弟一开口，哥哥却因为明知不是敌手，更不能开口了。翠翠同她祖父晚上听到的歌声，便全是那个傩送二老所唱的。大老伴弟弟回家时，就决定了同茶峒地方离开，驾家中那只新油船下驶，好忘却了上面的一切。这时正想下河去看新船装货。老船夫见他神情冷冷的，不明白他的意思，就用眉眼做了一个可笑的记号，表示他明白大老的冷淡处是装成的，表示他有好消息可以奉告。他拍了大老一下，翘起一个大拇指，轻轻的说：

"你唱得很好，别人在梦里听着你那个歌，为那个歌带得很远，走了不少的路！你是第一号，是我们地方唱歌的第一号。"

大老望着弄渡船的老船夫涎皮的老脸，轻轻的说：

"算了吧，你把宝贝孙女儿送给了会唱歌的竹雀吧。"

这句话使老船夫完全弄不明白他的意思。大老从一个吊脚楼甬道走下河去了，老船夫也跟着下去。到了河边，见那只新船正在装货，许多油篓子搁在河岸边。一个水手正用茅草扎成长束，备作船舷上挡浪用的茅把。还有人坐在河边石头上，用脂油擦抹桨板。老船夫问那个水手，这船甚么日子下行，谁押船。那水手把手指着大老。老船夫搓着手说：

"大老，听我说句正经话，你那件事走车路，不对；走马路，你有份的！"

那大老把手指着窗口说："伯伯，你看那边，你要竹雀做孙女婿，竹雀在那里啊！"

老船夫抬头望见二老，正在窗口整理一个鱼网。

回碧溪岨到渡船上时，翠翠问：

"爷爷，你同谁吵了架，面色那样难看！"

祖父莞尔而笑。他到城里的事情，不告给翠翠一个字。

十五

大老坐了那只新油船向下河走去了,留下傩送二老在家。老船夫方面还以为上次歌声既归二老唱的,在此后几个日子里,自然还会听到那种歌声。一到了晚间就故意从别样事情上,促翠翠注意夜晚的歌声。两人吃完饭坐在屋里,因屋前滨水,长脚蚊子一到黄昏就嗡嗡的叫着,翠翠便把蒿艾束成的烟包点燃,向屋中角隅各处晃着驱逐蚊子。晃了一阵,估计全屋子里已为蒿艾烟气熏透了,方把烟包搁到床前地上去,再坐在小板凳上来听祖父说话。从一些故事上慢慢的谈到了唱歌,祖父话说得很妙。祖父到后发问道:

"翠翠,梦里的歌可以使你爬上高崖去摘那虎耳草,若当真有谁来在对溪高崖上为你唱歌,你预备怎么样?"祖父把话当笑话说着的。

翠翠便也当笑话答道:"有人唱歌我就听下去,他唱多久我也听多久!"

"唱三年六个月呢?"

"唱得好听,我听三年六个月。"

"这不大公平吧。"

"怎么不公平?为我唱歌的人,不是极愿意我长远听他唱歌吗?"

"照理说:'炒菜要人吃,唱歌要人听。'可是人家为你唱,是要你懂他歌里的意思!"

"爷爷,懂歌里甚么意思?"

"自然是他那颗想同你要好的真心!不懂那点心事,不是同听竹雀唱歌一样吗?"

"我懂了他的心又怎么样?"

祖父用拳头把自己腿重重的捶着,且笑着:"翠翠,你人乖巧,爷爷笨得很,话说得不温柔,也莫生气。我信口开河,说个笑话给你听。你应当当笑话听。河街天保大老走车路,请保山来提亲,我告诉过你这件事了,你那神气不愿意,是不是? 可是,假若那个人还有个兄弟,想走马路,为你来唱歌,向你攀交情,你将怎么说?"

翠翠吃了一惊,低下头去。因为她不明白这笑话究竟有几分真,又不清楚这笑话是谁诌的。

祖父说:"你试告我,愿意哪一个?"

翠翠便勉强笑着,轻轻的带点儿恳求的神气说:

"爷爷,莫说这个笑话吧。"翠翠站起身了。

"我说的若是真话呢?"

"爷爷你真是个……"翠翠说着走出去了。

祖父说:"我说的是笑话,你生我的气吗?"

翠翠不敢生祖父的气,走近门限边时,就把话引到另外一件事情上去:"爷爷,看天上的月亮,那么大!"说着,出了屋外,便在那一派清光的露天中站定。站了一会儿,祖父也从屋中出到外边来了。翠翠于是坐到那白日里为强烈阳光晒热的岩石上去,石头正散发日间所储的余热。祖父就说:

"翠翠,莫坐热石头,免得生坐板疮。"

但自己用手摸摸后,自己便也坐到那岩石上了。

月光极其柔和,溪面浮着一层薄薄白雾,这时节对溪若有人唱歌,隔溪应和,实在太美丽了。翠翠还记着先前祖父说的笑话。耳朵又不聋,祖父的话说得极分明,一个兄弟走马路,唱歌来打发这样的晚上,算是怎么回事? 她似乎为了等着这样的歌声,沉默了许久。

她在月光下坐了一阵,心里却当真愿意听一个人来唱歌。久之,对溪除了一片草虫的清音复奏以外,别无所有。翠翠走回家里去,在房门边摸着了那个芦管,拿出来在月光下自己吹。觉吹得不好,又递给祖父要祖父吹。老船夫把那个芦管竖在嘴边。吹了个长长的曲子,翠翠的心被吹柔软了。

翠翠依傍祖父坐着,问祖父:

"爷爷,谁是第一个做这个小管子的人?"

"一定是个最快乐的人,因为他分给人的也是许多快乐;可又象是个最不快乐的人,因为他同时也可以引起人不快乐!"

"爷爷,你不快乐了吗? 生我的气了吗?"

"我不生你的气。你在我身边,我很快乐。"

"我万一跑了呢?"

"你不会离开爷爷的。"

"万一有这种事,爷爷你怎么样?"

"万一有这种事,我就驾了这只渡船去找你。"

翠翠嗤的笑了。"凤滩、茨滩不为凶,下面还有绕鸡笼;绕鸡笼也容易下,青浪滩浪如屋大。爷爷你渡船也能下凤滩、茨滩、青浪滩吗?那些地方的水,你不说过全是象疯子,毫不讲道理?"

祖父说:"翠翠,我到那时可真象疯子,还怕大水大浪?"

翠翠俨然极认真的想了一下,就说:"爷爷,我一定不走,可是,你会不会走? 你会不会被一个人抓到别处去?"

祖父不作声了,他想到被死亡抓走那一类事情。

老船夫打量着自己被死亡抓走以后的情形,痴痴的看望天南角上一颗星子,心想:"七月八月天上方有流星,人也会在七月八月死去吧?"又想起白日在河街上同大老谈话的经过,想起中寨人陪嫁的那座碾坊,想起二老! 想起一大堆过去事情,心中不免有点儿乱。

翠翠忽然说:"爷爷,你唱个歌给我听听,好不好?"

祖父唱了十个歌,翠翠傍在祖父身边,闭着眼睛听下去,等到祖父不作声时,翠翠自言自语说:"我又摘了一把虎耳草了。"

祖父所唱的歌原来便是那晚上听来的歌。

十六

二老有机会唱歌,却从此不再到碧溪岨唱歌。十五过去了,十六也过去了,到了二十六,老船夫实在忍不住了,进城往河街去找寻那个年青小伙子，到城门边正预备入河街时，就遇着上次为大老做保山的杨马兵，正牵了一匹骡马预备出城，一见老船夫，就拉住了他：

"伯伯，我正有事情告你，碰巧你就来城里！"

"甚么事情？"

"你听我说：天保大老坐下水船到茨滩出了事，闪不知这个人掉到滩下漩水里就淹坏了。早上顺顺家里得到这个信息，听说二老一早就赶去了。"

这个不吉消息同有力巴掌一样，重重的掴了老船夫那么一下，他不相信这是当真的消息。他故作从容的说：

"天保大老淹坏了吗？从不闻有水鸭子被水淹坏的！"

"可是那只水鸭子仍然有那么一次被淹坏了。我赞成你的卓见，不让那小子走车路十分顺手。"

从马兵言语上，老船夫还十分怀疑这个新闻，但从马兵神气上注意，老船夫却看清楚这是个真的消息了。他惨惨的说：

"我有甚么卓见可说？这是天意！一切都有天意。……"老船夫说时心中充满了感情。

特为证明那马兵所说的话，有多少可靠处，老船夫同马兵分手后，于是匆匆赶到河街上去。到了顺顺家门前，正有人烧纸钱，许多人围在一处说话。参加进去听听，所说的便是杨马兵提到的那件事。但一到有人发现了身后的老船夫时，大家便把话语转了方向，故意来谈下河油价涨落情形了。老船夫心中很不安，正想找一个比较要好的水手谈谈。

一会儿船总顺顺从外面回来了，样子沉沉的，这豪爽正直的中年人，正似乎为不幸打倒，努力想挣扎爬起的神气，一见到老船夫就说：

"老伯伯，我们谈的那件事情吹了吧。天保大老已经坏了，你知道了吧？"

老船夫两只眼睛红红的，把手搓着："怎么的，这是真事？这不会是真事！是昨天，是前天？"

另一个象是赶路同来报信的,便插嘴说道:"十六中上,船搁到石包子上,船头进了水,大老想把篙撑着,人就弹到水中去了。"

老船夫说:"你眼见他下水吗?"

"我还和他同时下水!"

"他说甚么?"

"甚么都来不及说! 这几天来他都不说话!"

老船夫把头摇摇,向顺顺那么怯怯的溜了一眼。船总顺顺象知道他的心中不安处,就说:"伯伯,一切是天,算了吧。我这里有大兴场人送来的好烧酒,你拿一点去喝吧。"一个伙计用竹筒上了一筒酒,用新桐木叶蒙着筒口,交给了老船夫。

老船夫把酒拿走,到了河街后,低头向河码头走去,到河边天保大老前天上船处去看看。杨马兵还在那里放马到沙地上打滚,自己坐在柳树荫下乘凉,老船夫就走过去请马兵试试那大兴场的烧酒。两人喝了点酒后,兴致似乎好些了,老船夫就告给杨马兵,十四夜里二老两兄弟过碧溪岨唱歌那件事情。

那马兵听到后便说:

"伯伯,你是不是以为翠翠愿意二老,应该派归二老……"

话没说完,傩送二老却从河街下来了。这年青人正象要远行的样子,一见了老船夫就回头走去。杨马兵喊他说:"二老,二老,你来,我有话同你说呀!"

二老站定了,很不高兴神气,问马兵有甚么话说。马兵望望老船夫,就向二老说:"你来,有话说!"

"甚么话?"

"我听人说你已经走了,——你过来我同你说,我不会吃掉你! 你甚么时候走?"

那黑脸宽肩膊、样子虎虎有生气的傩送二老,勉强似的笑着,到了柳荫下时,老船夫想把空气缓和下来,指着河上游远处那座新碾坊说:"二老,听人说那碾坊将来是归你的! 归了你,派我来守碾子,行不行?"

二老仿佛听不惯这个询问的用意,便不作声。杨马兵看风头有点儿僵,便说:"二老,你怎么的,预备下去吗?"那年青人把头点点,不再说甚么,就走开了。

老船夫讨了个没趣,很懊恼的赶回碧溪岨去,到了渡船上时,就装作把事情看得极随便似的,告给翠翠:

"翠翠,今天城里出了件新鲜事情,天保大老驾油船下辰州,运气不好,掉到茨滩淹坏了。"

翠翠因为听不懂,对于这个报告最先好象全不在意。祖父又说:

"翠翠,这是真事。上次来到这里做保山的那个杨马兵,还说我早不答应亲事,极有见识!"

翠翠瞥了祖父一眼,见他眼睛红红的,知道他喝了酒,且有了点事情不高兴,心中想:"谁撩你生气?"船到家边时,祖父不自然的笑着向家中走去。翠翠守船,半天不闻祖父声息,赶回家去看看,见祖父正坐在门槛上编草鞋耳子。

翠翠见祖父神气极不对,就蹲到他身前去。

"爷爷,你怎么啦?"

"天保当真死了!二老生了我们的气,以为他家中出这件事情,是我们分派的!"

有人在溪边大喊渡船过渡,祖父匆匆出去了。翠翠坐在那屋角隅稻草上,心中极乱,等等还不见祖父回来,就哭起来了。

十七

祖父似乎生谁的气,脸上笑容减少了,对于翠翠方面也不大注意了。翠翠象知道祖父已不很疼她,但又象不明白它的真正原因。但这并不是很久的事,日子一过去,也就好了。两人仍然划船过日子,一切依旧,惟对于生活,却仿佛甚么地方有了个看不见的缺口,始终无法填补起来。祖父过河街去仍然可以得到船总顺顺的款待,但很明显的事,那船总却并不忘掉死去者死亡的原因。二老出北河下辰州走了六百里,沿河找寻那个可怜哥哥的尸骸,毫无结果,在各处税关上贴下招字,返回茶峒来了。过不久,他又过川东去办货,过渡时见到老船夫。老船夫看看那小伙子,好象已完全忘掉了从前的事情,就同他说话。

"二老,大六月日头毒人,你又上川东去,不怕辛苦!"

"要饭吃,头上是火也得上路!"

"要吃饭! 二老家还少饭吃!"

"有饭吃,爹爹说年青人也不应该在家中白吃不做事!"

"你爹爹好吗?"

"吃得做得,有甚么不好!"

"你哥哥坏了,我看你爹爹为这件事情也好象萎悴多了!"

二老听到这句话,不作声,眼睛望着老船夫屋后那个白塔。他似乎想起了过去那个晚上,那件旧事,心中十分惆怅。

老船夫怯怯的望了年青人一眼,一个微笑在脸上漾开。

"二老,我家里翠翠说,五月里有天晚上,做了个梦,……"说时他又望望二老,见二老并不惊讶,也不厌烦,于是又接着说:"她梦得古怪,说在梦中被一个人的歌声浮起来,上对溪悬岩摘了一把虎耳草!"

二老把头偏过一旁去作了一个苦笑,心中想到"老头子倒会做作"。这点意思在那个苦笑上,仿佛同样泄露出来,仍然被老船夫看到了,老船夫显得有点慌张,就说:"二老,你不相信吗?"

那年青人说:"我怎么不相信? 因为我做傻子在那边岩上唱过一晚的歌!"

老船夫被一句料想不到的老实话窘住了,口中结结巴巴的说:"这是真的……这是假的……"

"怎不是真的? 天保大老的死,难道不是真的?"

"可是,可是……"

老船夫的做作处,原意只是想把事情弄明白一点,但一起始自己叙述这段事情时,方法上就有了错处,故反而被二老误会了。他这时正想把那夜的情形好好说出来,船已到了岸边。二老一跃上了岸,就想走去。老船夫在船上显得有点更加忙乱的样子说:

"二老,二老,你等等,我有话同你说,你先前不是说到那个——你做傻子的事情吗?你并不傻,别人才当真为你那歌弄成傻相!"

那年青人虽站定了,口中却轻轻的说:"得了,够了,不要说了。"

老船夫说:"二老,我听说你不要碾子要渡船,这是杨马兵说的,不是真的打算吧?"

那年青人说:"要渡船又怎样?"

老船夫看看二老的神气,心中忽然高兴起来了,就情不自禁的高声叫着翠翠,要她下溪边来。可是事不凑巧,不知翠翠是故意不从屋里出来,还是到别处去了,许久还不见翠翠的影子,也不闻这个女孩子的声音。二老等了一会,看看老船夫那副神气,一句话不说,便微笑着,大踏步同一个挑担粉条、白糖货物的脚夫走去了。

过了碧溪岨小山,两人应沿着一条曲曲折折的竹林走去,那个脚夫这时节开了口:

"傩送二老,我看那弄渡船的神气,很欢喜你!"

二老不作声。那人就又说道:

"二老,他问你要碾坊还是要渡船,你当真预备做他的孙女婿,接替他那只破渡船吗?"

二老笑了。那人又说:

"二老,若这件事派给我,我要那座碾坊。一座碾坊的出息,每天可收七升米,三斗糠。"

二老说:"我回来时和我爹爹去说,为你向中寨人做媒,让你得到那座碾坊吧。至于我呢,我想弄渡船是很好的。只是老的为人弯弯曲曲,不索利,大老是他弄死的。"

老船夫见二老那么走去了,翠翠还不出来,心中很不快乐,走回家去看看,原来翠翠并不在家。过一会,翠翠提了个篮子从小山后回来了,方知道大清早翠翠已出门掘竹鞭笋去了。

"翠翠,我喊了你好久,你不听到!"

"做甚么喊我?"

"一个人过渡,……一个熟人,我们谈起你,……我喊你,你可不答应!"

"是谁?"

"你猜,翠翠。不是陌生人,……你认识他!"

翠翠想起适间从竹林里无意中听来的话,脸红了,半天不说话。

老船夫问:"翠翠,你得了多少鞭笋?"

翠翠把竹篮向地下一倒,除了十来根小小鞭笋外,只是一大把虎耳草。

老船夫望了翠翠一眼,翠翠两颊绯红,跑了。

十八

日子平平的过了一个月,一切人心上的病痛,似乎都在那份长长的白日下医治好了。天气特别热,各人只忙着流汗,用凉水淘江米酒吃,不用甚么心事,心事在人生活中,也就留不住了。翠翠每天到白塔下背太阳的一面去午睡,高处既极凉快,两山竹篁里叫得使人发松的竹雀和其他鸟类又如此之多,致使她在睡梦里尽为山鸟歌声所浮着,做的梦也便常是顶荒唐的梦。

这并不是人的罪过。诗人们在一件小事上写出一整本整部的诗;雕刻家在一块石头上雕得出骨血如生的人象;画家一撒儿绿,一撒儿红,一撒儿灰,画得出一幅一幅带有魔力的彩画,谁不是为了惦着一个微笑的影子,或是一个皱眉的记号,方弄出那么些古怪成绩?翠翠不能用文字,不能用石头,不能用颜色,把那点心头上的爱憎移到别一件东西上去,却只让她的心,在一切顶荒唐事情上驰骋。她从这份稳秘里,便常常得到又惊又喜的兴奋。一点儿不可知的未来,摇撼她的情感极厉害,她无从完全把那种痴处不让祖父知道。

祖父呢,可以说一切都知道了的。但事实上他又却是个一无所知的人。他明白翠翠不讨厌那个二老,却不明白那小伙子二老近来怎么样。他从船总处与二老处,已碰过了钉子,但他并不灰心。

"要安排得对一点,方合道理,一切有个命!"他那么想着,就更显得好事多磨起来了。睁着眼睛时,他做的梦比那个外孙女翠翠便更荒唐更寥阔。

他向各个过渡本地人打听二老父子的生活,关切他们如同自己家中人一样。但也古怪,因此他却怕见到那个船总同二老了。一见他们他就不知说些甚么,只是老脾气把两只手搓来搓去,从容处完全失去了。二老父子方面皆明白他的意思;但那个死去的人,却用一个凄凉的印象,镶嵌到父子心中,两人便对于老船夫的意思,俨然全不明白似的,一同把日子打发下去。

明明白白夜来并不做梦,早晨同翠翠说话时,那作祖父的会说:

"翠翠,翠翠,我昨晚上做了个好不怕人的梦!"

翠翠问:"甚么怕人的梦?"

就装作思索梦境似的,一面细看翠翠小脸长眉毛,一面说出他另一时张着眼睛所做的好梦。不消说,那些梦原来都并不是当真怎样使人吓怕的。

一切河流皆得归海。话起始说得纵极远,到头来总仍然是归到使翠翠低头红脸那件事情上去。待到翠翠显得不大高兴,神气上露出受了点小窘时,这老船夫又才象有了一点儿吓怕,忙着解释,用闲话来遮掩自己所说到那问题的原意。

"翠翠,我不是那么说,我不是那么说。爷爷老了,糊涂了,笑话多咧。"

但有时翠翠却静静的把祖父那些笑话、糊涂话听下去,一直听到后来还抿着嘴儿微笑。

翠翠也会忽然说道：

"爷爷，你真是有一点儿糊涂！"

祖父听过了不再作声，他将说"我有一大堆心事"，但来不及说，就被过渡人喊走了。

天气热了，过渡人从远处走来，肩上挑得是七十斤担子，到了溪边，贪凉快不即走路，必蹲在岩石下茶缸边喝凉茶，与同伴交换吹吹棒烟管，且一面向弄渡船的攀谈。许多天上地下子虚乌有的话从此说出口来，给老船夫听到了。过渡人有时还因溪水清洁，就溪边洗脚抹澡的，坐得更久话也就更多。祖父把些话转说给翠翠，翠翠也就学懂了许多事情。货物的价钱涨落呀，坐轿搭船的用费呀，放木筏的人把他那个木筏从滩上流下时，十来把大桡子如何活动呀，在小烟船上吃荤烟，大脚婆娘如何烧烟呀，……无一不备。

傩送二老从川东押物回到了茶峒。时间已近黄昏了，溪面很寂静，祖父同翠翠在菜园地里看萝卜秧子，翠翠白日中觉睡久了些，觉得有点寂寞，好象听人嘶声喊过渡，就争先走下溪边去。下坎时，见两个人站在码头边，斜阳影里背身看得极分明，正是傩送二老同他家中的长年！翠翠大吃一惊，同小兽物见到猎人一样，回头便向山竹林里跑掉了。但那两个在溪边的人，听到脚步响时，一转身，也就看明白这件事情了。等了一下再也不见人来，那长年又嘶声音喊叫过渡。

老船夫听得清清楚楚，却仍然蹲在萝卜秧地上数菜，心里觉得好笑。他已见到翠翠走去，他知道必是翠翠看明白了过渡人是谁，故意蹲在那高岩上不理会。翠翠人小不管事，过渡人求她不干，奈何她不得，所以只好嘶着个喉咙叫过渡了。那长年叫了几声，见没有人来，就同二老说："这是甚么玩意儿，难道老的害病弄翻了，只剩下翠翠一个人了吗？"二老说："等等看，不算甚么！"就等了一阵。因为这边在静静的等着，园地上老船夫却在心里想："难道是二老吗？"他仿佛担心搅恼了翠翠似的，就仍然蹲着不动。

但再过一阵，溪边又喊起过渡来了，声音不同了一点，这才真是二老的声音。生气了吧？等久了吧？吵嘴了吧？老船夫一面胡乱估着，一面连奔带蹿跑到溪边去。到了溪边，见两个人业已上了船，其中之一正是二老。老船夫惊讶的喊叫：

"呀，二老，你回来了！"

年青人很不高兴似的。"回来了，——你们这渡船是怎么的？等了半天也不来个人！"

"我以为——"老船夫四处一望，并不见翠翠的影子，只见黄狗从山上竹林里跑来，知道翠翠上山了，便改口说："我以为你们过了渡。"

"过了渡！不得你上船，谁敢开船？"那长年说，一只水鸟掠着水面飞去。"翠鸟儿归窠了，我们还得赶回家去吃夜饭！"

"早咧，到河街早咧，"说着，老船夫跳上了船，且在心中一面说："你不是想承继这只渡船吗！"一面把船索拉动，船便离岸了。

"二老，路上累得很！……"

老船夫说着，二老不置可否、不动感情听下去。船拢了岸，那年青小伙子同家中长年话也不说，挑担子翻山走了。那点淡漠印象留在老船夫心上，老船夫于是在两个人身后，捏紧拳头威吓了三下，轻轻的吼着，把船拉回去了。

十九

翠翠向竹林里跑去，老船夫半天还不下船，这件事从傩送二老看来，前途显然有点不利。虽老船夫言词之间，无一句话不在说明"这事有边"，但那畏畏缩缩的说明，极不得体。二老想起他的哥哥，便把这件事曲解了。他有一点儿愤愤不平，有一点儿气恼，回到家里第三天，中寨有人来探口风，在河街顺顺家中住下，把话问及顺顺，想明白二老的心中是不是还有意接受那座新碾坊。顺顺就转问二老自己意见怎么样。

二老说："爸爸，你以为这事为你，家中多座碾坊多个人，你可以快活,你就答应了。若果为的是我,我要好好去想一下,过些日子再说它吧。我尚不知道我应当得座碾坊,还是应当得一只渡船;因为我命里或只许我撑个渡船!"

探口风的人把话记住,回中寨去报命,到碧溪岨过渡时,见到了老船夫,想起二老说的话,不由得不眯眯的笑着。老船夫问明白了他是中寨人,就又问他上城作些甚么事。

那心中有分寸的中寨人说:

"甚么事也不作,只是过河街船总顺顺家里坐了一会儿。"

"无事不登三宝殿,坐了一定就有话说!"

"话倒说了几句。"

"说了些甚么话?"那人不再说了。老船夫却问道:"听说你们中寨人想把大河边一座碾坊连同家中闺女儿送给河街上顺顺,这事情有不有了点眉目?"

那中寨人笑了,"事情成就了,我问过顺顺,顺顺很愿意和中寨人结亲家,又问过那小伙子,……"

"小伙子意思怎么样?"

"他说:我眼前有座碾坊,有条渡船,我本想要渡船,现在就决定要碾坊吧。渡船是活动的,不如碾坊固定。这小子会打算盘呢。"

中寨人是个米场经纪人,话说得极有斤两,他明知道"渡船"指得是甚么意思,但他可并不说穿。他看到老船夫口唇蠕动,想要说话,中寨人便又抢着说道:

"一切皆是命,半点不由人。可怜顺顺家那个大老,相貌一表堂堂,会淹死在水里!"

老船夫被这句话在心上扎实的戳了一下,把想问的话咽住了。中寨人上岸走去后,老船夫闷闷的立在船头,痴了许久。又把二老日前过渡时落漠神气温习一番,心中大不快乐。

翠翠在塔下玩得极高兴,走到溪边高岩上想要祖父唱唱歌,见祖父不理会她,一路埋怨赶下溪边去。到了溪边方见到祖父神气十分沮丧,可不明白为甚么原因。翠翠来了,祖父看看翠翠的快活黑脸儿,粗卤的笑笑。对溪有扛货物过渡的,便不说甚么,沉默的把船拉过溪南,到了中心却大声唱起歌来了。把人渡过了溪,祖父跳上码头走近翠翠身边来,还是那么粗卤的笑着,把手抚着头额。

翠翠说:"爷爷怎么的,你发痧了? 你躺到荫下去歇歇,我来管船!"

"你来管船,好的,妙的,这只船归你管!"

老船夫似乎当真发了痧,心头发闷,虽当着翠翠还显出硬扎样子,独自走回屋里后,找寻得到一些碎瓷片,在自己臂上腿上扎了几下,放出了些乌血,就躺到床上睡了。

翠翠自己守船,心中却古怪的快乐高兴,心想:"爷爷不为我唱歌,我自己会唱!"

她唱了许多歌,老船夫躺在床上闭着眼睛,一句一句听下去。心中极乱,但他知道这不是能够把他打倒的大病,他明天就仍然会爬起来的。他想明天进城,到河街去看看,又想起另外许多旁的事情。

但到了第二天,人虽起了床,头还沉沉的。祖父当真已病了,翠翠显得懂事了些,为祖父煎了一罐大发药,逼着祖父喝;又过屋后菜园地里摘取蒜苗泡在米汤里作酸蒜苗。一面照料船只,一面还时时刻刻抽空赶回家里来看祖父,问这样那样。祖父可不说甚么,只是为一个秘密痛苦着。躺了三天,人居然好了。屋前屋后走动了一下,骨头还硬硬的,心中惦念到一件事情,便预备进城过河街去。翠翠看不出祖父有甚么要紧事情必须当天进城,请求他莫去。

老船夫把手搓着,估量到是不是应说出那个理由。在面前,翠翠一张黑黑的瓜子脸,一双水汪汪的眼睛,使他吁了一口气。

他说:"我有要紧事情,得今天去!"

翠翠苦笑着说:"有多大要紧事情,还不是……"

老船夫知道翠翠脾气,听翠翠口气已经有点不高兴,不再说要走了,把预备带走的竹筒,同扣花褡裢搁到长几上后,带点儿诣媚笑着说:"不去吧,你担心我会把自己摔死,我就不去吧。我以为天气早上不很热,到城里把事办完了就回来。……不去也好,我明天去!"

翠翠轻声的温柔的说:"爷爷,你明天去也好,你腿还软! 好好的躺一天再起来!"

老船夫似乎心中还不甘服,撒着两手走出去,在门限边有个打草鞋的棒槌,差点儿把他绊了一大胶。稳住了时,翠翠苦笑着说:"爷爷,你瞧,还不服气!"老船夫拾起那棒槌,向屋角隅摔去,说道:"爷爷老了! 过几天打豹子给你看!"

到了午后,落了一阵行雨,老船夫却同翠翠好好商量,仍然进了城。翠翠不能陪祖父进城,就要黄狗跟去。老船夫在城里被一个熟人拉着谈了许久盐价、米价,又过守备衙门看了一会厘金局长新买的骡马,方到河街顺顺家里去。到了那里,见顺顺正同三个人围着小桌子打纸牌,不便谈话,就站在身后看了一阵牌。后来顺顺请他喝酒,借口病刚好点不敢喝酒,推辞了。牌既不散场,老船夫又不想即走,顺顺似乎并不明白他等着有何话说,却只注意手中的牌。后来老船夫的神气倒为另外一个人看出了,就问他是不是有甚么事情。老船夫方忸忸怩怩照老方子搓着他那两只大手,说别的事没有,只想同船总说两句话。

那船总方明白在身后看牌半天的理由,回头对老船夫笑将起来。

"怎不早说? 你不说,我还以为你在看我牌学张子!"

"没有甚么,只是三五句话,我不便扫兴,不敢说出!"

船总把牌向桌上一撒,笑着向后房走去了,老船夫跟在身后。

"甚么事?"船总问着,神气似乎先就明白了他来此要说的话,显得略微有点儿怜悯的样子。

"我听一个中寨人说,你预备同中寨团总打亲家,是不是真事?"

船总见老船夫的眼睛盯着他的脸,想得一个满意的回答,就说:"有这事情。"那么答应,意思却是:"有了你怎么样?"

老船夫说:"真的吗?"

那一个又很自然的说："真的。"意思却依旧包含了"真的又怎么样"？

老船夫装得很从容的问："二老呢？"

船总说："二老坐船下桃源好些日子了！"

二老下桃源的事，原来还同他爸爸吵了一阵才走的。船总性情虽异常豪爽，可不愿意间接把第一个儿子弄死的女孩子，又来做第二个儿子的媳妇，这是很明白的事情。若照当地风气，这些事认为只是小孩子的事，大人管不着；二老当真欢喜翠翠，翠翠又爱二老，他也并不反对这种爱怨纠缠的婚姻。但不知怎么的，老船夫对于这件事情的关心处，使二老父子对于老船夫反而有了一点误会。船总想起家庭间的近事，以为全与这老而好事的船夫有关，虽不见诸形色，心中却有个疙瘩。

船总不让老船夫再开口了，就语气略粗的说道：

"伯伯，算了吧，我们的口只应当喝酒了，莫再只想替儿女唱歌！你的意思我全明白，你是好意。可是我也求你明白我的意思，我以为我们只应当谈点自己分上的事情，不适宜于想那些年青人的门路了。"

老船夫被一个闷拳打倒后，还想说两句话，但船总却不让他再有说话机会，把他拉出到牌桌边去。

老船夫无话可说，看看船总时，船总虽还笑着谈到许多笑话，心中却似乎很沉郁，把牌用力掷到桌上去。老船夫不说甚么，戴起他那个斗笠，自己走了。

天气还早，老船夫心中很不高兴，又进城去找杨马兵。那马兵正在喝酒，老船夫虽推病，也免不了喝个三五杯。回到碧溪岨，走得热了一点，又用溪水去抹身子。觉得很疲倦，就要翠翠守船，自己回家睡去了。

黄昏时天气十分郁闷，溪面各处飞着红蜻蜓。天上已起了云，热风把两山竹篁吹得声音极大，看样子到晚上必落大雨。翠翠守在渡船上,看着那些溪面飞来飞去的红蜻蜓,心也极乱。看祖父脸上颜色惨惨的,放心不下,便又赶回家中去。先以为祖父一定早睡了,谁知还坐在门限上打草鞋。

"爷爷,你要多少双草鞋穿,床头上不是还有十四双吗?怎么不好好的躺一躺?"

老船夫不作声,却站起身来昂头向天空望着,轻轻的说:"翠翠,今晚上要落大雨响大雷的!回头把我们的船系到岩下去,这雨大哩。"

翠翠说:"爷爷,我真害怕!"翠翠怕的似乎并不是晚上要来的雷雨。

老船夫似乎也懂得那个意思,就说:"怕甚么?一切要来的都得来,不必怕!"

二十

夜间果然落了大雨,夹以吓人的雷声。电光从屋脊上掠过时,接着就是訇的一个炸雷。翠翠在暗中抖着。祖父也醒了,知道她害怕,且担心她着凉,还起身来把一条布单搭到她身上去。祖父说:"翠翠,打雷不要怕!"

翠翠说:"我不怕。"说了还想说:"爷爷,你在这里我不怕!"

訇的一个大雷,接着是一种超越雨声而上的洪大闷重倾圮声。两人都以为一定是溪岸悬崖崩落了;担心到那只渡船,会压在崖石下面了。

祖孙两人便默默的躺在床上听雨声、雷声。

但无论如何大雨,过不久,翠翠却依然睡着了。醒来时天已大亮,雨不知在何时业已止息,只听到溪两岸山沟里注水入溪的声音。翠翠爬起身来看看,祖父还似乎睡得很好,开了门走出去,门前已变成为一个水沟,一股浊流便从塔后哗哗的流来,从前面悬崖直堕而下。并且各处全是那么一种临时的水道。屋旁菜园地已为山水冲乱了，菜秧被掩在粗砂泥里了。再走过前面去看看溪里一切，才知道溪中也涨了大水，已漫过了码头，水脚快到茶缸边了。下到码头去的那条路，正同一条小河一样，哗哗的泄着黄泥水。过渡的那一条横溪牵定的缆绳，早被水淹了。泊在崖下的渡船，已不见了。

翠翠看看屋前悬崖并不崩坍，当时还不注意渡船的失去。但再过一阵，她上下搜索不到这东西，无意中回头一看，屋后白塔已不见了，一惊非同小可。赶忙向屋后跑去，才知道白塔业已坍倒，大堆砖石极凌乱的摊在那儿，翠翠吓慌得不知所措，只锐声叫她的祖父。祖父不起身，也不答应，就赶回家里去，到得床边摇了祖父许久，祖父还不作声。原来这个老年人在雷雨将息时已死去了。

翠翠于是大哭起来。

过一阵，有从茶峒过川东跑差事的人，赶早到了溪边，隔溪喊过渡。翠翠正在灶边一面哭着，一面烧水预备为死去的祖父抹澡。

那人以为老船夫一家还不醒，急于过河，喊叫不应，就抛掷小石头过溪，打到屋顶上。翠翠鼻涕眼泪成一片的走出来，跑到溪边高崖前站定。

"喂，不早了！快快把船划过来！"

"船跑了！"

"你爷爷作甚么事情去了呢？他管船，有责任！"

"他管船，管了五十年的船，尽过了责任，——他死了啊！"

翠翠一面向隔溪人说着，一面大哭起来。那人知道老船夫死了，得进城去报信，就说：

"真死了吗？不要哭吧，我回城去告他们，要他们弄条船带东西来！"

那人回到茶峒城边时，一见熟人就报告这件新闻，不多久，全茶峒城里外便都知道这个消息。河街上船总顺顺，派人找了一只空船，带了副白木匣子，即刻向碧溪岨撑去。城中杨马兵却同一个老军人，赶到碧溪岨去，砍了几十根大毛竹，用葛藤编作筏子，作为来往过渡的临时渡船。筏子编好后，撑了那个东西，到翠翠家中那一边岸下，留老兵守竹筏来往渡人，自己跑到翠翠家去看那个死者，眼泪湿莹莹的，摸了一会躺在床上硬僵僵的老友，又赶忙着做些应做的事情。到后帮忙的人来了，从大河船上运来的棺木也来了，住在城中的老道士，还带了许多法器，一件旧麻布道袍，并提了一只大公鸡，来尽义务办理念经起水招魂绕棺诸事，也从筏上渡过来了。家中人出出进进，翠翠只坐在灶边矮凳上呜呜的哭着。

到了中午，船总顺顺也来了，还跟着一个人扛了一口袋米、一坛酒、一大腿猪肉。见了翠翠就说：

"翠翠，爷爷死去我知道了，老年人是必须死的。劳苦了一辈子，也应当休息了。你不要发愁，一切有我！"

各方面看看，就回去了。到了下午入了殓，一些帮忙的回的回家去了，晚上便只剩下了那老道士、杨马兵、箍桶匠秃头陈四四同顺顺家派来两个年青长年。黄昏以前老道士用红绿纸剪了一些花朵，用黄泥作了一些烛台。天断黑后，棺木前小桌上点起黄色九品蜡，燃了香，棺木周围也点了小蜡烛，道士披上那件蓝麻布道袍，开始了丧事中绕棺仪式。老道士在前拿着个小小纸幡引路，孝子第二，马兵殿后，绕着那具寂寞棺木慢慢转着圈子。两个长年则站在灶边空处，不成节奏胡乱的打着锣钹。老道士一面闭了眼睛走去，一面且唱且哼，安慰亡灵。提到关于亡魂所到西方极乐世界花香四季时，老马兵就把手托木盘里的杂色纸花，向棺木上高高撒去，象征西方极乐世界情形。

到了半夜，法事办完了，放过爆竹，蜡烛也快熄灭了。翠翠眼泪婆娑的，赶忙又到灶边去烧火，为帮忙的人办宵夜。吃了宵夜，老道士歪到死人床上睡着了。剩下几个人还得照规矩在棺木前守灵过夜。老马兵为大家唱丧堂歌取乐，用个空的量米木升子，当作小鼓，把手剥剥剥的一面敲着升底，一面悠悠的唱下去——唱二十四孝中的"王祥卧冰"的事情,"黄香扇枕"的事情。

翠翠哭了一整天,也同时忙累了一整天,到这时节已倦极,把头靠在棺前眯着了。两个长年同马兵等既吃了宵夜,喝过两杯酒,精神还虎虎的,便轮流把丧堂歌唱下去。但只一会儿,翠翠又醒了,仿佛梦及甚么,惊醒后看到棺木,明白祖父已死,于是又幽幽的哭起来。

"翠翠,翠翠,不要哭啦,人死了哭不回来的!"

秃头陈四四接着就说了一个做新嫁娘的人哭泣的笑话,话语中夹杂了三五个粗野字眼儿,因此引起两个年青长年咕咕的笑了许久。黄狗在屋外吠着,翠翠开了大门,到外面去站了一下,耳听到各处是虫声,天上月色极好,大星子嵌进透蓝天空里,非常沉静温柔。翠翠心想:

"这是真事情吗?爷爷当真死了吗?"

老马兵原来跟在她的后边,因为他知道,女孩子心门儿窄,说不定一炉火闷在灰里,痕迹不露,见祖父去了,自己一切皆已无望,跳崖悬梁,想跟着祖父一块儿去,也说不定。于是随时留心监视到翠翠。

老马兵见翠翠痴痴的站着,时间过了许久还不回头,就打着咳声叫翠翠说:

"翠翠,露水落了,不冷么?"

"不冷。"

"天气好得很!"

"呀……"一颗大流星使翠翠轻轻的喊了一声。

接着南方又是一颗流星划空而下。对溪有猫头鹰叫。

"翠翠,"老马兵业已同翠翠并排一块儿站定了,很温和的说:"你进屋里睡去吧,不要胡思乱想!老人是入土为安,不要让他挂牵你!"

翠翠默默的回到祖父棺木前,坐在地上又呜咽起来。守在屋中两个长年已睡着了。

那一个马兵便幽幽的说道:"不要哭了!不要哭了!你爷爷也难

过咧。眼睛哭胀,喉咙哭嘶,有甚么好处?听我说,爷爷的心事我全都知道,一切有我;我会把事情安排得好好的,对得起你爷爷。我会安排,甚么事都会。我要一个爷爷欢喜、你也欢喜的人来接收这只渡船。不能如我们的意,我老虽老,还能拿镰刀同他们拼命。翠翠,你放心,一切有我!……"

远处不知甚么地方鸡叫了,老道士原是个老童生,辛亥后才改业,在那边床上胡胡涂涂的自言自语:"天子重英豪,文章教尔曹,万般皆下品,惟有读书高……天亮了吗?早咧!"

二十一

大清早,帮忙的人从城里拿了绳索、杠子赶来了。

老船夫的白木小棺材,为六个人抬着,到那个倾圮了的塔后山岨上去埋葬时,船总顺顺、杨马兵、翠翠、老道士、黄狗,都默默的跟在后面。到了预先掘就的方阱边,老道士照规矩先跳下去,把一点硃砂颗粒同白米安置到阱中四隅及中央,又烧了一点纸钱,念了个安魂咒,爬出阱时就要抬棺木的人动手下窆。翠翠哑着喉咙干号,伏在棺木上不起身。经马兵用力把她拉开,方能移动棺木。一会儿,那棺木便下了阱,调整了方向,拉去了绳子,被新土掩盖了。翠翠还坐在地上呜咽。老道士要赶早回城,去替人做斋,过渡走了。船总事务多,把这方面一切托付给老马兵,也赶回城去了。帮忙的到溪边去洗了手,家中各人还有各人的事,且知道这家人的情形,不便再叨扰,也不再惊动主人,过渡回家去了。于是碧溪岨便只剩下三个人,一个是翠翠,一个是老马兵,一个是由船总家派来暂时帮忙照料渡船的秃头陈四四。黄狗因被那秃头打过一石头,怀恨在心,对于那秃头仿佛很不高兴,尽是轻轻的吠着,意思好象说:"你来干甚么?这里用不着你这个人!"

到了下午,翠翠同老马兵商量,要老马兵回城去,把马托给营里人照料,再回碧溪岨来陪她。老马兵回转碧溪岨时,秃头陈四四被打发回城去了。

翠翠仍然自己同黄狗来弄渡船,让老马兵坐在溪岸高崖上玩,或嘶着个老喉咙唱歌给她听。

过三天后,船总顺顺来商量接翠翠过家里去住,翠翠却想看守祖父的坟山,不愿即刻进城。只请船总过城里衙门去说句话,许杨马兵暂时同她住住,船总顺顺答应了这件事,送了几斤片糖,就走了。

杨马兵是个近六十岁了的人,原本和翠翠的父亲同营当差,说故事的本领比翠翠祖父还高一筹,加之为人特别热忱,做事又勤快又干净,因此同翠翠住下来,使翠翠仿佛去了一个祖父,却新得了一个伯父。过渡时有人问及可怜的祖父,黄昏时想起祖父,都使翠翠心酸,觉得十分凄凉。但这分凄凉日子过久一点,也就渐渐淡薄些了。两人每日在黄昏中同晚上,坐在门前溪边高崖上,谈点那个躺在湿土里可怜祖父的旧事,有许多是翠翠先前所不知道的,说来便更加使翠翠心中柔和。又说到翠翠的父亲,那个又要爱情又惜名誉的军人,在当时按照绿营军勇的装束,穿起绿盘云得胜褂,包青绉绸包头,如何使乡下女孩子动心。又说到翠翠的母亲,年纪青青时就如何善于唱歌,而且所唱的那些歌在当时又如何流行。

时候变了,一切也自然都不同了,皇帝已被掀下了金銮宝殿,不再坐江山,平常人还消说!杨马兵想起自己年青做马夫时,打扮得索索利利,牵了马匹到碧溪岨来对翠翠母亲唱歌,翠翠母亲总不理会,到如今自己却成为这孤雏的惟一靠山,惟一信托人,不由得不苦笑。

两人每个黄昏必谈祖父,以及这一家有关系的问题。后来便说到了老船夫死前的一切,翠翠因此明白了祖父活时所不提到的许多事。二老的唱歌,顺顺大儿子的死,顺顺父子对于祖父的冷淡,中寨人用碾坊作陪嫁妆奁,诱惑傩送二老,二老既记忆着哥哥的死亡,且因得不到翠翠理会,又被逼着接受那座碾坊,意思还在渡船,因此赌气下行。祖父的死因,又如何和翠翠有关……凡是翠翠不明白的事情,如今可全明白了。翠翠把事情弄明白后,哭了一个夜晚。

过了四七,船总顺顺派人来请马兵进城去,商量把翠翠接到他家中去。马兵以为这件事得问翠翠。回来时,把顺顺的意思向翠翠说过后,见翠翠还不肯和祖父的坟墓离开,又为翠翠出主张,以为名分既不定妥,到一个生人家里去也不大方便,还是不如在碧溪岨暂等,等到二老驾船回来时,再看二老意思,说不定二老要来碧溪岨驾渡船!

办法决定后,老马兵还以为二老不久必可回来的,就依然把马匹托营上人照料,在碧溪岨为翠翠作伴,把一个一个日子过下去。

碧溪岨的白塔,人人都认为和茶峒风水大有关系,塔圮坍了,不重新作一个自然不成。除了城中营管、税局,以及各商号各平民捐了些钱以外,各大寨子也有人拿册子去捐钱。为了这塔的重建并不是给谁一个人的好处,应让每个人来积德造福,让每个人有捐钱的机会,因此在新作的渡船上也放了个两头有节的大竹筒,中部锯了一口,尽过渡人自由把钱投进去,竹筒满了,马兵就捎进城中首事人处去,另外又带了个竹筒回来。过渡人一看老船夫不见了,翠翠辫子上扎了白绒,就明白那老的已作完了自己分上的工作,安安静静躺到土坑里了;必一面用同情的眼色瞧着翠翠,一面摸出钱来塞到竹筒中去。"天保佑你,死了的到西方去,活下的永保平安。"翠翠明白那些捐钱人的怜悯与同情意思,心里软软的,酸酸的,忙把身子背过去拉船。

到了冬天,那个圮坍了的白塔,又重新修好了。那个在月下唱歌,使翠翠在睡梦里为歌声把灵魂轻轻浮起的年青人,还不曾回到茶峒来。

这个人也许永远不回来了,也许明天回来!

一九三四年四月十九日完成

湘行散记

一个戴水獭皮帽子的朋友

我由武陵(常德)过桃源时，坐在一辆新式黄色公共汽车上。车从很平坦的沿河大堤公路上奔驶而去，我身边还坐定了一个懂人情有趣味的老朋友，这老友正特意从武陵县伴我过桃源县。他也可以说是一个"渔人"，因为他的头上，戴得是一顶价值四十八元的水獭皮帽子，这顶帽子经过沿路地方时，却很能引起一些年青娘儿们注意的。这老友是武陵地域中心春申君墓旁杰云旅馆的主人。常德、河洑、周溪、桃源，沿河近百里路以内"吃四方饭"的标致娘儿们，他无一不特别熟习；许多娘儿们也就特别熟习他那顶水獭皮帽子。但照他自己说，使他迷路的那点年龄业已过去了，如今一切已满不在乎，白脸长眉毛的女孩子再不使他心跳，水獭皮帽子，也并不需要娘儿们眼睛放光了。他今年还只三十五岁。十年前，在这一带地方凡有他撒野机会时，他从不放过那点机会。现在既已规规矩矩做了一个大旅馆的大老板，童心业已失去，就再也不胡闹了。当他二十五岁左右时，大约就有四十左右女人净白的胸膛被他亲近过。我坐在这样一个朋友的身边，想起国内无数中学生，在国文班上很认真的读陶靖节《桃花源记》情形，真觉得十分好笑。同这样一个朋友坐了汽车到桃源去，似乎太幽默了。

朋友还是个爱玩字画也爱说野话的人。从汽车眺望平堤远处，薄雾里错落有致的平田、房子、树木，全如敷了一层蓝灰，一切极爽心悦目。汽车在大堤上跑去，又极平稳舒服。朋友口中糅合了雅兴与俗趣，带点儿惊讶嚷道：

"这野杂种的景致，简直是画！"

"自然是画！可是是谁的画？"我说，"牯子①大哥，你以为是谁的画？"我意思正想考问一下，看看我那朋友对于中国画一方面的知识。

他笑了。"沈石田这狗养的，强盗一样好大胆的手笔！"说时还用手比划着，这里一笔，那边一扫，再来磨磨蹭蹭，十来下，成了。

我自然不能同意这种赞美，因为朋友家中正收藏了一个沈周手卷，姓名真，画笔并不佳，出处是极可怀疑的。说句老实话，当前从窗口入目的一切，潇洒秀丽中带点雄浑苍莽气概，还得另外找寻一句恰当的比拟，方能相称啊。我在沉默中的意见，似乎被他看明白了，他就说：

"看，牯子老弟你看，这点山头，这点树，那一片林梢，那一抹轻雾，真只有王麓台那野狗干的画得出。因为他自己活到八九十岁，就真象只老狗。"

这一下可被他"猜"中了。我说：

"这一下可被你说中了。我正以为目前远远近近风物极和王麓台卷子相近；你有他的扇面，一定看得出。因为它很巧妙的混合了秀气与沉郁，又典雅，又恬静，又不做作。不过有时笔不免脏脏的。"

"好，有的是你这文章魁首形容！人老了，不大肯洗脸洗手，怎么不脏……"接着他就使用了一大串野蛮字眼儿，把我喊作小公牛，且把他自己水獭皮帽子向上翻起的封耳，拉下来遮盖了那两只冻得通红的耳朵，于是大笑起来了。仿佛第一次所说的话，本不过是为了引起我对于窗外景致注意而说，如今见我业已注意，充满兴趣的看车窗外离奇景色，他便很快乐的笑了。

他掣着我的肩膊很猛烈的摇了两下，我明白那是他极高兴的表示。我说：

"牯子大哥，你怎么不学画呢？你一动手，就会弄得很高明的！"

---

① 牯子，即公牛。

"我讲,牯子老弟,别丢我吧。我也象是一个仇十洲,但是只会画妇人的肚皮,真象你说,'弄得很高明'的! 你难道不知道我是个甚么人吗? 鼻子一抹灰,能冒充绣衣哥吗?"

"你是个妙人。绝顶的妙人。"

"绣衣哥,得了,甚么庙人,寺人,谁来割我的××? 我还预备割掉许多男人的××,省得他们装模作样,在妇人面前露脸! 我讨厌他们那种样子!"

"你不讨厌的。"

"牯子老弟,有的是你这绣衣哥说的。不看你面上,我一定要……"

这个朋友言语行为皆粗中有细,且带点儿妩媚,可算得是个妙人!

这个人脸上不疤不麻,身个儿比平常人略长一点,肩膊宽宽的,且有两只体面干净的大手,初初一看,可以知道他是个军队中吃粮子上饭跑四方人物,但也可以说他是一个准绅士,从五岁起就欢喜同人打架,为一点儿小事,不管对面的一个大过他多少,也一面辱骂一面挥拳打去。不是打得人鼻青脸肿,就是被人打得满脸血污。但人长大到二十岁后,虽在男子面前还常常挥拳比武,在女人面前,却变得异常温柔起来,样子显得很懂事怕事。到了三十岁,处世便更谦和了,生平书读得虽不多,却善于用书,在一种近于奇迹的情形中,这人无师自通,写信办公事时,笔下都很可观。为人性情又随和又不马虎,一切看人来,在他认为是好朋友的,掏出心子不算回事;可是遇着另外一种老想占他一点儿便宜的人呢,就完全不同了。——也就因此在一般人他的毁誉是平分的;有人称他为豪杰,也有人叫他做坏蛋,但不妨事,把两种性格两个人格拼合拢来,这人才真是一个活鲜鲜的人!

十三年前我同他在一只装军服的船上,向沅水上游开去,船当天从常德开头,泊到周溪时,天气已快要夜了。那时空中正落着雪子,天气很冷,船顶船舷都结了冰。他为的是惦念到岸上一个长眉毛白脸庞小女人,便穿了崭新绛色缎子的猞猁皮马褂,从那为冰雪冻结了的大小木筏上慢慢的爬过去,一不小心便落了水。一面大声嚷"牯子老弟,这下我可完了",一面还是笑着挣扎。待到努力从水中挣扎上船时,全身早已为冰冷的水弄湿了。但他换了一件新棉军服外套后,却依然很高兴的从木筏上爬拢岸边。到他心中惦念那个女人身边睡觉去了。三年前,我因送一个朋友的孤雏转回湘西时,就在他旅馆中,看了他的藏画一整天。他告我,有幅文徵明的山水,好得很,终于被一个小婊子婆娘攫走,十分可惜。到后一问,才知道原来他把那画卖了三百块钱,为一个小娼妇点蜡烛挂了一次衣。现在我又让那个接客的把行李搬到这旅馆中来了。

见面时我喊他:

"牯子大哥,我又来了,不认识了我吧。"

他正站在旅馆天井中分派用人抹玻璃,自己却用手抹着那顶绒头极厚的水獭皮帽子,一见到我就赶过来用两只手同我握手,握得我手指酸痛,大声说道:"咳,咳,你这个小骚牯子又来了,甚么风吹来的?妙极了,使人正想死你!"

"甚么话,近来心里闲得想到北京城老朋友头上来了吗?"

"甚么画,壁上挂,——当天赌咒,天知道,我正如何念你!"

这自然是一句真话,粮子上出身的人物,对好朋友说谎,原看成为一种罪恶。他想念我,只因为他新近花了四十块钱,买得一本倪元璐所摹写的《武侯前后出师表》。他既不知道这东西是从岳飞石刻出师表临来的,末尾那两颗巴掌大的朱红印记,把他更弄糊涂了。照外行人说来,字既然写得极其"飞舞",四百也不觉得太贵,他可不明白那个东西应有的价值,又不明出处。花了那一笔钱,从一个川军退伍军官处把它弄到手,因此想着我了。于是我们一面说点十年前的有趣野话,一面就到他的房中欣赏宝物去了。

这朋友年青时,是个绿营中正标守兵名分的巡防军,派过中营衙门办事,在花园中栽花养金鱼。后来改做了军营里的庶务,又做过两次军需,又做过一次参谋。时间使一些英雄美人成尘成土,把一些傻瓜坏蛋变得又富又阔;同样的,到这样一个地方,我这个朋友,在一堆倏然而来悠然而逝的日子中,也就做了武陵县一家最清洁安静的旅馆主人,且同时成为爱好古玩字画的"风雅"人了。他既收买了数量可观的字画,还有好些铜器与瓷器,收藏的物件泥沙杂下,并不如何希罕,但在那么一个小小地方,在他那种经济情形下,能力却可以说尽够人敬服了。若有甚么风雅人由北方或由福建广东,想过桃源去看看,从武陵动身时,能泰然坦然把行李搬进他那个旅馆去。到了那个地方,看看过厅上的芦雁屏条,同长案上一切陈设,便会明白宾主之间实有同好,这一来,凡事皆好说了。

还有那向湘西上行过川黔考察方言歌谣的先生们,到武陵时最好就是到这个旅馆来下榻。我还不曾遇见过甚么学者,比这个朋友更能明白中国格言谚语的用处。他说话全是活的,即便是诨话野话,也莫不各有出处,言之成章。而且妙趣百出,庄谐杂陈。他那言语比喻丰富处,真象是大河流水,永无穷尽。在那旅馆中住下,一面听他詈骂用人,一面使我就想起在北京城圈里编《国语大辞典》的诸先生,为一句话一个字的用处,把《水浒》《金瓶梅》《红楼梦》……以及其他所有元明清杂剧小说翻来翻去,剪破了多少书籍!若果他们能够来到这旅馆里,故意在天井中撒一泡尿,或装作无心的样子,把些瓜果皮壳脏东西从窗口照习惯随意抛出去,或索性当着这旅馆老板面前,做点不守规矩缺少理性的行为。好,等着你就听听那做老板的骂出希奇古怪字眼儿,你会觉得原来这里还搁下了一本活生生大辞典!倘若有个经济社会调查团,想从湘西弄到点材料,这旅馆也是最好下榻的处所。因为辰河沿岸码头的税收,烟价,妓女,以及桐油,朱砂的出处行价,各个码头上管事的头目姓名脾气,他知道的也似乎比别的县衙门里"包打听"还更清楚。——他事情懂得多哩,只要想想,人还只在二十五岁左右,就有四十个青年妇人在他面前裸露过胸膛同心子,从一个普通读书人看来,这是一种如何丰富吓人的经验!

只因我已十多年不再到这条河上,一切皆极生疏了,他便特别热心答应伴送我过桃源,为我租雇小船,照料一切。

十二点钟我们从武陵动身,一点半钟左右,汽车就到了桃源县停车站。我们下了车,预备去看船时,几件行李成为极麻烦的问题了。老朋友说,若把行李带去,到码头边叫小划子时,那些吃水上饭的人,会"以逸待劳",把价钱放在一个高点上,使我们无法对付的。若把行李寄放到另外一个地方,空手去看船,我们便又"以逸待劳"了。我信任了老朋友的主张,照他的意思,一到桃源站后,我们就把行李送到一个卖酒曲的人家去。到了那酒曲铺子,拿烟的是个四十岁左右的中年胖妇人,他的干亲家。倒茶的是个十五六岁的白脸长身头发黑亮亮的女孩子,腰身小,嘴唇小,眼目清明如两粒水晶球儿,见人只是转个不停。论辈数,说是干女儿呢。坐了一阵,两人方离开那人家洒着手下河边去。在河街上一个旧书铺,一帧无名氏的山水小景牵引了他的眼睛,二十块钱把画买定了。再到河边去看船,船上人知道我是那个大老板的熟人,价钱倒很容易说妥了。来回去让船总写保单,取行李,一切安排就绪,时间已快到半夜了。我那小船明天一早方能开头,我就邀他在船上住一夜。他却说酒曲铺子那个十五年前老伴的女儿,正燉了一只母鸡等着他去消夜。点了一段废缆子,很快乐的跳上岸摇着晃着匆匆走去了。

他上岸从一些吊脚楼柱下转入河街时,我还听到河街一哨兵喊口号,他大声答着"百姓",表明他的身分。第二天天刚发白,我还没醒,小船就已向上游开动了。大约已经走了三里路,却听得岸上有个人喊我的名字,沿岸追来,原来是他从热被里脱出赶来送我的行的。船傍了岸。天落着雪,他站在船头一面抖去肩上雪片,一面质问弄船人,为甚么船开得那么早。

我说:"牯子大哥,你怎么的,天气冷得很,大清早还赶来送我!"

他钻进舱里笑着轻轻的向我说："牯子老弟，我们看好了的那幅画，我不想买了。我昨晚上还看过更好的一本册页！"

"甚么人画的？"

"当然仇十洲。我怕仇十洲那杂种也画不出。牯子老弟，好得很……"话不说完他就大笑起来。我明白他话中所指了。

"你又迷路了吗？你不是说自己年已老了吗？"

"到了桃源还不迷路吗？自己虽老别人可年青！牯子老弟，你好好的上船吧，不要胡思乱想我的事情，回来时仍住到我的旅馆里，让我再照料你上车吧。"

"一路复兴，一路复兴，"那么嚷着，于是他同豹子一样，一纵又上了岸，船就开了。

作于一九三四年

桃源与沅州

全中国的读书人,大概从唐朝以来,命运中注定了应读一篇《桃花源记》,因此把桃源当成一个洞天福地。人人都知道那地方是武陵渔人发现的,有桃花夹岸,芳草鲜美。远客来到,乡下人就杀鸡温酒,表示欢迎。乡下人皆避秦隐居的遗民,不知有汉朝,更无论魏晋了。千余年来读书人对于桃源的印象,既不怎么改变,所以每当国体衰弱发生变乱时,想做遗民的必多,这文章也就增加了许多人的幻想,增加了许多人的酒量。至于住在那儿的人呢,却无人自以为是遗民或神仙,也从不会有人遇着遗民或神仙。

桃源洞离桃源县二十五里。从桃源县坐小船沿沅水上行,船到白马渡时,上南岸走去,忘路之远近乱走一阵,桃花源就在眼前了。那地方桃花虽不如何动人,竹林却很有意思。如椽如柱的大竹子,随处皆可发现前人用小刀刻划留下的诗歌。新派学生不甘自弃,也多刻下英文字母的题名。竹林里间或潜伏一二觋径壮士,待机会霍的从路旁跃出,仿照《水浒传》上英雄好汉行为,向游客发个利市,使人来个凑手不及,不免吃点小惊。事实上是偶尔出现的。桃源县城则与长江中部各小县城差不多,一入城门最触目的是推行印花税与某种公债的布告。城中有棺材铺官药铺,有茶馆酒馆,有米行脚行,有和尚道士,有经纪媒婆。庙宇祠堂多数为军队驻防,门外必有个武装同志站岗。土栈烟馆既照章纳税,就受当地军警保护。代表本地的出产,边街上有几十家玉器作,用珉石染红着绿,琢成酒杯笔架等物,货物品质平平常常,价钱却不轻贱。另外还有个名为"后江"的地方,住下无数公私不分的妓女,很认真经营她们的职业。有些人家在一个菜园平房里,有些却又住在空船上,地方虽脏一点倒富有诗意。这些妇女使用她们的下体,安慰军政各界,且征服了往还沅水流域的烟贩,木商,船主,以及种种因公出差过路人。挖空了每个顾客的钱包,维持许多人生活,促进地方的繁荣。一县之长照例是个读书人,从史籍上早知道这是人类一种最古的职业,没有郡县以前就有了它们,取缔既与"风俗"不合,且影响到若干人生活,因此就很正当的定下一些规章制度,向这些人来抽收一种捐税(并采取了个美丽名词叫做"花捐"),把这笔款项用来补充地方行政,保安,或城乡教育经费。

桃源既是个有名地方,每年自然就有许多"风雅人",心慕古桃源之名,二三月里携了《陶靖节集》与《诗韵集成》等参考资料和文房四宝,来到桃源县访幽探胜。这些人往桃源洞赋诗前后,必尚有机会过后江走走。由朋友或专家引导,这家那家坐坐,烧匣烟,喝杯茶。看中意某一个女人时,问问行市,花个三元五元,便在那万人用过的花板床上,压着那可怜妇人胸膛放荡一夜。于是纪游诗上多了几首无题艳遇诗,"巫峡神女""汉皋解佩""刘阮天台"等等典故,一律被引用到诗上去。看过了桃源洞,这人平常若是很谨慎的,自会觉得应当即早过医生处走走,于是匆匆的回家了。至于接待过这种外路"风雅人"的神女呢,前一夜也许陆续接待过了三个麻阳船水手,后一夜又得陪伴两个贵州省牛皮商人。这些妇人照例说不定还被一个散兵游勇,一个县公署执达吏,一个公安局书记,或一个当地小流氓,长时期包定占有,客来时那人往烟馆过夜,客去时再回到妇人身边来烧烟。

妓女的数目占城中人口比例数不小。因此仿佛有各种原因,她们的年龄都比其他大都市更无限制。有些人年在五十以上,还不甘自弃,同孙女辈行来参加这种生活斗争,每日轮流接待水手同军营中火伙。也有年纪不过十四五岁,乳臭尚未脱尽,便在那儿服侍客人过夜的。

她们的技艺是烧烧鸦片烟,唱点流行小曲,若来客是粮子上跑四方人物,还得唱唱军歌党歌,和时下电影明星的新歌,应酬应酬,增加兴趣。她们的收入有些一次可得洋钱二十三十，有些一整夜又只得一块八毛。这些人有病本不算一回事。实在病重了，不能做生意挣饭吃，间或就上街走到西药房去打针，六零六三零三扎那么几下，或请走方郎中配付药，朱砂茯苓乱吃一阵，只要支持得下去，总不会坐下来吃白饭。直到病倒了，毫无希望可言了，就叫毛伙用门板抬到那类住在空船中孤身过日子的老妇人身边去，尽她咽最后那一口气。死去时亲人呼天抢地哭一阵，罄所有请和尚安魂念经，再托人赊购副四合头棺木，或借"大加一"买副薄薄板片，土里一埋也就完事了。

桃源地方已有公路，直达号称湘西咽喉的武陵(常德)，每日都有八辆十辆新式载客汽车，按照一定时刻在公路上奔驰，距常德约九十里，车票价钱一元零。这公路从常德且直达湖南省会的长沙，汽车路程约四小时，车票价约六元。公路通车时，有人说这条公路在湘省经济上具有极大意义，意思是对于黔省出口特货运输可方便不少。这人似乎不知道特货过境每次必三百担五百担，公路上一天不过十几辆汽车来回，若非特货再加以精制，每天能运输特货多少？关于特货的精制，在各省严厉禁烟宣传中，平民谁还有胆量来做这种非法勾当。假若在桃源县某种铺子里，居然有人能够设法购买一点黄色粉末药物，作为谈天口气，随便问问，就会弄明白那货物的来源是有来头的。信不信由你，大股东中大头脑有甚么"龄"字辈"子"字辈，还有沿江之督办，上海之闻人。且明白出产地并不是桃源县城，沿江上行六十里，有二十部机器日夜加工，运输出口时或用轮船直往汉口，却不需借公路汽车转运长沙。

真可称为桃源名产值得引人注意却照例不及注意的，是家鸡同鸡卵，街头巷尾无处不可以发现这种冠赤如火庞大庄严的生物，经常有重达一二十斤的。凡过路人初见这地方鸡卵，必以为鸭卵或鹅卵。其次，桃源有一种小划子，轻捷，稳当，干净，在沅河中可称首屈一指。一个外省旅行者，若想到湘西的永绥，乾城，凤凰研究湘边苗族的分布状况，或想到湘西往四川的酉阳，秀山调查桐油的生产，往贵州的铜仁,调查朱砂水银的生产,往玉屏调查竹料种类,注意造箫制纸的手工业生产情况,皆可在桃源县魁星阁下边,雇妥那么一只小船,沿沅河溯流而上,直达目的地,到地时取行李上岸落店,毫无何等困难。

　　一只桃源小划子上只能装载一二客人。照例要个舵手,管理后梢,调动船只左右。张挂风帆,松紧帆索,捕捉河面山谷中的微风。放缆拉船,量渡河面宽窄与河流水势,伸缩竹缆。另外还要个拦头工人,上滩下滩时看水认容口,出事前提醒舵手躲避石头、恶浪与洑流,出事后点篙子需要准确,稳重。这种人还要有胆量,有气力,有经验。张帆落帆都得很敏捷的即时拉桅下绳索。走风船行如箭时,便蹲坐在船头上叫喝呼啸,嘲笑同行落后的船只。自己船只落后被人嘲笑时,还要回骂;人家唱歌也得用歌声作答。两船相碰说理时,不让别人占便宜。动手打架时,先把篙子抽出拿在手上。船只逼入急流乱石中,不问冬夏,都得敏捷而勇敢的脱光衣裤,向急流中跳去,在水里尽肩背之力使船只离开险境。掌舵的因事故不能尽职,就从船顶爬过船尾去,做个临时舵手。船上若有小水手,还应事事照料小水手,指点小水手。更有一份不可推却的职务,便是在一切过失上,应与掌舵的各据小船一头,相互辱宗骂祖,继续使船前进。小船除此两人以外,尚需要个小水手居于杂务地位,淘米、烧饭、切菜、洗碗,无事不作。行船时应荡桨就帮同荡桨,应点篙就帮同持篙。这种小水手大都在学习期间,应处处留心,取得经验同本领。除了学习看水,看风,记石头,使用篙桨以外,也学习挨打挨骂。尽各种古怪希奇字眼儿成天在耳边反复响着,好好的保留在记忆里,将来长大时再用它来辱骂旁人。上行无风吹,一个人还负了纤板,曳着一段竹缆,在荒凉河岸小路上拉船前进。小船停泊码头边时,又得规规矩矩守船。关于他们经济情势,舵手多为船家长年雇工,平均算来合八分到一角钱一天。拦头工有长年雇定的,人若年富力强多经验,待遇同掌舵的差不多。若只是短期包来回,上行平均每天可得一毛或一毛五分钱,下行则尽义务吃白饭而已。至于小水手,学习期限看年龄同本事来,有些人每天可得两分钱作零用，有些人在船上三年五载吃白饭。上滩时一个不小心，闪不知被自己手中竹篙弹入乱石激流中，泅水技术又不在行，在水中淹死了，船主方面写得有字据，生死家长不能过问。掌舵的把死者剩余的一点衣服交给亲长说明白落水情形后，烧几百钱纸，手续便清楚了。

一只桃源划子，有了这样三个水手，再加上一个需要赶路，有耐心，不嫌孤独，能花个二十三十的乘客，这船便在一条清明透澈的沅水上下游移动起来了。在这条河里在这种小船上做乘客，最先见于记载的一人，应当是那疯疯癫癫的楚逐臣屈原。在他自己的文章里，他就说道："朝发枉渚兮，夕宿辰阳。"若果他那文章还值得称引，我们尚可以就"沅有芷兮澧有兰"与"乘舲上沅"这些话，估想他当年或许就坐了这种小船，溯流而上，到过出产香草香花的沅州。沅州上游不远有个白燕溪，小溪谷里生长芷草，到如今还随处可见。这种兰科植物生根在悬崖鳞隙间，或蔓延到松树枝桠上，长叶飘拂，花朵下垂成一长串，风致楚楚。花叶形体较建兰柔和，香味较建兰淡远。游白燕溪的可坐小船去，船上人若伸手可及，多随意伸手摘花，顷刻就成一束。若崖石过高，还可以用竹篙将花打下，尽它堕入清溪洄流里，再用手去溪里把花捞起。除了兰芷以外，还有不少香草香花，在溪边崖下繁殖。那种黛色无际的崖石，那种一丛丛幽香眩目的奇葩，那种小小回旋的溪流，合成一个如何不可言说迷人心目的圣境！若没有这种地方，屈原便再疯一点，据我想来他文章未必就能写得那么美丽。

甚么人看了我这个记载，若神往于香草香花的沅州，居然从桃源包了小船，过沅州去，希望实地研究解决《楚辞》上几个草木问题。到了沅州南门城边，也许无意中会一眼瞥见城门上有一片触目黑色。因好奇想明白它，一时可无从向谁去询问。他所见到的只是一片新的血迹，并非甚么古迹。大约在清党前后，有个晃州姓唐的青年，北京农科大学毕业生，在沅州晃州两县，用党务特派员资格，率领了两万以上四乡农民和一些青年学生，肩持各种农具，上城请愿。守城兵先已得到长官命令,不许请愿群众进城。于是双方自然而然发生了冲突。一面是旗帜,木棒,呼喊与愤怒,一面是居高临下,一尊机关枪同十支步枪。街道既那么窄,结果站在最前线上的特派员同四十多个青年学生与农民,便全在城门边牺牲了。其余农民一看情形不对,抛下农具四散跑了。那个特派员的身体,于是被兵士用刺刀钉在城门木板上示众三天,三天过后,便连同其他牺牲者,一齐抛入屈原所称赞的清流里喂鱼吃了。几年来本地人在内战反复中被派捐拉伕,应付差役中把日子混过去,大致把这件事也慢慢的忘掉了。

桃源小船载到沅州府,舵手把客人行李扛上岸,讨得酒钱回船时,这些水手必乘兴过南门外皮匠街走走。那地方同桃源的后江差不多,住下不少经营最古职业的人物,地方既非商埠,价钱可公道一些。花五角钱关一次门,上船时还可以得一包黄油油的上净丝烟,那是十年前的规矩。照目前百物昂贵情形想来,一切当然已不同了,出钱的花费也许得多一点,收钱的待客也许早已改用"美丽牌"代替"上净丝"了。

或有人在皮匠街蓦然间遇见水手,对水手发问:"弄船的,'肥水不落外人田',家里有的你让别人用,用别人的你还得花钱,这上算吗?"

那水手一定会拍着腰间麂皮抱兜,笑眯眯的回答说:"大爷,'羊毛出在羊身上',这钱不是我桃源人的钱,上算的。"

他回答的只是后半截,前半截却不必提。本人正在沅州,离桃源远过六七百里,桃源那一个他管不着。

便因为这点哲学,水手们的生活,比起"风雅人"来似乎也洒脱多了。若说话不犯忌讳,无人疑心我"袒护无产阶级",我还想说,他们的行为,比起那些读了些"子曰",带了五百家香艳诗去桃源寻幽访胜,过后江讨经验的"风雅人"来,也实在还道德得多。

一九三五年三月北平大城中

鸭窠围的夜

　　天快黄昏时落了一阵雪子,不久就停了。天气真冷,在寒气中一切都仿佛结了冰。便是空气,也象快要冻结的样子。我包定的那一只小船,在天空大把撒着雪子时已泊了岸。从桃源县沿河而上这已是第五个夜晚。看情形晚上还会有风有雪,故船泊岸边时便从各处挑选好地方。沿岸除了某一处有片沙岨宜于泊船以外,其余地方全是黛色如屋的大岩石。石头既然那么大,船又那么小,我们都希望寻觅得到一个能做小船风雪屏障,同时要上岸又还方便的处所。凡是可以泊船的地方早已被当地渔船占去了。小船上的水手,把船上下各处撑去,钢钻头敲打着沿岸大石头,发出好听的声音,结果这只小船,还是不能不同许多大小船只一样,在正当泊船处插了篙子,把当作锚头用的石碇抛到沙上去,尽那行将来到的风雪,摊派到这只船上。

　　这地方是个长潭的转折处,两岸是高大壁立千丈的山,山头上长着小小竹子,长年翠色逼人。这时节两山只剩余一抹深黑,赖天空微明为画出一个轮廓。但在黄昏里看来如一种奇迹的,却是两岸高处去水已三十丈上下的吊脚楼。这些房子莫不俨然悬挂在半空中,借着黄昏的余光,还可以把这些希奇的楼房形体看得出个大略。这些房子同沿河一切房子有个共通相似处,便是从结构上说来,处处显出对于木材的浪费。房屋既在半山上,不用那么多木料,便不能成为房子吗?半山上也用吊脚楼形式,这形式是必须的吗?然而这条河水的大宗出口是木料,木材比石块还不值价。因此,即或是河水永远涨不到处,吊脚楼房子依然存在,似乎也不应当有何惹眼惊奇了。但沿河因为有了这些楼房,长年与流水斗争的水手,寄身船中枯闷成疾的旅行者,以及其他过路人,却有了落脚处了。这些人的疲劳与寂寞是从这些房子中可以一律解除的。地方既好看,也好玩。

河面大小船只泊定后,莫不点了小小的油灯,拉了篷。各个船上皆在后舱烧了火,用铁鼎罐煮饭,饭焖熟后,又换锅子熬油,哗的把菜蔬倒进热锅里去。一切齐全了,各人蹲在舱板上三碗五碗把腹中填满后,天已夜了。水手们怕冷怕动的,收拾碗盏后,就莫不在舱板上摊开了被盖,把身体钻进那个预先卷成一筒又冷又湿的硬棉被里去休息。至于那些想喝一杯的,发了烟瘾得靠靠灯,船上烟灰又翻尽了的,或一无所为,只是不甘寂寞,好事好玩想到岸上去烤烤火谈谈天的,便莫不提了桅灯,或燃一段废缆子,摇晃着从船头跳上了岸,从一堆石头间的小路径,爬到半山上吊脚楼房子那边去,找寻自己的熟人,找寻自己的熟地。陌生人自然也有来到这条河中来到这种吊脚楼房子里的时节,但一到地,在火堆旁小板凳上一坐,便是陌生人,即刻也就可以称为熟人乡亲了。

这河边两岸除了停泊有上下行的大小船只三十左右以外,还有无数在日前趁融雪涨水放下形体大小不一的木筏。较小的木筏,上面供给人住宿过夜的棚子也不见,一到了码头,便各自上岸找住处去了。大一些的木筏呢,则有房屋,有船只,有小小菜园与养猪养鸡栅栏,还有女眷和小孩子。

黑夜占领了全个河面时,还可以看到木筏上的火光,吊脚楼窗口的灯光,以及上岸下船在河岸大石间飘忽动人的火炬红光。这时节岸上船上都有人说话,吊脚楼上且有妇人在黯淡灯光下唱小曲的声音,每次唱完一支小曲时,就有人笑嚷。甚么人家吊脚楼下有匹小羊叫,固执而且柔和的声音,使人听来觉得忧郁。我心中想着:"这一定是从别一处牵来的,另外一个地方,那小畜生的母亲,一定也那么固执的鸣着吧。"算算日子,再过十一天便过年了。"小畜生明不明白只能在这个世界上活过十天八天？"明白也罢,不明白也罢,这小畜生是为了过年而赶来,应在这个地方死去的。此后固执而又柔和的声音,将在我耳边永远不会消失。我觉得忧郁起来了。我仿佛触着了这世界上一点东西,看明白了这世界上一点东西,心里软和得很。

但我不能这样子打发这个长夜。我把我的想象,追随了一个唱曲时清中夹沙的妇女声音到她的身边去了。于是仿佛看到了一个床铺,下面是草荐,上面摊了一床用旧帆布或别的旧货做成脏而又硬的棉被,搁在床正中被单上面的是一个长方木托盘,盘中有一把小茶盏,一个小烟匣,一支烟枪,一块小石头,一盏灯。盘边躺着一个人在烧烟。唱曲子的妇人,或是袖了手捏着自己的膀子站在吃烟者的面前,或是靠在男子对面的床头,为客人烧烟。房子分两进,前面临街,地是土地,后面临河,便是所谓吊脚楼了。这些人房子窗口既一面临河,可以凭了窗口呼喊河下船中人,当船上人过了瘾,胡闹已够,下船时,或者尚有些事情嘱托,或有其他原因,一个晃着火炬停顿在大石间,一个便凭立在窗口,"大佬你记着,船下行时又来。""好,我来的,我记的。""你见了顺顺就说:会呢,完了;孩子大牛呢,脚膝骨好了,细粉带三斤,冰糖或片糖带三斤。""记得到,记得到,大娘你放心,我见了顺顺大爷就说:'会呢,完了。大牛呢,好了。细粉来三斤,冰糖来三斤。'""杨氏,杨氏,一共四吊七,莫错账!""是的,放心呵,你说四吊七就四吊七,年三十夜莫会要你多的！你自己记着就是了！"这样那样的说着,我一一都可听到,而且一面还可以听着在黑暗中某一处咩咩的羊鸣。我明白这些回船的人是上岸吃过"荤烟"了的。

我还估计得出,这些人不吃"荤烟",上岸时只去烤烤火的,到了那些屋子里时,便多数只在临街那一面铺子里。这时节天气太冷,大门必已上好了,屋里一隅或点了小小油灯,屋中必就地掘了个浅凹,烧了些树根柴块。火光煜煜,且时时刻刻爆炸着一种难于形容的声音。火旁矮板凳上坐有船上人,木筏上人,有对河住家的熟人。且有虽为天所厌弃还不自弃年过七十的老妇人,闭着眼睛蜷成一团蹲在火边,悄悄的从大袖筒里取出一片薯干或一枚红枣,塞到嘴里去咀嚼。有穿着肮脏身体瘦弱的孩子,手擦着眼睛傍着火旁的母亲打盹。屋主人有为退伍的老军人,有翻船背运的老水手,有单身寡妇。借着火光灯光,可以看得出这屋中的大略情形,三堵木板壁上,一面必有个供奉祖宗的神龛,神龛下空处或另一面,必贴了一些大小不一的红白名片。这些名片倘若有那些好事者加以注意,用小油灯照着,去仔细检查检查,便可以发现许多动人的名衔。军队上的连附,上士,一等兵,商号中的管事,当地的团总,保正,催租吏,以及照例姓滕的船主,洪江的木簰商人,与其他各行各业人物,无所不有。这是近一二十年来经过此地若干人中一小部分的题名录。这些人各用一种不同的生活,来到这个地方,且同样的来到这些屋子里,坐在火边或靠近床上,逗留过若干时间。这些人离开了此地后,在另一世界里还是继续活下去,但除了同自己的生活圈子中人发生关系以外,与一同在这个世界上其他的人,却仿佛便毫无关系可言了。他们如今也许早已死掉了;水淹死的,枪打死的,被外妻用砒霜谋杀的,然而这些名片却依然将好好的保留下去。也许有些人已成了富人名人,成了当地的小军阀,这些名片却仍然写着催租人、上士等等的衔头。……除了这些名片,那屋子里是不是还有比它更引人注意的东西呢?锯子,小捞兜,香烟大画片,装干栗子的口袋……

　　提起这些问题时使人心中很激动。我到船头上去眺望了一阵。河面静静的,木筏上火光小了,船上的灯光已很少了,远近一切只能借着水面微光看出个大略情形。另外一处的吊脚楼上,又有了妇人唱小曲的声音,灯光摇摇不定,且有猜拳声音。我估计那些灯光同声音所在处,不是木筏上的簰头在取乐,就是水手们小商人在喝酒。妇人手指上说不定还戴了水手特别为从常德府捎带来的镀金戒指,一面唱曲一面把那只手理着鬓角,多动人的一幅画图!我认识他们的哀乐,这一切我也有份。看他们在那里把每个日子打发下去,也是眼泪也是笑,离我虽那么远,同时又与我那么相近。这正同读一篇描写西伯利亚的农人生活动人作品一样，使人掩卷引起无言的哀戚。我如今只用想象去领味这些人生活的表面姿态，却用过去一份经验，接触着了这种人的灵魂。

羊还固执的鸣着。远处不知甚么地方有锣鼓声音，那一定是某个人家禳土酬神还愿巫师的锣鼓。声音所在处必有火燎与九品蜡，照耀争辉。眩目火光下必有头包红布的老巫独立作旋风舞，门上架上有黄钱，平地有装满了谷米的平斗。有新宰的猪羊伏在木架上，头上插着小小五色纸旗。有行将为巫师用口把头咬下的活公鸡，缚了双脚与翼翅，在土坛边无可奈何的躺卧。主人锅灶边则热了满锅猪血稀粥，灶中正火光熊熊。

邻近一只大船上，水手们已静静的睡下了，只剩余一个人吸着烟，且时时刻刻把烟管敲着船舷。也象听着吊脚楼的声音，为那点声音所激动，引起种种联想。忽然按捺自己不住了，只听到他轻轻的骂着野话，擦了支自来火，点上一段废缆，跳上岸往吊脚楼那里去了。他在岸上大石间走动时，火光便从船篷空处漏进我的船中。也是同样的情形吧，在一只装载棉军服向上行驶的船上，泊到同样的岸边，躺在成束成捆的军服上面，夜既太长，水手们爱玩牌的各蹲坐在舱板上小油灯光下玩天九，睡既不成，便胡乱穿了两套棉军服，空手上岸，借着石块间还未融尽残雪返照的微光，一直向高岸上有灯光处走去。到了街上，除了从人家门罅里露出的灯光成一条长线横卧着，此外一无所有。在计算中以为应可见到的小摊上成堆的花生，用"哈德门"长烟匣装着干瘪瘪的小橘子，切成小方块的片糖，以及在灯光下看守摊子把眉毛扯得极细的妇人（这些妇人无事可做时还会在灯光下做点针线的），如今甚么也没有。既不敢冒昧闯进一个人家里面去，便只好又回转河边船上了。但上山时向灯光凝聚处走去，方向不会错误。下河时可糟了。糊糊涂涂在大石小石间走了许久，且大声喊着，才走近自己所坐的一只船。上船时，两脚全是泥，刚攀上船舷还不及脱鞋落舱，就有人在棉被中大喊："伙计哥子们，脱鞋呀！"把鞋脱了还不即睡，便镶到水手身旁去看牌，一直看到半夜。——十五年前自己的事，在这样地方温习起来，使人对于命运感到十分惊异。我懂得那个忽然独自跑上岸去的人，为甚么上去的理由！

等了一会儿，邻船上那人还不回到他自己的船上来，我明白他所得的必比我多了一些。我想听听他回来时，是不是也象别的船上人，有一个妇人在吊脚楼窗口喊叫他。许多人都陆续回到船上了，这人却没有下船。我记起水手柏子。但是，同样是水上人，一个那么快乐的赶到岸上去，一个却是那么寂寞的跟着别人后面走上岸去，到了那些地方，情形不会同柏子一样，也是很显然的事了。

为了我想听听那个人上船时那点推篷声音，我打算着，在一切声音全已安静时，我仍然不能睡觉。我等待那点声音，大约到午夜十二点，水面上却起了另外一种声音。仿佛鼓声，也仿佛汽油船马达转动声，声音慢慢的近了，可是慢慢的又远了。象是一个有魔力的歌唱，单纯到不可比方，也便是那种固执的单调，以及单调的延长，使一个身临其境的人，想用一组文字去捕捉那点声音，以及捕捉在那长潭深夜一个人为那声音所迷惑时节的心情，实近于一种徒劳无功的努力。那点声音使我不得不再从那个业已用被单塞好空罅的舱门，到船头去搜索它的来源。河面一片红光，古怪声音也就从红光一面掠水而来。原来日里隐藏在大岩下的一些小渔船，在半夜前早已静悄悄的下了拦江网。到了半夜，把一个从船头伸在水面的铁兜，盛上燃着熊熊烈火的油柴，一面用木棒槌有节奏的敲着船舷各处漂去。身在水中见了火光而来与受了桴声吃惊四窜的鱼类，便在这种情形中触了网，成为渔人的俘虏。

一切光，一切声音，到这时节已为黑夜所抚慰而安静了，只有水面上那一分红光与那一派声音。那种声音与光明，正为着水中的鱼和水面的渔人生存的搏战，已在这河面上存在了若干年，且将在接连而来的每个夜晚依然继续存在。我弄明白了，回到舱中以后，依然默听着那个单调的声音。我所看到的仿佛是一种原始人与自然战争的情景。那声音，那火光，都近于原始人类的战争，把我带回到四五千年那个"过去"时间里去。

　　不知在甚么时候开始落了很大的雪，听船上人细语着，我心想，第二天我一定可以看到邻船上那个人上船时节，在岸边雪地上留下那一行足迹。那寂寞的足迹，事实上我却不曾见到，因为第二天到我醒来时，小船已离开那个泊船处很远了。

作于一九三四年

一九三四年一月十八

我仿佛被一个极熟的人喊了又喊，人清醒后那个声音还在耳朵边。原来我的小船已开行了许久，这时节正在一个长潭中顺风滑行，河水从船舷轻轻擦过，把我弄醒了。

我的小船今天应当停泊到一个大码头，想起这件事，我就有点儿慌张起来了。小船应停泊的地方，照史籍上所说，出丹砂，出辰州符，事实上却只出胖人，出肥猪，出鞭炮，出雨伞。一条长长的河街，在那里可以见到无数水手柏子与无数柏子的情妇。长街尽头飘扬着用红黑二色写上扁方体字税关的幡信，税关前停泊了无数上下行验关的船只。长街尽头油坊围墙如城垣，长年有油可打，打油匠摇荡悬空油槌，訇的向前抛去时，莫不伴以摇曳长歌，由日到夜，不知休止。河中长年有大木筏停泊，每一木筏浮江而下时，同时四方角隅至少有三十个人举桡激水。沿河吊脚楼下泊定了大而明黄的船只，船尾高张，长到两丈左右，小船从下面过身时，仰头看去恰如一间大屋。（那上面必用金漆写得有福字同顺字！）这个地方就是我一提及它时充满了感情的辰州。

小船去辰州还约三十里，两岸山头已较小，不再壁立拔峰，渐渐成为一堆堆黛色与浅绿相间的丘阜，山势既较和平，河水也温和多了。两岸人家渐渐越来越多，随处可以见到毛竹林。山头已无雪，虽尚不出太阳，气候干冷，天空倒明明朗朗。小船顺风张帆向上流走去时，似乎异常稳定。

但小船今天至少还得上三个滩与一个长长的急流。

大约九点钟时,小船到了第一个长滩脚下了,白浪从船旁跑过快如奔马,在惊心眩目情形中小船居然上了滩。小船上滩照例并不如何困难,大船可不同一点。滩头上就有四只大船斜卧在白浪中大石上,毫无出险的希望。其中一只货船,大致还是昨天才坏事的,只见许多水手在石滩上搭了棚子住下,且摊晒了许多被水浸湿的货物。正当我那小船上完第一滩时,却见一只大船,正搁浅在滩头激流里。只见一个水手赤裸着全身向水中跳去,想在水中用肩背之力使船只活动,可是人一下水后,就即刻为激流带走了。在浪声哮吼里尚听到岸上人沿岸追喊着,水中那一个大约也回答着一些遗嘱之类,过一会儿,人便不见了。这个滩共有九段,这件事从船上人看来,可太平常了。

　　小船上第二段时,河流已随山势曲折,再不能张帆取风,我担心到这小小船只的安全问题,就向掌舵水手提议,增加一个临时纤手,钱由我出。得到了他的同意,一个老头子,牙齿已脱,白须满腮,却如古罗马战士那么健壮,光着手脚蹲在河边那个大青石上讲生意来了。两方面都大声嚷着而且辱骂着,一个要一千,一个却只出九百,相差那一百钱折合银洋约一分一厘。那方面既坚持非一千文不出卖这点气力,这一方面却以为小船根本不必多出这笔钱给一个老头子。我即或答应了不拘多少钱统由我出,船上三个水手,一面与那老头子对骂,一面把船开到急流里去了。但小船已开出后,老头子方不再坚持那一分钱,却赶忙从大石上一跃而下,自动把背后纤板上短绳,缚定了小船的竹缆,躬着腰向前走去了。待到小船业已完全上滩后,那老头就赶到船边来取钱,互相又是一阵辱骂。得了钱,坐在水边大石上一五一十数着。我问他有多少年纪,他说七十七。那样子,简直是一个托尔斯泰!眉毛那么长,鼻子那么大,胡子那么多,一切都同画相上的托尔斯泰相去不远。看他那数钱神气,人快到八十了,对于生存还那么努力执着,这人给我的印象真太深了。但这个人在他们弄船人看来,一个又老又狡猾的东西罢了。

小船上尽长滩后,到了一个小小水村边,有母鸡生蛋的声音,有隔河喊人的声音,两山不高而翠色迎人。许多等待修理的小船,一字排开斜卧在岸上,有人在一只船边敲敲打打,我知道他们正用麻头与桐油石灰嵌进船缝里去。一个木筏上面还搁了一只小船,在平潭中溜着,忽然村中有炮仗声音,有唢呐声音,且有锣声;原来村中人正接媳妇。锣声一起,修船的,放木筏的,划船的,无不停止了工作,向锣声起处望去。——多美丽的一幅画图,一首诗! 但除了一个从城市中因事挤出的人觉得惊讶,难道还有谁看到这些光景蓦然神往?

下午二时左右,我坐的那只小船,已经把辰河由桃源到沅陵一段路程主要滩水上完,到了一个平静长潭里。天气转晴,日头初出,两岸小山作浅绿色,山水秀雅明丽如西湖。船离辰州只差十里,过不久,船到了白塔下再上个小滩,转过山岨,就可以见到税关上飘扬的长幡信了。

想起再过两点钟,小船泊到泥滩上后,我就会如同我小说写到的那个柏子一样,从跳板一端摇摇荡荡的上了岸,直向有吊脚楼人家的河街走去,再也不能蜷伏在船里了。

我坐到后舱口日光下,向着河流清算我对于这条河水这个地方的一切旧账。原来我离开这地方已十六年。十六年的日子实在过得太快了一点。想起从这堆日子中所有人事的变迁,我轻轻的叹息了好些次。这地方是我第二个故乡。我第一次离乡背井,随了那一群肩扛刀枪向外发展的武士为生存而战斗,就停顿到这个码头上。这地方每一条街每一处衙署,每一间商店,每一个城洞里做小生意的小担子,还如何在我睡梦里占据一个位置! 这个河码头在十六年前教育我,给我明白了多少人事,帮助我做过多少幻想,如今却又轮到它来为我温习那个业已消逝的童年梦境来了。

望着汤汤的流水,我心中好象忽然彻悟了一点人生,同时又好象从这条河上,新得到了一点智慧。的的确确,这河水过去给我的是"知识",如今给我的却是"智慧"。山头一抹淡淡的午后阳光感动我,水底各色圆如棋子的石头也感动我。我心中似乎毫无渣滓,透明烛照,对万汇百物,对拉船人与小小船只,一切都那么爱着,十分温暖的爱着!我的感情早已融入这第二故乡一切光景声色里了。我仿佛很渺小很谦卑,对一切有生无生似乎都在伸手,且微笑的轻轻的说:

"我来了,是的,我仍然同从前一样的来了。我们全是原来的样子,真令人高兴。你,充满了牛粪桐油气味的小小河街,虽稍稍不同了一点,我这张脸,大约也不同了一点。可是,很可喜的是我们还互相认识,只因为我们过去实在太熟习了!"

看到日夜不断千古长流的河水里石头和砂子,以及水面腐烂的草木,破碎的船板,使我触着了一个使人感觉惆怅的名词。我想起"历史"。一套用文字写成的历史,除了告给我们一些另一时代另一群人在这地面上相斫相杀的故事以外,我们决不会再多知道一些要知道的事情。但这条河流,却告给了我若干年来若干人类的哀乐!小小灰色的渔船,船舷船顶站满了黑色沉默的鱼鹰,向下游缓缓划去了。石滩上走着脊梁略弯的拉船人。这些东西于历史似乎毫无关系,百年前或百年后皆仿佛同目前一样。他们那么忠实庄严的生活,担负了自己那份命运,为自己,为儿女,继续在这世界中活下去。不问所过的是如何贫贱艰难的日子,却从不逃避为了求生而应有的一切努力。在他们生活爱憎得失里,也依然摊派了哭,笑,吃,喝。对于寒暑的来临,他们便更比其他世界上人感到四时交替的严肃。历史对于他们俨然毫无意义,然而提到他们这点千年不变无可记载的历史,却使人引起无言的哀戚。

我有点担心,地方一切虽没有甚么变动。我或者变得太多了一点。

船到了税关前趸船旁泊定时,我想象那些税关办事人,因为见我是个陌生旅客,一定上船来盘问我,麻烦我。我于是便假定恰如数年前作的一篇文章上我那个样子,故意不大理会,希望引起那个公务人员的愤怒,直到把我带局里为止。我正想要那么一个人引路到局上去,好去见他们的局长！还很希望他们带到当地驻军旅部去,因为若果能够这样,就使我进衙门去找熟人时,省得许多琐碎的手续了。

可是验关的来了,一个宽脸大身材的青年苗人。见到他头上那个盘成一饼的青布包头,引动了我一点乡情。我上岸的计划不得不变更了。他还来不及开口我就说：

"同年,你来查关！这是我坐的一只空船,你尽管看。我想问你。你局长姓甚么！"

那苗人已上了小船在我面前站定,看看舱里一无所有,且听我喊他为"同年",从乡音中得到了点快乐。便用着小孩子似的口音问我：

"你到哪里去,你从哪里来呀？"

"我从常德来——就到这地方。你不是梨林人吗？我是……我要会你局长！"

那关吏说："我是凤凰县人！你问局长,我们局长姓陈！"

第一个碰到的原来就是自己的县亲,我觉得十分激动,赶忙请他进舱来坐坐。可是这个人看看我的衣服行李,大约以为我是个甚么代表,一种身分的自觉,不敢进舱里来了。就告我若要找陈局长,可以把船泊到中南门去。一面说着一面且把手中的粉笔,在船篷上画了个旅行的记号,却回到大船上去："你们走！"他挥手要水手开船,且告水手应当把船停到中南门,上岸方便。

船开上去一点,又到了一个复查处。仍然来了一个头裹青布帕的乡亲从舱口看看船中的我。我想这一次应当故意不理会这个公务人,使他生气方可到局里去。可是这个复查员看看我不作声的神气,一问水手,水手说了两句话,又挥挥手把我们放走了。

我心想：这不成,他们那么和气,把我想象安排的计划全给毁了。若到中南门起岸,水手在身后扛了行李,到城门边检查时,只须水手一句话,又无条件通过,很无意思。我多久不见到故乡的军队了,我得看看他们对于职务上的兴味与责任,过去和现在有甚么不同处。我便变更了计划,要小船在东门下傍码头停停,我一个人先上岸去,上了岸后小船仍然开到中南门,等等我再派人来取行李。我于是上了岸,不一会儿就到河街上了。当我打从那河街上过身时,做炮仗的,卖油盐杂货的,收买发卖船上一切零件的,所有小铺子皆牵引了我的眼睛,因此我走得特别慢些。但到进城时却使我很失望,城门口并无一个兵。原来地方既不戒严,兵移到乡下去驻防,城市中已用不着守城兵了。长街路上虽有穿着整齐军服的年青人,我却不便如何故意向他们生点事。看看一切皆如十六年前的样子,只是兵不同了一点。

我既从东门从从容容的进了城,不生问题,不能被带过旅部去,心想时间还早,不如到我弟弟哥哥共同在这地方新建筑的“芸庐”新家里看看,那新房子全在山上。到了那个外观十分体面的房子大门前,问问工人谁在监工,才知道我哥哥来此刚三天。这就太妙了,若不来此问问,我以为我家中人还依然全在凤凰县城里!我进了门一直向楼边走去时,还有使我更惊异而快乐的,是我第一个见着的人原来就正是五年来行踪不明的虎雏。这人五年前在上海从我住处逃亡后,一直就无他的消息,我还以为他早已腐了烂了。他把我引导到我哥哥住的房中,告给我哥哥已出门,过三点钟方能回来。在这三点钟之内,他在我很惊讶盘问之下,却告给了我他的全部历史。八岁时他就因为用石块撞死了人逃出家乡,做过玩龙头宝的助手,做过土匪,做过采茶人,当过兵。到上海发生了那件事情后,这六年中又是从一想象不到的生活里,转到我军官兄弟手边来做一名“副爷”。

见到哥哥时,我第一句话说的是“家中虎雏真是个了不起的人物”。我哥哥却回答得妙:“了不起的人吗?这里比他了不起的人多着哪。”

到了晚上,我哥哥说的话,便被我所见到的五个青年军官证实了。

作于一九三四年

一个多情水手与一个多情妇人

我的小表到了七点四十分时，天光还不很亮。停船地方两山过高，故住在河上的人，睡眠仿佛也就可以多些了。小船上水手昨晚上吃了我五斤河鱼，鱼虽吃过，大约还记得着那吃鱼的原因，不好意思再睡，这时节业已起身，卷了铺盖，在烧水扫雪了。两个水手一面工作一面用野话编成韵语骂着玩着，对于恶劣天气与那些昨晚上能晃着火炬到有吊脚楼人家去同宽脸大奶子妇人纠缠的水手，含着无可奈何的妒忌。

大木筏都得天明时漂滩，正预备开头，寄宿在岸上的人已陆续下了河，与宿在筏上的水手们，共同开始从各处移动木料，筏上有斧斤声与大摇槌彭彭的敲打木桩声音。许多在吊脚楼寄宿的人，从妇人热被里脱身，皆在河滩大石间跄跄走着，回归船上。妇人们恩情所结，也多和衣靠着窗边，与河下人遥遥传述那种种"后会有期各自珍重"的话语。很显然的事，便是这些人从昨夜那点露水恩情上，已经各在那里支付分上一把眼泪与一把埋怨。想到这些眼泪与埋怨，如何糅进这些人的生命中，成为生活之一部分时，使人心中柔和得很！

第一个大木筏开始移动时，约在八点左右。木筏四隅数十支大桡，泼水而前，筏上且起了有节奏的"唉"声。接着又移动了第二个。……木筏上的桡手，各在微明中画出一个黑色的轮廓。木筏上某一处必扬着一片红红的火光，火堆旁必有人正蹲下用钢罐煮水。

我的小船到这时节一切业已安排就绪，也行将离岸，向长潭上游溯江而上了。

只听到河下小船邻近不远某一只船上，有个水手哑着嗓子喊人：

"牛保，牛保，不早了，开船了呀！"

许久没有回答，于是又听那个人喊道：

"牛保，牛保，你不来当真船开动了！"

再过一阵，催促的转而成为辱骂，不好听的话已上口了。

"牛保，牛保，狗×的，你个狗就见不得河街女人的×！"

吊脚楼上那一个，到此方仿佛初从好梦中惊醒，从热被里妇人手臂中逃出，光身爬到窗边来答着：

"宋宋，宋宋，你喊甚么？天气还早咧。"

"早你的娘，人家木簰全开了，你玩了一夜还尽不够！"

"好兄弟，忙甚么？今天到白鹿潭好好的喝一杯！天气早得很！"

"天气早得很，哼，早你的娘！"

"就算是早我的娘吧。"

最后一句话，不过是我的想象。因为河岸水面那一个，虽尚呶呶不已，楼上那一个却业已沉默了。大约这时节那个妇人还卧在床上，也开了口，"牛保，牛保，你别理他，冷得很！"因此即刻又回到床上热被里去了。

只听到河边那个水手喃喃的骂着各种野话，且有意识把船上家伙撞磕得很响。我心想：这是个甚么样子的人，我倒应该看看他。且很希望认识岸上那一个。我知道他们那只船也正预备上行，就告给我小船上水手，不忙开头，等等同那只船一块儿开。

不多久，许多木筏离岸了，许多下行船也拔了锚，推开篷，着手荡桨摇橹了。我卧在船舱中，就只听到水面人语声，以及橹桨激水声，与橹桨本身被扳动时咿咿哑哑声。河岸吊脚楼上妇人在晓气迷蒙中锐声的喊人，正如同音乐中的笙管一样，超越众声而上。河面杂声的综合，交织了庄严与流动，一切真是一个圣境。

我出到舱外去站了一会儿，天已亮了，雪已止了，河面寒气逼人。眼看这些船筏各戴上白雪浮江而下，这里那里扬着红红的火焰同白烟,两岸高山则直矗而上,如对立巨魔,颜色淡白,无雪处皆作一片墨绿。奇景当前,有不可形容的瑰丽。

一会儿,河面安静了。只剩下几只小船同两片小木筏,还无开头意思。

河岸上有个蓝布短衣青年水手,正从半山高处人家下来,到一只小船上去。因为必须从我小船边过身,我把这人看得清清楚楚。大眼,宽脸,鼻子短,宽阔肩膊下挂着两只大手(手上还提了一个棕衣口袋,里面填得满满的),走路时肩背微微向前弯曲,看来处处皆证明这个人是一个能干得力的水手!我就冒昧的喊他,同他说话:

"牛保,牛保! 你玩得好!"

谁知那水手当真就是牛保。

那家伙回过头来看看是我叫他,就笑了。我们的小船好几天以来,皆一同停泊,一同启碇,我虽不认识他,他原来早就认识了我的。经我一问,他有点害羞起来了。他把那口袋举起带笑说道:

"先生,冷呀! 你不怕冷吗? 我这里有核桃,你要不要吃核桃?"

我以为他想卖给我些核桃,不愿意扫他的兴,就说我要,等等我一定向他买些。

他刚走到他自己那只小船边,就快乐的唱起来了。忽然税关复查处比邻吊脚楼人家窗口,露出一个年轻妇人鬓发散乱的头颅,向河下人锐声叫将起来:

"牛保,牛保,我同你说的话,你记着吗?"

年青水手向吊脚楼一方把手挥动着。

"唉,唉,我记得到! ……冷! 你是怎的啊! 快上床去!"大约他知道妇人起身到窗边时,是还不穿衣服的。

妇人似乎因为一番好意不能使水手领会,有点不高兴的神气。

"我等你十天,你有良心,你就来——"说着,彭的一声把格子窗放下了。这时节眼睛一定已红了。

那一个还向吊脚楼喃喃说着甚么,随即也上了船。我看看,那是一只深棕色的小货船。

我的小船行将开头时，那个青年水手牛保却跑来送了一包核桃。我以为他是拿来卖给我的，赶快取了一张值五角的票子递给他。这人见了钱只是笑。他把钱交还，把那包核桃从我手中抢了回去。

"先生，先生，你买我的核桃，我不卖！我不是做生意人。（他把手向吊脚楼指了一下，话说得轻些。）那婊子同我要好，她送我的。送了我那么多，还有栗子，干鱼。还说了许多痴话，等我回来过年咧。……"

慷慨原是辰河水手一种通常的性格，既不要我的钱，皮箱上正搁了一包烟台苹果，我随手取了四个大苹果送给他，且问他：

"你回不回来过年？"

他只笑嘻嘻的把头点点，就带了那四个苹果飞奔而去。我要水手开了船。小船已开到长潭中心时，忽然又听到河边那个哑嗓子在喊嚷：

"牛保，牛保，你是怎么的？我×你的妈，还不下河，我翻你的三代，还……"

一会儿，一切皆沉静了，就只听到我小船船头分水的声音。

听到水手的辱骂，我方明白那个快乐多情的水手，原来得了苹果后，并不即返船，仍然又到吊脚楼人家去了。他一定把苹果献给那个妇人，且告给妇人这苹果的来源，说来说去，到后自然又轮着来听妇人说的痴话，所以把下河的时间完全忘掉了。

小船已到了辰河多滩的一段路程，长潭尽后就是无数大滩小滩。河水半月来已落下六尺，雪后又照例无风，较小船只即或可以不从大漕上行，沿着河边浅水处走去也仍然十分费事。水太干了，天气又实在太冷了点。我伏在舱口看水手们一面骂野话，一面把长篙向急流乱石间掷去，心中却念及那个多情水手。船上滩时浪头俨然只想把船上人攫走。水流太急，故常常眼看业已到了滩头，过了最紧要处，但在抽篙换篙之际，忽然又会为急流冲下。河水又大又深，大浪头拍岸时常如一个小山，但它总使人觉得十分温和。河水可同一股火，太热情了一点，时时刻刻皆想把人攫走，且仿佛完全只凭自己意见做

178

去。但古怪的是这些弄船人,他们逃避急流同漩水的方法十分巧妙。他们得靠水为生,明白水,比一般人更明白水的可怕处;但他们为了求生,却在每个日子里每一时间皆有向水中跳去的准备。小船一上滩时,就不能不向白浪里钻去,可是他们却又必有方法从白浪里找到出路。

在一个小滩上,因为河面太宽,小漕河水过浅,小船缆绳不够长不能拉纤,必须尽手足之力用篙撑上,我的小船一连上了五次皆被急流冲下。船头全是水。到后想把船从对河另一处大漕走去,漂流过河时,从白浪中钻出钻进,篷上也沾了水。在大漕中又上了两次,还花钱加了个临时水手,方把这只小船弄上滩。上过滩后问水手是甚么滩,方知道这滩名"骂娘滩"。(说野话的滩!)即或是父子弄船,一面弄船也一面得互骂各种野话,方可以把船弄上滩口。

一整天小船尽是上滩,我一面欣赏那些从船舷驶过急于奔马的白浪,一面便用船上的小斧头,剥那个风流水手见赠的核桃吃。我估想这些硬壳果,说不定每一颗还都是那吊脚楼妇人亲手从树上摘下,用鞋底揉去一层苦皮,再一一加以选择,放到棕衣口袋里去的。望着那些棕色碎壳,那妇人说的"你有良心你就赶快来"一句话,也就尽在我耳边响着。那水手虽然这时节或许正在急水滩头趴伏到石头上拉船,或正脱了裤子涉水过溪,一定却记忆着吊脚楼妇人的一切,心中感觉十分温暖。每一个日子的过去,便使他与那妇人接近一点点。十天完了,过年了,那吊脚楼上,照例门楣上全贴了红喜钱,被捉的雄鸡啊呵呵呵的叫着,雄鸡宰杀后,把它向门角落抛去,只听到翅膀扑地的声音。锅中蒸了一笼糯米饭倒下,两人就开始在一个石臼里捣将起来。一切事皆两个人共力合作,一切工作中皆挽和有笑谑与善意的诅骂。于是当真过年了。又是叮咛与眼泪,在一分长长的日子里有所期待,留在船上另一个放声的辱骂催促着,方下了船,又是胡桃与栗子,干鲤鱼与……

到了午后,天气太冷,无从赶路。时间还只三点左右,我的小船便停泊了。停泊地方名为杨家岨。依然有吊脚楼,飞楼高阁悬在半山中,结构美丽悦目。小船傍在大石边,只须一跳就可以上岸。岸上吊脚楼前枯树边,正有两个妇人,穿了毛蓝布衣裳,不知商量些甚么,幽幽的说着话。这里雪已极少,山头皆裸露作深棕色,远山则为深紫色。地方静得很,河边无一只船,无一个人,无一堆柴。不知河边哪一个大石后面,有人正在捶捣衣服,一下一下的捣。对河也有人说话,却看不清楚人在何处。

小船停泊到这些小地方,我真有点担心。船上那个壮年水手,是一个在军营中开过小差做过种种非凡事业的人物,成天在船上只唱着"过了一天又一天,心中好似滚油煎",若误会了我箱中那些带回湘西送人的信笺信封,以为是值钱东西,在唱过了埋怨生活的戏文以后,转念头来玩个新花样,说不定我还来不及被询问"吃板刀面或吃馄饨"以前,就被他解决了。这些事我倒不怎么害怕,凡是蠢人做出的事我不知道甚么叫吓怕的。只是有点儿担心。因为若果这个人做出了这种蠢事,我完了,他跑了,这地方可糟了。地方既属于我那些同乡军官大老管辖,就会把他们忙坏了。

我盼望牛保那只小船赶来,也停泊到这个地方,一面可以不用担心,一面还可以同这个有人性的多情水手谈谈。

直等到黄昏,方来了一只邮船,靠着小船下了锚。过不久,邮船那一面有个年青水手嚷着要支点钱上岸去吃"荤烟",另一个管事的却不允许,两人便争吵起来了。只听到年青的那一个呶呶絮语,声音神气简直同大清早上那个牛保一个样子。到后来,这个水手负气,似乎空着个荷包,也仍然上岸过吊脚楼人家去了。过了一会儿还不见他回船,我很想知道一下他到了那里做些甚么事情,就要一个水手为我点上一段废缆,晃着那小小火把,引导我离了船,爬了一段小小山路,到了所谓河街。

五分钟后,我与这个穿绿衣的邮船水手,一同坐到一个人家正屋里火堆旁,默默的在烤火了。一个大油松树根株,正伴同一饼油渣,熊熊的燃着快乐的火焰。间或有人用脚或树枝拨了那么一下,便有好看的火星四散惊起。主人是一个中年妇人,另外还有两个老妇人,虽然向手提出种种问题,且把关于下河的油价,木价,米价,盐价,一件一件来询问他,他却很散漫的回答,只低下头望着火堆。从那个颈项同肩膊,我认得这个人性格同灵魂,竟完全同早上那个牛保水手一样。我明白他沉默的理由,一定是船上管事的不给他钱,到岸上来赊烟不到手。他那闷闷不乐的神气,可以说是很妩媚。我心想请他一次客。又不便说出口。到后机会却来了。门开处进来了一个年事极轻的妇人,头上裹着大格子花布首巾,身穿绿色土布袄子,挂着一条蓝色围裙,胸前还绣了一朵小小白花。那年轻妇人把两只手插在围裙里,轻脚轻手进了屋,就站在中年妇人身后。说真话,这个女人真使我有点儿"惊讶"。我似乎在甚么地方另一时节见着这样一个人,眼目鼻子皆仿佛十分熟习。若不是当真在某一处见过,那就必定是在梦里了。公道一点说来,这妇人是个美丽得很的生物!

最先我以为这小妇人是无意中撞来玩玩,听听从下河来的客人谈谈下面事情,安慰安慰自己寂寞的。可是一瞬间,我却明白她是为另一件事而来的了。屋主人要她坐下,她却不肯坐下,只把一双放光的眼睛尽瞅着我,待到我抬起头去望她时,那眼睛却又赶快逃避了。她在一个水手面前一定没有这种羞怯,为这点羞怯我心中有点儿惆怅,引起了点儿怜悯。这怜悯一半给了这个小妇人,却留下一半给我自己。

那邮船水手眼睛为小妇人放了光,很快乐的说:

"天天,天天,你打扮得真象个观音!"

那女人抿嘴笑着不理会,表示这点阿谀并不希罕,一会儿方轻轻的说:

"我问你,白师傅的大船到了桃源不到?"

邮船水手回答了,妇人又轻轻的问:

"杨金保的船?"

邮船水手又回答了,妇人又继续问着这个那个。我一面向火一面听他们说话，却在心中计算一件事情。小妇人虽同邮船水手谈到岁暮年末水面上的情形，但一颗心却一定在另外一件事情上驰骋。我几乎本能的就感到了这个小妇人是正在对我怀着一点痴想头的。不用惊奇，这不是希奇事情。我们若稍懂人情，就会明白一张为都市所折磨而成的白脸，同一件称身软料细毛衣服，在一个小家碧玉心中所能引起的是一种如何幻想，对目前的事也便不用多提了。

　　对于身边这个小妇人，也正如先前一时对于身边那个邮船水手一样，我想不出用个甚么方法，就可以使这个有了点儿野心与幻想的人，得到她所要得到的东西。其实我在两件事上皆不能再吝啬了，因为我对于他们皆十分同情。但试想想看，倘若这个小妇人所希望的是我本身，我这点同情，会不会引起五千里外另一个人的苦痛？我笑了。

　　……假若我给这水手一点钱，让这小妇人同他谈一个整夜？

　　我正那么计算着，且安排如何来给那个邮船水手的钱，使他不至于感觉难于为情。忽然听那年轻妇人问道：

　　"牛保那只船？"

　　那邮船水手吐了一口气，"牛保的船吗，我们一同上骂娘滩，溜了四次。末后船已上了滩，那拦头的伙计还同他在互骂，且不知为甚么互相用篙子乱打乱剚起来，船又溜下滩去了。看那样子不是有一个人落水，就得两个人同时落水。"

　　有谁发问："为甚么？"

　　邮船水手感慨似的说："还不是为那一张×！"

　　几人听着这件事，皆大笑不已。那年轻小妇人，却长长的吁了一口气。

　　忽然河街上有个老年人嘶声的喊人：

　　"夭夭小婊子，小婊子婆，卖×的，你是怎么的，夹着那两片小×，一眨眼又跑到哪里去了！你来！……"

　　小妇人听门外街口有人叫她，把小嘴收敛做出一个爱娇的姿势，带着不高兴的神气自言自语说："叫骡子又叫了。夭夭小婊子偷人去了！投河吊颈去了！"咬着下唇很有情致的盯了我一眼，拉开门，放进了一阵寒风，人却冲出去，消失到黑暗中不见了。

那邮船水手望了望小妇人去处那扇大门，自言自语的说："小婊子偏偏嫁老烟鬼，天晓得！"

于是大家便来谈说刚才走去那个小妇人的一切。屋主中年妇人，告给我那小妇人年纪还只十九岁，却为一个年过五十的老兵所占有。老兵原是一个烟鬼，虽占有了她，只要谁有土有财就让床让位。至于小妇人呢，人太年轻了点，对于钱毫无用处，却似乎常常想得很远很远。屋主人且为我解释很远很远那句话的意思，给我证明了先前一时我所感觉到的一件事情的真实。原来这小妇人虽生在不能爱好的环境里，却天生有种爱好的性格。老烟鬼用名分缚着了她的身体，然而那颗心却无从拘束。一只船无意中在码头边停靠了，这只船又恰恰有那么一个年轻男子，一切派头都和水手不同，天天那颗心，将如何为这偶然而来的人跳跃！屋主人所说的话增加了我对于这个年轻妇人的关心。我还想多知道一点，请求她告给我，我居然又知道了些不应当写在纸上的事情。到后来，谈起命运，那屋主人沉默了，众人也沉默了。各人眼望着熊熊的柴火，心中玩味着"命运"两个字的意义，而且皆俨然有一点儿痛苦。

我呢，在沉默中体会到一点"人生"的苦味。我不能给那个小妇人甚么，也再不作给那水手一点点钱的打算了，我觉得他们的欲望同悲哀都十分神圣，我不配用钱或别的方法渗进他们命运里去，扰乱他们生活上那一份应有的哀乐。

下船时，在河边我听到一个人唱《十想郎》小曲，曲调卑陋声音却清圆悦耳。我知道那是由谁口中唱出且为谁唱的。我站在河边寒风中痴了许久。

作于一九三四年

辰河小船上的水手

我自从离开了那个水獭皮帽子的朋友以后,独自坐到这只小船上,已闷闷的过了十天。小船前后舱面既十分窄狭,三个水手白日皆各有所事:或者正在吵骂,或者是正在荡桨撑篙,使用手臂之力,使这只小船在结了冰的寒气中前进。有时两个年轻水手即或上岸拉船去了,船前船后又有湿淋淋的缆索牵牵绊绊。打量出去站站,也无时不显得碍手碍脚,很不方便。因此我就只有蜷伏在船舱里,静听水声与船上水手辱骂声,打发了每个日子。

照原定计划,这次旅行来回二十八天的路程,就应当安排二十二个日子到这只小船上。如半途中这小船发生了甚么意外障碍,或者就多得四天五天。起先我尽记着水獭皮帽子的朋友"行船莫算,打架莫看"的格言,对于这只小船每日应走多少路,已走多少路,还需要走多少路,从不发言过问。他们说"应当开头了",船就开了,他们说"这鬼天气不成,得歇憩烤火",我自然又听他们歇憩烤火。天气也实在太冷了一点,篙上桨上莫不结了一层薄冰。我的衣袋中,虽还收藏了一张桃源县管理小划子的船总亲手所写"十日包到"的保单,但天气既那么坏,还好意思把这张保单拿出来向掌舵水手说话吗?

我口中虽不说甚么,心里却计算到所剩余的日子,真有点儿着急。

可是三个水手中的一人,已看准了我的弱点,且在另外一件事情上,又看准了我另外一项弱点,想出了个两得其利的办法来了。那水手向我说道:

"先生，你着急，是不是？不必为天气发愁。如今落的是雪子，不是刀子。我们弄船人，命里派定了划船，天上纵落刀子也得做事！"

我的坐位正对着船尾，掌舵水手这时正分张两腿，两手握定舵把，一个人字形的姿势对我站定。想起昨天这小船搁入石鳞里，尽三人手足之力还无可奈何时，这人一面对天气咒骂各种野话，一面卸下了裤子向水中跳去的情形，我不由得微喟了一下。我说："天气真坏！"

他见我眉毛聚着便笑了。"天气坏不碍事，只看你先生是不是要我们赶路，想赶快一些，我同伙计们有的是办法！"

我带了点埋怨神气说："不赶路，谁愿意在这个日子里来在河上受活罪？你说有办法，告我看是甚么办法！"

"天气冷，我们手脚也硬了。你请我们晚上喝点酒，活活血脉，这船就可以在水面上飞！"

我觉得这个提议很正当，便不追问先划船后喝酒，如何活动血脉的理由，即刻就答应了。我说："好得很，让我们的船飞去吧，欢喜吃甚么买甚么。"

于是这小船在三个划船人手上，当真俨然一直向辰河上游飞去。经过钓船时就喊买鱼，一拢码头时就用长柄大葫芦满满的装上一葫芦烧酒。沿河两岸连山皆深碧一色，山头常戴了点白雪，河水则清明如玉。在这样一条河水里旅行，望着水光山色，体会水手们在工作上与饮食上的勇敢处，使我在寂寞里不由得不常作微笑！

船停时，真静。一切声音皆为大雪以前的寒气凝结了。只有船底的水声，轻轻的轻轻的流过去，——使人感觉到它的声音，几乎不是耳朵却只是想象。三个水手把晚饭吃过后，围在后舱钢灶边烤火烘衣。

时间还只五点二十五分，先前一时在长潭中摇橹唱歌的一只大货船，这时也赶到快要靠岸停泊了。只听到许多篙子钉在浅水石头上的声音，且有人大嚷大骂。他们并不是吵架，不过在那里"说话"罢了。这些人说话照例永远得使用个粗野字眼儿,也正同我们使用标点符号一样,倘若忘了加上去,意思也就很容易模糊不清楚了。这样粗野字眼儿的使用,即在父子兄弟间也少不了。可是这些粗人野人,在那吃酸菜臭牛肉说野话的口中,高兴唱起歌来时,所唱的又正是如何美丽动人的歌!

大船靠定岸边后,只听到有一个人在船上大声喊叫:

"金贵,金贵,上岸××去!"

那个名为金贵的水手,似乎正在那只货船舱里鱿鱼海带间,嘶着个嗓子回答说:

"你××去我不来。你娘××××正等着你!"

我那小船上三个默默的烤火烘衣的水手,听到这个对白,便一同笑将起来了。其中之一学着邻船人语气说:

"××去,×你娘的×。大白天象狗一样在滩上爬,晚上好快乐!"

另一个水手就说:

"七老,你要上岸去,你向先生借两角钱也可以上岸去!"

几个人把话继续说下去,便讨论到各个小码头上吃四方饭娘儿们的人材与轶事来了。说及其中一些野妇人悲喜的场面时,真使我十分感动。我再也不能孤独的在舱中坐下了,就爬到那个钢灶边去,同他们坐在一处去烤火。

我挽入那个团体时,询问那个年纪较大的水手:

"掌舵的,我十五块钱包你这只船,一次你可以捞多少!"

"我可以捞多少,先生!我不是这只船的主人,我是个每年二百四十吊钱雇定的舵手,算起来一个月我有两块三角钱,你看看这一次我捞多少!"

我说:"那么,大伙计,你拦头有多少!全船都亏得你,难道也是二百四十吊一年吗?"

那一个名为七老的说:"我弄船上行,两块六角钱一次,下行吃白饭!"

"那么，小伙计，你呢。我看你手脚还生疏得很！你昨天差点儿淹坏了，得多吃多喝，把骨头长结实一点点！"

小子听我批评到他的能力就只干笑。掌舵的代他说话：

"先生要你多吃多喝，你不听到吗？这小子看他虽长得同一块发糕一样，其实就只能吃能喝，撒篙子拉纤全不在行！"

"多少钱一月！"我说。"一块钱一月，是不是？"

那个小水手自己笑着开了口，"多少钱一月？十个铜子一天，——×他的娘。天气多坏！"

我在心中打了一下算盘，掌舵的八分钱一天；拦头的一角三分一天，小伙计一分二厘一天。在这个数目下，不问天气如何，这些人莫不皆得从天明起始到天黑为止，做他应分做的事情。遇应当下水时，便即刻跳下水中去。遇应当到滩石上爬行时，也毫不推辞即刻前去。在能用力时，这些人就毫不吝惜气力打发了每个日子。人老了，或大六月发痧下痢，躺在空船里或太阳下死掉了，一生也就算完事了。这条河中至少有十万个这样过日子的人。想起了这件事情，我轻轻的吁了一口气。

"掌舵的，你在这条河里划了几年船？"

"我今年五十三，十六岁就到了船上。"

三十七年的经验，七百里路的河道，水涨水落河道的变迁，多少滩，多少潭，多少码头，多少石头——是的，凡是那些较大的知名的石头，这个人就无一不能够很清楚的举出它们的名称和故事！划了三十七年的船，还只是孤身一人，把经验与气力每天作八分钱出卖，来在这水上漂泊，这个古怪的人！

"拦头的大伙计，你呢？你划了几年船？"

"我照老法子算今年三十一岁，在船上五年，在军队里也五年。我是个逃兵，七月里才从贵州开小差回来的！"

这水手结实硬朗处，倒真配做一个兵。那分粗野爽朗处也很象个兵。掌舵的水手人老了，眼睛发花，已不能如年轻人那么手脚灵便,小水手年龄又太小了一点,一切事皆不在行,全船最重要的人物就是他。昨天小船上滩,小水手换篙较慢,被篙子弹入急流里去时,他却一手支持篙子,还能一手把那个小水手捞住,援助上船。上了船后那小子又惊又气,全身湿淋淋的,抱定桅子荷荷大哭。他一面笑骂着种种野话,一面却赶快脱了棉衣单裤给小水手替换。在这小船上他一个人脾气似乎特别大,但可爱处也就似乎特别多。

想起小水手掉到水中被援起以后的样子,以及那个年纪大一点的脱下了裤子给他掉换,光着个下身在空气里弄船的神气,我心中充满了不可言说的感情。我向小水手带笑说:"小伙计,你呢?"

那个拦头的水手就笑着说:"他吗?只会吃只会哭,做错了事骂两句,还会说点蠢话:'你欺侮我,我用刀子同你拼命!'拿你刀子来切我的××,老子还不见过刀子,怕你!"

小水手说:"老子哭你也管不着!"

拦头的水手说:"不管你你还会有命!落了水爬起来,有甚么可哭?我不脱下衣来,先生不把你毯子,不冷死你!十五六岁了的人,命好早×出了孩子,动不动就哭,不害羞!"

正说着,邻船上有水手很快乐的用女人窄嗓子唱起曲子,晃着一个火把,上了岸,往半山吊脚楼取乐去了。

我说:"大伙计,你是不是也想上岸去玩玩?要去就去,我这里有的是零钱。要几角钱?你太累了,我请客!"

掌舵的老水手听说我请客,赶忙在旁打边鼓儿说:"七老,你去,先生请客你就去,两吊钱先生出得起!"

他妩媚的咕咕笑着。我知道那是甚么意思。就取了值四吊钱的五角钞票递给他,小水手笑乐着为他把做火炬的废绳燃好。于是推开了篷,这个人就被两个水手推上了岸,也摇晃着个火把,爬上高坎到吊脚楼取乐去了。

人走去后,掌舵的水手方把这个人的身世为我详细说出来。原来这个人的履历上,还有十一个月土匪的经验应当添注上去。这个人大白天一面弄船一面吼着说:"老子要死了,老子要做土匪去了,"种种独白的理由,我方完全明白了。

我心中以为这个人既到了河街吊脚楼,若不是同那些宽脸大奶子女人在床上去胡闹,必又坐到火炉边,夹杂在一群划船人中间向火,嚼花生或剥酸柚子吃。那河街照例有屠户,有油盐店,有烟馆,有小客店,还有许多妇人提起竹篾织就的圆烘笼烤手,一见到年轻水手就做眉做眼。还有妇女年纪大些的,鼻梁根扯得通红,太阳穴贴上了膏药,做丑事毫不以为可耻。看中了某一个结实年轻的水手时,只要那水手不讨厌她,还会提了家养母鸡送给水手!那些水手胡闹到半夜里回到船上,把缚着脚的母鸡,向舱里同伴热被上抛去,一些在睡梦里被惊醒的同伴,就会喃喃的骂着,"溜子,溜子,你一条××换一只母鸡,老子明早天一亮用刀割了你!"于是各个臭被一角皆起了咕咕的笑声……

我还正在那个拦头水手行为上,思索到一个可笑的问题,不知道他那么上岸去,由他说来,究竟得到了些甚么好处,可是他却出我意料以外,上岸不久又下了河,回到小船上来了。小船上掌梢水手正点了个小油灯,薄薄灯光照着那水手的快乐脸孔。掌梢的向他说:

"七老,怎么的,你就回来?不同婊子过夜!"

小水手也向他说了一句野话,那小子只把头摇着且微笑着,赶忙解下了他那根腰带。原来他棉袄里藏了一大堆橘子,腰带一解,橘子便在舱板上各处滚去。问他为甚么得了那么多橘子,方知道他虽上了岸,却并不胡闹,只到河街上打了个转,在一个小铺子里坐了一会儿,见有橘子卖,知道我欢喜吃橘子,就把钱全买了橘子带回来了。

我见着他那很有意思的微笑,我知道他这时所做的事,对于他自己感觉如何愉快,我便笑将起来,不说甚么了。四个人剥橘子吃时,我要他告给我十一个月做土匪的生活,有些甚么可说的事情,让我听听。他就一直把他的故事说到十二点钟。我真象读了一本内容十分新奇的教科书。

天气如所希望的终于放晴了,我同这几个水手在这只小船上已经过了十二个日子。

天既放晴后,小船快要到目的地时,坐在船舱中一角,瞻望澄碧无尽的长流,使我发生无限感慨。十六年以前,河岸两旁黛色庞大石头上,依然是在这样晴朗冬天里,有野莺与画眉鸟从山谷中竹篁里飞出来,在石头上晒太阳,悠然自得的啭唱悦耳的曲子,直到有船近身时,又方始一齐向竹林中飞去。十六年来竹林里的鸟雀,那份从容处,犹如往日一个样子,水面划船人愚蠢朴质勇敢耐劳处,也还相去不远。但这个民族,在这一堆长长日子里,为内战,毒物,饥馑,水灾,如何向堕落与灭亡大路走去。一切人生活习惯,又如何在巨大压力下失去了它原来的纯朴型范,形成一种难于设想的模式!

小船到达我水行的终点浦市地方时,约在下午四点钟左右。这个经过昔日的繁荣而衰败了多年的码头,三十年前是这个地方繁荣达到顶点的时代。十六年前地方业已大大衰落,那时节沿河长街的油坊,尚常有三两千新油篓晒在太阳下,沿河七个用青石做成的码头,有一半还停泊了结实高大四橹五舱运油船。此外船只多从下游运来淮盐,布匹,花纱,以及川黔边区所需的洋广杂货。川黔边境由旱路运来的朱砂,水银,苎麻,五倍子,莫不在此交货转载。木材浮江而下时,常常半个河面皆是那种大木筏。本地市面则出炮仗,出印花布,出肥人,出肥猪。河面既异常宽平,码头又特别干净整齐,虽从那些大商号里,寺庙里,都可见出这个商埠在日趋于衰颓,然而一个旅行者来到此地时,一切规模总仍然可得到一个极其动人的印象!街市尽头河下游为一长潭,河上游为一小滩,每当黄昏薄暮,落日沉入大地,天上暮云为落日余晖所烘炙,剩余一片深紫时,大帮货船从上而下,摇船人泊船近岸,在充满了薄雾的河面,浮荡的催橹歌声,又正是一种如何壮丽稀有的歌声!

如今小船到了这个地方后,看看沿河各码头,早已破烂不堪。小船泊定的一个码头,一共有十二只船,除了有一只船载运了方柱形毛铁,一只船载辰谿烟煤,正在那里发签起货外,其他船只似乎已停泊了多日,无货可载。有七只船还在小桅上或竹篙上,悬了一个用竹缆编成的圆圈,作为"此船出卖"的标志。

小船上掌梢水手同拦头水手全上岸去了,只留下小水手守船,我想乘天气还不会断黑,到长街上去看看这一切衰败了的地方,是不是商店中还能有个把肥胖子。一到街口却碰着了那两个水手,正同个骨瘦如柴的长人在一个商店门前相骂。问问旁人是甚么事情,才知道这长子原来是个屠户,争吵的原因只是对于所买的货物分量轻重有所争持。看到他们那么气急败坏大声吵骂无个了结,我就不再走过去了。

下船时,我一个人坐在那小小船只空舱里让黄昏来临,心中只想着一件古怪事情:

"浦市地方屠户也那么瘦了,是谁的责任? 希望到这个地面上,还有一群精悍结实的青年,来驾驭钢铁征服自然,这责任应当归谁?"一时自然不会得到任何结论。

作于一九三四年

191

箱子岩

　　十五年以前,我有机会独坐一只小篷船,沿辰河上行,停船在箱子岩脚下。一列青黛崭削的石壁,夹江高矗,被夕阳烘炙成为一个五彩屏障。石壁半腰约百米高的石缝中,有古代巢居者的遗迹,石罅隙间横横的悬撑起无数巨大横梁,暗红色长方形大木柜尚依然好好的搁在木梁上。岩壁断折缺口处,看得见人家茅棚同水码头,上岸喝酒下船过渡人也得从这缺口通过。那一天正是五月十五,河中人过大端阳节。箱子岩洞窟中最美丽的三只龙船,早被乡下人拖出浮在水面上。船只狭而长,船舷描绘有朱红线条,全船坐满了青年桨手,头腰各缠红布。鼓声起处,船便如一支没羽箭,在平静无波的长潭中来去如飞。河身大约一里路宽,两岸皆有人看船,大声呐喊助兴。且有好事者,从后山爬到悬岩顶上去,把"铺地锦"百子鞭炮从高岩上抛下,尽鞭炮在半空中爆裂,形成一团团五彩碎纸云尘。彭彭彭彭的鞭炮声与水面船中锣鼓声相应和,引起人对于历史回溯发生一种幻想,一点感慨。

　　当时我心想:多古怪的一切!两千年前那个楚国逐臣屈原,若本身不被放逐,疯疯癫癫来到这种充满了奇异光彩的地方,目击身经这些惊心动魄的景物,两千年来的读书人,或许就没有福分读《九歌》那类文章,中国文学史也就不会如现在的样子了。在这一段长长岁月中,世界上多少民族皆堕落了,衰老了,灭亡了。即如号称东亚大国的一片土地,也已经有过多少次被从西北方远来沙漠中的蛮族,骑了膘壮的马匹,手持强弓硬弩,长枪大戟,到处践踏蹂躏!(辛亥革命前夕,在这苗蛮杂处的一个边镇上,向土民最后一次大规模施行杀戮的统治者,就是一个北方清朝的宗室! 辛亥以后,老袁梦想做皇帝时,又有两师北佬在这里和滇军作战了大半年。)然而这地方的一切,虽在历史中照样发生不断的杀戮,争夺,以及一到改朝换代时,派人民担负种种不幸命运,死的因此死去,活的被逼迫留发,剪发,在生活上受新朝代种种限制与支配。然而细细一想,这些人根本上又似乎与历史毫无关系。从他们应付生存的方法与排泄感情的娱乐看上来,竟好象今古相同,不分彼此。这时节我所眼见的光景,或许就和两千年前屈原所见的完全一样。

那次我的小船停泊在箱子岩石壁下,附近还有十来只小渔船,大致打鱼人也有玩龙船竞渡的,所以渔船上妇女小孩们,精神无不十分兴奋,各站在尾梢上或船篷上锐声呼喊。其中有几个小孩子,我只担心他们太快乐兴奋了些,会把住家的小船跳沉。

日头落尽云影无光时,两岸渐渐消失在温柔暮色里。两岸看船人呼喝声越来越少,河面被一片紫雾笼罩,除了从锣鼓声中还能辨别那些龙船方向,此外已别无所见。然而岩壁缺口处却人声嘈杂,且闻有小孩子哭声,有妇女们尖锐叫唤声,综合给人一种悠然不尽的感觉。天气已经夜了,吃饭是正经事。我原先还以为再等一会儿,那龙船一定就会傍近岩边来休息,被人拖进石窟里,在快乐呼喊中结束这个节日了。谁知过了许久,那种锣鼓声尚在河面飘扬着,表示一班人还不愿意离开小船,回转家中。待到我把晚饭吃过后,爬出舱外一望,呀,天上好一轮圆月。月光下石壁同河面,一切如镀了银,已完全变换了一种调子。岩壁缺口处水码头边,正有人用废竹缆或油柴燃着火燎,火光下只见许多穿白衣人的影子移动。问问船上水手,方知道那些人正把酒食搬移上船,预备分派给龙船上人。原来这些青年人白日里划了一整天船,看船的已慢慢散尽了,划船的还不尽兴,并且谁也不愿意扫兴示弱,先行上岸,因此三只长船还得在月光下玩个上半夜。

提起这件事,使我重新感到人类文字语言的贫俭。那一派声音,那一种情调,真不是用文字语言可以形容的事情。要一个长年身在城市里住下,以读读《楚辞》就"神往意移"的人,来描绘那月下竞舟的一切,更近于徒然的努力。我可以说的,只是自从我把这次水上所领略的印象保留到心上后,一切书本上的动人记载,全看得平平常常,不至于发生任何惊讶了。这正象我另外一时,看过人类许多不同花样的愚蠢杀戮,对于其余书上叙述到这件事情时,同样不能再给我如何感动。

十五年后我又有了机会乘坐小船沿辰河上行,应当经过箱子岩。我想温习温习那地方给我的印象,就要管船的不问迟早,把小船在箱子岩下停泊。这一天是十二月七号,快要过年的光景。没有太阳的阴沉酿雪天,气候异常寒冷。停船时还只下午三点钟左右,岩壁上藤萝草木叶子多已萎落,显得那一带斑驳岩壁十分瘦削。悬岩高处红木柜,只剩下三四具,其余早不知到哪里去了。小船最先泊在岩壁下洞窟边,冬天水落得太多,洞口已离水面两三丈以上,我从石壁裂罅爬上洞口,到搁龙船处看了一下,旧船已不知坏了还是早被水冲去了,只见有四只新船搁在石梁上,船头还贴有鸡血同鸡毛,一望就明白是今年方下水的。出得洞口时,见岩下左边泊定五只渔船,有几个老渔婆缩颈敛手在船头寒风中修补鱼网。上船后觉得这样子太冷落了,可不是个办法,就又要船上水手为我把小船撑到岩壁断折处有人家地方去,就便上岸,看看乡下人过年以前是甚么光景。

四点钟左右,黄昏已逐渐腐蚀了山峦与树石轮廓,占领了屋角隅。我独自坐在一家小饭铺柴火边烤火。我默默的望着那个火光煜煜的枯树根,在我脚边很快乐的燃着,爆炸出轻微的声音。铺子里人来来往往,有些说两句话又走了,有些就来镶在我身边长凳上,坐下吸他的旱烟。有些来烘烘脚,把穿着湿草鞋的脚去热灰里乱搅。看看每一个人的脸子,我都发生一种奇异的乡情。这里是一群会寻快乐的正直善良乡下人,有捕鱼的,打猎的,有船上水手和编制竹缆工人。若我的估计不错,那个坐在我身旁,伸出两只手向火,中指节有一个放光顶针的,肯定还是一位乡村里的成衣人。这些人每到大端阳时节,都得下河去玩一整天的龙船。平常日子特别是隆冬严寒天气,却在这个地方,按照一种分定,很简单的把日子过下去。每日看过往船只摇橹扬帆来去,看落日同水鸟。虽然也同样有人事上的得失,到恩怨纠纷成一团时,就陆续发生庆贺或仇杀。然而从整个说来,这些人生活却仿佛同"自然"已相融合,很从容的各在那里尽其性命之理,与其他无生命物质一样,惟在日月升降寒暑交替中放射,分解。而且在这种过程中,人是如何渺小的东西,这些人比起世界上任何哲人,也似乎还更知道的多一些。

听他们谈了许久,我心中有点忧郁起来了。这些不辜负自然的人,与自然妥协,对历史毫无担负,活在这无人知道的地方。另外尚有一批人,与自然毫不妥协,想出种种方法来支配自然,违反自然的习惯,同样也那么尽寒暑交替,看日月升降。然而后者却在慢慢改变历史,创造历史。一份新的日月,行将消灭旧的一切。我们用甚么方法,就可以使这些人心中感觉一种对"明天"的"惶恐",且放弃过去对自然和平的态度,重新来一股劲儿,用划龙船的精神活下去?这些人在娱乐上的狂热,就证明这种狂热能换个方向,就可使他们还配在世界上占据一片土地,活得更愉快更长久一些。不过有甚么方法,可以改造这些人的狂热到一件新的竞争方面去,可是个费思索的问题。

一个跛脚青年人,手中提了一个老虎牌新桅灯,灯罩光光的,洒着摇着从外面走进了屋子。许多人见了他都同声叫唤起来:"什长,你发财回来了!好个灯!"

那跛子年纪虽很轻,脸上却刻划了一种兵油子的油气与骄气,在乡下人中仿佛身分特高一层。把灯搁在木桌上,大洋洋的坐近火边来,拉开两腿摊出两只大手烘火,满不高兴的说:"碰鬼,运气坏,甚么都完了。"

"船上老八说你发了财,瞒我们。怕我们开借。"

"发了财，哼。用得着瞒你们？本钱去七角，桃源行市只一块零，除了上下开销，二百两货有甚么捞头，我问你。"

这个人接着且连骂带唱的说起桃源后江娘儿们种种有趣的情形，使得一班人活泼泼兴奋起来，话说得正有兴味时，一个人来找他，说"什长，猪蹄髈炖好了，酒已热好了"，他搓搓手，说声有偏各位，提起那个新桅灯就走了。

原来这个青年汉子，是个打鱼人的独生子。三年前被省城里募兵委员看中了招去，训练了三个月，新开到江西边境去同共产党打仗。打了半年仗，一班兄弟中只剩下他一个人好好的活着，奉令调回后防招募新军补充时，他因此升了班长。第二次又训练三个月，再开到前线去打仗。于是碎了一只腿，抬回省中军医院诊治，照规矩这只腿得用锯子锯去。一群同乡都以为从辰州地方出来的家乡人，"辰州符"比截割高明得多了，信他个洋办法象话吗？就把他从医院中抢出，在外边用老办法找人敷水药治疗。说也古怪，不到三个月，那只腿居然不必截割全好了。战争是个甚么东西他也明白了。取得了本营证明，领得了些伤兵抚恤费后，于是回到家乡来，用什长名义受同乡恭维，又用伤兵名义做点特别生意。这生意也就正是有人可以赚钱，有人可以犯法，政府也设局收税，也制定法律禁止，又可以杀头，又可以发财，那种从各方面说来都似乎极有出息的生意。我想弄明白那什长的年龄，从那个当地惟一成衣人口中，方知道这什长今年还只二十一岁。那成衣人还说：

"这小子看事有眼睛，做事有魄力，蹶了一只脚，还会一月一个来回下常德府，吃喝玩乐发财走好运。若两只腿全弄坏，那就更好了。"

有个水手插口说："这是甚么话。"

"甚么画，壁上挂。穷人打光棍，一只腿打坏了不顶事。如两只腿全打坏了，他就不会卖烟土走私赚了钱，再到桃源县后江玩花姑娘了！"

成衣人末后一句打趣话，把大家都弄笑了。

回船时,我一个人坐在灌满冷气的小小船舱中,屈指计算那什长年龄,二十一岁减十五,得到个数目是六。我记起十五年前那个夜里一切光景,那落日返照,那狭长而描绘朱红线条的船只,那锣鼓与热情兴奋的呼喊……尤其是临近几只小渔船上欢乐跳掷的小孩子,其中一定就有一个今晚我所见到的跛脚什长。唉,历史是多么古怪的事物。生硬性痈疽的人,照旧式治疗方法,可用一星一点毒药敷上,尽它溃烂,到溃烂净尽时,再用药物使新的肌肉生长,人也就恢复健康了。这跛脚什长,我对他的印象虽异常恶劣,想起他就是一个可以溃烂这乡村居民灵魂的人物,不由人不寄托一种幻想……

　　二十年前澧州镇守使王正雅一个平常马夫,姓贺名龙,兵乱时,一菜刀切下了一个散兵的头颅,二十年后就得惊动三省集中二十万军队来解决这马夫。谁个人会注意这小小节目,谁个人想象得到人类历史是用甚么写成的!

作于一九三四年

五个军官与一个煤矿工人

辰河弄船人有两句口号,旅行者无人不十分熟习。那口号是:
"走尽天下路,难过辰谿渡。"事实上辰谿渡也并不怎样难过,不过弄
船人所见不广,用纵横长约千里路一条辰河与七个支流小河作准,因
此说出那么两句天真话罢了。地险人蛮却为一件事实。但那个地
方,任何时节实在是一个令人神往倾心的美丽地方。

辰谿县的位置,恰在两条河流的交汇处,小小石头城临水倚山,
建立在河口滩脚崖壁上。河水深到三丈尚清可见底。河面长年来往
着湘黔边境各种形体美丽的船只。山头为石灰岩,无论晴雨,总可见
到烧石灰人窑上飘扬的青烟与白烟。房屋多黑瓦白墙,接瓦连橡紧
密如精巧图案。对河与小山城成犄角,上游是一个三角形小阜,阜上
有修船造船的乾坞与宽坪。位在下游一点,则为一个三角形黑色山
蛆,濒河拔峰,山脚一面接受了沅水激流的冲刷,一面被麻阳河长流
的淘洗,岩石玲珑透空。半山有个壮丽辉煌的庙宇,名"丹山寺",庙
宇外岩石间且有成千大小不一的浮雕石佛。太平无事的日子,每逢
佳节良辰,当地驻防长官,县知事,小乡绅及商会主席,税局头目,便
乘小船过渡到那个庙宇里饮酒赋诗或玩牌下棋。在那个悬岩半空的
庙里,可以眺望上行船的白帆,听下行船摇橹人唱歌。街市尽头下游
便是一个长潭,名"斤丝潭",历来传说水源倒放一斤丝线才能到底。
两岸皆五色石壁,矗立如屏障一般。长潭中日夜必有成百只打鱼船,
载满了黑色沉默的鱼鹰,浮在河面取鱼。小船挹流而渡,艰难处与美

丽处实在可以平分。

地方又出煤炭，是湘西著名产煤区。似乎无处无煤，故山前山后随处可见到用土法开掘的煤井。沿河两岸皆常有运煤船停泊。码头间无时不有若干黑脸黑手脚汉子，把大块烟煤运送到船上，向船舱中抛去。若过一个取煤斜井边去，就可见到无数同样黑脸黑手脚人物，全身光裸，腰前围上一片破布，头上戴了一盏小灯，向那个俨若地狱的黑井爬进爬出。矿坑随时皆可以坍陷或被水灌入，坍了，淹了，这些到地狱讨生活的人自然也就完事了。

矿区同小山城各驻扎了相当军队。七年前，有一天晚上，一名哨兵扛了枪支，正从一个废弃了的煤井前面经过，忽然从黑暗里跃出了一个煤矿工人，一菜刀把那个哨兵头颅劈成两爿。这煤矿工人很敏捷的把枪支同子弹取下后，便就近埋藏在煤渣里，哨兵尸身被拖到那个浸了半井黑水的煤井边，冬的一声抛下去了。这个哨兵失了踪，军营里当初还以为人开了小差，照例下令各处通缉。直等到两个半月以后，尸身为人在无意中发现时，那个狡猾强悍的煤矿工人，在辰谿与芷江两县交界处的土匪队伍中称小舵把子，干打家劫舍捉肥羊的生涯已多日了。

三年后，这煤矿工人带领了约两千穷人，又在一种十分敏捷的手段下，占领了那个辰谿的小山城。防军受了相当损失，把其余部队集中在对河产煤区，准备反攻。一切船只不是逃往下游便是被防军扣留，河面一无所有，异常安静。上下行商船一律停顿到上下三五十里码头上，最美观的木筏也不能在河面见着了。两岸煤矿全停顿了，烧石灰人也逃走了。白日里静悄悄的，只间或还可听到一两声哨兵放冷枪声音。每日黄昏里及天明前后，两方面都担心敌人渡河袭击，便各在河边燃了大大的火堆，且把机关枪毕毕剥剥的放了又放。当机关枪如拍簸箕那么反复作响时，一些逃亡在山坳里的平民，以及被约束在一个空油坊里的煤矿工人，便各在沉默里，从枪声方面估计两方的得失。多数人虽明白这战争不出一个月必可结束,落草为寇的仍然逃入深山,驻防的仍然收复了原有防地。但这战事一延长,两方面的牺牲,谁也就不能估计得到了。

每次机关枪的响声下,照例必有防军方面渡江奇袭的船只过河。照例是五个八个一伙伏在船舱里,把水湿棉絮同砂包垒积到船头与船旁,乘黄昏天晓薄雾平铺江面时挹流偷渡。船只在沉默里行将到达岸边时,在强烈的手电筒搜索中被发现了,于是响了机关枪。船只仍然不顾一切在沉默中向岸边划去。再过一会儿,訇的一声,从船上掷出的手榴弹已抛到岸边哨兵防御工事边。接着两方面皆响起了机关枪,手榴弹也继续爆炸着。再过一阵,枪声已停止,很显然的,渡河的在猛烈炮火下,地势不利失败了。这些人或连同船只沉到水中去了,或已拢岸却依然在悬崖下牺牲了,或被炮火所逼,船中人死亡将尽,剩余一个两个受了伤,尽船只向下游漂去,在五里外的长潭中,方有机会靠拢自己防地那一个岸边。

半月以内,防军在渡头上下三里前后牺牲了大约有三连实力,与三十七只大小船只。到后却有五个教导团的年轻学兵,在大雨中带了五支自动步枪,一堆手榴弹,三支连槽,用竹筏渡河,拢岸时,首先占领了土匪沿河一个重要码头,其余竹筏已陆续渡河,从占领处上了岸。在一场剧烈凶猛巷战中,那矿工统率的穷人队伍不能支持,在街头街尾一些公共建筑各处放了火。便带了残余部众,绑着县长同几个当地绅士,向东乡逃跑了。

三个月内,防军在继续追剿中,解决了那个队伍全部的实力,肉票也皆被夺回了。但那个矿工出身土匪首领的漏网,却成为地方当局忧虑不安的事情。到后来虽悬赏探听明白了他的踪迹,却无方法可以诱出逮捕。

五个青年教导团学兵,那时节业已毕业,升了各连的见习,尚未归连。就请求上司允许他们冒一次险,且向上司说明这冒险的计划。

七天以后，辰豀沅州两县边境名为"窑上"的地方，一个制砖人小饭铺里，就有五个人吃饭。五个人全作贵州商人装束，其中有四个各扛了小扁担，扛了担贵州出产的松皮纸。只一人挑了一担有盖箩筐。这制砖人年纪已开六十岁，早为防军侦探明白是那个矿工的通信联络人。年轻人把饭吃过后，几人便互相商量到一件事情。所说的话自然就是故意想让那老头子从一旁听去的话。这时节几个人正装扮成为一群从黔省来投靠那矿工的零伙，箩筐里白米下放得是一支已拆散了的捷克式轻机关枪同若干发子弹。箩筐中真是那玩意儿！几人一面说，一面埋怨这次来到这里的冒昧处。一片谎话把那个老奸巨猾的心说动了后，那老的搭讪着问了些闲话，相信几人真是来卖身投靠的同道了，就说他会卜课。他为卜了一课，那卦上说，若找人，等等向西方走去，一定可以遇到一个他们所要见的人。等待几人离开了饭铺向西走去时，制砖人早把这个消息递给了另一方面。两方面都十分得意，以为对面的一个上了套。

因此几个人不久就同一个"管事"在街口会了面。稍稍一谈，把箩筐盖甩去一看，机关枪赫然在箩筐里。管事的再不能有何种疑虑了。就邀约五个人入山去见"龙头"，吃血酒发誓，此后便祸福与共，一同作梁山上弟兄。几个年轻人却说"光棍心多，请莫见怪"，以为最好倒是约"龙头"来窑上吃血酒发誓，再共同入山。管事的走去后，几个人就依然住在窑上制砖人家里等候消息。

第二天，那个机智结实矿工，带领四个散伙弟兄来到了窑上，见面后，很亲热的一谈，见得十分投契，点了香烛，杀了鸡，把鸡血开始与烧酒调和，各人正预备喝下时，在非常敏捷行为中，五个年轻人各从身边取出了手枪同小宝（解首刀），动起手来，几个从山中来的豹子，在措手不及情形中全被放翻了。那矿工最先手臂和大腿各中了一枪，早躺在地下血泊里，等到其他几个人倒下时，那矿工就冷冷的向那五个年轻人笑着说：

"弟兄,弟兄,你们手脚真麻利!慢一会儿,就应归你们躺到这里了。我早就看穿了你们的诡计,明白你们是从哪儿来的卖客,好胆量!"

几个年轻人不说甚么,在沉默里把那些被放翻在地下的人,首级一一割下。轮到矿工时,那矿工仍然十分沉静的说:

"弟兄,弟兄,不要尽做蠢事,留一个活口,你们好回去报功!"

五个年轻人心想,真应该留一个活的,"好去报功"!就不说甚么,把他捆绑起来。

一会儿,五个年轻人便押了受伤的矿工,且勒迫那个制砖的老头子挑了四个人头,沉默的一列回辰谿县了。走到去辰谿不远的白羊河时,几人上了一只小船。

船到了辰谿上游约三里路,那个受伤的矿工又开了口:

"弟兄,弟兄,一切是命。你们运气好,手面子快,好牌被你们抓上手了。那河边煤井旁,我还埋了四支连槽,爽性助和你们,你们谁同我去拿来吧。"

那煤矿原来去山脚不远,来回有二十分钟就可以了事。五个年轻人对于这提议毫不疑惑。矿工既已身受重伤,无法逃遁,四支连槽照市价值一千块钱,引起了几个年轻人的幻想,商量派谁守船都不成,于是五个人就又押了那个受伤矿工与制砖老头子,一同上了岸。走近一个废坑边,那矿工却说,枪支就埋在坑前左边一堆煤滓里。正当几个人争着去翻动煤滓寻取枪支时,矿工一瘸一拐的走近了那个业已废弃多年的矿井边,声音朗朗的从容的说道:

"弟兄,弟兄,对不起,你们送了我那么多远路,有劳有偏了!"

话一说完,猛然向那深井里跃去。几个人赶忙抢到井边时,只听到冬的一声,那矿工便完事了。

五个青年人呆了许久,骂了许久,也笑了许久。皆觉得被骗了一次,白忙了一回。那废井深约四十公尺,有一半已灌了水。七年前那个哨兵,就是被矿工从这个井口抛下去的。……

在另外一个篇章里,我不是曾经说过我抵辰州时,第一天就见着五个青年军官吗?当他们和我共同围坐在一个火炉边,向我说到他们的冒险,和那矿工临死前那分镇静时,我简直呆了。我问他们,为甚么当时不派个人拉着那矿工的绳子。

"拉他的绳子吗,你真说得好,当真拉住他,谁拉他谁不就同时被他带下井去了吗?"说这个话的年轻朋友,原来就正是当时被派定看守矿工的一个,为了忙于发现埋藏的手枪,幸而不至于被拉下井的。

作于一九三四年

老 伴

我平日想到泸溪县时,回忆中就浸透了摇船人催橹歌声,且被印象中一点儿小雨,仿佛把心也弄湿了。这地方在我生活史中占了一个位置,提起来真使我又痛苦又快乐。

泸溪县城界于辰州与浦市两地中间,上距浦市六十里,下达辰州也恰好六十里。四面是山,对河的高山逼近河边,壁立拔峰,河水在山峡中流去。县城位置在洞河与沅水汇流处,小河泊船贴近城边,大河泊船去城约三分之一里。(洞河通称小河,沅水通称大河。)洞河来源远在苗乡,河口长年停泊了五十只左右小小黑色洞河船。弄船者有短小精悍的花帕苗,头包格子花帕,腰围短短裙子。有白面秀气的所里人,说话时温文尔雅,一张口又善于唱歌。洞河既水急山高,河身转折极多,上行船到此已不适宜于借风使帆。凡入洞河的船只,到了此地,便把风帆约成一束,作上个特别记号,寄存于城中店铺里去,等待载货下行时,再来取用。由辰州开行的沅水商船,六十里为一大站,停靠泸溪为必然的事。浦市下行船若预定当天赶不到辰州,也多在此过夜。然而上下两个大码头把生意全已抢去,每天虽有若干船只到此停泊,小城中商业却清淡异常。沿大河一方面,一个稍稍象样的青石码头也没有。船只停靠都得在泥滩与泥堤下,落了小雨,上岸下船不知要滑倒多少人!

十七年前的七月里,我带了"投笔从戎"的味儿,在一个"龙头大哥"兼"保安司令"的带领下,随同八百乡亲,乘了从高村抓封得到的二十来只大小船舶，浮江而下，来到了这个地方。靠岸停泊时正当傍晚，紫绛山头为落日镀上一层金色，乳色薄雾在河面流动。船只拢岸时摇船人照例促橹长歌，那歌声糅合了庄严与瑰丽，在当前景象中，真是一曲不可形容的音乐。

第二天，大队船只全向下游开拔去了，抛下了三只小船不曾移动。两只小船装的是旧棉军服，另一只小船，却装了十三名补充兵，全船中人年龄最大的一个十九岁，极小的一个十三岁。

十三个人在船上实在太挤了。船既不开动，天气又正热，挤在船上也会中暑发痧。因此许多人白日里尽光身泡在长河清流中，到了夜里，便爬上泥堤去睡觉。一群小子身上全是空无所有，只从城边船户人家讨来一大捆稻草，各自扎了一个草枕，在泥堤上仰面躺了五个夜晚。

这件事对于我个人不是一个坏经验。躺在尚有些微余热的泥土上，身贴大地，仰面向天，看尾部闪放宝蓝色光辉的萤火虫匆匆促促飞过头顶。沿河是细碎人语声，蒲扇拍打声，与烟杆剥剥的敲着船舷声。半夜后天空有流星曳了长长的光明下坠。滩声长流，如对历史有所陈诉埋怨。这一种夜景，实在是我终身不能忘掉的夜景！

到后落雨了，各人竟上了小船。白日太长，无法排遣，各自赤了双脚，冒着小雨，从烂泥里走进县城街上去观光。大街头江西人经营的布铺，铺柜中坐了白发皤然老妇人，庄严沉默如一尊古佛。大老板无事可作，只映着肚皮，叉着两手，把脚拉开成为八字，站在门限边对街上檐溜出神。窄巷里石板砌成的行人道上，小孩子扛了大而朴质的雨伞，响着寂寞的钉鞋声。待到回船时，各人身上业已湿透，就各自把衣服从身上脱下，站在船头相互帮忙拧去雨水。天夜了，便满船是呛人的油气与柴烟。

在十三个伙伴中我有两个极要好的朋友。其中一个是我的同宗兄弟，名叫沈万林。年纪顶大，与那个在常德府开旅馆头戴水獭皮帽子的朋友，原本同在一个中营游击衙门里服务当差，终日栽花养金鱼，事情倒也从容悠闲。只是和上面管事头目合不来。忽然对职务厌烦起来，把管他的头目痛打一顿，自己也被打了一顿，因此就与我们作了同伴。其次是那个年纪顶轻的，名字就叫"开明"，一个赵姓成衣人的独生子，为人伶俐勇敢，稀有少见。家中虽盼望他能承继先人之业，他却梦想作个上尉副官，头戴金边帽子，斜斜佩上条红色值星带，站在副官处台阶上骂差弁，以为十分神气。因此同家中吵闹了一次，负气出了门，这小孩子年纪虽小，心可不小！同我们到县城街上转了三次，就看中了一个绒线铺的和他年龄差不多的女孩子，问我借钱向那女孩子买了三次白棉线草鞋带子。他虽买了不少带子，那时节其实连一双多余的草鞋都没有，把带子买得同我们回转船上时，他且说："将来若作了副官，当天赌咒，一定要回来讨那女孩子做媳妇。"那女孩子名叫"××"，我写《边城》故事时，弄渡船的外孙女，明慧温柔的品性，就从那绒线铺小女孩印象而来。我们各人对于这女孩子，印象似乎都极好，不过当时却只有他一个人特别勇敢天真，好意思把那一点糊涂希望说出口来。

日子过去了三年，我那十三个同伴，有三个人由驻防地的辰州请假回家去，走到泸溪县境驿路上，出了意外的事情，各被土匪砍了二十余刀，流一摊血倒在大路旁死掉了。死去的三人中，有一个就是我那同宗兄弟。我因此得到了暂时还家的机会。

那时节军队正预备从鄂西开过四川就食，部队中好些年轻人一律被遣送回籍。那保安司令官意思就在让各人的父母负点儿责：以为一切是命的，不妨打发小孩子再归营报到，担心小孩子生死的，自然就不必再来了。

我于是和那个伙伴并其他二十多个年轻人，一同挤在一只小船中，还了家乡。小船上行到泸溪县停泊时，虽已黑夜，两人还进城去拍打那人家的店门，从那个女孩手中买了一次白带子。

到家不久，这小子大约不忘却作副官的好处，借故说假期已满，同成衣人爸爸又大吵了一架，偷了些钱，独自走下辰州了。我因家中无事可作，不辞危险也坐船下了辰州。我到得辰州老参将衙门报到时，方知道本军部队四千人，业已于四天前全部开拔过四川，所有相熟伙伴也完全走尽了。我们已不能过四川，改成为留守部人员。留守部只剩下一个上尉军需官，一个老年上校副官长，一个跛脚中校副官，以及两班新刷下来的老弱兵士。开明被派作勤务兵，我的职务为司书生，两人皆在留守部继续供职。两人既受那个副官长管辖，老军官见我们终日坐在衙门里梧桐树下唱山歌，以为我们应找点正经事做做，就想出个巧办法，派遣两人到附近城外荷塘里去为他钓蛤蟆。两人一面钓蛤蟆一面谈天，我方知道他下行时居然又到那绒线铺买了一次带子。我们把蛤蟆从水荡中钓来，剥了皮洗刷得干干净净后，用麻线捆着那东西小脚，成串提转衙门时，老军官就加上作料，把一半熏了下酒，剩下一半还托同乡带回家中去给老太太享受。我们这种工作一直延长到秋天，才换了另外一种。

　　过了约一年，有一天，川边来了个特急电报：部队集中驻扎在一个湖北边上来凤小县城里，正预备拉夫派捐回湘。忽然当地切齿发狂的平民，受当地神兵煽动，秘密约定由神兵带头打先锋，发生了民变，各自拿了菜刀、镰刀、撒麻砍柴刀大清早分头猛扑各个驻军庙宇和祠堂来同军队作战。四千军队在措手不及情形中，一早上就放翻了三千左右。总部中除那个保安司令官同一个副官侥幸脱逃外，其余所有高级官佐职员全被民兵砍倒了。（事后闻平民死去约七千，半年内小城中随处还可发现白骨。）这通电报在我命运上有了个转机，过不久，我就领了三个月遣散费，离开辰州，走到出产香草香花的芷江县，每天拿了个紫色木戳，过各屠桌边验猪羊税去了。所有八个伙伴已在川边死去，至于那个同买带子同钓蛤蟆的朋友呢，消息当然从此也就断绝了。

整整过去十七年后，我的小船又在落日黄昏中，到了这个地方停靠下来。冬天水落了些，河水去堤岸已显得很远，裸露出一大片干枯泥滩。长堤上有枯苇刷刷作响，阴背地方还可看到些白色残雪。

石头城恰当日落一方，雉堞与城楼皆为夕阳落处的黄天衬出明明朗朗的轮廓。每一个山头仍然镀上了金，满河是橹歌浮动，（就是那使我灵魂轻举永远赞美不尽的歌声！）我站在船头，思索到一件旧事，追忆及几个旧人。黄昏来临，开始占领了整个空间。远近船只全只剩下一些模糊轮廓，长堤上有一堆一堆人影子移动，邻近船上炒菜落锅声音与小孩哭声杂然并陈。忽然间，城门边响了一声卖糖人的小锣，噹……

一双发光乌黑的眼珠，一条直直的鼻子，一张小口，从那一槌小锣声中重现出来。我忘了这份长长岁月在人事上所发生的变化，恰同小说书本上角色一样，怀了不可形容的童心，上了堤岸进了城。城中接瓦连椽的小小房子，以及住在这小房子里的本城人民，我似乎与他们都十分相熟。时间虽已过了十七年，我还能认识城中的路道，辨别城中的气味。

我居然没有错误，不久就走到了那绒线铺门前了。恰好有个船上人来买棉丝，当他推门进去时，我紧跟着进了那个铺子。有这样希奇的事情吗？我见到的不正是那个女孩吗？我真惊讶得说不出话来。十七年前那小女孩就成天站在铺柜里一堵棉纱边，两手反复交换动作挽她的棉线，目前我所见到的，还是那么一个样子。难道我如浮士德一样，当真回到了那个“过去”了吗？我认识那眼睛，鼻子，和薄薄小嘴。我毫不含糊，敢肯定现在的这一个就是当年的那一个。

“要甚么呀？”就是那声音，我也似乎极其熟习。

我指定悬在钩上一束白色东西，“我要那个！”

如今真轮到我这老军务来购买系草鞋的白棉纱带子了！当那女孩子站在一个小凳子上，去为我取钩上货物时，铺柜里火盆中有茶壶沸水声音,某一处有人吸烟声音。女孩子辫发上缠得是一绺白绒线,我心想:"死了爸爸还是死了妈妈?"火盆边茶水沸了起来,小隔扇门后面有个男子哑声说话:

"小翠,小翠,水开了,你怎么的?"女孩子虽已即刻很轻捷灵便的跳下凳子,把水罐挪开,那男子却仍然走出来了。

真没有再使我惊讶的事了,在黄晕晕的煤油灯光下,我原来又见到了那成衣人的独生子!这人简直可说是一个老人,很显然的,时间同鸦片烟已毁了他。但不管时间同鸦片烟在这男子脸上刻下了甚么记号,我还是一眼就认定这人便是那一再来到这铺子里购买带子的赵开明。从他那点神气看来,却决猜不出面前的主顾,正是同他钓蛤蟆的老伴。这人虽作不成副官,另一糊涂希望可终究被他达到了。我憬然觉悟他与这一家人的关系,且明白那个似乎永远年轻的女孩子是谁的儿女了。我被"时间"意识猛烈的掴了一巴掌,摩摩我的面颊,一句话不说,静静的站在那儿看两父女度量带子,验看点数我给他的钱。完事时,我想多停顿一会儿,又借故买了点白糖,他们虽不卖白糖,老伴却出门为我向别一铺子把糖买来。他们那份安于现状的神气,使我觉得若用我身分惊动了他,就真是我的罪过。

我拿了那个小小包儿出城时,天已断黑,在泥堤上乱走。天上有一粒极大星子,闪耀着柔和悦目的光明。我眸定这一粒星子,目不旁瞬。

"这星光从空间到地球据说就得三千年,阅历多些,它那么镇静有它的道理。我现在还只三十岁刚过头,能那么镇静吗?……"

我心中似乎极其混乱,我想我的混乱是不合理的。我的脚正踏到十七年前所躺卧的泥堤上,一颗心跳跃着,勉强按捺也不能约束自己。可是,过去的,有谁人能拦住不让它过去,又有谁能制止不许它再来?时间使我的心在各种变动人事上感受了点分量不同的压力,我得沉默,得忍受。再过十七年,安知道我不再到这小城中来?世界虽极广大，人可总象近于一种宿命，给限制着在一定范围内，经验到他的过去相熟的事情。

为了这再来的春天，我有点忧郁，有点寂寞。黑暗河面起了缥缈快乐的橹歌。河中心一只商船正想靠码头停泊。歌声在黑暗中流动，从歌声里我俨然彻悟了甚么。我明白我不应当翻阅历史，温习历史。在历史前面，谁人能够不感惆怅？

但我这次回来为的是甚么？自己询问自己，我笑了。我还愿意再活十七年，重来看看我能看到难于想象的一切。

作于一九三四年

虎雏再遇记

　　四年前我在上海时,曾经做过一次荒唐的打算,想把一个年龄只十四岁,生长在边陬僻壤小豹子一般的乡下孩子,用最文明的方法试来造就他。虽事在当日,就经那小子的上司预言,以为我一切设计将等于白费。所有美好的设想,到头必不免一切落空。我却仍然不可动摇的按照计划作去。我把那小子放在身边,勒迫他读书,打量改造他的身体改造他的心,希望他在我教育下将来成个知识界伟人。谁知不到一个月,就出了意外事情,那理想中的伟人,在上海滩生事打坏了一个人,从此便失踪了。一切水得归到海里,小豹子也只宜于深山大泽方能发展他的生命。我明白闹出了乱子以后,他必有他的生路。对于这个人此后的消息,老实说,数年来我就不大再关心了。但每当我想及自己所做那件傻事时,总不免为自己的傻处发笑。

　　这次湘行到达辰州地方后,我第一个见到的就是那只小豹子。除了手脚身个子长大了一些,眉眼还是那么有精神,有野性。见他时,我真是又惊又喜。当他把我从一间放满了兰草与茉莉的花房里引过,走进我哥哥住的一间大房里去,安置我在火盆边大柚木椅上坐下时,我一开口就说:

　　"祖送,祖送,你还活在这儿,我以为你在上海早被人打死了!"

　　他有点害羞似的微笑了,一面为我倒茶一面却轻轻的说:

　　"打不死的,日晒雨淋吃小米包谷长大的人,哪会轻易给人打死啊!"

我说："我早知道你打不死,而且你还一定打死了人。我一切都知道。(说到这里时,我装成一切清清楚楚的神气。)你逃了,我明白你是甚么诡计。你为的是不愿意跟在我身边好好读书,只想落草为王,故意生事逃走。可是你害得我们多难受!那教你算学的长胡子先生,自从你失踪后,他在上海各处托人打听你,奔跑了三天,为你差点儿不累倒!"

"那山羊胡子先生找我吗?"

"甚么,'山羊胡子先生!'"这字眼儿真用得不雅相,不斯文。被他那么一说,我预备要说的话也接不下去了。

可是我看看他那双大手以及右手腕上那个夹金表,就明白我如今正是同一个大兵说话,并不是同四年前那个"虎雏"说话了。我错了。得纠正自己,于是我模仿粗暴笑了一下,且学作军官们气魄向他说:

"我问你,你为甚么打死人,怎么又逃了回来?不许瞒我一字,全为我好好说出来!"

他仍然很害羞似的微笑着,告给我那件事情的一切经过。旧事重提,显然在他这种人并不怎么习惯,因此不多久,他就把话改到目前一切来了。他告我上一个月在铜仁方面的战事,本军死了多少人。且告我乡下种种情形,家中种种情形。谈了大约一点钟,我那哥哥穿了他新作的宝蓝缎面银狐长袍,夹了一大卷京沪报纸,口中嘘嘘吹着奇异调门,从军官朋友家里谈论政治回来了,我们的谈话方始中断。

到我生长那个石头城苗乡里去,我的路程尚应当还有四个日子,两天坐原来那只小船,两天还坐了小而简陋的山轿,走一段长长的山路。在船上虽一切陌生,我还可以用点钱使划船的人同我亲热起来。而且各个码头吊脚楼的风味,永远又使我感觉十分新鲜。至于这样严冬腊月,坐两整天的轿子,路上过关越卡,且得经过几处出过杀人流血案子的地方,第一个晚上,又必须在一个最坏的站头上歇脚,若没有熟人，可真有点儿麻烦了。吃晚饭时，我向我那个哥哥提议，借这个副爷送我一趟。因此第二天上路时，这小豹子就同我一起上了路。临行时哥哥别的不说，只嘱咐他"不许同人打架"。看那样子，就可知道"打架"还是这个年轻人的快乐行径。

在船上我得了同他对面谈话的方便，方知道他原来八岁里就用石头从高处掷坏了一个比他大过五岁的敌人，上海那件事发生时，在他面前倒下的，算算已是第三个了。近四年来因为跟随我那上校弟弟驻防水浦，派归特务连服务，于是在正当决斗情形中，倒在他面前的敌人数目比从前又增加了一倍。他年纪到如今只十八岁，就亲手放翻了六个敌人，而且照他说来，敌人全超过了他一大把年龄。好一个漂亮战士！这小子大致因为还有点怕我，所以在我面前还装得怪斯文，一句野话不说，一点蛮气不露，单从那样子看来，我就不很相信他能同甚么人动手，而且一动手必占上风。

船上他一切在行，篙桨皆能使用，做事时灵便敏捷，似乎比那个小水手还得力。船搁了浅，弄船人无法可想，各跳入急水中去扛船时，他也就把上下衣服脱得光光的，跳到水中去帮忙。（我得提一句，这是阴历十二月！）

照风气，一个体面军官的随从，应有下列几样东西：一个奇异牌的手电灯，一枚金手表，一支匣子炮。且同上司一样，身上军服必异常整齐。手电灯用来照路，内地真少不了它。金手表则当军官发问："护兵，甚么时候了？"就举起手看一看来回答。至于匣子炮，用处自然更多了。我那弟弟原是一个射击选手，每天出野外去，随时皆有目标拍的来那么一下。有时自己不动手，必命令勤务兵试试看。（他们每次出门至少得耗去半夹子弹。）但这小豹子既跟在我身边，带枪上路除了惹祸可以说毫无用处。我既不必防人刺杀，同时也无意打人一枪，故临行时我不让他佩枪，且要他把军服换上一套爱国呢中山服。解除了武装，看样子，他已完全不象个军人，只近于一个喜事好弄的中学生了。

我不曾经提到过，我这次回来，原是翻阅一本用人事组成的历史吗？当他跳下水去扛船时，我记起四年前他在上海与我同住的情形。当时我曾假想他过四年后能入大学一年级。现在呢，这个人却正同船上水手一样，为了帮水手忙扛船不动，又湿淋淋的攀着船舷爬上了船，捏定篙子向急水中乱打，且笑嘻嘻的大声喊嚷。我在船舱里静静的望着他，我心想：幸好我那荒唐打算有了岔儿，既不曾把他的身体用学校锢定，也不曾把他的性灵用书本锢定。这人一定要这样发展才象个人！他目前一切，比起住在城里大学校的大学生，开运动会时在场子中呐喊吆喝两声，饭后打打球，开学日集合好事同学通力合作折磨折磨新学生，派头可来得大多了。

等到船已挪动水手皆上了船时，我喊他：

"祖送，祖送，唉唉，你不冷吗？快穿起你的衣来！"

他一面舞动手中那支篙子，一面却说：

"冷呀，我们在辰州前些日子还邀人泅过大河！"

到应吃午饭时，水手无空闲，船上烧水煮饭的事皆完全由他做。

把饭吃过后，想起临行时哥哥嘱咐他的话，要他详详细细的来告给我那一点把对手放翻时的"经验"，以及事前事后的"感想"。"故事"上半天已说过了，我要明白的只是那些故事对于他本人的"意义"。我在他那种叙述上，我敢说我当真学了一门希奇的功课。

他的坦白，他的口才，皆帮助我认识一个人一颗心在特殊环境下所有的式样。他虽一再犯罪却不应受何种惩罚。他并不比他的敌人如何强悍，不过只是能忍耐，知等待机会，且稍稍敏捷准确一点儿罢了。当他一个人被欺侮时，他并不即刻发动，他显得很老实，沉默，且常常和气的微笑。"大爷，你老哥要这样，还有甚么话说？谁敢碰你老哥？请老哥海涵一点……"可是，一会儿，"小宝"飕的抽出来，或是一板凳一柴块打去，这"老哥"在措手不及情形中，哎了一声便被他弄翻了。完事后必需跑的自然就一跑，不管是税卡，是营上，或是修械厂，到一个新地方，住在棚里闲着，有甚么就吃甚么，不吃也饿得起，一见别人做事，就赶快帮忙去做，用勤快溜刷引起头目的注意。直到补了名字，因此把生活又放在一个新的境遇新的门路上当作赌注押去。这个人打去打来总不离开军队，一点生存勇气的来源却亏得他家祖父是个为国殉职的游击。"将门之子"的意识，使他到任何境遇里皆能支撑能忍受。他知道游击同团长名分差不多，他希望作团长。他记得一句格言："万丈高楼平地起"，他因此永远能用起码名分在军队里混。

对于这个人的性格我不希奇，因为这种性格从三厅屯垦军子弟中随处可以发现。我只希奇他的命运。

小船到辰河著名的"箱子岩"上游一点，河面起了风，小船拉起一面风帆，在长潭中溜去。我正同他谈及那老游击在台湾与日本人作战殉职的遗事，且劝他此后忍耐一点，应把生命押在将来对外战争上，不宜于仅为小小事情轻生决斗。想要他明白私斗一则不算脚色，二则妨碍事业。见他把头低下去，长长的叹了一口气，我以为所说的话有了点儿影响，心中觉得十分快乐。

经过一个江村时，有个跑差军人身穿军服斜背单刀正从一只方头渡船上过渡，一见我们的小船，装载极轻，走得很快，就喊我们停船，想搭便船上行。船上水手知道包船人的身分，就告给那军人，说不方便，不能停船。

赶差军人可不成，非要我们停船不可。说了些恐吓话，水手还是不理会。我正想告给水手要他收帆停船，让那个军人搭坐搭坐，谁知那军人性急火大，等不得停船，已大声辱骂起来了。小豹子原蹲在船舱里，这时方爬出去打招呼：

"弟兄，弟兄，对不起，请不要骂！我们船小，也得赶路。后面有船来，你搭后面那一只船吧。"

215

那一边看看船上是一个中学生样子人物，就说：

"甚么对不起，赶快停停！掌舵的，你不停船我×你的娘，到码头时我要用刀杀你这狗杂种！"

那个掌梢人正因为风紧帆饱，一面把帆绳拉着，一面就轻轻的回骂："你杀我个鸡公，我怕你！"

小豹子却依然向那军人很和气的说："弟兄，弟兄，你不要骂人！全是出门人，不要开口就骂人！"

"我要骂人怎么样，我骂你，我就骂你，你个小狗崽子，你到码头等我！"

我担心这口舌，便喊叫他，"祖送！"

小豹子被那军人折辱了，似乎记起我的劝告，一句话不说，摇摇头，默然钻进了船舱里。只自言自语的说："开口就骂人，不停船就用刀吓人，真丢我们军人的丑。"

那时节跑差军人已从渡船上了岸，还沿河追着我们的小船大骂。

我说："祖送，你同他说明白一下好些，他有公事我们有私事，同是队伍里的人，请他莫骂我们，莫追我们。"

"不讲道理让他去，不管他。他疑心这小船上有女人，以为我们怕他！"

小船挂帆走风，到底比岸上人快一些，一会儿，转过山岨时，那个军人就落后了。

小船停到××时，水手全上岸买菜去了，小豹子也上岸买菜去了，各人去了许久方回来。把晚饭吃过后，三个水手又说得上岸有点事，想离开船，小豹子说：

"你们怕那个横蛮兵士找来，怕甚么？不要走，一切有我！这是大码头，有我们部队驻扎，凡事得讲个道理！"

几个船上人虽分辩，仍然一同匆匆上岸去了。

到了半夜水手们还不回来睡觉，我有点儿担心，小豹子只是笑。

我说：

"几个人别叫那横蛮军人打了,祖送,你上去找找看!"

他好象很有把握笑着说："让他们去,莫理他们。他们上烟馆同大脚妇人吃荤烟去了,不会挨打。"

"我担心你同那兵士打架,惹了祸真麻烦我。"

他不说甚么,只把手电灯照他手上的金表,大约因为表停了,轻轻的骂了两句野话。待到三个水手回转船上时,已半夜过了。

第二天一早,天还未大明,船还不开头,小豹子就在被中咕喽咕喽笑。我问他笑些甚么,他说：

"我夜里做梦,居然被那横蛮军人打了一顿。"

我说："梦由心造,明明白白是你昨天日里想打他,所以做梦就挨打。"

那小豹子睡眼迷蒙的说："不是日里想他,只是昨天煞黑时当真打了那家伙一顿!"

"当真吗? 你不听我话,又闹乱子打架了吗?"

"哪里哪里,我不说同谁打甚么架!"

"你自己承认的,我面前可说谎不得! 你说谎我不要你跟我。"

他知道他露了口风,把话说走,就不再作声了,咕咕笑将起来。原来昨天上岸买菜时,他就在一个客店里找着了那军人,把那军人嘴巴打歪,并且差一点儿把那军人膀子也弄断了。我方明白他昨天上岸买菜去了许久的理由。

作于一九三四年

一个爱惜鼻子的朋友

民国十年，湘西统治者陈渠珍，受了点"五四"余波的影响，并对于联省自治抱了幻想，在保靖地方办了个湘西十三县联合中学校，经费由各县分摊，学生由各县选送。那学校位置在城外一个小小山丘上，清澈透明的酉水，在西边绕山脚流去，滩声入耳，使人神气壮旺。对河有一带长岭，名野猪坡，高约七八里，局势雄强。（翻岭有条官路可通永顺。）岭上土地丛林与洞穴，为烧山种田人同野兽大蛇所割据。一到晚上，虎豹就傍近种山田的人家来吃小猪，从小猪锐声叫喊里，还可知道虎豹跑去的方向。（这大虫有时白天"昂"的一吼，夹河两岸山谷回声必响应许久。）种田人也常常拿了刀叉火器，以及种种家伙，往树林山洞中去寻觅，用绳网捕捉大蛇，用毒烟熏取野兽。岭上最多的是野猪，喜欢偷吃山田中的包谷和白薯，为山中人真正的仇敌。正因为对付这个无限制的损害农作物的仇敌，岭上打锣击鼓猎野猪的事，也就成为一种常有的工作，一种常有的游戏了。学校前面有个大操场，后边同左侧皆为荒坟同林莽，白日里野狗成群结队在林莽中游行，或各自蹲坐在荒坟头上眺望野景，见人不惊不惧。天阴月黑的夜里，这畜生就把鼻子贴着地面长噑，招呼同伴，掘挖新坟，争夺死尸咀嚼。与学校小山丘遥遥相对，相去不到半里路另一山丘中凹地，是当地驻军的修械厂，机轮轧轧声音终日不息，试枪处每天可听到机关枪迫击炮响声。新校舍的建筑，因为由军人监工，所有课堂宿舍的形式与布置，同营房差不多。学生所过的日子，也就有些同军营相近。学校中当差的用两班徒手兵士,校门守卫的用一排武装兵士,管厨房宿舍的全由部中军佐调用。在这种环境中陶冶的青年学生,将来的命运,不能够如一般中学生那么平安平凡,一看也就显然明白了。

当时那些青年中学生,除了星期日例假,可以到城里城外一条正街和小街上买点东西,或爬山下水玩玩,此外就不许无故外出。不读书时他们就在大操场里踢踢球,这游戏新鲜而且活泼,倒很适宜于一群野性中学生。过不久,这游戏且成为一种有传染性的风气,使军部里一些青年官佐也受传染影响了。学生虽不能出门,青年官佐却随时可以来校中赛球。大家又不需要甚么规则,只是把一个球各处乱踢,因此参加的人也毫无限制。我那时节在营上并无固定职务,正寄食于一个表兄弟处,白日里常随同号兵过河边去吹号,晚上就蜷伏在军械处一堆旧棉军服上睡觉。有一次被人邀去学校踢球,跟着那些青年学生吼吼嚷嚷满场子奔跑,他们上课去了,我还一个人那么玩下去。学校初办,四周还无围墙,只用有刺铁丝网拦住,甚么人把球踢出了界外时,得请野地里看牛牧羊人把球抛过来,不然就得出校门绕路去拾球。自从我一作了这个学校踢球的清客后,爬铁丝网拾球的事便派归给我。我很高兴当着他们面前来作这件事,事虽并不怎么困难,不过那些学生却怕处罚,不敢如此放肆,我的行为于是成为英雄行为了。我因此认识了许多朋友。

朋友中有三个小同乡,一个姓杨,凤凰高枧乡下地主的独生子。一个姓韩,我的旧上司的儿子(就是辰州府总爷巷第一支队司令部留守处那个派我每天钓蛤蟆下酒的老军官的儿子)。一个姓印,眼睛有点近视。他的父亲曾作过军部参谋长,因此在学校他俨然是个自由人。前两个人都很用心读书,姓印的可算得是个球迷。任何人邀他踢球,他必高兴奉陪,球离他不管多远,他总得赶去踢那么一脚。每到星期天,军营中有人往沿河下游四里的教练营大操场同学兵玩球时,这个人也必参加热闹。大操场里极多牛粪,有一次同人争球,见牛粪也拼命一脚踢去,弄得另一个人全身一塌胡涂。这朋友眼睛不能辨别面前的皮球同牛粪,心地可雪亮透明。体力身材皆不如人,倒有个很好的脑子。玩虽玩得厉害,应月考时各种功课皆有极好成绩。性情诙谐而快乐,并且富于应变之才,因此全校一切正当活动少不了他,大家得亲昵的称呼他为"印瞎子",承认他的聪明,同时也断定他会"短命"。

每到有人说他寿命不永时,他便指定自己的鼻子:"大爷,别损我。我有这条鼻子,活到八十八,也无灾无难!"

有一次,几个人在一株大树下言志,讨论到各人将来的事业。姓杨的想办团防,因为作了团总就可以不受人敲诈,倒真是个地主的好打算。姓韩的想作副官长,原因是他爸爸也作过副官长,所谓承先人之业是也。还有想管"常平仓"的,想作县公署第一科长的,想作苗守备官下苗乡去称王作霸的,以及想作徐良、黄天霸,身穿夜行衣,反手接飞镖,以便打富济贫的。

有人询问那个近视眼,想知道他将来准备作甚么。

他伸手出去对那个发问人打了个响榧子,"不要小看我印瞎子,我不象你他那么无出息。我要做个伟人!说大话不算数,你们等着瞧吧。看相的王半仙夸奖我这条鼻子是一条龙,赵匡胤黄袍加身,不儿戏!"他说了他的抱负后,转脸向我,用手指着他自己那条鼻子,有点众人不识英雄的神气,"大爷,你瞧,你说老实话,象我这样一条鼻子,送过当铺去,不是也可以当个一千八百吗?"

我忙笑着说:"值得值得!"但因为想起另外一件事,不由得大笑起来了。

另一时他同我过渡,预备往野猪坡大岭上去看乡下人新捕获的大豹子,手中无钱,不能给撑渡船的钱。船快拢岸时他就那么说:"划船的,伍子胥落难的故事你明白不明白?"

撑渡船的就说:"我明白!"

"你明白很好。你认准我这条鼻子,将来有你的好处。"

那弄船的好象知道是甚么事了,却也指着自己鼻子说:"少爷,不带钱不要紧,你也认清我这鼻子!"

"我认得,我认得,不会忘记。这是朱砂鼻子,按相书说主酒食,你一天能喝多少? 我下次同你来喝个大醉吧。"

弄船的大约也很得意自己那条鼻子,听人提到它便很妩媚的微笑了。那鼻子,直透红得象条刚从饭锅里捞出的香肠!

……

至于我当时的志向呢,因为就过去经验说来,我只能各处流转接受个人应得的一份命运,既无事业可作,还能希望甚么好生活。不过我很明白"时间"这个东西十分古怪。一切人一切事都会在时间下被改变。当前的安排也许不大对,有了小小错处,我很愿意尽一份时间来把世界同世界上的人改造一下看看。我并不计划作苗官,又不能从鼻子眼睛上甚么特点增加多少自信。我不看重鼻子,不相信命运,不承认目前形势,却尊敬时间。我不大在生活的得失上关心,却了然时间对这个世界同我个人的严重意义。我愿意好好的结结实实的来做一个人,可说不出将来我要做个甚么样的人。因此一来,我当时也就算不得是个有志气的人。

民国十三年川军熊克武率领二十万大军从湘西过境,保靖地方发生了一场混战,各种主要建设全受军事影响毁掉了,那个学校在我们撤退时也被一把火烧尽了。学生各自散走后,有的成了小学教员,有的从了军,有几个还干脆作了土匪,占山落草称大王,把家中童养媳接上山去圆亲充押寨夫人。我那时已到北京,从家信中得来一点点关于他们的消息,认为很自然也很有意思。时间正在改造一切,尽强健的爬起,尽懦怯的灭亡。我在这一分岁月中,变动得比那些小同乡还更厉害,他们做的事我毫不出奇,毫不惊讶。

到了民国十六年,革命军北伐攻下武汉后,两湖方面党的势力无处不被浸入。小县小城无不建立了党的组织,当地小学教员照例十分积极成为党的中坚分子。烧木偶,除迷信,领导小学生开会游行,对本地土豪劣绅刻薄商人主张严加惩罚,打庙里菩萨破除迷信,便是小县城党部重要工作。当地防军头目同县知事,处处事事受党的挟制,虽有实力却不敢随便说话。那个姓杨的同姓韩的朋友,适在本县作小学教员。两人在这个小小县城里,居然燃烧了自己的血液,在这一种莫名其妙的情形中,成了党的台柱。加上了个姓刘的特派员的支持,一切事都毫无顾忌,放手作去。工作的狂热,代为证明他们对这个问题认识得还如何天真。必然的变化来了,各处清党运动相继而起。军事领袖得到了惩罚活动分子的密令,十分客气把两个人从课室中请去县里开会,刚到会场就宣布省里指示,剥了他们的衣服,派一排兵士簇拥出西门城外砍了。

　　那个近视眼朋友,北伐军刚到湖南,就入长沙党务学校受训练,到北伐军奠定武汉,长江下游军事也渐渐得手时,他也成为某委员的小助手,身穿了一件破烂军服,每日跟随着委员各处跑去,日子过得充满了狂热与兴奋。他当真有意识在做候补"伟人"了。这朋友从卅×军政治部一个同乡处,知道我还困守在北京城,只是白日做梦,想用一支笔奋斗下去,打出个天下。就写了个信给我:

　　　　大爷,你真是条好汉!可是做好汉也有许多地方许多事业等着你,为甚么尽捏紧那支笔?你记不记得起老朋友那条鼻子?不要再在北京城写甚么小说,世界上已没有人再想看你那种小说了。到武汉来找老朋友,看看老朋友怎么过日子吧?你放心,想唱戏,一来就有你戏唱。从前我用脚踢牛屎,现在一切不同了,我可以踢许多许多东西了。……

他一定料想不到这一封信就差点儿把我踢入北京城的监狱里。收到这信后我被查公寓的宪警麻烦了四五次，询问了许多蠢话，抖气把那封信烧了。我当时信也不回他一个。我心想："你不妨依旧相信你那条鼻子，我也不妨仍然迷信我这一只手，等等看，过两年再说吧。"不久宁汉左右分裂，清党事起，万个青年人就从此失了踪，不知道往甚么地方去了。我在武汉一些好朋友，如顾千里、张采真……也从此在人间消失了。这个朋友的消息自然再也得不到了。

…………

我听许多人说及北伐时代两湖青年对革命的狂热。我对于政治缺少应有理解，也并无有兴味，然而对于这种民族的狂热感情却怀着敬重与惊奇。这究竟是怎么回事？我愿意多知道一点点。估计到这种狂热虽用人血洗过了，被时间漂过了，现在回去看看，大致已看不出甚么痕迹了。然而我还以为即或"人性善忘"，也许从一些人的欢乐或恐怖印象里，多多少少还可以发现一点对我说来还可说是极新的东西。回湖南时，因此抱了一种希望。

在长沙有五个同乡青年学生来找我，在常德时我又见着七个同乡青年学生，一谈话就知道这些人一面正被"杀人屠户"提倡的读经打拳政策所困惑，不知如何是好。一面且受几年来国内各种大报小报文坛消息所欺骗，都成了颓废不振萎琐庸俗的人物，一见我别的不说，就提出四十多个"文坛消息"要我代为证明真伪。都不打算到本身能为社会做甚么，愿为社会做甚么。对生存既毫无信仰，却对于三五稍稍知名或善于卖弄招摇的作家那么发生浓厚兴味。且皆想做"诗人"，随随便便写两首诗，以为就是一条出路。从这些人推测将来这个地方的命运，我俨然洞烛着这地方从人的心灵到每一件小事的糜烂与腐蚀。这些青年皆患精神上的营养不足，皆成了绵羊，皆怕鬼信神。一句话，全完了。……

过辰州时几个青年军官燃起了我另外一种希望。从他们的个别谈话中,我得到许多可贵的见识。他们没有信仰,更没有幻想,最缺少的还是那个精神方面的快乐。当前严重的事实紧紧束缚他们,军费不足,地方经济枯竭,环境尤其恶劣。他们明白自己在腐烂,分解,于我面前就毫不掩饰个人的苦闷。他们明白一切,却无力解决一切。然而他们的身体都很康健,那种本身覆灭的忧虑,会迫得他们去振作。他们虽无幻想,也许会在无路可走时接受一个幻想的指导。他们因为已明白习惯的统治方式要不得,机会若许可他们向前,这些人界于生存与灭亡之间,必知有所选择!不过这些人平时也看报看杂志,因此到时他们也会自杀,以为一切毫无希望,用颓废身心的狂嫖滥赌而自杀!……

我的旅行到了离终点还有一天路程的塔伏,住在一家桥头小客店里。洗了脚,天还未黑。店主人正告给我当地有多少人家,多少烟馆。忽然听得桥东人声嘈杂,小队人马过后,接着是一乘京式三顶拐轿子。一行人等停顿在另外一家客店门前。我知道大约是甚么委员,心中就希望这委员是个熟人,可以在这荒寒小地方谈谈。我正想派随从虎雏去问问委员是谁,料不到那个人一下轿,脸还不洗,就走来了。一个匣子炮护兵指定我说:"您姓沈吗?局长来了!"我看到一个高个子瘦人,脸上精神饱满,戴了副玳瑁边近视眼镜,站在我面前,伸出两只瘦手来表示要握手的意思。我还不及开口,他就嚷着说:

"大爷,你不认识我,你一定不认识我,你看这个!"他指着鼻子哈哈大笑起来。

"你不是印瞎子?"

"大爷,印瞎子是我!"

我认识那条体面鼻子,原来真是他!我高兴极了。问起来我才明白他现在是乌宿地方的百货捐局长,这时节正押解捐款回城。未到这里以前,先已得到侦探报告,知道有个从北方来姓沈的人在前面,他就断定是我。一见当真是我,他的高兴可想而知。

我们一直谈到吃晚饭,饭后他说我们可以谈一个晚上,派护兵把他宝贵的烟具拿来。装置烟具的提篮异常精致,真可以说是件贵重美术品。烟具陈列妥当后,因为我对于烟具的赞美,他就告我这些东西的来源,那两支烟枪是贵州省主席李晓炎的,烟灯是川军将领汤子模的,烟匣是黔省军长王文华的,打火石是云南鸡足山……原来就是这些小东西,也各有历史或艺术价值,也是古董。至于提篮呢,还是贵州省一个烟帮首领特别定做送给局长的,试翻转篮底一看原来还很精巧的织得有几个字!问他为甚么会玩这个,他就老老实实的说明,北伐以后他对于鼻子的信仰已失去,因为吸这个,方不至于被人认为那个,胡乱捉去那个这个的。说时他把一只手比拟在他自己颈项上,做出个咔嚓一刀的姿势,且摇头否认这个解决方法。他说他不是阿 Q,不欢喜这种"热闹"。

我们于是在这一套名贵烟具旁谈了一整晚话,当真好象读了另外一本《天方夜谭》,一夜之间使我增长了许多知识,这些知识可谓稀有少见。

此后把话讨论到他身上那件玄狐袍子的价钱时,他甩起长袍一角,用手抚摸着那美丽皮毛说:

"大爷,这值三百六十块袁头,好得很!人家说:'瞎子,瞎子,你年纪还不到三十岁,穿这样厚狐皮会烧坏你那把骨头。'好吧。烧得坏就让他烧坏吧。我这性命横顺是捡来的,不穿不吃作甚么。能多活三十年,这三十年也算是我多赚的。"

我把这次旅行观察所得同他谈及,问他是不是也感觉到一种风雨欲来的预兆。而且问他既然明白当前的一切,对于那个明日必需如何安排?他就说军队里混不是个办法,占山落草也不是出路。他想写小说,想戒了烟,把这套有历史的宝贝烟具送给中央博物院,再跟我过上海混,同茅盾老舍抢一下命运。他说他对于脑子还有点把握。只是对于自己那只手,倒有点怀疑,因为六年来除了举起烟枪对准火口,小楷字也不写一张了。

　　天亮后大家预备一同动身,我约他到城里时邀两个朋友过姓杨姓韩的坟上看看。他仿佛吃了一惊,赶忙退后一步,"大爷,你以为我戒了烟吗? 家中老婆不许我戒烟。你真是……从京里来的人,简直是个京派,甚么都不明白。入境问俗,你真是……"我明白他的意思。估计他到城里,也不敢独自来找我。我住在故乡三天,这个很可爱的朋友,果然不再同我见面。

　　　　　　　　　　　　　　　作于一九三五年

　　一九四〇年一月二十一日校后二节。黄昏,天空淡白,山树如黛。微风摇尤加利树,如有所悟。

　　五月八日校正数处。脚甚肿痛,天闷热。

　　十月一日在昆明重校。时市区大轰炸,毁屋数百栋。

　　一九八〇年一月兆和校毕。

滕回生堂今昔

我六岁左右时害了疟疾,一张脸黄僵僵的,一出门身背后就有人喊"猴子猴子"。回过头去搜寻时,人家就咧着白牙齿向我发笑。扑拢去打吧,人多得很。装作不曾听见吧,那与本地人的品德不相称。我很羞愧,很生气。家中外祖母听从佣妇、挑水人、卖炭人与隔邻轿行老妇人出主意,于是轮流要我吃热灰里焙过的"偷油婆""使君子",吞雷打枣子木的炭粉,黄纸符烧纸的灰渣,诸如此类药物,另外还逼我诱我吃了许多古怪东西。我虽然把这些很希奇的丹方试了又试,蛔虫成绞成团的排出,病还是不得好,人还是不能够发胖。照习惯说来,凡为一切药物治不好的病,便同"命运"有关。家中有人想起了我的命运,当然不乐观。

关心我命运的父亲,特别请了一个卖卦算命土医生来为我推算流年,想法禳解命根上的灾星。这算命人把我生辰干支排定后,就向我父亲建议:

"大人,把少爷拜给一个吃四方饭的人作干儿子,每天要他吃习皮草蒸鸡肝,有半年包你病好。病不好,把我回生堂牌子甩了丢到大河潭里去!"

父亲既是个军人,毫不迟疑的回答说:

"好,就照你说的办。不用找别人,今天日子好,你留在这里喝酒,我们打了干亲家吧。"

两个爽快单纯的人既同在一处,我的命运便被他们派定了。

一个人若不明白我那地方的风俗,对于我父亲的慷慨处会觉得希奇。其实这算命的当时若说："大人，把少爷拜寄给城外碉堡旁大冬青树吧，"我父亲还是会照办的。一株树或一片古怪石头，收容三五十个寄儿，照本地风俗习惯，原是件极平常事情。且有人拜寄牛栏拜寄井水的，人神同处日子竟过得十分调和，毫无龃龉。

我那寄父除了算命卖卜以外，原来还是个出名草头医生，又是个拳棒家。尖嘴尖脸如猴子，一双黄眼睛炯炯放光，身材虽极矮小，实可谓心雄万夫。他把铺子开设在一城热闹中心的东门桥头上，字号名"滕回生堂"。那长桥两旁一共有二十四间铺子，其中四间正当桥垛墩，比较宽敞，许多年以前，他就占了有垛墩的一间。住处分前后两进，前面是药铺，后面住家。铺子中罗列有羚羊角、穿山甲、马蜂巢、猴头、虎骨、牛黄、马宝，无一不备。最多的还是那几百种草药，成束成把的草根木皮，堆积如山，一屋中也就长年为草药蒸发的香味所笼罩。

铺子里间房子窗口临河，可以俯瞰河里来回的柴炭船、米船、甘蔗船。河身下游约半里，有了转折，因此迎面对窗便是一座高山。那山头春夏之际作绿色，秋天作黄色，冬天则为烟雾包裹时作蓝色，为雪遮盖时只一片眩目白色。屋角隅陈列了各种武器，有青龙偃月刀、齐眉棍、连枷、钉耙。此外还有一个似桶非桶似盆非盆的东西，原来这是我那寄父年轻时节习站功所用的宝贝。他学习拉弓，想把腿脚姿势弄好，每个晚上蜷伏到那木桶里去熬夜。想增加气力，每早从桶中爬出时还得吃一条黄鳝的鲜血。站了木桶两整年，吃了黄鳝数百条，临到应考时，却被一个习武的仇人摘发他身分不明，取消了考试资格。他因此赌气离开了家乡，来到武士荟萃的凤凰县卖卜行医。为人既爽直慷慨，且能喝酒划拳，极得人缘，生涯也就不恶。作了医生尚舍不得把那个木桶丢开，可想见他还不能对那宝贝忘情。

他家中有个太太，两个儿子。太太大约一年中有半年都把手从大袖筒缩到衣里去，藏了一个小火笼在衣里烘烤，眯着眼坐在药材中，简直是一只大猫。两个儿子大的学习料理铺子，小的上学读书。

两老夫妇住在屋顶,两个儿子住在屋下层桥墩上。地方虽不宽绰,那里也用木板夹好,有小窗小门,不透风,光线且异常良好。桥墩尖劈形处,石罅里有一架老葡萄树,得天独厚,每年皆可结许多球葡萄。另外还有一些小瓦盆,种了牛膝、三七、铁钉台、隔山消等等草药。尤其古怪的是一种名为"罂粟"的草花,还是从云南带来的,开着艳丽煜目的红花,花谢后枝头缀绿色果子,果子里据说就有鸦片烟。

当时一城人谁也不见过这种东西,因此常常有人老远跑来参观。当地一个拔贡还做了两首七律诗,赞咏那个希奇少见的植物,把诗贴到回生堂武器陈列室板壁上。

桥墩离水面高约四丈,下游即为一潭,潭里多鲤鱼鳜鱼,两兄弟把长绳系个钓钩,挂上一片肉,夜里垂放到水中去,第二天拉起就常常可以得一尾大鱼。但我那寄父却不许他们如此钓鱼,以为那么取巧,不是一个男子汉所当为。虽然那么骂儿子,有时把钓来的鱼不问死活依然扔到河里去,有时也会把鱼煎好来款待客人。他常奖励两个儿子过教场去同兵将子弟寻衅打架,大儿子常常被人打得头破血流回来时,作父亲的一面为他敷那秘制药粉,一面就说:"不要紧,不要紧,三天就好了。你怎么不照我教你那个方法把那苗子放倒?"说时有点生气了,就在儿子额角上一弹,加上一点惩罚,看他那神气,就可明白站木桶考武秀才被屈,报仇雪耻的意识还存在。

我得了这样一个寄父,我的命运自然也就添了一个注脚,便是"吃药"了。我从他那儿大致尝了一百样以上的草药。假若我此后当真能够长生不老,一定便是那时吃药的结果。我倒应当感谢我那个命运,从一分吃药经验里,因此分别得出许多草药的味道、性质以及它们的形状。且引起了我此后对于辨别草木的兴味。其次是我吃了两年多鸡肝。这一堆药材同鸡肝,显然对于此后我的体质同性情都大有影响。

那桥上有洋广杂货店,有猪牛羊屠户案桌,有炮仗铺与成衣铺,有理发馆,有布号与盐号。我既有机会常到回生堂去看病,也就可以同一切小铺子发生关系。我很满意那个桥头，那是一个社会的雏型，从那方面我明白了各种行业，认识了各样人物。凸了个大肚子胡须满腮的屠户，站在案桌边，扬起大斧"擦"的一砍，把肉剁下后随便一秤，就猛向人菜篮中掼去，"镇关西"式人物，那神气真够神气。平时以为这人一定极其凶横蛮霸，谁知他每天拿了猪脊髓到回生堂来喝酒时，竟是个异常和气的家伙！其余如剃头的、缝衣的，我同他们认识以后，看他们工作，听他们说些故事新闻，也无一不是很有意思。我在那儿真学了不少东西，知道了不少事情。所学所知比从私塾里得来的书本知识当然有趣得多，也有用得多。

那些铺子一到端午时节，就如我写《边城》故事那个情形，河下竞渡龙船，从桥洞下来回过身时，桥上有人用叉子挂了小百子边炮悬出吊脚楼，必必拍拍的响着。夏天河中涨了水，一看上游流下了一只空船，一匹牲畜，一段树木，这些小商人为了好义或好利的原因，必争着很勇敢的从窗口跃下，凫水去追赶那些东西。不管漂流多远，总得把那东西救出。关于救人的事，我那寄父总不落人后。

他只想亲手打一只老虎，但得不到机会。他说他会点穴，但从不见他点过谁的穴。一口典型的麻阳话，开口总给人一种明朗愉快印象。

民国二十二年旧历十二月十九日，距我同那座大桥分别时将近十二年，我又回到了那个桥头了。这是我的故乡，我的学校，试想想，我当时心中怎样激动！离城二十里外我就见着了那条小河。傍着小河溯流而上，沿河绵亘数里的竹林，发蓝叠翠的山峰，白白阳光下造纸坊与制糖坊，水磨与水车，这些东西皆使我感动得厉害！后来在一个石头碉堡下，我还看到一个穿号褂的团丁，送了个头裹孝布的青年妇人过身。那黑脸小嘴高鼻梁青年妇人，使我想起我写的《凤子》故事中角色。她没有开口唱歌，然而一看却知道这妇人的灵魂是用歌声喂养长大的。我已来到我故事中的空气里了，我有点儿痴。环境空气，我似乎十分熟悉，事实上一切都已十分陌生！

见大桥时约在下午两点左右,正是市面最热闹时节。我从一群苗人一群乡下人中拥挤上了大桥,各处搜寻没有发现"滕回生堂"的牌号。回转家中我并不提起这件事。第二天一早,我得了出门的机会,就又跑到桥上去,排家注意,终于在桥头南端,被我发现了一家小铺子。铺子中堆满了各样杂货。货物中坐定了一个瘦小如猴干瘪瘪的中年人。从那双眯得极细的小眼睛,我记起了我那个干妈。这不是我那干哥哥是谁?

我冲近他身边时,那人就说,

"唉,你要甚么?"

"我要问你一个人,你是不是松林?"

里间屋孩子哭起来了,顺眼望去,杂货堆里那个圆形大木桶里,正睡了一对大小相等仿佛孪生的孩子。我万万想不到圆木桶还有这种用处,我话也说不来了。

但到后我告诉他我是谁,他把小眼睛楞着瞅了我许久,一切弄明白后,便慌张得只是搓手,赶忙让我坐到一捆麻上去。

"是你! 是茂林! ……""茂林"是我干爹为我起的名字。

我说:"大哥,正是我! 我回来了! 老人家呢?"

"五年前早过世了!"

"嫂嫂呢?"

"六月里过去了! 剩下两只小狗。"

"保林二哥呢?"

"他在辰州,你不见到他? 他作了王村禁烟局长,有出息,讨了个乖巧屋里人,乡下买得三十亩田,作员外!"

我各处一看,卦桌不见了,横招不见了,触目全是草药。"你不算命了吗?"

"命在这个人手上,"他说时翘起一个大拇指。"这里人已没有命可算!"

"你不卖药了吗?"

"城里有四个官药铺,三个洋药铺。苗人都进了城,卖草药人多得很,生意不好作!"

他虽说不卖药了,小屋子里其实还有许多成束成捆的草药。而且恰好这时就有个兵士来买专治腹痛的"一点白",把药找出给人后,他只捏着那两枚当一百的铜元,向我呆呆的笑。大约来买药的也不多了,我来此给他开了一个利市。

他一面茫然的这样那样数着老话,一面还尽瞅着我。忽然发问:"你从北京来南京来?"

"我在北平做事!"

"做甚么事? 在中央,在宣统皇帝手下?"

我就告诉他,既不在中央,也不是宣统手下。他只作成相信不过的神气,点着头,且极力退避到屋角隅去,俨然为了安全非如此不成。他心中一定有一个新名词作祟:"你可是个共产党?"他想问却不敢开口,他怕事。他只轻轻的自言自语说:"城内前年杀了两个,一刀一个。那个韩安世是韩老丙的儿子。"

有人来购买烟扦,他便指点人到对面铺子去买。我问他这桥上铺子为甚么都改成了住家户。他就告我,这桥上一共有十家烟馆,十家烟馆里还有三家可以买黄吗啡。此外又还有五家卖烟具的杂货铺。

一出铺子到城边时,我就碰一个烟帮过身。两连护送兵各背了本地制最新半自动步枪,人马成一个长长队伍,共约三百二十余担黑货,全是从贵州来的。

我原本预备第二天过河边为这长桥摄一个影留个纪念,一看到桥墩,想起二十七年前那钵罂粟花,且同时想起目前那十家烟馆三家烟具店,这桥头的今昔情形,把我照相的勇气同兴味全失去了。

一九三四年十二月作

湘

西

常德的船

常德就是武陵,陶潜的《搜神后记》上《桃花源记》说的渔人老家,应当摆在这个地方。德山在对河下游,离城市二十余里,可说是当地惟一的山。汽车也许停德山站,也许停县城对河另一站。汽车不必过河,车上人却不妨过河,看看这个城市的一切。地理书上告给人说这里是湘西一个大码头,是交换出口货与入口货的地方。桐油、木料、牛皮、猪肠子和猪鬃毛,烟草和水银,五倍子和鸦片烟,由川东、黔东、湘西各地用各色各样的船只装载到来,这些东西全得由这里转口,再运往长沙武汉。子盐、花纱、布匹、洋货、煤油、药品、面粉、白糖,以及各种轻工业日用消耗品和必需品,又由下江轮驳运到,也得从这里改装,再用那些大小不一的船只,分别运往沅水各支流上游大小码头去卸货的。市上多的是各种庄号。各种庄号上的坐庄人,便在这种情形下成天如一个磨盘,一种机械,为职务来回忙。邮政局的包裹处,这种人进出最多。长途电话的营业处,这种坐庄人是最大主顾。酒席馆和妓女的生意,靠这种坐庄人来维持。

除了这种繁荣市面的商人,此外便是一些寄生于湖田的小地主,作过知县的小绅士,各县来的男女中学生,以及外省来的参加这个市面繁荣的掌柜、伙计、乌龟、王八。全市人口过十万,街道延长近十里,一个过路人到了这个城市中时,便会明白这个湘西的咽喉,真如所传闻,地方并不小。可是却想不到这咽喉除吐纳货物和原料以外,还有些甚么东西。作这种吐纳工作,责任大,工作忙,性质杂,又是些甚么人。假若一旦没有了他们,这城市会不会忽然成为河边一个废墟？这种人照例触目可见，水上城里无一不可以碰头，却又最容易为旅行者所疏忽。我想说的是真正在控制这个咽喉，支配沅水流域的几万船户。

这个码头真正值得注意令人惊奇处，实也无过于船户和他所操纵的水上工具了。要认识湘西，不能不对他们先有一种认识。要欣赏湘西地方民族特殊性，船户是最有价值材料之一种。

一个旅行者理想中的武陵，渔船应当极多。到了这里一看，才知道水面各处是船只，可是却很不容易发现一只渔船。长河两岸浮泊的大小船只，外行人一眼看去，只觉得大同小异，事实上形制复杂不一，各有个性，代表了各个地方的个性。让我们从这方面来多知道一点点，对于我们也许有些便利处。

船只最触目的三桅大方头船，这是个外来客，由长江越湖来的，运盐是它主要的职务，它大多数只到此为止，不会向沅水上游走去。普通人叫它做"盐船"，名实相副。船家叫它做"大鳅鱼头"，《金陀粹编》上载岳飞在洞庭湖水擒杨幺故事，这名字就见于记载了，名字虽俗，来源却很古。这种船只大多数是用乌油漆过，所以颜色多是黑的。这种船按季候行驶，因为要大水大风方能行动。杜甫诗上描绘的"洋洋万斛船，影若扬白虹"，也许指的就是这种水上东西。

比这种盐船略小，有两桅或单桅，船身异常秀气，头尾突然收敛，令人入目起尖锐印象，全身是黑的，名叫"乌江子"。它的特长是不怕风浪，运粮食越湖。它是洞庭湖上的竞走选手。形体结构上的特点是桅高，帆大，深舱，锐头。盖舱篷比船身小，因为船舷外还有护舱板。弄船人同船只本身一样，一看很干净，秀气斯文。行船既靠风，上下行都使帆，所以帆多整齐。船上用的水手不多，仅有的水手会拉篷，摇橹，撑篙，不会荡桨，——这种船上便不常用桨。放空船时妇女还可代劳掌舵。这种船间或也沿河上溯，数目极少，船身材料薄，似不宜于冒险。这种船在沅水流域也算是外来客。

在沅水流域行驶，表现得富丽堂皇，气象不凡，可称为巨无霸的船只,应当数"洪江油船"。这种船多方头高尾,颜色鲜明,间或且有一点金漆装饰。尾梢有舵楼,可以安置家眷。大船下行可载三四千桶桐油,上行可载两千件棉花,或一票食盐。用橹手二十六人到四十人,用纤手三十人到六七十人。必待春水发后方上下行驶,路线系往返常德和洪江。每年水大至多上下三五回,其余大多时节都在休息中,成排结队停泊河面,俨然是河上的主人。船主照例是麻阳人,且照例姓滕,善交际,礼数清楚。常与大商号中人拜把子,攀亲家。行船时站在船后檀木舵把边,庄严中带点从容不迫神气,口中含了个竹马鞭短烟管,一面看水,一面吸烟。遇有身分的客人搭船,喝了一杯酒后,便向客人一五一十叙述这只油船的历史,载过多少有势力的军人、阔佬,或名驰沅水流域的妓女。换言之,就是这只船与当地"历史"发生多少关系! 这种船只上的一切东西,无一不巨大坚实。船主的装束在船上时看不出甚么特别处,上岸时却穿长袍(下脚过膝三四寸),罩青羽绫马褂,戴呢帽或小缎帽,佩小牛皮抱肚,用粗大银链系定,内中塞满了银元。穿生牛皮靴子,走路时踏得很重。个子高高的,瘦瘦的。有一双大手,手上满是黄毛和青筋。会喝酒,打牌,且豪爽大方,吃花酒应酬时,大把银元钞票从抱肚掏出,毫不吝啬。水手多强壮勇敢,眉目精悍,善唱歌、泅水、打架、骂野话。下水时如一尾鱼,上岸接近妇人时象一只小公猪。白天弄船,晚上玩牌,同样做得极有兴致。船上人虽多,却各有所事,从不紊乱。舱面永远整洁如新。拔锚开手时,必擂鼓敲锣,在船头烧纸烧香,煮白肉祭神,燃放千子头鞭炮,表示人神和乐,共同帮忙,一路福星。在开船仪式与行船歌声中,使人想起两千年前《楚辞》发生的原因,现在还好好的保留下来,今古如一。

　　比洪江油船小些,形式仿佛也较笨拙些,(一般船只用木板作成,这种船竟象用木柱作成)平头大尾,一望而知船身十分坚实,有斗拳师的神气,名叫"白河船"。白河即酉水的别名。这种船只即行驶于沅水由常德到沅陵一段,酉水由沅陵到保靖一段。酉水滩流极险,船只必经得起磕撞。船只必载重方能压浪，因此尾部如臀，大而圆。下行时在船头缚大木桡一两把。木桡的用处是船只下滩，转头时比舵切于实际。照水上人俗谚说："三桨不如一篙，三橹不如一桡。"桡读作招。酉水浅而急，不常用橹，篙桨用处多，因此篙多特别长大，桨较粗硕，肥而短。船篷用粽子叶编成，不涂油。船主多永顺、保靖人，姓向姓王姓彭占多数。酉水河床窄，滩流多，为应付自然，弄船人所需要的勇敢能耐也较多。行船时常用相互诅骂代替共同唱歌，为的是受自然限制较多，脾气比较坏一点。酉水是传说中古代藏书洞穴所在地，多的是高大宏敞，充满神秘的洞穴。由沅陵起到酉阳止，沿酉水流域的每个县分总有几个洞穴。可是如沅陵的大酉洞，二酉洞，保靖的狮子洞，酉阳的龙洞，这些洞穴纵有书籍也早已腐烂了。到如今这条河流最多的书应当是宝庆纸客贩卖的石印本历书，每一条船上照例都有一本"皇历"。船家禁忌多，历书是他们行动的宝贝。河水既容易出事情，个人想减轻责任，因此凡事都俨然有天作主，由天处理，照书行事，比较心安，也少纠纷，船只出事时有所借口。酉水流域每个县分的船只，在形式上又各不相同，不过这些小船不出白河，在常德能看到的白河油船，形体差不多全是一样。

沅水中部的辰谿县，出白石灰和黑煤，运载这两种东西的本地船叫做"辰谿船"，又名"广舶子"。它的特点和上述两种船只比较起来，显得材料脆薄而缺少个性。船身多是浅黑色，形状如土布机上的梭子，款式都不怎么高明。下行多满载这些不值钱的货，上行因无回头货便时常放空。船身脏，所运货又少时间性，满载下驶，危险性多，搭客不欢迎，因之弄船人对于清洁时间就不甚关心。这种船上的席篷照例是不大完整的，布帆是破破碎碎的，给人印象如同一个破落户。弄船人因闲而懒，精神多显得萎靡不振。

洞河（即泸溪）发源于乾城苗乡大小龙洞和凤凰苗乡鸟巢河。两条小河在乾城县的所里相汇。向东流，到泸溪县，方和沅水同流，在这条河里的船就叫"洞河船"。河源主流由苗乡两个洞穴中流出，河床是乱石底子,所以水质特别清,水性特别猛。船身必须从撞磕中挣扎,河身既小,船身也较轻巧。船舷低而平,船头窄窄的。在这种船上水手中,我们可以发现苗人。不过见着他时我们不会对他有何惊奇,他也不会对我们有何惊奇。这种人一切和别的水上人都差不多,所不同处,不过是他那点老实、忠厚、纯朴、戆直性情——原人的性情,因为住在山中,比城市人保存得多点罢了。乾城人极聪明文雅,小手小脚小身材,唱山歌时嗓子非常好听,到码头边时,可特别沉默安静。船只太小了,不常有机会到这大码头边靠船。这种船停泊在河面时似乎很羞怯,正如水手们上街时一样羞怯。

乾城用所里作本县吐纳货物的水码头。地方虽不大,小小石头城却很整齐干净,且出了几个近三十年来历史上有名姓的人物。段祺瑞时代的陆军总长傅良佐将军,是生长在这个小县城里的。东北军宿将,国内当前军人中称战术权威的杨安铭将军,也是这地方人。

在河上显得极活动,极有生气,而且数量极多的,是普通的中型"麻阳船"。这种船头尾高举,秀拔而灵便。这种船只的出处是麻阳河(即辰谿)。每只船上都可见到妇人、孩子、童养媳。弄船人一面担负商人委托的事务,一面还担负上帝派定的工作,两方面都异常称职。沅水流域的转运事业,大多数由这地方人支配,人口繁荣的结果,且因此在常德城外多了一条麻阳街。"一切成功都必须争斗",这原则也可用作麻阳街的说明。据传说,这条街是个姓滕的水手滕老九双拳打出来的。我们若有兴趣特意到那条街上走走,可知道开小铺子的,做理发店生意的,卖船上家伙的,经营不用本钱最古职业的,全是麻阳乡亲,我们就会明白,原来参加这种争斗,每人都有一份。麻阳人的精力绝伦处,或者与地方出产有点关系。麻阳出各种橘子,糯米也极好,作甜酒特别相宜。人口加多,船只也越来越多,因此沅水水面的世界,一大半是麻阳人占有的。大凡船只停靠处,都有叫"乡亲"的麻阳人。乡亲所得的便利极多,平常外乡人,坐船时于是都叫麻阳人作"乡亲"。乡亲的特点是面目精悍而性情快乐,作水手的都能吃,能做,能喝,能打架。船主上岸时必装扮成为一个小乡绅,如驾洪江油船的大老板一样穿袍穿褂,着生牛皮盘云长统钉靴,戴有皮封耳的毡帽或博士帽,手指套上分量沉重的金戒指,皮抱肚里装上许多大洋钱,短烟管上悬个老虎爪子,一端还镶包一片镂花银皮。见人就请教仙乡何处,贵府贵姓。本人大多数姓滕,名字"代富""宜贵"。对三十年来的本省政治,比起任何地方船主都熟习,都关心。欢喜讲礼教,臧否人物,且善于称引经典格言和当地俗谚,作为谈天时章本。恭维客人时必从恭维上增多一点收入,被客人恭维时便称客人为"知己",笑嘻嘻的请客人喝包谷子酒。妇女在船上不特对于行船毫无妨碍,且常常是一个好帮手。妇女多壮实能干,大脚大手,善于生男育女。

麻阳人中另外还有一双值得称赞的手,在湘西近百年实无匹敌,在国内也是一个少见的艺术家,是塑象师张秋潭那双手。小件艺术品多在烟盘边靠灯时用烟签完成的,无一不作得栩栩如生,至今还留下些在湘西私人手中。大件是各县庙宇天王观音等神象,辛亥以后破除迷信,毁去极多。

在常德水码头船只极小,飘浮水面如一片叶子,数量之多如淡干鱼,是专载客人用的"桃源划子"。木商与烟贩,上下办货的庄客,过路的公务员,放假的男女学生,同是这种小船的主顾。船身既轻小,上下行的速度较之其他船只快过一倍,下滩时可从边上小急流走,决不会出事。在平潭中且可日夜赶程,不会受关卡留难。因此在有公路以前,这种小小船只实为沅水流域交通利器。弄船人工作不需如何紧张,开销又少,收入却较多。装载客人且多阔佬,同时桃源县人的性格又特别随和(沅水一到桃源后就变成一片平潭,再无恶滩急流,自然影响到水上人性情很大)。所以弄船人脾气就马虎得多,很多是隐君子,白天弄船,晚上便靠灯。有些家中人说不定还留在县里,经营一种不必要本钱的职业,分工合作,都不闲散。且能作客人向导,带访桃源洞的客人到所要到的新奇地方去。

在沅水流域上下行驶,停泊到常德码头应当称为"客人"的船只,共有好几种,有从芷江上游黔东玉屏来的,有从麻阳河上游黔东铜仁来的,有从白河上游川东龙潭来的。玉屏船多就洪江转口,下行不多。龙潭船多从沅陵换货,下行不多。铜仁船装油砣下行的,有些庄号在常德,所以常直放常德。船只最引人注意处是颜色黄明照眼,式样轻巧,如竞赛用船。船头船尾细狭而向上翘举,舱底平浅,材料脆薄,给人视觉上感到灵便与愉快,在形式上可谓秀雅绝伦。弄船人语言清婉,装束素朴,有些水手还穿齐膝的长衣,裹白头巾,风度整洁和船身极相称。船小而载重,故下行时船舷必缚茅束挡水。这种船停泊河中,仿佛极其谦虚,一种作客应有的谦虚。然而比同样大小的船只都整齐,一种作客不能不注意的整齐。

此外常德河面还有一种船只,数量极多,有的时常移动,有的又长久停泊。这些船的形式一律是方头,方尾,无桅,无舵。用木板作舱壁,开小小窗子,木板作顶。有些当作船主的金屋,有些又作遁逃者的窟穴。船上有招纳水手客人的本地土娼,有卖烟和糖食、小吃、猪蹄子粉面的生意人。此外算命卖卜的,圆光关亡的,无不可以从这种船上发现。船家做寿成亲,也多就方便借这种水上公馆举行,因此一遇黄道吉日,总是些张灯结彩,响器声,弦索声,大小炮仗声,划拳歌呼声,点缀水面热闹。

常德县城本身也就类乎一只旱船,女作家丁玲,法律家戴修瓒,国学家余嘉锡,是这只旱船上长大的。较上游的河堤比城中高得多,涨水时水就到了城边,决堤时城四围便是水了。常德沿河的长街,街市上大小各种商铺不下数千家,都与水手有直接关系。杂货店铺专卖船上用件及零用物,可说是它们全为水手而预备的。至如油盐、花纱、牛皮、烟草等等庄号,也可说水手是为它们而有的。此外如茶馆、酒馆和那经营最素朴职业的户口,水手没有它不成,它没水手更不成。

常德城内一条长街,铺子门面都很高大(与长沙铺子大同小异,近于夸张），木料不值钱，与当地建筑大有关系。地方滨湖，河堤另一面多平田泽地，产鱼虾、莲藕，因此鱼栈莲子栈延长了长街数里。多清真教门，因此牛肉特别肥鲜。

常德沿沅水上行九十里，才到桃源县，再上行二十五里，方到桃源洞。千年前武陵渔人如何沿溪走到桃花源，这路线尚无好事的考古家说起。现在想到桃源访古的"风雅人"，大多数只好坐公共汽车去。到过了桃源，兴趣也许在彼而不在此，留下印象较深刻的东西，不是那个传说的洞穴，倒是另外一些传说所不载的较新洞穴。在桃源县想看到老幼黄发垂髫，怡然自乐的光景，并不容易。不过或者因为历史的传统，地方人倒很和气，保存一点古风。也知道欢迎客人，杀鸡作黍，留客住宿。虽然多少得花点钱，数目并不多。可是一个旅行者应当知道，这些人赠送游客的礼物，有时不知不觉太重了点，最好倒是别大意，莫好奇，更不要因为记起宋玉所赋的高唐神女，刘晨阮肇天台所遇的仙女，想从经验中去证实故事。换言之，不妨学个"老江湖"，少生事！当地纵多神女仙女，可并不是为外来读书人游客预备的，沅水流域的木竹簰商人是惟一受欢迎者。好些极大的木竹簰，到桃源后不久就无影无踪不见了，照俚话所说，是"进了桃源的洞穴"的。

政治家宋教仁，老革命党覃振，同是桃源县人。桃源县有个省立第二女子师范学校，五四运动谈男女解放平等，最先要求男女同校，且实现它，就是这个学校的女学生。

沅陵的人

由常德到沅陵，一个旅行者在车上的感触，可以想象得到，第一是公路上并无苗人，第二是公路上很少听说发现土匪。

公路在山上与山谷中盘旋转折虽多，路面却修理得异常良好，不问晴雨都无妨车行。公路上的行车安全的设计，可看出负责者的最大努力。旅行的很容易忘了车行的危险，乐于赞叹自然风物的美秀。在自然景致中见出宋院画的神采奕奕处，是太平铺过河时入目的光景。溪流萦回，水清而浅，在大石细沙间潄流。群峰竞秀，积翠凝蓝，在细雨中或阳光下看来，颜色真无可形容。山脚下一带树林，一些俨如有意为之布局恰到好处的小小房子，绕河洲树林边一湾溪水，一道长桥，一片烟。香草山花，随手可以掇拾。《楚辞》中的山鬼、云中君，仿佛如在眼前。上官庄的长头山时，一个山接一个山，转折频繁处，神经质的妇女与懦弱无能的男子，会不免觉得头目晕眩。一个常态的男子，便必然对于自然的雄伟表示赞叹，对于数年前裹粮负水来在这高山峻岭修路的壮丁表示敬仰和感谢。这是一群默默无闻沉默不语真正的战士！每一寸路都是他们流汗作成的。他们有的从百里以外小乡村赶来，沉沉默默的在派定地方担土，打石头，三五十人弓着腰肩共同拉着个大石磙子碾压路面，淋雨，挨饿，忍受各式各样虐待，完成了分派到头上的工作。把路修好了，眼看许多的各色各样希奇古怪的物件吼着叫着走过了，许多这些可爱的乡下人，知道事情业已办完，笑笑的，各自又回转到那个想象不到的小乡村里过日子去了。中国几年来一点点建设基础，就是这种无名英雄作成的。他们甚么都不知道,可是所完成的工作却十分伟大。

单从这条公路的坚实和危险工程看来,就可知道湘西的民众,是可以为国家完成任何伟大理想的。只要领导有人,交付他们更困难的工作,也可望办得很好。

看看沿路山坡桐茶树木那么多,桐茶山整理得那么完美,我们且会明白这个地方的人民,即或无人领导,关于求生技术,各凭经验在不断努力中,也可望把地面征服,使生产增加。

只要在上的不过分苛索他们鱼肉他们,这种勤俭耐劳的人民,就不至于铤而走险发生问题。可是若到任何一个停车处,试同附近乡民谈谈,我们就知道那个"过去"是种甚么情形了。任何捐税,乡下人都有一份,保甲在糟蹋乡下人这方面的努力,"成绩"真极可观!然而促成他们努力的动机,却是照习惯把所得缴一半,留一半。然而负责的注意到这个问题时,就说"这是保甲的罪过",从不认为是"当政的耻辱"。负责者既不知如何负责,因此使地方进步永远成为一种空洞的理想。

然而这一切都不妨说已经成为过去了。

车到了官庄交车处,一列等候过山的车辆,静静的停在那路旁空阔处,说明这公路行车秩序上的不苟。虽在军事状态中,军用车依然受公路规程辖制,不能占先通过,此来彼往,秩序井然。这条公路的修造与管理统由一个姓周的工程师负责。

车到了沅陵,引起我们注意处,是车站边挑的,抬的,负荷的,推挽的,全是女子。凡其他地方男子所能做的劳役,在这地方统由女子来做。公民劳动服务也还是这种女人。公路车站的修成,就有不少女子参加。工作既敏捷,又能干。女权运动者在中国二十年来的运动,到如今在社会上露面时,还是得用"夫人"名义来号召,并不以为可羞。而且大家都集中在大都市,过着一种腐败生活。比较起这种女劳动者把流汗和吃饭打成一片的情形,不由得我们不对这种人充满尊敬与同情。

这种人并不因为终日劳作就忘记自己是个妇女,女子爱美的天性依然还好好保存。胸口前的扣花装饰,裤脚边的扣花装饰,是劳动得闲在茶油灯光下做成的。(围裙扣花工作之精和设计之巧,外路人一见无有不交口称赞。)这种妇女日常工作虽不轻松,衣衫却整齐清洁。有的年纪已过了四十岁,还与同伴竞争兜揽生意。两角钱就为客人把行李背到河边渡船上,跟随过渡,到达彼岸,再为背到落脚处。外来人到河码头渡船边时,不免十分惊讶,好一片水!好一座小小山城!尤其是那一排渡船,船上的水手,一眼看去,几乎又全是女子。过了河,进得城门,向长街走走,就可见到卖菜的,卖米的,开铺子的,做银匠的,无一不是女子。再没有另一个地方女子对于参加各种事业各种生活,做得那么普遍那么自然了。看到这种情形时,真不免令人发生疑问:一切事几几乎都由女子来办,如《镜花缘》一书上的女儿国现象了。本地的男子,是出去打仗,还是在家纳福看孩子?

不过一个旅行者自觉已经来到辰州时,兴味或不在这些平常问题上。辰州地方是以辰州符驰名的,辰州符的传说奇迹中又以赶尸著闻。公路在沅水南岸,过北岸城里去,自然盼望有机会弄明白一下这种老玩意儿。

可是旅行者这点好奇心会受打击。多数当地人对于辰州符都莫名其妙,且毫无兴趣,也不怎么相信。或许无意中会碰着一个"大"人物,体魄大,声音大,气派也好象很大。他不是姓张,就是姓李(他应当姓李!一个典型市侩,在商会任职,以善于吹拍混入行署任名誉参议)。会告你,辰州符的灵迹,就是用刀把一只鸡颈脖割断,把它重新接上,噀一口符水,向地下抛去,这只鸡即刻就会跑去,撒一把米到地上,这只鸡还居然赶回来吃米!你问他:"这事曾亲眼见过吗?"他一定说:"当真是眼见的事。"或许慢慢的想一想,你便也会觉得同样是在甚么地方亲眼见过这件事了。原来五十年前的甚么书上,就这么说过的。这个大人物是当地著名会说大话的。世界上事甚么都好象知道得清清楚楚,只不大知道自己说话是假的还是真的,是书上有的还是自己造作的。多数本地人对于"辰州符"是个甚么东西，照例都不大明白的。

对于赶尸传说呢，说来实在动人。凡受了点新教育，血里骨里还浸透原人迷信的外来新绅士，想满足自己的荒唐幻想，到这个地方来时，总有机会温习一下这种传说。绅士、学生、旅馆中人，俨然因为生在当地，便负了一种不可避免的义务，又如为一种天赋的幽默同情心所激发，总要把它的神奇处重述一番。或说朋友亲戚曾亲眼见过这种事情，或说曾有谁被赶回来。其实他依然和客人一样，并不明白，也不相信，客人不提起，他是从不注意这个问题的。客人想"研究"它（我们想象得出有许多人是乐于研究它的），最好还是看《奇门遁甲》，这部书或者对他有一点帮助，本地人可不会给他多少帮助。本地人虽乐于答复这一类傻不可言的问题，却不能说明这事情的真实性。就中有个"有道之士"，姓阙，当地人统称之为阙五老，年纪将近六十岁，谈天时精神犹如一个小孩子。据说十五岁时就远走云贵，跟名师学习过这门法术。作法时口诀并不希奇，不过是念文天祥的《正气歌》罢了。死人能走动便受这种歌词的影响。辰州符主要的工具是一碗水；这个有道之士家中神主前便陈列了那么一碗水，据说已经有了三十五年，碗里水减少时就加添一点。一切病痛统由这一碗水解决。一个死尸的行动，也得用水迎面的一喷。这水且能由昏浊与沸腾表示预兆，有人需要帮忙或卜家事吉凶的预兆，登门造访者若是一个读书人，一个假洋人教授，他把这一碗水的妙用形容得将更惊心动魄。使他舌底翻莲的原因，或者是他自己十分寂寞，或者是对于客人具有天赋同情，所以常常把书上没有的也说到了。客人要老老实实发问："五老，那你看过这种事了？"他必装作很认真神气说："当然的。我还亲自赶过！那是我一个亲戚，在云南做官，死在任上。赶回湖南，每天为死者换新草鞋一双，到得湖南时，死人脚指头全走脱了。只是功夫不练就不灵，早丢下了。"至于为甚么把它丢下，可不说明。客人目的在"表演"，主人用意在"故神其说"，末后自然不免使客人失望。不过知道了这玩意儿是读《正气歌》作口诀，同儒家居然大有关系时，也不无所得。关于赶尸的传说，这位有道之士可谓集其大成，所以值得找方便去拜访一次，他的住处在上西关，一问即可知道。可是一个读书人也许从那有道之士伏尔泰风格的微笑，伏尔泰风格的言谈，会看出另外一种无声音的调笑，"你外来的书呆子，世界上事你知道许多，可是书本不说，另外还有许多就不知道了。用《正气歌》赶走了死尸，你充满好奇的关心，你这个活人，是被甚么邪气歌赶到我这里来？"那时他也许正坐在他的杂货铺里面（他是隐于医与商的），忽然用手指着街上一个长头发的男子说："看，疯子！"那真是个疯子，沅陵地方惟一的疯子。可是他的语气也许指的是你拜访者。你自己试想想看，为了一种流行多年的荒唐传说，充满了好奇心来拜访一个透熟人生的人，问他死了的人用甚么方法赶上路，你用意说不定还想拜老师，学来好去外国赚钱出名，至少也弄得个哲学博士回国，再来用它骗中国学生，在他饱经世故的眼中，你和疯子的行径有多少不同！

这个人的言谈，倒真是一种杰作，三十年来当地的历史，在他记忆中保存得完完全全，说来时庄谐杂陈，实在值得一听。尤其是对于当地人事所下批评，尖锐透入，令人不由得不想起法国那个伏尔泰。

至于辰砂的出处，出产地离辰州还远得很，远在三百里外凤凰县的苗乡猴子坪。

凡到过沅陵的人，在好奇心失望后，依然可从自然风物的秀美上得到补偿。由沅陵南岸看北岸山城，房屋接瓦连椽，较高处露出雉堞，沿山围绕；丛树点缀其间，风光入眼，实不俗气。由北岸向南望，则河边小山间，竹园、树木、庙宇、高塔、民居，仿佛各个都位置在最适当处。山后较远处群峰罗列，如屏如障，烟云变幻，颜色积翠堆蓝。早晚相对，令人想象其中必有帝子天神，驾螭乘蜺，驰骤其间。绕城长河，每年三四月春水发后，洪江油船颜色鲜明，在摇橹歌呼中连翻下驶。长方形大木筏，数十精壮汉子，各据筏上一角，举桡激水，乘流而下。就中最令人感动处,是小船半渡,游目四瞩,俨然四围是山,山外重山,一切如画。水深流速,弄船女子,腰腿劲健,胆大心平,危立船头,视若无事。同一渡船,大多数都是妇人,划船的是妇女,过渡的也是妇女较多。有些卖柴卖炭的,来回跑五六十里路,上城卖一担柴,换两斤盐,或带回一点红绿纸张同竹篾作成的简陋船只,小小香烛。问她时,就会笑笑的回答:"拿回家去做土地会。"你或许不明白土地会的意义,事实上就是酬谢《楚辞》中提到的那种云中君——山鬼。这些女子一看都那么和善,那么朴素,年纪四十以下的,无一不在胸前土蓝布或葱绿布围裙上绣上一片花,且差不多每个人都是别出心裁,把它处置得十分美观,不拘写实或抽象的花朵,总那么妥帖而雅相。在轻烟细雨里,一个外来人眼见到这种情形,必不免在赞美中轻轻叹息。天时常常是那么把山和水和人都笼罩在一种似雨似雾使人微感凄凉的情调里,然而却无处不可以见出"生命"在这个地方有光辉的那一面。

外来客会自然有个疑问发生:这地方一切事业女人都有份,而且象只有"两截穿衣"的女子有份,男子到哪里去了呢?

在长街上我们固然时常可以见到一对少年夫妻,女的眉毛俊秀,鼻准完美,穿浅蓝布衣,用手指粗银链系扣花围裙,背小竹笼。男的身长而瘦,英武爽朗,肩上扛了各种野兽皮向商人兜卖,令人一见十分惊诧。可是这种男子是特殊的。是出了钱,得到免役的瑶族。

男子大部分都当兵去了。因兵役法的缺陷,和执行兵役法的中间层保甲制度人选不完善,逃避兵役的也多,这些壮丁抛下他的耕牛,向山中走,就去当匪。匪多的原因,外来官吏苛索实为主因。乡下人照例都愿意好好活下去,官吏的老式方法居多是不让他们那么好好活下去。乡下人照例一入兵营就成为一个好战士,可是办兵役的,却觉得如果人人都乐于应兵役,就毫无利益可图。土匪多时,当局另外派大部队伍来"维持治安",守在几个城区,别的不再过问。分布乡下土匪得了相当武器后,在报复情绪下就是对公务员特别不客气,凡搜刮过多的外来人,一落到他们手里时,必然是先将所有的得到,再来取那个"命"。许多人对于湘西民或匪都留下一个特别蛮悍嗜杀的印象,就由这种教训而来。许多人说湘西有匪,许多人在湘西虽遇匪,却从不曾遭遇过一次抢劫,就是这个原因。

　　一个旅行者若想起公路就是这种蛮悍不驯的山民或土匪,在烈日和风雪中努力作成的,乘了新式公共汽车由这条公路经过,既感觉公路工程的伟大结实,到得沅陵时,更随处可见妇人如何认真称职,用劳力讨生活,而对于自然所给的印象,又如此秀美,不免感慨系之。这地方神秘处原来在此而不在彼。人民如此可用,景物如此美好,三十年来牧民者来来去去,新陈代谢,不知多少,除认为"蛮悍"外,竟别无发现。外来为官作宦的,回籍时至多也只有把当地久已消灭无余的各种画符捉鬼荒唐不经的传说,在茶余酒后向陌生者一谈。地方真正好处不会欣赏,坏处不能明白。这岂不是湘西的另一种神秘?

　　沅陵算是个湘西受外来影响较久较大的地方,城区教会的势力,造成一批吃教饭的人物,蛮悍性情因之消失无余,代替而来的或许是一点青年会办事人的习气。沅陵又是沅水几个支流货物转口处,商人势力较大,以利为归的习惯,也自然很影响到一些人的打算行为。沅陵位置在沅水流域中部,就地形言,自为内战时代必争之地。因此麻阳县的水手,一部分登陆以后,便成为当地有势力的小贩。凤凰县屯垦子弟兵官佐,留下住家的,便成为当地有产业的客居者。慷慨好义,负气任侠,楚人中这类古典的热诚,若从当地人寻觅无着时,还可从这两个地方的男子中发现。一个外来人,在那山城中石板作成的一道长街上,会为一个矮小、瘦弱,眼睛又不明,听觉又不聪,走路时匆匆忙忙,说话时结结巴巴,那么一个平常人引起好奇心。说不定他那时正在大街头为人排难解纷,说不定他的行为正需要旁人排难解纷!他那样子就古怪,神气也古怪。一切象个乡下人,象个官能为嗜好与毒物所毁坏,心灵又十分平凡的人。可是应当找机会去同他熟一点,谈谈天。应当想办法更熟一点,跟他向家里走。(他的家在一个山上。那房子是沅陵住户地位最好，花木最多的。）如此一来，结果你会接触一点很新奇的东西，一种混合古典热诚与近代理性在一个特殊环境特殊生活里培养成的心灵。你自然会"同情"他，可是最好倒是"信托"他。他需要的不是同情，因为他成天在同情他人，为他人设想帮忙尽义务，来不及接受他人的同情。他需要人信托，因为他那种古典的作人的态度，值得信托。同时他的性情充满了一种天真的爱好，他需要信托，为的是他值得信托。他的视觉同听觉都毁坏了，心和脑可极健全。凤凰屯垦兵子弟中出壮士，体力胆气两方面都不弱于人。这个矮小瘦弱的人物，虽出身世代武人的家庭中，因无力量征服他人，失去了作军人的资格。可是那点有遗传性的军人气概，却征服了他自己，统制自己，改造自己，成为沅陵县一个顶可爱的人。他的名字叫做"大先生"，或"大大"，一个古怪到家的称呼。商人、妓女、屠户，教会中的牧师和医生，都这样称呼他。到沅陵去的人，应当认识认识这位大先生。

沅陵县沿河下游四里路远近，河中心有个洲岛，周围高山四合，名"合掌洲"，名目与情景相称。洲上有座庙宇，名"和尚洲"，也还说得去。但本地的传说却以为是"合涨洲"，因为水涨河面宽，淹不着，为的是洲随河水起落！合掌洲有个白塔，由顶到根雷劈了一小片，本地人以为奇，并不足奇。河南岸村名黄草尾，人家多在橘柚林里，橘子树白华朱实，宜有小腰白齿出于其间。一个种菜园的周家，生了四个女儿，最小的一个四妹，人都呼为天妹，年纪十七岁，许了个成衣店学徒，尚未圆亲。成衣店学徒积蓄了整年工钱，打了一副金耳环给天妹，女孩子就戴了这副金耳环，每天挑菜进东门城卖菜，因为性格好繁华，人长得风流波俏，一个东门大街的人都知道卖菜的周家天妹。

因此县里的机关中办事员，保安司令部的小军佐，和商店中小开，下黄草尾玩耍的就多起来了。但不成，肥水不落外人田，有了主子。可是"人怕出名猪怕壮"，天天的名声传出去了，水上划船人全都知道周家天天。去年（一九三七年）冬天一个夜里，忽然来了四百武装喽罗攻打沅陵县城,在城边响了一夜枪,到天明以前,无从进城,这一伙人依然退走了。这些人本来目的也许就只是在城外打一夜枪。其中一个带队的称团长,却带了兄弟伙到天妹家里去拍门。进屋后别的不要,只把这女孩子带走。

女孩子虽又惊又怕,还是从容的说:"你抢我,把我箱子也抢去,我才有衣服换!"

带到山里去时那团长问:"天天,你要死,要活?"

女孩子想了想,轻声的说:"要死。你不会让我死。"

团长笑了:"那你意思是要活了! 要活就嫁我,跟我走。我把你当官太太,为你杀猪杀羊请客,我不负你。"

女孩子看看团长,人物实在英俊标致,比成衣店学徒强多了,就说:"人到甚么地方都是吃饭,我跟你走。"

于是当天就杀了两个猪,十二只羊,一百对鸡鸭,大吃大喝大热闹,团长和天妹结婚。女孩子问她的衣箱在甚么地方,待把衣箱取来打开一看,原来全是预备陪嫁的! 英雄美人,可谓美满姻缘。过三天后,那团长就派人送信给黄草尾种菜的周老夫妇,称岳父岳母,报告天妹安好,不用挂念。信还是用红帖子写的,词句华而典,师爷的手笔。还同时送来一批礼物! 老夫妇无话可说,只苦了成衣店那个学徒,坐在东门大街一家铺子里,一面裁布条子做纽绊,一面垂泪。

这也可说是沅陵县人物之一型。

至于住城中的几个年高有德的老绅士,那倒正象湘西许多县城里的正经绅士一样,在当地是很闻名的,庙宇里照例有这种名人写的屏条,名胜地方照例有他们题的诗词。儿女多受过良好教育,在外做事。家中种植花木,蓄养金鱼和雀鸟,门庭规矩也很好。与地方关系,却多如显克微支在他《炭画》那本书里所说的贵族,凡事取"不干涉主义"。因为名气大,许多不相干的捐款,不相干的公事,不相干的麻烦,不会上门。乐得在家纳福,不求闻达,所以也不用有甚么表现。对于生活劳苦认真,既不如车站边负重妇女,生命活跃,也不如卖菜的周家夭妹,然而日子还是过得很好,这就够了。

由沅水下行百十里到沅陵属境边境地名柳林岔,——就是湘西出产金子,风景又极美丽的柳林岔。那地方过去一时也有个人,很有意思。这个人据说母亲貌美而守寡,住在柳林岔镇上。对河高山上有个庙,庙中住下一个青年和尚,诚心苦修。寡妇因爱慕和尚,每天必借烧香为名去看看和尚,二十年如一日。和尚诚心苦修,不作理会,也同样二十年如一日。儿子长大后,慢慢的知道了这件事。儿子知道后,不敢规劝母亲,也不能责怪和尚,惟恐母亲年老眼花,一不小心,就会堕入深水中淹死。又见庙宇在一个圆形峰顶,攀援实在不容易。因此特意雇定一百石工,在临河悬崖上开辟一条小路,仅可容足。更找一百铁工,制就一条粗而长的铁链索,固定在上面,作为援手工具。又在两山间造一拱石头桥,上山顶庙里时就可省一大半路。这些工作进行时自己还参加,直到完成。各事完成以后,这男子就出远门走了,一去再也不回来了。

这座庙,这个桥,濒河的黛色悬崖上这条人工凿就的古怪道路,路旁的粗大铁链,都好好的保存在那里,可以为过路人见到。凡上行船的纤手,还必需从这条路把船拉上滩。船上人都知道这个故事。故事虽还有另一种说法,以为一切是寡妇所修的,为的是这寡妇……总之,这是一个平常人为满足他的某种心愿而完成的伟大工程。这个人早已死了,却活在所有水上人的记忆里。传说和当地景色极和谐,美丽而微带忧郁。

沅水由沅陵下行三十里后即滩水连接,白溶、九溪、横石、青浪……就中以青浪滩最长,石头最多,水流最猛。顺流而下时,四十里水路不过二十分钟可完事,上行船有时得一整天。

青浪滩滩脚有个大庙,名伏波宫,敬奉的是汉老将马援。行船人到此必在庙里烧纸献牲。庙宇无特点,不出奇。庙中屋角树梢栖息的红嘴红脚小小乌鸦,成千累万,遇下行船必飞往接船送船,船上人把饭食糕饼向空中抛去,这些小黑鸟就在空中接着,把它吃了。上行船可照例不光顾。虽上下船只极多,这小东西知道向甚么船可发利市,甚么船不打抽丰。船夫说这是马援的神兵,为迎接船只的神兵,照老规矩,凡伤害的必赔一大小相等银乌鸦,因此从不会有人敢伤害它。

几件事都是人的事情。与人生活不可分,却又杂糅神性和魔性。湘西的传说与神话,无不古艳动人。同这样差不多的还很多。湘西的神秘,和民族性的特殊大有关系。历史上"楚"人的幻想情绪,必然孕育在这种环境中,方能滋长成为动人的诗歌。想保存它,同样需要这种环境。

一九四○年十一月十日校

白河流域的几个码头

"白河便是历史上知名的酉水。白河到沅陵与沅水汇流后，便略显浑浊，有出山泉水的意思。若溯流而上，则三丈五丈的深潭清澈见底。深潭中为白日所映照，河底小小白石子，有花纹的玛瑙石子，全看得明明白白。水中游鱼来去，皆如浮在空气里。两岸多高山，山中多可以造纸的细竹，长年作深翠颜色，逼人眼目。近水人家多在桃杏花里，春天时只需注意，凡有桃花处必可沽酒。夏天则晒晾在日光下耀目的紫花布衣裤，可以作为人家所在的旗帜。秋冬来时，房屋在悬崖上的，滨水的，无不朗然入目，黄泥的墙，乌黑的瓦，位置却永远那么妥帖！且与四围环境极其调和，使人得到的印象非常愉快。"（引自《边城》）

由沅陵沿白河上行三十里名"乌宿"，地方风景清奇秀美，古木丛竹，滨水极多。传说中的大酉洞即在附近。洞中高大宏敞，气象万千。但比起凤凰苗乡中的齐梁洞，内中平坦能容避难的人一万以上，就可知道大酉洞其所以著名，或系邻近开化较早的沅陵所致。白河中山水木石最美丽清奇的码头，应数王村，属永顺县管辖，且为永顺县货物出口地方。夹河高山，壁立拔峰，竹木青翠，岩石黛黑。水深而清，鱼大如人。河岸两旁黛色庞大石头上，在晴朗冬天里，尚有野莺画眉鸟，从山谷中竹篁里飞出来，休息在石头上晒太阳，悠然自得哗唱悦耳的曲子，直到有船近身时，方从从容容一齐向林中飞去。水边还有许多不知名水鸟，身小轻捷，活泼快乐，或颈脖极红，如缚上一条彩色带子，或尾如扇子，花纹奇丽，鸣声都异常清脆。白日无事，平

254

潭静寂,但见小渔船船舷船顶站满了沉默黑色鱼鹰,缓缓向上游划去。傍山作屋,重重叠叠,如堆蒸糕,入目景象清而壮。一派清芬的影响,本县老诗人向伯翔的诗,因之也见得异常清壮。

白河多滩,凤滩、茨滩、绕鸡笼、三门、驼碑五个滩最著名。弄船人有两个口号:"凤滩茨滩不为凶,上面还有绕鸡笼。"上行船到两大滩时,有时得用两条竹纤在两岸拉挽,船在河中小小容口破浪逆流上行。绕鸡笼因多曲折石坎,下行船较麻烦,一不小心撞触河床中的大石,即成碎片,船上人必借船板浮沉到下游三五里方能得救。三门附近山道名白鸡关,石壁插云,树身大如桌面,茅草高至二丈五尺以上。山中出虎豹,大白天可听到虎吼。

由三门水行七十里,到保靖县。(过白鸡关陆行只有四十余里)。保靖是酉水流域过去土司之一所在地。酉水流域多洞穴,保靖濒河两个洞为最美丽知名。一在河南,离县城三里左右,名石楼洞。临长河,据悬崖,对河一山,山上老松数列,错落布置,十分自然。景物清疏,有渐江和尚画意。但洞穴内多人工铺排,并无可观。一在河北大山下面,和县城相对,名狮子洞。洞被庙宇掩着,庙宇又被老树大竹古藤掩着。洞口并不十分高大,进到里面去后,用火燎高照,既不见边,也不见顶,才看出这洞穴何等宏敞阔大,令人吃惊。四面石壁白润如玉,地下铺满白色细砂。洞中还另有一小小天然道路,可上升到一个石屋里去。道路踏脚处带朱砂红斑,颜色极鲜艳。石屋中有石床石桌,似为昔日方士修炼住处。蝙蝠展翅约一尺长大,不知从何处求食。洞中既宽阔,又黑暗,必用三五个火燎烛照,由庙中人引导,视火燎燃到三分之二后,即寻路外出,不然恐迷路不易走出。火燎用枯竹枝作成,由守庙道士出卖给游洞者,点燃时枯竹枝在洞中爆炸,声音如枪响,如大雷公边炮响。洞中夏天有一小小泉水,水味甘美。水中还有小小鱼虾,到冬天时仅一空穴,鱼虾亦不知去处。

近城大山名杀鸡坡,一眼看去,山并不如何高大,但山下人有人上山时杀一鸡,等待人到山顶,山下人的鸡在锅中已熟了。因此名叫杀鸡坡。对河亦有一大山,名野猪坡,出野猪。坡上土地丛林和洞穴,为烧山种田人同野兽大蛇所割据。一到晚上,虎豹就傍近种田开山人家来吃小猪,从被咬去的小猪锐声叫喊里,可以知道虎豹走去的方向。这大虫有时在大白天也昂头一吼,山谷响应许久。

种田人因此常常拿了刀矛火器种种家伙,往树林山洞中去寻觅,用绳网捕捉大蛇,用毒烟设陷阱猎捕野兽。岭上最多的还是集群结伙蹂躏农产物成癖的野猪,喜欢偷吃山田中包谷白薯,为山民真正仇敌。正因为这个损害庄稼的仇敌太多,岭上人打锣击鼓猎猎野猪的事,也就成为一种常有的仪式,常有的娱乐了。

本地出好梨,皮色淡赭,味道香而甜,名"洋冬梨",皮较厚韧,因此极易保藏。产材质坚密的黄杨木,乡下人常常用绳索系身,悬空下垂到溪谷绝壁间,把黄杨木从高崖上砍下,每段锯成两尺长短,背负入城找求买主,同卖柴一样。碗口大的木料,在本地人眼中看来,十分平常。这种良好木材,照当地习惯,多用来作筷子和天九牌。需要多,供给少,所以一部分就用柚子木充数。出大头菜,比龙山的略差。湘西大头菜应当数接近鄂西的边县龙山最好,颜色金黄,味道甜而香。出好茶叶,和邻近山城那个古丈县的茶叶比较,味道略淡。然而清醇之中,别有一种芬馥之气。陈家茶园在湘西实得风气之先,出品佳美,可惜数量不多,无从外运。

永绥县离保靖四十五里。保靖县苗人居住较少。永绥县却大部分是苗人。逢场时交易十分热闹,猪、牛、羊、油、盐、铁器和农具,以至于一段木头,一根竹子,一个石臼,一撮火绒,无不可买卖。大场坪中百物杂陈,五色缤纷,可谓奇观。石宏规是本县苗民中优秀分子之一,对苗民教育极热心,对苗民问题极熟习。一个大学毕业生,作了几次县长。

三个县分清中叶还由土司统治,土司既由世袭,永顺的姓向,保靖的姓彭,永绥的姓宋,到如今这三姓还为当地巨族。土司的统治已成过去,统治方法也不可考究了,除了许多大土堆通称土司坟,但留下一个传说尚能刺激人心。就是作土司的，除同宗外，对于此外任何人新婚都保有"初夜权"。新妇应当送到土司府留下三天，代为除邪气，方能发还。也许就是这种原因，三姓方成为本地巨族。土司坟多，与《三国演义》曹操七十二个疑冢不无关系，与初夜权执行也有关系。

白河上游商业较大水码头名"里耶"。川盐入湘，在这个地方上税。边地若干处桐油，都在这个码头集中。

站在里耶河边高处，可望川湘鄂三省接壤的八面山，山如一个桶形，周围数百里，四面陡削悬绝，只一条小路可以上下。上面一坦平阳，且有很好泉水，出产好米和杂粮，住了约一百户人家。若将两条山路塞断，即与一切隔绝，俨然别有天地。过去二十年常为落草大王盘据，不易攻打。惟上面无盐，所以不易久守。

白河上游分支数处，其一到龙山。龙山出好大头菜。山水清寒，鱼味甘美，六月不腐。水源出鄂西。其一河源在川东，湖南境到茶峒为止。因为这是湖南境最后一个水码头，小虽小，还有意思。这地方事实上虽与人十分陌生，可是说起来又好象十分熟习。下面是从我一个小说上摘引下来的，白河流域象这样的地方，似乎不止一处。

　　凭水倚山筑城，近山的一面，城墙如一条长蛇，缘山爬去。临水一面则在城外河边留出余地设码头，湾泊小小篷船。船下行时运桐油，青盐，染色用的五倍子。上行则运棉花、棉纱，以及布匹杂货同海味。贯串各个码头有一条河街，人家房子多一半着陆，一半在水，因为余地有限，那些房子莫不设吊脚楼。河中涨了春水，到水进街后，河街上人家，便各用长长的梯子，一端搭在屋檐口，一端搭在城墙上，人人皆骂着嚷着，带了包袱、铺盖、米缸，从梯子上爬进城里去，水退时方又从城门口出城。某一年水若来得特别猛一些，沿河吊脚楼，必有一处两处为大水冲去，大家只在城头上呆望，受损失的也同样呆望，对于所受损失仿佛无话可说，与在自然安排下眼见其他无可挽救的不幸来时相似。涨水时在城上还可望着骤然展宽的河面，流水浩浩荡荡，随同山水从上流浮沉而来的有房子、牛、羊、大树。于是在水势较缓处税关趸船前面，便常常有人驾了小舢板，一见河心浮沉而来的是一匹牲畜，一段小木，或一只空船，船上有一个妇人或小孩哭喊的声音，便急急的把船桨去。在下游一些迎着那个目的物，把它用长绳系定，再向岸边桨去。这些勇敢的人，也爱利，也好义，同一般当地人相似。不拘救人救物，却同样在一种愉快冒险行为中做得十分敏捷勇敢。

城外河街也有商人落脚的客店，坐镇不动的理发馆。此外饭店、杂货铺、油行、盐栈、花衣庄，莫不各有地位，装点了这条河街。还有卖船上檀木活车、竹缆与锅罐铺子，介绍水手职业吃码头饭的人家。小饭店门前，常有煎得焦黄的鲤鱼豆腐，身上装饰了红辣椒丝，卧在浅口钵头里，钵旁大竹筒中插着大把红筷子，不拘谁个愿意花点钱，这人就可以傍了门前长案坐下来，抽出一双筷子到手上，那边一个眉毛扯得极细脸上擦了白粉的妇人，就走来问："要甜酒？要烧酒？"男子火焰高一点的，谐趣的，对内掌柜有点意思的，必装成生气似的说："吃甜酒？又不是小孩，还问人吃甜酒！"那么，醇洌的烧酒，从大瓮里用木滤子舀出，倒进土碗里，即刻就来到身边案桌上了。

大都市随了商务发达而产生的某种寄食者，因为商人同水手的需要，这小小边城河街，也居然有那么一群人，聚集在一些有吊脚楼的人家。这种妇人穿了假洋绸的衣服，印花布的裤子，把眉毛扯成一条细线，大大的发髻上敷了香味极浓俗的油类，白日里无事，就坐在门口做鞋子，在鞋尖上用红绿丝线挑绣双凤，或靠在临河窗口看水手起货，听水手爬桅子唱歌。到了晚间,却轮流接待商人同水手,切切实实尽一个妓女应尽的义务。

由于边地的风俗淳朴,便是作妓女,也永远那么浑厚,遇不相熟的主顾,做生意时得先交钱,再关门撒野;人既相熟后,钱便在可有可无之间了。妓女多靠商人维持生活,但恩情所结,却多在水手方面。感情好的,互相咬着嘴唇咬着颈脖发了誓,约好了"分手后各人不许胡闹"。四十天或五十天,在船上浮着的那一个,同在岸上蹲着的这一个,便各在分上呆着打发这一堆日子,尽把自己的心紧紧的缚定远远的一个人。尤其是妇人,情感真挚,痴到无可形容,男子过了约定时间不回来,做梦时,就常常梦船拢了岸,那一个人摇摇荡荡的从船跳板到了岸上,直向身边跑来。或日中有了疑心,则梦里必见男子在桅上向另一方向唱歌,却不理会自己。性格弱一点儿的,接着就在梦里投河吞鸦片烟,强一点的便手执菜刀,直向那水手奔去。他们生活虽那么同一般社会疏远,但是眼泪与欢乐,在一种爱憎得失间糅进了这些人生活里时,也便同另外一片土地另外一些人相似,全个身心为那点爱憎所浸透,见寒作热,忘了一切。(参见《边城》)

一九四一年一月七日在昆明野外校改

259

泸溪·浦市·箱子岩

由沅陵沿水上行,一百四十里到湘西产煤炭著名地方辰谿县。应当经过泸溪县,计程六十里,为当日由沅陵出发上行船一个站头,且同时是洞河(泸溪)和沅水合流处。再上六十里,名叫浦市,属泸溪县管辖,一个全盛时代业已过去四十年的水码头。再上二十里到辰谿县,即辰谿入沅水处。由沅陵到辰谿的公路,多在山中盘旋,不经泸溪,不经浦市。

在许多游记上,多载及沅水流域的中段,沿河断崖绝壁古穴居人住处的遗迹,赭红木屋或仓库,说来异常动人。倘若旅行者以为这东西值得一看,就应当坐小船去。这个断崖同沅水流域许多滨河悬崖一样,都是石灰岩作成的。这个特别著名的悬崖,是在泸溪浦市之间,名叫箱子岩。那种赭色木柜一般方形木器,现今还有三五具好好搁在崭削岩石半空石缝石罅间。这是真的原人住居遗迹,还是古代蛮人寄存骨殖的木柜,不得而知。对于它产生存在的意义,应当还有些较古的记载或传说,年代久,便遗失了。

下面称引的几段文字,是从我数年前一本游记上摘下的:

泸溪 泸溪县城四面是山,河水在山峡中流去。县城位置在洞河与沅水汇流处,小河泊船贴近城边,大河泊船去城约三分之一里。(洞河通称小河,沅水通称大河。)洞河来源远在苗乡,河口长年停泊五十只左右小小黑色洞河船。弄船者有短小精悍的花帕苗,头包花帕,腰围裙子。有白面秀气的所里人,说话时温文尔雅,一张口又善于唱歌。洞河既水急出高,河身转折极多,上行船到此,已不适宜于借风使帆,凡入洞河的船只,到了此地,便把风帆约成一束,作上个特别记号,寄存于城中店铺里去,等待载货下行时,再来取用。由辰州开行的沅水商船,六十里为一大站,停靠泸溪为必然的事。浦市下行船若预定当天赶不到辰州,也多在此过夜。然而上下两个大码头把生意全已抢去,每天虽有若干船只到此停泊,小城中商业却清淡异常。沿大河一方面,一个青石码头也没有,船只停靠皆得在泥滩头与泥堤下。

到落雨天,冒着小雨,从烂泥里走进县城街上去。大街头江西人经营的布铺,铺柜中坐了白发皤然老妇人,庄严沉默如一尊古佛。大老板无事可作,只胼着肚皮,叉着两手,把脚拉开成为八字,站在门限边对街上檐溜出神。窄巷里石板砌成的行人道上,小孩子扛了大而朴质的雨伞,响着很寂寞的钉鞋声。若天气晴明,石头城恰当日落一方,雉堞与城楼都为夕阳落处的黄天,衬出明明朗朗的轮廓。每一个山头都镀上一片金,满河是橹歌浮动。就是这么一个小城中,却出了一个写《日本不足惧》的龚德柏先生。

浦市　这是一个经过昔日的繁荣而衰败了的码头。三十年前是这个地方繁荣的顶点,原因之一是每三个月下省请领凤凰厅镇筸和辰沅、永靖兵道守备兵那十四万两饷银,省中船只多到此为止,再由旱路驿站将银子运去。请饷官和押运兵在当时是个阔差事,有钱花,会花钱。那时节沿河长街的油坊尚常有三两千新油篓晒在太阳下。沿河七个用青石作成的码头,有一半常停泊了结实高大的四橹五舱运油船。此外船只多从下游运来淮盐、布匹、花纱,以及川黔所需的洋广杂货；川黔边境由旱路来的朱砂、水银、苎麻、五倍子、生熟药材，也莫不在此交货转载。木材浮江而下时，常常半个河面都是那种木筏。本地市面则出炮仗，出纸张，出肥人，出肥猪。河面既异常宽平，码头又干净整齐。街市尽头为一长潭，河上游是一小滩，每当黄昏薄暮，落日沉入大地，天上暮云被落日余晖所烘炙，剩余一片深紫时，大帮货船从上而下，摇船人泊船近岸以前，在充满了薄雾的河面，浮荡在黄昏景色中的催橹歌声，正是一种如何壮丽稀有充满欢欣热情的歌声！

辛亥以后，新编军队经常年前调动，部分省中协饷也改由各县厘金措调。短时期代替而兴的烟土过境，也大部分改由南路广西出口。一切消费馆店都日渐萎缩，只余了部分原料性商品船只过往。这么一大笔金融活动停止了来源，本市消费性营业即受了打击，缩小了范围，随同影响到一系列小铺户。

如今一切都成过去了，沿河各码头已破烂不堪。小船泊定的一个码头，一共十二只船除了一只船载运了方柱形毛铁，一只船载辰谿烟煤，正在那里发签起货外，其他船只似乎已停泊了多日，无货可载，都显得十分寂寞紧紧的挤在一处。有几只船还在小桅上或竹篙上悬了一个用竹缆编成的圆圈，作为"此船出卖"等待换主的标志。

箱子岩　那天正是五月十五，乡下人过大端阳节。箱子岩洞窟中最美丽的三只龙船，全被乡下人拖出浮在水面上。船只狭而长，船舷描绘有朱红线条，全船坐满了青年桡手，头腰各缠红布，鼓声起处，船便如一支没羽箭，在平静无波的长潭中来去如飞。河身大约一里半路宽，两岸皆有人看船，大声呐喊助兴。且有好事者从后山爬到悬岩顶上去，把"铺地锦"百子鞭炮从高崖上抛下,尽鞭炮在半空中爆裂,形成一团团五彩碎纸云尘。嘭嘭嘭嘭的鞭炮声与水面船中锣鼓声相应和,引起人对于历史发生一种幻想,一点感慨。

两千年前那个楚国逐臣屈原,若本身不被放逐,疯疯癫癫来到这种充满了奇异光彩的地方,目击身经这些惊心动魄的景物,两千年来的读书人,或许就没有福分读《九歌》那类文章,中国文学史也就不会如现在的样子了。在这一段长长岁月中,世界上多少民族都已堕落了,衰老了,灭亡了。即如号称东亚大国的一片土地,也已经有过多少次被沙漠中的蛮族,骑了膘壮的马匹,手持强弓硬弩,长枪大戟,到处践踏蹂躏!然而这地方的一切,虽在历史中也照样发生不断的杀戮、争夺,以及一到改朝换代时,派人民担负种种不幸命运,死的因此死去,活的被逼迫留发,剪发,在生活上受种种限制与支配。然而细细一想,这些人根本上又似乎与历史进展毫无关系。从他们应付生存的方法与排泄感情的娱乐方式看来,竟好象今古相同,不分彼此。

日头落尽云影无光时,两岸渐渐消失在温柔暮色里。两岸看船人呼喝声越来越少。河面被一片紫雾笼罩,除了从锣鼓声中尚能辨别那些龙船方向,此外已别无所见。然而岩壁缺口处却人声嘈杂,且闻有小孩子哭声,有妇女尖锐叫唤声,综合给人一种悠然不尽的感觉。……

过了许久,那种锣鼓声尚在河面飘着,表示一班人还不愿意离开小船,回转家中。待到把晚饭吃过,爬出舱外一看,呀,好一轮圆月!月光下石壁同河面,一切都镀了银,已完全变换了一种调子。岩壁缺口处水码头边,正有人用废竹缆或油柴燃着火燎,火光下只见许多穿白衣人的影子移动。那些人正把酒食搬移上船,预备分派给龙船上人。原来这些青年人划了一整天船,看船的已散尽了,划船的还不尽兴,三只船还得在月光下玩个上半夜。

提起这件事,使人重新感到人类文字语言的贫俭,那一派声音,那一种情调,真不是用文字语言可以形容的。

这些人每到大端阳时节,都得下河玩一整天的龙船,平常日子却各个按照一种分定,很简单的把日子过下去。每日看过往船只摇橹扬帆来去,看落日同水鸟。虽然也有人事上的小小得失,到恩怨纠纷成一团时,就陆续发生庆贺或仇杀。然而从整个说来,这些人生活却仿佛同"自然"已相互融合,很从容的各在那里尽其性命之理,与其他无生命物质一样,惟在日月升降寒暑交替中放射,分解。而且在这种过程中,人是如何渺小的东西,这些人比起世界上任何哲人,也似乎还更知道的多一点。

这些不喜负自然的人,与自然妥协,对历史毫无担负,活在这无人知道的地方。另外尚有一批人,与自然毫不妥协,想出种种方法来支配自然,违反自然的习惯,同样也那么尽寒暑交替,看日月升降。然而后者却在改变历史,创造历史。一份新的日月,行将消灭旧的一切。我们要用一种甚么方法,就可以使这些人心中感觉一种"惶恐",且放弃对自然和平的态度,重新来一股劲儿,用划龙船的精神活下去?这些人在娱乐上的狂热,就证明这种狂热使他们还配在世界上占据一片土地,活得更愉快更长久一些。但有谁来改造这些人的狂热到一件新的竞争方面去?(参见《湘行散记》)

这希望对浦市人本身是毫无结论的。

浦市镇的肥人和肥猪,既因时代变迁,已经差不多"失传",问当地人也不大明白了。保持它的名称,使沅水流域的人民还知道有个"浦市"地方,全靠鞭炮和戏子。沅水流域的人遇事喜用鞭炮,婚丧事用它,开船上梁用它,迎送客人亲戚用它,卖猪买牛也用它。几乎无事不需要它。作鞭炮需要硝磺和纸张,浦市出好硝,又出竹纸。浦市的鞭炮很贱,很响,所以沅水流域鞭炮的供给,大多数就由浦市商店包办。浦市人欢喜戏,且懂戏。二八月农事起始或结束时,乡下人需要酬谢土地,同时也需要公众娱乐。因此常常有头行人出面敛钱集分子,邀请大木傀儡戏班子来演戏。这种戏班子角色既整齐,行头又美好,以浦市地方的最著名。浦市镇河下游有三座塔,本地传说塔里有妖精住,传说实在太旧了,因为戏文中有水淹金山寺,然而正因为传说流行,所以这塔倒似乎很新。市镇对河有一个大庙,名江东寺。庙内古松树要五人连手方能抱住,老梅树有三丈高,开花时如一树绛雪,花落时藉地一寸厚。寺侧院竖立一座转轮藏,木头作的,高三四丈,上下用斗大铁轴相承。三五个人扶着有雕刻龙头的木把手用力转动它时,声音如龙鸣,凄厉而绵长,十分动人。据记载是仿龙声制作的,半夜里转动它时,十里外还可听得清清楚楚。本地传说天下共有三个半转轮藏,浦市占其一。庙宇还是唐朝黑武士尉迟敬德建造的。就建筑款式看来,是明朝的东西,清代重修过。本地人既长于木傀儡戏,戏文中多黑花脸杀进红花脸杀出故事,尉迟敬德在戏文中既是一员骁将,因此附会到这个寺庙上去,也极自然。浦市码头既已衰败,三十年前红极一时的商家迁移的迁移,破产的破产,那座大庙一再驻兵,近年来花树已全毁,庙宇也破成一堆瓦砾了。就只唱戏的高手,还有三五人,在沅水流域当行出名。傀儡戏大多数唱的是高腔,用唢呐伴和,在田野中唱来,情调相当悲壮。每到菜花黄庄稼熟时节,这些人便带了戏箱各处走去,在田野中小小土地庙前举行时,远近十里的妇女老幼,多换上新衣,年轻女子戴上粗重银器,有些还自己扛了板凳,携带饭匣,跑来看戏,一面看戏一面吃点东西。戏子中嗓子好,善于用手法使傀儡表情生动的,常得当地年轻女子垂青。到冬十腊月,这些唱戏的又带上另外一份家业,赶到凤凰县城里去唱酬傩神的愿戏。这种酬神戏与普通情形完全不同,一切由苗巫作主体,各扮着乡下人，跟随苗籍巫师身后，在神前院落中演唱。或相互问答，或共同合唱一种古典的方式。戏多夜中在火燎下举行，唱到天明方止。参加的多义务取乐性质，照例不必需金钱报酬，只大吃大喝几顿了事，这家法事完了又转到另外一家去。一切方式令人想起《仲夏夜之梦》的乡戏场面，木匠、泥水匠、屠户、成衣人，无不参加。戏多就本地风光取材，诙谐与讽刺，多健康而快乐，有希腊《拟曲》趣味。不用弦索，不用唢呐，惟用小锣小鼓，尾声必须大家合唱，观众也可合唱。尾声照例用"些"字，或"禾和些"字，借此可知《楚辞》中《招魂》末字的用处。戏唱到午夜后，天寒土冻，锣鼓凄清，小孩子多已就神坛前盹睡，神巫便令执事人重燃大蜡，添换供物，神巫也换穿朱红绣花缎袍，手拿铜剑锦拂，捶大鼓如雷鸣，吭声高唱，独舞娱神，兴奋观众。末后撤下供物酒食，大家吃喝。俟人人都恢复精神后，新戏重新上场。这些唱戏的到岁暮年末时，方带了所得猪羊肉（羊肉必取后腿，带上那个小小尾巴），大小米糍粑，以及快乐和疲劳，各自回家过年。

在浦市镇头上向西望，可以看见远山上一个白塔，尖尖的向透蓝天空矗着。白塔属辰谿县的风水，位置在辰谿县下边一点。塔在河边山上，河名"斤丝潭"，打鱼人传说要放一斤生丝方能到底。斤丝潭一面是一列悬崖，五色斑驳，如锦如绣。崖下常停泊百十只小渔船，每只船上照例蓄养五七只黑色鱼鹰。这水鸟无事可作时，常蹲在船舷船顶上扇翅膀，或沉默无声打瞌盹。盈千累百一齐在平潭中下水捕鱼时，堪称一种奇观，可见出人类与另一种生物合作，在自然中竞争生存的方式，虽处处必需争斗，却又处处见出谐和。箱子岩也是一列五色斑驳的石壁，长约三四里，同属石灰岩性质。石壁临江一面崭削如割切。河水深而碧，出大鱼，因此渔船也多。岩下多洞穴，可收藏当地人五月节用的狭长龙船。岩壁缺口处有人家，如为造物者增加画意，似经心似不经心点缀上这些大小房子。最引人注意处还是那半空中石壁罅穴处悬空的赭色巨大木柜。上不沾天，下不及泉，传说中古代穴居者的遗迹。端阳竞渡时水面的壮观,平常人不容易得到这种眼福,就不易想象它的动人光景。遇晴明天气,白日西落,天上薄云由银红转成灰紫。停泊崖下的小渔船,烧湿柴煮饭,炊烟受湿,平贴水面,如平摊一块白幕。绿头水凫三只五只,排阵掠水飞去,消失在微茫烟波里。一切光景静美而略带忧郁。随意割切一段勾勒纸上,就可成一绝好宋人画本。满眼是诗,一种纯粹的诗。生命另一形式的表现,即人与自然契合,彼此不分的表现,在这里可以和感官接触。一个人若沉得住气,在这种情境里,会觉得自己即或不能将全人格融化,至少乐于暂时忘了一切浮世的营扰。现实并不使人沉醉,倒令人深思。越过时间,便俨然见到五千年前腰围兽皮手持石斧的壮士,如何经心设意,用红石粉涂染木材,搭架到悬崖高空上情景。且想起两千年前的屈原,忠直而不见信,被放逐后驾一叶小舟漂流江上,无望无助的情景,更容易关心到这地方人将来的命运,虽生活与自然相契,若不想法改造,却将不免与自然同一命运,被另一种强悍有训练的外来者征服制驭,终于衰亡消灭。说起它时使人痛苦,因为明白人类在某种方式下生存,受时代陶冶,会发生一种无可奈何的痛苦。悲悯心与责任心必同时油然而生,转觉隐遁之可羞,振作之必要。目睹山川美秀如此,"爱"与"不忍"会使人不敢堕落,不能堕落。因此一个深心的旅行者,不妨放下坐车的便利,由沅陵乘小船沿沅水上行,用两天到达辰谿。所费的时间虽多一点,耳目所得也必然多一点。

一九四一年一月七日校,时在昆明

辰谿的煤

　　湘西有名的煤田在辰谿。一个旅行者若由公路坐车走,早上从沅陵动身,必在这个地方吃早饭。公路汽车须由此过河,再沿麻阳河南岸前进。旅行者一瞥的印象,在车站旁所能看到的仅仅是无数煤堆,以及远处煤堆间几个黑色烟筒。过河时看到的是码头上人分子杂,船夫多,矿工多,游闲人也多。半渡之际看到的是山川风物,秀气而不流于纤巧。水清且急,两丈下可见石子如樗蒲在水底滚动。过渡后必想到,地方虽不俗,人好象很呆,地下虽富足,一般人却极穷相。以为古怪,实不古怪。过路人虽关心当地荣枯和居民生活,但一瞥而过,对地方问题照例是无从明白的。

　　辰河弄船人有两句口号,旅行者无不熟习,那口号是:"走尽天下路,难过辰谿渡。"事实上辰谿渡也并不怎样难过,不过弄船人所见不广,用纵横千里一条辰河与七个支流小河作准,说说罢了……

　　辰谿县的位置恰在两条河流的交汇处,小小石头城临水倚山,建立在河口滩脚崖壁上。河水清而急,深到三丈还透明见底。河面长年来往湘黔边境各种形体美丽的船只。山头是石灰岩,无论晴雨,都可见到烧石灰的窑上飘飏青烟和白烟。房屋多黑瓦白墙,接瓦连橼紧密如精巧图案。对河与小山城成犄角,上游为一个三角形小阜,小阜上有修船造船的宽坪。位置略下,为一个山岨,濒河拔峰,山脚一面接受了沅水激流的冲刷,一面被麻阳河长流淘洗,近水岩石多玲珑透空。山半有个壮丽辉煌的庙宇,庙宇外岩石间且有成千大小不一的石佛。在那个悬岩半空的庙里,可以眺望上行船的白帆,听下行船摇橹人唱歌。小船挹流而渡，艰难处与美丽处实在可以平分。

地方为产煤区，似乎无处无煤，故山前山后都可见到用土法开掘的煤洞煤井。沿河两岸常有百十只运煤船停泊，上下洪江与常德码头间。无时不有若干黑脸黑手脚汉子，把大块黑煤运送到船上，向船舱中抛去。若到一个取煤的斜井边去，就可见到无数同样黑脸黑手脚人物，全身光裸，腰前围一片破布，头上戴一盏小灯，向那个俨若地狱的黑井爬进爬出。矿坑随时可以坍陷或被水灌入，坍了，淹了，这些到地狱讨生活的人，自然也就完事了。（参见《湘行散记》）

战事发生后，国内许多地方的煤田都丢送给日本人了，东三省热河的早已完事。绥远河北山东安徽的全得不着了。可是辰溪县的煤，直到二十七年二月里，在当地交货，两块钱一吨还无买主。运到距离一百四十里的沅陵去，两毛钱一百斤很少人用它。山上沿河两岸遍山是杂木杂草，乡下人无事可作，无生可谋，挑柴担草上城换油盐的太多，上好栎木炭到年底时也不过卖一分钱一斤，除作坊糟坊和较大庄号用得着煤，人人都因习惯便利用柴草和木炭。这种热力大质量纯的燃料，于是同过去一时当地的青年优秀分子一样，在湘西竟成为一种肮脏累赘毫无用处的废物。地方负责的虽知道这两样东西都极有用，可不知怎样来用它。到末了，年轻人不是听其漂流四方，就是听他腐化堕落。廉价的燃料，只好用本地民船运往五百里外的常德，每吨一块半钱到二块六毛钱。同时却用二百五十块钱左右一吨的价值，运回美孚行的煤油，作为湘西各县城市点灯用油。

富源虽在本地，到处都是穷人，不特下井挖煤的十分穷困，每天只能靠一点点收入，一家人挤塞在一个破烂逼窄又湿又脏的小房子里住，无望无助的混下去。孩子一到十岁左右，就得来参加这种生活竞争。许多开矿的小主人，也因为无知识，捐项多，耗费大，运输不便利，煤又太不值钱，弄得毫无办法，停业破产。

这应当是谁的责任？瞻望河边的风景，以及那一群肮脏瘦弱的负煤人，两相对照，总令人不免想得很远很远。过去的，已成为过去了。来在这地面上，驾驭钢铁，征服自然，使人人精力不完全浪费到这种简陋可怜生活上，使多数人活得稍象活人一点，这责任应当归谁？是不是到明日就有一群结实精悍的青年，心怀雄心与大愿，来担当这个艰苦伟大的工作？是不是到明日，还不免一切依然如旧？答复这个问题，应在青年本身。

这是一个神圣矿工的家庭故事——

向大成，四十四岁，每天到后坡××公司第三号井里去工作，坐箩筐下降四十三丈，到工作处。每天作工十二点，收入一毛八分钱。妇人李氏，四十岁，到河码头去给船户补衣裳裤子，每天可得三两百钱。无事作或往相熟处，给人用碎瓷片放放血，用铜钱蘸清油刮刮痧。男女共生养了七个，死去五个，只剩下两个女儿，大的十六岁，十三岁时就被驻防军排长看中后，出了两块钱引诱破了身。父亲知道这事情时，就痛打女孩一顿，又为这两块钱，两夫妇大吵大闹一阵，妇人揪着自己鬌发在泥地里滚哭。可是这事情自然同别的事一样，很快的就成为过去了。到十五岁这女孩子已知道从新生活上取乐，且得点小钱花，买甘蔗糍粑吃。于是常常让水手带到空船上去玩耍，不怕丑也不怕别的。可是母亲从熟人处听到她甚么时候得了钱，在码头上花了，不拿回来，就用各种野话痛骂泄气。到十六岁父亲却出主张，把她押给一个"老怪物"，押二十六块钱。这女孩子于是换了崭新印花标布衣裳，把头梳得光油油的，脸上擦了脂粉，很高兴的来在河边一个小房子里接待当地军、警、商、政各界，照当地规矩，五毛钱关门一回。不久就学会了唱小曲子、军歌、党歌、爱国歌、摇船人催橹歌。母亲来时就偷偷的塞十个当一百铜子或一些角子票到母亲手中，不让老怪物看见。阅世多，经验多，应酬主顾自然十分周到。且身体给生活蹂躏也给营养，臀部长阔了，奶子也圆大了，生意更好了一点，已成为本地"观音"。船上人无不知道河码头的观音。有一次，县衙门一个传达，同船上人吃醋，便用个捶衣木杵把这个活观音痛殴一顿，末了，且把小妇人裤子也扒脱抛到河水中去。又气又苦，哭了半天，心里结了个大疙瘩,总想不开,抓起烟匣子向口里倒,咽了三钱烟膏,到第二天便死掉了。父母得到消息,来哭了一阵,拿了点"烧埋钱"走了。死了的人过不久也就装在白木匣子里抬走埋了。小女儿十一岁,每天到河滩上修船处去捡劈柴,带回家烧火煮饭,有一天造船匠故意扬起斧头来恐吓她,她不怕。造船匠于是更当着这孩子撒尿,想用另外一个方法来恐吓她。这女孩子受了辱,就坐在河边堆积的木料上,把一切耳朵中听来的丑话骂那个老造船匠,骂厌后方跑回家里去。回到家里,见母亲却在灶边大哭,原来老的在煤井里被煤块砸死了。……到半夜,那个母亲心想公司有十二块钱安埋费。孩子今年十二岁,再过四年,就可挣钱了。命虽苦,还有一点希望。……

这就是我们所称赞的劳工神圣,一个劳工家庭的真实故事。旅行者的好奇心,若需要证实它,在那里实在顶方便不过,正因为这种家庭是很普遍的,故事是随处可以掇拾的。

读书人的同情,专家的调查,对这种人有甚么用?若不能在调查和同情以外有一个"办法",这种人总永远用血和泪在同样情形中打发日子。地狱俨然就是为他们而设的。他们的生活,正说明"生命"在无知与穷困包围中必然的种种。读书人面对这种人生时,不配说"同情",实应当"自愧"。正因为这些人生命的庄严,读书人是毫不明白的。

大家都知道辰谿县"有煤",此外还有甚么,就毫无所知了。在湘西各县裱画店,常有个署名髯翁米子和的口书字幅,用笔极浓重,引人注意。这个米先生就是辰谿县人。

凤　凰

这是从我一个作品里摘录出关于凤凰的轮廓：

一个好事的人，若从百年前某种较旧一点的地图上寻找，一定可在黔北、川东、湘西一处极偏僻的角隅上，发现了一个名为"镇箪"的小点。那里同别的小点一样，事实上应有一个小小城市，在那城市中，安顿下三五千人口的。不过一切城市的存在，大部分皆在交通、物产、经济的情形下面，成为那个城市荣枯的因缘。这一个地方，却以另外意义无所依附而独立存在。将那个用粗糙而坚实巨大石头砌成的圆城作为中心，向四方展开，围绕了这边疆僻地的孤城，约有五百余苗寨，各有千总守备镇守其间。有数十屯仓，每年屯数万石粮食为公家所有。七百多座碉堡，二百左右的营汛。碉堡各用大石作成，位置在山顶头，随了山岭脉络蜿蜒各处；营汛各位置在驿路上，布置得极有秩序。这些东西是在一百八十年前，按照一种精密的计划，各保持到相当距离，在周围附近三县数百里内，平均分配下来，解决了退守一隅常作暴动的边地苗族叛变的。两世纪来，满清的暴政，以及因这暴政而引起的反抗，血染赤了每一条官道同每一个碉堡。到如今，一切不同了。碉堡多数业已残毁了，营汛多数成为民房了，人民已大半同化了。落日黄昏时节，站到那个巍然独在万山环绕的孤城高处，眺望那些远近残毁碉堡，还可依稀想见当时角鼓火炬传警告急的光景。这地方到今日此时，因为另一军事重心，一切均以一种迅速的情形在改变，在进步，同时这种进步，也就正消灭到过去一切隔阂和仇恨。……

地方统治者分数种，最上为天神，其次为官，又其次才为村长同执行巫术的神的侍奉者，人人洁身信神，守法怕官。城中居民每家俱有兵役，可按月各到营上领取一点银子，一份米粮，且可从官家领取二百年前被政府所没收的公田耕耨播种。

这地方本名镇筸城，后改凤凰厅，入民国后，改名凤凰县。清时辰沅永靖兵备道、镇筸镇均驻节此地。辛亥革命后，湘西镇守使、辰沅道仍在此办公。除屯谷外，国家每月约用银八万两经营此小小山城。地方居民不过五六千，驻防所属各处的正规兵士却有七千。由于环境不同，直到现在其地绿营兵役制度尚保存不废，为中国绿营军制惟一残留之物。(引自《凤子》)

苗人放蛊的传说，由这个地方出发。辰州符的实验者，以这个地方为集中地。三楚子弟的游侠气概，这个地方因屯丁子弟兵制度，所以保留得特别多。在宗教仪式上，这个地方有很多特别处，宗教情绪(好鬼信巫的情绪)，因社会环境特殊，热烈专诚到不可想象。小小县城里外大型建筑不是庙宇就是祠堂，江西人经营的绸布业会馆，建筑特别壮丽华美。湘西之所以成为问题，这个地方人应当负较多责任。湘西的将来，不拘好或坏，这个地方人的关系都特别大。湘西的神秘，只有这一个区域不易了解，值得了解。

它的地域已深入苗区，文化比沅水流域任何一县都差得多，然而民国以来湖南的第一流政治家熊希龄先生，却出生在那个小小县城里。地方可说充满了迷信，然而那点迷信却被历史很巧妙的糅合在军人的情感里，因此反而增加了军人的勇敢性与团结性。去年在嘉善守兴登堡国防线抗敌时，作战之沉着，牺牲之壮烈，就见出迷信实无碍于它的军人职务。县城一个完全小学也办不好，可是许多青年却在部队中当过一阵兵后，辗转努力，得入正式大学或陆军大学，成绩都很好。一些由行伍出身的军人，常识且异常丰富；个人的浪漫情绪与历史的宗教情绪结合为一，便成游侠者精神，领导得人，就可成为卫国守土的模范军人。这种游侠精神若用不得其当，自然也可以见出种种短处。或一与领导者离开，即不免在许多事上精力浪费。甚焉者即糜烂地方，尚不自知。总之，这个地方的人格与道德，应当归入另一型范。由于历史环境不同，它的发展也就大大不同。

凤凰军校阶级不独支配了凤凰，且支配了湘西沅水流域二十县。它的弱点与二十年来中国一般军人弱点相似，即知道管理群众，不大知道教育群众。知道管理群众，因此在统治下社会秩序尚无问题。不大知道教育群众，因此一切进步的理想都难实现。地方边僻，且易受人控制，如数年前领导者陈渠珍被何键压迫离职，外来贪污与本地土劣即打成一片，地方受剥削宰割，毫无办法。民性既刚直，团结性又强，领导者如能将这种优点成为一个教育原则，使湘西群众普遍化，人人各有一种自尊和自信心，认为湘西人可以把湘西弄好，这工作人人有分，是每人责任也是每人权利，能够这样，湘西之明日，就大不相同了。

典籍上关于云贵放蛊的记载，放蛊必与仇怨有关，仇怨又与男女事有关。换言之，就是新欢旧爱得失之际，蛊可以应用作争夺工具或报复工具。中蛊者非狂必死，惟系铃人可以解铃。这倒是蛊字古典的说明，与本意相去不远。看看贵州小乡镇上任何小摊子上都可以公开的买红砒，就可知道蛊并无如何神秘可言了。但蛊在湘西却有另外一种意义，与巫，与此外少女的落洞致死，三者同源而异流，都源于人神错综，一种情绪被压抑后变态的发展。因年龄、社会地位和其他分别，穷而年老的，易成为蛊婆，三十岁左右的，易成为巫，十六岁到二十二三岁，美丽爱好而婚姻不遂的，易落洞致死。三者都以神为对象，产生一种变质女性神经病。年老而穷，怨愤郁结，取报复形式方能排泄感情，故蛊婆所作所为，即近于报复。三十岁左右，对神力极端敬信，民间传说如"七仙姐下凡"之类故事又多，结合宗教情绪与浪漫情绪而为一，因此总觉得神对她特别关心，发狂，呓语，天上地下，无往不至，必须作巫，执行人神传递愿望与意见工作，经众人承认其为神之子后，中和其情绪，狂病方不再发。年轻貌美的女子，一面为戏文才子佳人故事所启发,一面由于美貌而有才情,婚姻不谐,当地武人出身中产者规矩又严,由压抑转而成为人神错综,以为被神所爱,因此死去。

善蛊的通称"草蛊婆",蛊人称"放蛊"。放蛊的方法是用蛊类放果物中,毒蛊不外蚂蚁、蜈蚣、长蛇,就本地所有且常见的。中蛊的多小孩子,现象和通常害疳疾腹中生蛔虫差不多,腹胀人瘦,或梦见虫蛇,终于死去。病中若家人疑心是同街某妇人放的,就走去见见她,只作为随便闲话方式,客客气气的说:"伯娘,我孩子害了点小病,总治不好,你知道甚么小丹方,告我一个吧。小孩子怪可怜!"那妇人知道人疑心到她了,必说:"那不要紧,吃点猪肝(或别的)就好了。"回家照方子一吃,果然就好了。病好的原因是"收益"。蛊婆的家中必异常干净,本人眼睛发红。蛊婆放蛊出于被蛊所逼迫,到相当时日必来一次。通常放一小孩子可以经过一年,放一树木(本地凡树木起瘿有蚁穴因而枯死的,多认为被放蛊死去)只抵两月,放自己孩子却可抵三年。蛊婆所住的街上,街邻照例对她都敬而远之的客气,她也就从不会对本街孩子过不去(甚至于不会对全城孩子过不去)。但某一时若迫不得已使同街孩子致死,或城中孩子因受蛊死去,好事者激起公愤,必把这个妇人捉去,放在大六月天酷日下晒太阳,名为"晒草蛊"。或用别的更残忍方法惩治。这事官方从不过问。即或这妇人在私刑中死去,也不过问。受处分的妇人,有些极口呼冤,有些又似乎以为罪有应得,默然无语。然情绪相同,即这种妇人必相信自己真有致人于死的魔力。还有些居然招供出有多少魔力,施行过多少次,某时在某处蛊死谁,某地某某大树枯树自焚也是她做的。在招供中且俨然得到一种满足的快乐。这样一来,照习惯必在毒日下晒三天,有些妇人被晒过后,病就好了,以为蛊被太阳晒过就离开了,成为一个常态的妇人。有些因此就死掉了,死后众人还以为替地方除了一害。其实呢,这种妇人与其说是罪人,不如说是疯婆子。她根本上就并无如此特别能力蛊人致命。这种妇人是一个悲剧的主角,因为她有点隐性的疯狂,致疯的原因又是穷苦而寂寞。

行巫者其所以行巫,加以分析,也有相似情形。中国其他地方巫术的执行者,同僧道相差不多,已成为一种游民懒妇谋生的职业。视个人的诈伪聪明程度,见出职业成功的多少。他的作为重在引人迷信,自己却清清楚楚。这种行巫,已完全失去了他本来性质,不会当真发疯发狂了。但凤凰情形不同。行巫术多非自愿的职业,近于"迫不得已"的差使。大多数本人平时为人必极老实忠厚,沉默寡言。常忽然发病卧床不起,如有神附体,语音神气完全变过,或胡唱胡闹,天上地下,无所不谈。且哭笑无常,殴打自己。长日不吃,不喝,不睡觉。过三两天后,仿佛生命中有种东西把它稳住了,因极度疲乏,要休息了,长长的睡上一天,人就清醒了。醒后对病中事竟毫无所知,别的人谈起她病中情形时,反觉十分羞愧。

可是这种狂病是有周期性的(也许还同经期有关系),约两三个月一次。每次总弄得本人十分疲乏,欲罢不能。按照习惯只有一个方法可以治疗,就是行巫。行巫不必学习,无从传授,只设一神坛,放一平斗,斗内装满谷子,插上一把剪刀。有的甚么也不用,就可正式营业。执行巫术的方式,是在神前设一座位,行巫者坐定,用青丝绸巾覆盖脸上。重在关亡,托亡魂说话,用半哼半唱方式,谈别人家事长短,儿女疾病,远行人情形。谈到伤心处,谈者涕泗横溢,听者自然更嘘泣不止。执行巫术后,已成为众人承认的神之子,女人的潜意识因中和作用,得到解除,因此就不会再发狂病。初初执行巫术时,且照例很灵,至少有些想不到的古怪情形,说来十分巧合。因为有事前狂态作宣传,本城人知道的多,行巫近于不得已,光顾的老妇人必甚多,生意甚好。行巫虽可发财,本人通常倒不以所得多少关心,受神指定为代理人,不作巫即受惩罚,设坛近于不得已。行巫既久,自然就渐渐变成职业,使术时多做作处。世人的好奇心这时又转移到新近设坛的别一妇人方面去。这巫婆若为人老实,便因此撤了坛,依然恢复她原有的职业,或作奶妈,或做小生意,或带孩子。为人世故,就成为三姑六婆之一,利用身分,串当地有身分人家的门子,陪老太太念经,或如《红楼梦》中与赵姨娘合作同谋马道婆之流妇女,行使点小法术,埋在地下,放在枕边,使"仇人"吃亏。或更作媒作中,弄一点酬劳脚步钱。小孩子多病,命大,就拜寄她作干儿子。小孩子夜惊,就为"收黑",用个鸡蛋,咒过一番后,黄昏时拿到街上去,一路喊小孩名字,"八宝回来了吗?"另一个就答,"八宝回来了,"一直喊到家。到家后抱着孩子手蘸唾沫抹抹孩子头部,事情就算办好了。行巫的本地人称为"仙娘"。她的职务是"人鬼之间的媒介",她的群众是妇人和孩子,她的工作真正意义是她得到社会承认是神的代理人后,狂病即不再发,当地妇女实为生活所困苦,感情无所归宿,将希望与梦想寄在她的法术上,靠她得到安慰。这种人自然间或也会点小丹方,可以治小儿夜惊,膈食。用通常眼光看来,殊不可解,用现代心理学来分析,它的产生同它在社会上的意义,都有它必然的原因。一知半解的读书人,想破除迷信,要打倒它,否认这种"先知",正说明另一种人的"无知"。

至于落洞,实在是一种人神错综的悲剧,比上述两种妇女病更多悲剧性。地方习惯是女子在性行为方面的极端压制,成为最高的道德。这种道德观念的形成,由于军人成为地方整个的统治者。军人因职务关系,必时常离开家庭外出,在外面取得对于妇女的经验,必使这种道德观增强,方能维持他的性的独占情绪与事实。因此本地认为最丑的事无过于女子不贞,男子听妇女有外遇。妇女若无家庭任何拘束,自愿解放,毫无关系的旁人亦可把女子捉来光身游街,表示与众共弃。下面故事是另外一个最好的例。

旅长刘俊卿,夫人是一个女子学校毕业生,平时感情极好。有同学某女士,因同学时要好,在通信中不免常有些女孩子的感情的话。信被这位军官见到后,便引起疑心。后因信中有句话语近于男子说的:"嫁了人你就把我忘了",这位军官疑心转增。独自驻防某地,有一天,忽然要马弁去接太太,并告马弁:"你把太太接来,到离这里十里,一枪给我把她打死,我要死的不要活的。我要看看她还有一点热气,不同她说话。你事办得好,一切有我;事办不好,不必回来见我。"马弁当然一切照办。当真把旅长太太接来防地,到要下手时,太太一看情形不对,问马弁是甚么意思。马弁就告她这是旅长的意思。太太说:"我不能这样冤枉死去,你让我见他去说个明白!"马弁说:"旅长命令要这么办,不然我就得死。"末了两人都哭了。太太让马弁把枪口按在心子上一枪打死了,(打心子好让血往腔子里流!)轿夫快快的把这位太太抬到旅部去见旅长,旅长看看后,摸摸脸和手,看看气已绝了,不由自主淌了两滴英雄泪,要马弁看一副五百块钱的棺木,把死者装殓埋了。人一埋,事情也就完结了。

这悲剧多数人就只觉得死者可悯,因误会得到这样结果,可不觉得军官行为成为问题。倘若女的当真过去一时还有一个情人,那这种处置,在当地人看来,简直是英雄行为了。

女子在性行为所受的压制既如此严酷,一个结过婚的妇人,因家事儿女勤劳,终日织布,绩麻,作腌菜,家境好的还玩骨牌,尚可转移她的情绪,不至于成为精神病。一个未出嫁的女子,尤其是一个爱美好洁,知书识字,富于情感的聪明女子,或因早熟,或因晚婚,这方面情绪上所受的压抑自然更大,容易转成病态。地方既在边区苗乡,苗族半原人的神怪观影响到一切人,形成一种绝大力量。大树、洞穴、岩石,无处无神。狐、虎、蛇、龟,无物不怪。神或怪在传说中美丑善恶不一,无不赋以人性。因人与人相互爱悦,和当前道德观念极端冲突,便产生人和神怪爱悦的传说,女性在性方面的压抑情绪,方借此得到一条出路。落洞即人神错综之一种形式。背面所隐藏的悲惨,正与表面所见出的美丽相等。

凡属落洞的女子,必眼睛光亮,性情纯和,聪明而美丽。必未婚,必爱好,善修饰。平时贞静自处,情感热烈不外露,转多幻想。间或出门,即自以为某一时无意中从某处洞穴旁经过,为洞神一瞥见到,欢喜了她。因此更加爱独处,爱静坐,爱清洁,有时且会自言自语,常以为那个洞神已驾云乘虹前来看她。这个抽象的神或为传说中的相貌，或为记忆中庙宇里的偶像样子，或为常见的又为女子所畏惧的蛇虎形状。总之这个抽象对手到女人心中时，虽引起女子一点羞怯和恐惧，却必然也感到热烈而兴奋。事实上也就是一种变形的自渎。等待到家中人注意这件事情深为忧虑时，或正是病人在变态情绪中恋爱最满足时。

通常男巫的职务重在和天地，悦人神，对落洞事即付之于职权以外，不能过问。辰州符重在治大伤，对这件事也无可如何。女巫虽可请本家亡灵对于这件事表示意见，或阴魂入洞探询消息，然而结末总似乎凡属爱情，即无罪过。洞神所欲，一切人力都近于白费。虽天王佛菩萨，权力广大，人鬼同尊，亦无从为力（迷信与实际社会互相映照，可谓相反相成）。事到末了，即是听其慢慢死去。死的迟早，都认为一切由洞神作主。事实上有一半近于女子自己作主。死时女子必觉得洞神已派人前来迎接她，或觉得洞神亲自换了新衣骑了白马来接她，耳中有萧鼓竞奏，眼睛发光，脸色发红，间或在肉体上放散一种奇异香味，含笑死去。死时且显得神气清明，美艳照人。真如诗人所说："她在恋爱之中，含笑死去。"家中人多泪眼莹然相向，无可奈何。只以为女儿被神所眷爱致死。料不到女儿因在人间无可爱悦，却爱上了神，在人神恋与自我恋情形中消耗其如花生命，终于衰弱死去。

凡女子落洞致死的年龄，迟早不等，大致在十六到二十四五左右。病的久暂也不一，大致由两年到五年。落洞女子最正当的治疗是结婚，一种正常美满的婚姻，必然可以把女子从这种可怜的生活中救出。可是照习惯这种为神眷顾的女子，是无人愿意接回家中作媳妇的。家中人更想不到结婚是一种最好的法术和药物。因此末了终是一死。

湘西女性在三种阶段的年龄中，产生蛊婆女巫和落洞女子。三种女性的歇思底里亚，就形成湘西的神秘之一部。这神秘背后隐藏了动人的悲剧，同时也隐藏了动人的诗。至如辰州符，在伤科方面用催眠术和当地效力强不知名草药相辅为治,男巫用广大的戏剧场面,在一年将尽的十冬腊月,杀猪宰羊,击鼓鸣锣,来作人神和乐的工作,集收人民的宗教情绪和浪漫情绪,比较起来,就见得事很平常,不足为异了。

浪漫情绪和宗教情绪两者混而为一,在女子方面,它的排泄方式,有如上所述说的种种。在男子方面,则自然而然成为游侠者精神。这从游侠者的道德规律所表现的宗教性和戏剧性也可看出。妇女道德的形成,与游侠者的规律大有关系。游侠者对同性同道称哥唤弟,彼此不分。故对于同道眷属亦视为家中人,呼为嫂子。子弟儿郎们照规矩与嫂子一床同宿,亦无所忌。但条款必遵守,即"只许开弓,不许放箭"。条款意思就是同住无妨,然不能发生关系。若发生关系,即为犯条款,必受严重处分。这种处分仪式,实充满宗教性和戏剧性。下面一件记载,是一个好例。这故事是一个参加过这种仪式的朋友说的。

在野地排三十六张方桌(象征梁山三十六天罡),用八张方桌重叠为一个高台,桌前掘一见方一丈八尺的土坑,用三十六把尖刀竖立坑中,刀锋向上,疏密不一。预先用浮土掩着,刀尖不外露。所有弟兄哥子都全副戎装到场,当时流行的装束是:青绉绸巾裹头,视耳边下垂巾角长短表示身分。穿纸甲,用棉纸捶炼而成,中夹头发,作成背心式样,轻而柔韧,可以避刀刃。外穿密钮打衣,袖小而紧。佩平时所长武器,多单刀双刀,小牛皮刀鞘上绘有绿云红云,刀环上系彩绸,作为装饰。着青裤,裹腿,腿部必插两把黄鳝尾小尖刀。赤脚,穿麻练鞋。桌上排定酒盏,燃好香烛,发言的必先吃血酒盟心(或咬一公鸡头,将鸡血滴入酒中,或咬破手指,将本人血滴入酒中)。"管事"将事由说明,请众议处。事情是一个作大哥的嫂子有被某"老幺"调戏嫌疑,老幺犯了某条某款。女子年轻而貌美,长眉弱肩,身材窈窕,眼光如星子流转。男的不过二十岁左右,黑脸长身,眉目英悍。管事把事由说完后,女子继即陈述经过,那青年男子在旁沉默不语。

此后轮到青年开口时,就说一切都出于诬蔑。至于为甚么诬蔑,他不便说,嫂子应当清清楚楚。那意思就是说嫂子对他有心,他无意。既经否认,各执一说,"执法"无从执行处分,因此照规矩决之于神。青年男子把麻鞋脱去,把衣甲脱去,光身赤脚爬上那八张方桌顶上去。毫无惧容,理直气壮,奋身向土坑跃下。出坑时,全身丝毫无伤。照规矩即已证实心地光明,一切出于受诬。其时女子头已低下,脸色惨白,知道自己命运不佳,业已失败,不能逃脱。那大哥揪着女的发髻,跪到神桌边去,问她:"还有甚么话说?"女的说:"没有甚么说的。冤有头,债有主。凡事天知道。"引颈受戮,不求饶也不狡辩。一切沉默。这大哥看看四面八方,无一个人有所表示,于是拔出背上单刀,一刀结果了这个因爱那小兄弟不遂心,反诬他调戏的女子。头放在神桌前,眉目下垂如熟睡。一伙哥子弟兄见事已完,把尸身拖到原来那个土坑里去,用刀掘土,把尸身掩埋了。那个大哥和那个幺兄弟,在情绪上一定都需要流一点眼泪,但身分上的习惯,却不许一个男子为妇人显出弱点,都默默无言,各自走开。

类乎这种事情还很多。都是浪漫与严肃,美丽与残忍,爱与怨交缚不可分。

游侠者行径在当地也另成一种风格,与国内近代化的青红帮稍稍不同。重在为友报仇,扶弱锄强,挥金如土,有诺必践。尊重读书人,敬事同乡长老。换言之,就是还能保存一点古风。有些人虽能在川黔鄂湘数省边境号召数千人集会,在本乡却谦虚纯良,犹如一乡巴佬。有兵役的且依然按时人衙署当值,听候差遣作小事情,凡事照常。赌博时用小铜钱三枚跌地,名为"板三",看反覆、数目,决定胜负,一反手间即输黄牛一头,银元一百两百,输后不以为意,扬长而去,从无翻悔放赖情事。决斗时两人用分量相等武器,一人对付一人,虽亲兄弟只能袖手旁观,不许帮忙。仇敌受伤倒下后,即不继续填刀,否则就被人笑话,失去英雄本色,虽胜不武。犯条款时自己处罚自己,割手截脚,脸不变色,口不出声。总之,游侠观念纯是古典的,行为是与太史公所述相去不远的。二十年闻名于川黔湘鄂各边区凤凰人田三怒,可为这种游侠者一个典型。年纪不到十岁,看木傀儡戏时,就携一血梣木短棒,在戏场中向屯垦军子弟不端重的横蛮的挑衅,或把人痛殴一顿,或反而被人打得头破血流,不以为意。十二岁就身怀黄鳝尾小刀,称"小老幺",三江四海口诀背诵如流。家中老父开米粉馆,凡小朋友照顾的,一例招待,从不接钱。十五岁就为友报仇,走七百里路到常德府去杀一木客镖手,因听人说这个镖手在沅州有意调戏一个妇人,曾用手触过妇人的乳部,这少年就把镖手的双手砍下,带到沅州去送给那朋友。年纪二十岁,已称"龙头大哥",名闻边境各处,然在本地每日抱大公鸡往米场斗鸡时,一见长辈或教学先生,必侧身在墙边让路,见女人必低头而过,见做小生意老妇人,必叫伯母,见人相争相吵,必心平气和劝解,且用笑话使大事化为小事。周济逢丧事的孤寡,从不出名露面。各庙宇和尚尼姑行为有不正常的,恐败坏当地风俗,必在短期中想方法把这种不守清规的法门弟子逐出境外。作龙头后身边子弟甚多,龙蛇不一,凡有调戏良家妇女,或赌博撒赖,或倚势强夺,经人告诉的,必招来把事情问明白,照条款处办。执法老幺,被派往六百里外杀人,随时动员,如期带回证据。结怨甚多,积德亦多。身体瘦黑而小,秀弱如一小学教员,不相识的绝不会相信这是湘西一霸。

光棍服软不服硬,白羊岭有一张姓汉子,出门远走云贵二十年,回家时与人谈天,问:"本地近来谁有名?"或人说:"田三怒。"姓张的稍露出轻视神气:"田三怒不是正街卖粉的田家小儿子?"当夜就有人去叫张家的门,在门外招呼说:"姓张的,你明天天亮以前走路,不要在这个地方住。不走路后天我们送你回老家。"姓张的不以为意,可是到后天大清早,有人发现他在一个桥头上斜坐着。走近身看看,原来两把刀插在心窝上,人已经死了。另外有个姓王的,卖牛肉讨生活,过节喝了点酒,酒后忘形,当街大骂田三怒不是东西,若有勇气,可以当街和他比比。正闹着,田三怒却从街上过身,一切听得清清楚楚。事后有人赶去告给那醉汉的母亲，老妇人听说吓慌了，赶忙去找他，哭哭啼啼，求他不要见怪。并说只有这个儿子，儿子一死，自己老命也完了。田三怒只是笑，说："伯母，这是小事情，他喝了酒，乱说玩的。我不会生他的气。谁也不敢挨他，你放心。"事后果然不再追究。还送了老妇人一笔钱，要那儿子开个面馆。

田三怒四十岁后，已豪气稍衰，厌倦了风云，把兄弟遣散，洗了手，在家里养马种花过日子。间或骑了马下乡去赶场，买几只斗鸡，或携细尾狗，带长网去草泽地打野鸡，逐鹌鹑，猎猎野猪，人料不到这就是十年前在川黔边境增加了凤凰人光荣的英雄田三怒。本人也似乎忘记自己作了些甚么事。一天下午，牵了他那两匹骏健白马出城下河去洗马。城头上有两个懦夫居高临下，用两支匣子炮由他身后打了约十三发子弹，有两粒子弹打在后颈上，五粒打在腰背上。两匹白马受惊，脱了缰沿城根狂奔而去。老英雄受暗算后，伏在水边石头上，勉强翻过身来，从怀中掏出小勃朗宁拿在手上，默默无声。他知道等等就会有人出城来的。不一会儿，懦夫之一果然提着匣子炮出城来了，到离身三丈左右时，老英雄手一扬起，枪声响处那懦夫倒下，子弹从左眼进去，即刻死了。城头上那个懦夫在隐蔽处重新打了五枪。田三怒教训他："狗杂种，你做的事丢了镇筸人的丑。在暗中射冷箭，不象个男子。你怎不下来？"懦夫不作声。原来城上来了另外的人，这行刺的就跑了。田三怒知道自己不济事了，在自己太阳穴上打了一枪，便如此完结了自己，也完结了当地最后一个游侠者。

派人做这件事情的，到后才知道是一个姓唐的。这个人也可称为苗乡一霸，辛亥革命领率苗民万人攻城，牺牲苗民将近六千人，北伐时随军下长江，曾任徐海警备司令。卸职还乡后称"司令官"，在离城十里长宁哨新房子中居家纳福。事有凑巧，做了这件事后，过后数年，这人居然被一个驻军团长，不知天高地厚，把他捉来放在牢里，到知道这事不妥时，人已病死狱中了。

田三怒子弟极多，十年来或因年事渐长，血气已衰，改业为正经规矩商人。或带剑从军,参加各种内战,牺牲死去。或因犯案离乡,漂流无踪。在日月交替中,地方人物新陈代谢,风俗习惯日有不同。因此到近年来,游侠者精神虽未绝,所有方式已大大有了变化。在那万山环绕的小小石头城中,田三怒的姓名,已逐渐为人忘却,少年子弟中有从图书杂志上知道"飞将军""小黑炭""美人鱼"等人的事业,却不知道田三怒是谁。

当年田三怒得力助手之一,到如今还好好存在,为人依然豪侠好客,待友以义,在苗民中称领袖,这人就是去年使湘西发生问题,迫何键去职,使湖南政治得一转机的龙云飞。二十年前眼目精悍,手脚麻利,勇敢如豹子,轻捷如猿猴,身体由城墙头倒掷而下,落地时尚能作矮马桩姿势。在街头与人决斗,杀人后下河边去洗手时,从从容容如毫不在意。现在虽尚精神矍烁,面目光润,但已白发临头,谦和宽厚如一长者。回首昔日,不免有英雄老去之慨!

这种游侠者精神既浸透了三厅子弟的脑子,所以在本地读书人观念上也发生影响。军人政治家,当前负责收拾湘西的陈老先生,年近六十,体气精神,犹如三十许青年壮健,平时律己之严,驭下之宽,以及处世接物,带兵从政,就大有游侠者风度。少壮军官中,如师长顾家齐、戴季韬辈,虽受近代化训练,面目文弱和易如大学生,精神上多因游侠者的遗风,勇鸷慓悍,好客喜弄,如太史公传记中人。诗人田星六,诗中就充满游侠者霸气。山高水急,地苦雾多,为本地人性格形成之另一面。游侠者精神的浸润,产生过去,且将形成未来。

苗民问题

湘西苗民集中在三个县分内,就是白河上游和保靖毗连的永绥县,洞河上游的乾城县,麻阳河上游与麻阳接壤的凤凰县。就地图看,这三个县分又是相互连接的。对于苗民问题的研讨,应当作一度历史的追溯。它的沿革、变化,与屯田问题如何不可分,过去国家对于它的政策的得失,民国以来它随内战的变化所受的种种影响。他们生计过去和当前在如何情形下支持,未来可能有些甚么不同。他们如何得到武器,由良民而成为土匪,又由土匪经如何改造,就可望成为当前最需要的保卫国家土地一分子。这问题如其他湘西别的问题一样,讨论到它时,可说的话实在太多。可是本文不拟作这种讨论。大多数人关心它处,恐不是苗民如何改造,倒是这些被逼迫到边地的可怜同胞,他们是不是当真逢货即抢,见人必杀? 他们是不是野蛮到无可理喻? 他们是不是将来还会……这一串疑问都是必然的。正因为某一时当地的确有上述种种问题。

这种旧账算来,令人实在痛苦。我们应当知道,湘西在过去某一时,是一例被人当作蛮族看待的。虽愿意成为附庸,终不免视同化外。被歧视也极自然,它有两种原因。一是政治的策略,统治一省的负责者,在习惯上的错误,照例认为必抑此扬彼,方能控制这个汉苗混处的区域。一是缺少认识,负责者对于湘西茫然无知,既从不作过当前社会各方面的调查,也从不作过历史上民族性的分析,只凭一群毫无知识诈伪贪污的小官小吏来到湘西所得的印象,决定所谓应付湘西的政治策略。认识既差,结果是政策一时小有成功,地方几乎整个糜烂。这件事现在说来，业已成为过去了。未来呢，湘西必重新交给湘西人负责，领导者又乐于将责任与湘西优秀分子共同担负，且更希望外来知识分子帮忙，把这个地方弄得更好一点，方能够有个转机。对整个问题，虽千头万绪，无从谈起；对苗民问题，来到这十三县作官的，不问外来人或本地人，必须放弃二三千年以征服者自居的心理状态，应当有一根本原则，即一律平等。教育、经济，以及人事上的位置，应力求平等。去歧视，去成见，去因习惯而发生的一切苛扰。在可能情形下，且应奖励客苗互通婚姻。能够这样，湘西苗民是不会成为问题的。至于当前的安定，一个想到湘西来的人，除了作汉奸，贩毒品，以及还怀着荒唐妄想，预备来湘西搜刮剥削的无赖汉，这三种人不受欢迎，此外战区逃来的临时寄居者，拟来投资的任何正当商人，分发到后方的一切公务人员和知识分子，以及无家可归的难民妇孺，来到湘西，都必然得到应有的照顾和帮助，不至于发生不应当有的困难。湘西人欢喜朋友，知道尊重知识，需要人来开发地面，征服地面，与组织大众，教育群众。凡是来到湘西的，只要肯用一点时间先认识湘西，了解湘西，对于湘西的一切，就会作另外看法，不至于先入为主感觉可怕了。一般隔靴搔痒者惟以湘西为匪区，作匪又认为苗人最多，最残忍，这即或不是一种有意诬蔑，还是一种误解。殊不知一省政治若领导得人，当权者稍有知识和良心，不至于过分勒索苛刻这类山中平民，他们大多数在现在中国人中，实在还是一种最勤苦、俭朴，能生产，而又奉公守法，极其可爱的善良公民。

湘西人充过兵役的，被贪官污吏坏保甲逼到无可奈何时，容易入山作匪，并非乐于为匪。一种开明的贤人政治，正人君子政治，专家政治，如能实现，治理湘西，应当比治理任何地方还容易。

湘西地方固然另外还有一种以匪为职业的游民，这种分子来源复杂，不尽是湘西人，尤其不是安土重迁的善良的苗民。大多数是边境上的四川人、贵州人、湖北人，以及少数湘西人。这可说是几十年来中国内战的产物。这些土匪寄身四省边界上，来去无定。这种土匪使湘西既受糜烂,且更负一个"匪区"名分。解决这问题,还是应当从根本上着手,使湘西成为中国的湘西,来开发,来教育。"统治者"不以"征服者"自居,不以"被征服者"对待苗民,一切情形便大不相同了。

一九四〇年一月七日校毕,时在昆明郊外,天晴有风。
一九三八年商务印书馆初版,一九八〇年二月北京重校
距此小册子重印恰恰四十年。

SHIJI WENXUE
JINGDIAN

从文自传

我所生长的地方

拿起我这支笔来,想写点我在这地面上二十年所过的日子,所见的人物,所听的声音,所嗅的气味,也就是说我真真实实所受的人生教育,首先提到一个我从那儿生长的边疆僻地小城时,实在不知道怎样来着手就较方便些。我应当照城市中人的口吻来说,这真是一个古怪地方!只由于两百年前满人治理中国土地时,为镇抚与虐杀残余苗族,派遣了一队戍卒屯丁驻扎,方有了城堡与居民。这古怪地方的成立与一切过去,有一部《苗防备览》记载了些官方文件,但那只是一部枯燥无味的官书。我想把我一篇作品里所简单描绘过的那个小城,介绍到这里来。这虽然只是一个轮廓,但那地方一切情景,却浮凸起来,仿佛可用手去摸触。

一个好事人,若从一百年前某种较旧一点的地图上去寻找,当可在黔北、川东、湘西一处极偏僻的角隅上,发现了一个名为"镇筸"的小点。那里同别的小点一样,事实上应当有一个城市,在那城市中,安顿下三五千人口。不过一切城市的存在,大部分皆在交通、物产、经济活动情形下面,成为那个城市枯荣的因缘,这一个地方,却以另外一种意义无所依附而独立存在。试将那个用粗糙而坚实巨大石头砌成的圆城作为中心,向四方展开,围绕了这边疆僻地的孤城,约有七千多座碉堡,二百左右的营汛。碉堡各用大石块堆成,位置在山顶头,随了山岭脉络蜿蜒各处走去;营汛各位置在驿路上,布置得极有秩序。这些东西在一百八十年前,是按照一种精密的计划,各保持相当距离,在周围数百里内,平均分配下来,解决了退守一隅常作"蠢动"的边苗"叛变"的。两世纪来满清的暴政,以及因这暴政而引起的反抗,血染红了每一条官路同每一个碉堡。到如今,一切完事了,碉堡多数业已毁掉了,营汛多数成为民房了,人民已大半同化了。落日黄昏时节,站到那个巍然独在万山环绕的孤城高处,眺望那些远近残毁碉堡,还可依稀想见当时角鼓火炬传警告急的光景。这地方到今日,已因为变成另外一种军事重心,一切皆用一种迅速的姿势在改变,在进步,同时这种进步,也就正消灭到过去一切。

凡有机会追随了屈原溯江而行那条长年澄清的沅水,向上游去的旅客和商人,若打量由陆路入黔入川,不经古夜郎国,不经永顺、龙山,都应当明白"镇筸"是个可以安顿他的行李最可靠也最舒服的地方。那里土匪的名称不习惯于一般人的耳朵。兵卒纯善如平民,与人无侮无扰。农民勇敢而安分,且莫不敬神守法。商人各负担了花纱同货物,洒脱单独向深山中村庄走去,与平民作有无交易,谋取什一之利。地方统治者分数种:最上为天神,其次为官,又其次才为村长同执行巫术的神的侍奉者。人人洁身信神,守法爱官。每家俱有兵役,可按月各自到营上领取一点银子,一份米粮,且可从官家领取二百年前被政府所没收的公田耕耨播种。城中人每年各按照家中有无,到天王庙去杀猪,宰羊,磔狗,献鸡,献鱼,求神保佑五谷的繁殖,六畜的兴旺,儿女的长成,以及作疾病婚丧的禳解。人人皆依本分担负官府所分派的捐款,又自动的捐钱与庙祝或单独执行巫术者。

一切事保持一种淳朴习惯,遵从古礼;春秋二季农事起始与结束时,照例有年老人向各处人家敛钱,给社稷神唱木傀儡戏。旱暵祈雨,便有小孩子共同抬了活狗,带上柳条,或扎成草龙,各处走去。春天常有春官,穿黄衣各处念农事歌词。岁暮年末,居民便装饰红衣傩神于家中正屋,捶大鼓如雷鸣,苗巫穿鲜红如血衣服,吹镂银牛角,拿铜刀,踊跃歌舞娱神。城中的住民,多当时派遣移来的戍卒屯丁,此外则有江西人在此卖布,福建人在此卖烟,广东人在此卖药。地方由少数读书人与多数军官,在政治上与婚姻上两面的结合,产生一个上层阶级,这阶级一方面用一种保守稳健的政策,长时期管理政治,一方面支配了大部分属于私有的土地;而这阶级的来源,却又仍然出于当年的戍卒屯丁。地方城外山坡上产桐树杉树,矿坑中有朱砂水银,松林里生菌子,山洞中多硝。城乡全不缺少勇敢忠诚适于理想的兵士,与温柔耐劳适于家庭的妇人。在军校阶级厨房中,出异常可口的菜饭,在伐树砍柴人口中,出热情优美的歌声。

地方东南四十里接近大河,一道河流肥沃了平衍的两岸,多米,多橘柚。西北二十里后,即已渐入高原,近抵苗乡,万山重叠,大小重叠的山中,大杉树以长年深绿逼人的颜色,蔓延各处。一道小河从高山绝涧中流出,汇集了万山细流,沿了两岸有杉树林的河沟奔驶而过,农民各就河边编缚竹子作成水车,引河中流水,灌溉高处的山田。河水长年清澈,其中多鳜鱼、鲫鱼、鲤鱼,大的比人脚板还大。河岸上那些人家里,常常可以见到白脸长身见人善作媚笑的女子。小河水流环绕"镇箪"北城下驶,到一百七十里后方汇入辰河,直抵洞庭。

这地方又名凤凰厅,到民国后便改成了县治,名凤凰县。辛亥革命后,湘西镇守使与辰沅道皆驻节在此地。地方居民不过五六千,驻防各处的正规兵士却有七千。由于环境的不同,直到现在其地绿营兵役制度尚保存不废,为中国绿营军制惟一残留之物。

我就生长到这样一个小城里,将近十五岁时方离开。出门两年半回过那小城一次以后,直到现在为止,那城门我不曾再进去过。但那地方我是熟习的。现在还有许多人生活在那个城市里,我却常常生活在那个小城过去给我的印象里。

我的家庭

咸同之季,中国近代史极可注意之一页,曾左胡彭所领带的湘军部队中,算军有个相当的位置。统率算军转战各处的是一群青年将校,原多卖马草为生,最著名的为田兴恕。当时同伴数人,年在二十左右,同时得到满清提督衔的共有四位,其中有一沈洪富,便是我的祖父。这青年军官二十二岁左右时,便曾作过一度云南昭通镇守使。同治二年,二十六岁又作过贵州总督,到后因创伤回到家中,终于便在家中死掉了。这青年军官死去时,所留下的一份光荣与一份产业,使他后嗣在本地方占了个较优越的地位。祖父本无子息,我婆为住乡下的叔祖父沈洪芳娶了个青年苗族姑娘生了两个儿子,把老二过房作儿子。照当地习惯,和苗人所生儿女无社会地位,不能参预文武科举,因此这个苗女人被远远嫁去,乡下虽埋了个坟,却是假的。我照血统说,有一部分应属于苗族。我四五岁时,还曾回到黄罗寨乡下去那个坟前磕过头,到一九二二年离开湘西时,在沅陵才从父亲口中明白这件事情。

就由于存在本地军人口中那一份光荣,引起了后人对军人家世的骄傲,我的父亲生下两岁以后过房进到城里时,祖母所期望的事,是家中再来一个将军。家中所期望的并不曾失望,自体魄与气度两方面说来,我爸爸生来就不缺少一个将军的风仪。硕大,结实,豪放,爽直,一个将军所必需的种种本色,爸爸无不兼备。爸爸十岁左右时,家中就为他请了个武术教师同老塾师,学习作将军所不可少的技术与学识。但爸爸还不曾成名以前,我的祖母却死去了。那时正是庚子联军入京的第三年。当庚子年大沽失守，镇守大沽的罗提督自尽殉职时，我的爸爸便正在那里作他身边一员裨将。那次战争据说毁去了我家中产业的一大半。由于爸爸的爱好，家中一点较值钱的宝货常放在他身边，这一来，便完全失掉了。战事既已不可收拾，北京失陷后，爸爸回到了家乡。第三年祖母死去。祖母死时我刚活到这世界上四个月。那时我头上已经有两个姐姐，一个哥哥。没有庚子的义和团反帝战争，我爸爸不会回来，我也不会存在。关于祖母的死，我仿佛还依稀记得我被谁抱着在一个白色人堆里转动，随后还被搁到一个桌子上去。我家中自从祖母死后十余年内不曾死去一人，若不是我在两岁以后做梦，这点影子便应当是那时惟一的记忆。

我的兄弟姊妹共九个，我排行第四，除去幼年殇去的姊妹，现在生存的还有五个，计兄弟姊妹各一，我应当在第三。

我的母亲姓黄，年纪极小时就随同我一个舅父在军营中生活，所见事情很多，所读的书也似乎较爸爸读的稍多。外祖黄河清是本地最早的贡生，守文庙作书院山长，也可说是当地惟一读书人。所以我母亲极小就认字读书，懂医方，会照相。舅父是个有新头脑的人物，本县第一个照相馆是那舅父办的，第一个邮政局也是舅父办的。我等兄弟姊妹的初步教育，便全是这个瘦小、机警、富于胆气与常识的母亲担负的。我的教育得于母亲的不少，她告我认字，告我认识药名，告我思考和决断——做男子极不可少的思考以后的决断。我的气度得于父亲影响的较少，得于妈妈的似较多。

我读一本小书同时又读一本大书

我能正确记忆到我小时的一切,大约在两岁左右。我从小到四岁左右,始终健全肥壮如一只小豚。四岁时母亲一面告给我认方字,外祖母一面便给我糖吃,到认完六百生字时,腹中生了蛔虫,弄得黄瘦异常,只得经常用草药蒸鸡肝当饭。那时节我就已跟随了两个姐姐,到一个女先生处上学。那人既是我的亲戚,我年龄又那么小,过那边去念书,坐在书桌边读书的时节较少,坐在她膝上玩的时间或者较多。

到六岁时,我的弟弟方两岁,两人同时出了疹子。时正六月,日夜总在吓人高热中受苦。又不能躺下睡觉,一躺下就咳嗽发喘。又不要人抱,抱时全身难受。我还记得我同我那弟弟两人当时皆用竹簟卷好,同春卷一样,竖立在屋中阴凉处。家中人当时业已为我们预备了两具小小棺木,搁在廊下。十分幸运,两人到后居然全好了。我的弟弟病后家中特别为他请了一个壮实高大的苗妇人照料,照料得法,他便壮大异常。我因此一病,却完全改了样子,从此不再与肥胖为缘,成了个小猴儿精了。

六岁时我已单独上了私塾。如一般风气,凡是老塾师在私塾中给予小孩子的虐待,我照样也得到了一份。但初上学时,我因为在家中业已认字不少,记忆力从小又似乎特别好,故比较其余小孩,可谓十分幸运。第二年后换了一个私塾,在这私塾中我跟从了几个较大的学生学会了顽劣孩子抵抗顽固塾师的方法,逃避那些书本枯燥文句去同一切自然相亲近。这一年的生活,形成了我一生性格与感情的基础。我间或逃学,且一再说谎,掩饰我逃学应受的处罚。我的爸爸因这件事十分愤怒,有一次竟说若再逃学说谎,便当砍去我一个手指。我仍然不为这一严厉警诫所恐吓,机会一来时总不把逃学的机会轻轻放过。当我学会了用自己眼睛看世界一切,到不同社会中去生活时,学校对于我便已毫无兴味可言了。

我爸爸平时本极爱我,我曾经有一时还作过我那一家的中心人物。稍稍害点病时,一家人便光着眼睛不睡眠,在床边服侍我,当我要谁抱时谁就伸出手来。家中那时经济情形还好,我在物质方面所享受到的,比起一般亲戚小孩似乎皆好得多。我的爸爸既一面只作将军的好梦,一面对于我却怀了更大的希望。他仿佛早就看出我不是个军人,不希望我作将军,却告给我祖父的许多勇敢光荣的故事,以及他庚子年间所得的一份经验。他因为欢喜京戏,只想我学戏,作谭鑫培。他以为我不拘作甚么事,总之应比作个将军高些。第一个赞美我明慧的就是我的爸爸。可是当他发现了我成天从塾中逃出到太阳底下同一群小流氓游荡,任何方法都不能拘束这颗小小的心,且不能禁止我狡猾的说谎时,我的行为实在伤了这个军人的心。同时那小我四岁的弟弟,因为看护他的苗妇人照料十分得法,身体养育得强壮异常,年龄虽小,便显得气派宏大,凝静结实,且极自重自爱,故家中人对我感到失望时,对他便异常关切起来。这小孩子到后来也并不辜负家中人的期望,二十二岁时便作了步兵上校。至于我那个爸爸,却在蒙古、东北、西藏各处军队中混过,民国二十年时还只是一个上校,在本地土著军队里作军医(后改中医院长),把将军希望留在弟弟身上,在家乡从一种极轻微的疾病中便瞑目了。

我有了外面的自由,对于家中的爱护反觉处处受了牵制,因此家中人疏忽了我的生活时,反而似乎使我方便了好些。领导我逃出学塾,尽我到日光下去认识这大千世界微妙的光,希奇的色,以及万汇百物的动静,这人是我一个张姓表哥。他开始带我到他家中橘柚园中去玩,到城外山上去玩,到各种野孩子堆里去玩,到水边去玩。他教我说谎,用一种谎话对付家中,又用另一种谎话对付学塾,引诱我跟他各处跑去。即或不逃学,学塾为了担心学童下河洗澡,每到中午散学时,照例必在每人左手心中用朱笔写一大字,我们还依然能够一手高举,把身体泡到河水中玩个半天,这方法也亏那表哥想得出来。我感情流动而不凝固,一派清波给予我的影响实在不小。我幼小时较美丽的生活,大部都与水不能分离。我的学校可以说是在水边的。我认识美,学会思索,水对我有极大的关系。我最初与水接近,便是那荒唐表哥领带的。

现在说来,我在作孩子的时代,原本也不是个全不知自重的小孩子。我并不愚蠢。当时在一班表兄弟中和弟兄中,似乎只有我那个哥哥比我聪明,我却比其他一切孩子解事。但自从那表哥教会我逃学后,我便成为毫不自重的人了。在各样教训各样方法管束下,我不欢喜读书的性情,从塾师方面,从家庭方面,从亲戚方面,莫不对于我感觉得无多希望。我的长处到那时只是种种的说谎。我非从学塾逃到外面空气下不可,逃学过后又得逃避处罚。我最先所学,同时拿来致用的,也就是根据各种经验来制作各种谎话。我的心总得为一种新鲜声音,新鲜颜色,新鲜气味而跳。我得认识本人生活以外的生活。我的智慧应当从直接生活上吸收消化,却不须从一本好书一句好话上学来。似乎就只这样一个原因,我在学塾中,逃学纪录点数,在当时便比任何一人都高。

离开私塾转入新式小学时,我学的总是学校以外的。到我出外自食其力时,又不曾在职务上学好过甚么。二十岁后我"不安于当前事务,却倾心于现世光色,对于一切成例与观念皆十分怀疑,却常常为人生远景而凝眸",这分性格的形成,便应当溯源于小时在私塾中的逃学习惯。

自从逃学成习惯后,我除了想方设法逃学,甚么也不再关心。

有时天气坏一点,不便出城上山里去玩,逃了学没有甚么去处,我就一个人走到城外庙里去。本地大建筑在城外计三十来处,除了庙宇就是会馆和祠堂。空地广阔，因此均为小手工业工人所利用。那些庙里总常常有人在殿前廊下绞绳子，织竹簟，做香，我就看他们做事。有人下棋，我看下棋。有人打拳，我看打拳。甚至于相骂，我也看着，看他们如何骂来骂去，如何结果。因为自己既逃学，走到的地方必不能有熟人，所到的必是较远的庙里。到了那里，既无一个熟人，因此甚么事皆只好用耳朵去听，眼睛去看，直到看无可看听无可听时，我便应当设计打量我怎么回家去的方法了。

来去学校我得拿一个书篮。内中有十多本破书，由《包句杂志》《幼学琼林》，到《论语》《诗经》《尚书》，通常得背诵，分量相当沉重。逃学时还把书篮挂到手肘上，这就未免太蠢了一点。凡这么办的可以说是不聪明的孩子。许多这种小孩子，因为逃学到各处去，人家一见就认得出，上年纪一点的人见到时就会说："逃学的，赶快跑回家挨打去，不要在这里玩。"若无书篮可不必受这种教训。因此我们就想出了一个方法，把书篮寄存到一个土地庙里去，那地方无一个人看管，但谁也用不着担心他的书篮。小孩子对于土地神全不缺少必需的敬畏，都信托这木偶，把书篮好好的藏到神座龛子里去，常常同时有五个或八个，到时却各人把各人的拿走，谁也不会乱动旁人的东西。我把书篮放到那地方去，次数是不能记忆了的，照我想来，搁的最多的必定是我。

逃学失败被家中学校任何一方面发觉时，两方面总得各挨一顿打。在学校得自己把板凳搬到孔夫子牌位前，伏在上面受笞。处罚过后还要对孔夫子牌位作一揖，表示忏悔。有时又常常罚跪至一根香时间。我一面被处罚跪在房中的一隅，一面便记着各种事情，想象恰如生了一对翅膀，凭经验飞到各样动人事物上去。按照天气寒暖，想到河中的鳜鱼被钓起离水以后拨刺的情形，想到天上飞满风筝的情形，想到空山中歌呼的黄鹂，想到树木上累累的果实。由于最容易神往到种种屋外东西上去，反而常把处罚的痛苦忘掉，处罚的时间忘掉，直到被唤起以后为止，我就从不曾在被处罚中感觉过小小冤屈。

那不是冤屈。我应感谢那种处罚，使我无法同自然接近时，给我一个练习想象的机会。

家中对这件事自然照例不大明白情形，以为只是教师方面太宽的过失，因此又为我换一个教师。我当然不能在这些变动上有甚么异议。这事对我说来，倒又得感谢我的家中，因为先前那个学校比较近些，虽常常绕道上学，终不是个办法，且因绕道过远，把时间耽误太久时，无可托词。现在的学校可真很远很远了，不必包绕偏街，我便应当经过许多有趣味的地方了。从我家中到那个新的学塾里去时，路上我可看到针铺门前永远必有一个老人戴了极大的眼镜，低下头来在那里磨针。又可看到一个伞铺，大门敞开，作伞时十几个学徒一起工作，尽人欣赏。又有皮靴店，大胖子皮匠，天热时总腆出有一个大而黑的肚皮（上面有一撮毛！）用夹板绱鞋。又有个剃头铺，任何时节总有人手托一个小小木盘，呆呆的在那里尽剃头师傅刮脸。又可看到一家染坊，有强壮多力的苗人，踹在凹形石碾上面，站得高高的，手扶着墙上横木，偏左偏右的摇荡。又有三家苗人打豆腐的作坊，小腰白齿头包花帕的苗妇人，时时刻刻口上都轻声唱歌，一面引逗缚在身背后包单里的小苗人，一面用放光的红铜勺舀取豆浆。我还必须经过一个豆粉作坊，远远的就可听到骡子推磨隆隆的声音，屋顶棚架上晾满白粉条。我还得经过一些屠户肉案桌，可看到那些新鲜猪肉砍碎时尚在跳动不止。我还得经过一家扎冥器出租花轿的铺子，有白面无常鬼，蓝面阎罗王，鱼龙轿子，金童玉女。每天且可以从他那里看出有多少人接亲，有多少冥器，那些定做的作品又成就了多少，换了些甚么式样。并且还常常停顿下来，看他们贴金，敷粉，涂色，一站许久。

我就欢喜看那些东西，一面看一面明白了许多事情。

每天上学时，我照例手肘上挂了那个竹书篮，里面放十多本破书。在家中虽不敢不穿鞋，可是一出了大门，即刻就把鞋脱下拿到手上，赤脚向学校走去。不管如何，时间照例是有多余的，因此我总得绕一节路玩玩。若从西城走去，在那边就可看到牢狱，大清早若干犯人从那方面带了脚镣从牢中出来，派往衙门去挖土。若从杀人处走过，昨天杀的人还没有收尸，一定已被野狗把尸首咋碎或拖到小溪中去了，就走过去看看那个糜碎了的尸体，或拾起一块小小石头，在那个污秽的头颅上敲打一下，或用一木棍去戳戳，看看会动不动。若还有野狗在那里争夺，就预先拾了许多石头放在书篮里，随手一一向野狗抛掷，不再过去，只远远的看看，就走开了。

　　既然到了溪边，有时候溪中涨了小小的水，就把裤管高卷，书篮顶在头上，一只手扶着，一只手照料裤子，在沿了城根流去的溪水中走去，直到水深齐膝处为止。学校在北门，我出的是西门，又进南门，再绕城里大街一直走去。在南门河滩方面我还可以看一阵杀牛，机会好时恰好正看到那老实可怜畜生放倒的情形。因为每天可以看一点点，杀牛的手续同牛内脏的位置不久也就被我完全弄清楚了。再过去一点就是边街，有织簟子的铺子，每天任何时节，皆有几个老人坐在门前小凳子上，用厚背的钢刀破篾，有两个小孩子蹲在地上织簟子。（我对于这一行手艺所明白的种种，现在说来似乎比写字还在行。）又有铁匠铺，制铁炉同风箱皆占据屋中，大门永远敞开着，时间即或再早一些，也可以看到一个小孩子两只手拉风箱横柄，把整个身子的分量前倾后倒，风箱于是就连续发出一种吼声，火炉上便放出一股臭烟同红光。待到把赤红的热铁拉出搁放到铁砧上时，这个小东西，赶忙舞动细柄铁锤，把铁锤从身背后扬起，在身面前落下，火花四溅的一下一下打着。有时打的是一把刀，有时打的是一件农具。有时看到的又是这个小学徒跨在一条大板凳上，用一把子在未淬水的刀上起去铁皮，有时又是把一条薄薄的钢片嵌进熟铁里去。日子一多，关于任何一件铁器的制造程序，我也不会弄错了。边街又有小饭铺，门前有个大竹筒，插满了用竹子削成的筷子。有干鱼同酸菜，用钵头装满放在门前柜台上，引诱主顾上门，意思好象是说，"吃我，随便吃我，好吃!"每次我总仔细看看，真所谓"过屠门而大嚼"，也过了瘾。

　　我最欢喜天上落雨，一落了小雨，若脚下穿的是布鞋，即或天气正当十冬腊月，我也可以用恐怕湿却鞋袜为辞，有理由即刻脱下鞋袜赤脚在街上走路。但最使人开心事，还是落过大雨以后，街上许多地方已被水所浸没，许多地方阴沟中涌出水来，在这些地方照例常常有人不能过身，我却赤着两脚故意向深水中走去。若河中涨了大水，照例上游会漂流得有木头、家具、南瓜同其他东西，就赶快到横跨大河的桥上去看热闹。桥上必已经有人用长绳系了自己的腰身，在桥头上呆着，注目水中，有所等待。看到有一段大木或一件值得下水的东西浮来时，就踊身一跃，骑到那树上，或傍近物边，把绳子缚定，自己便快快的向下游岸边泅去。另外几个在岸边的人把水中人援助上岸后，就把绳子拉着，或缠绕到大石上大树上去，于是第二次又有第二人来在桥头上等候。我欢喜看人在泅水里扳罾，巴掌大的活鲫鱼在网中蹦跳。一涨了水，照例也就可以看这种有趣味的事情。照家中规矩，一落雨就得穿上钉鞋，我可真不愿意穿那种笨重钉鞋。虽然在半夜时有人从街巷里过身，钉鞋声音实在好听，大白天对于钉鞋我依然毫无兴味。

　　若在四月落了点小雨，山地里田塍上各处全是蟋蟀声音，真使人心花怒放。在这些时节，我便觉得学校真没有意思，简直坐不住，总得想方设法逃学上山去捉蟋蟀。有时没有甚么东西安置这小东西，就走到那里去，把第一只捉到手后又捉第二只，两只手各有一只后，就听第三只。本地蟋蟀原分春秋二季，春季的多在田间泥里草里，秋季的多在人家附近石罅里瓦砾中，如今既然这东西只在泥层里，故即或两只手心各有一匹小东西后，我总还可以想方设法把第三只从泥土中赶出，看看若比较手中的大些，即开释了手中所有，捕捉新的，如此轮流换去，一整天仅捉回两只小虫。城头上有白色炊烟，街巷里有摇铃铛卖煤油的声音，约当下午三点左右时，赶忙走到一个刻花板的老木匠那里去，很兴奋的同那木匠说：

"师傅师傅,今天可捉了大王来了!"

那木匠便故意装成无动于衷的神气,仍然坐在高凳上玩他的车盘,正眼也不看我的说:"不成,不成,要打打得赌点输赢!"

我说:"输了替你磨刀成不成?"

"嗨,够了,我不要你磨刀,你哪会磨刀? 上次磨凿子还磨坏了我的家伙!"

这不是冤枉我,我上次的确磨坏了他一把凿子。不好意思再说磨刀了,我说:

"师傅,那这样办法,你借给我一个瓦盆子,让我自己来试试这两只谁能干些好不好?"我说这话时真怪和气,为的是他以逸待劳,不允许我,还是无办法。

那木匠想了想,好象莫可奈何才让步的样子,"借盆子得把战败的一只给我,算作租钱。"

我满口答应:"那成那成。"

于是他方离开车盘,很慷慨的借给我一个泥罐子,顷刻之间我就只剩下一只蟋蟀了。这木匠看看我捉来的虫还不坏,必向我提议:"我们来比比。你赢了我借你这泥罐一天;你输了,你把这蟋蟀给我。办法公平不公平?"我正需要那么一个办法,连说"公平公平",于是这木匠进去了一会儿,拿出一只蟋蟀来同我的斗,不消说,三五回合我的自然又败了。他的蟋蟀照例却常常是我前一天输给他的。那木匠看看我有点颓丧,明白我认识那匹小东西,担心我生气时一摔,一面赶忙收拾盆罐,一面带着鼓励我神气笑笑的说:

"老弟,老弟,明天再来,明天再来! 你应当捉好的来,走远一点。明天来,明天来!"

我甚么话也不说,微笑着,出了木匠的大门,回家了。

这样一整天在为雨水泡软的田塍上乱跑,回家时常常全身是泥,家中当然一望而知,于是不必多说,沿老例跪一根香,罚关在空房子里,不许哭,不许吃饭。等一会儿我自然可以从姐姐方面得到充饥的东西。悄悄的把东西吃下以后，我也疲倦了，因此空房中即或再冷一点，老鼠来去很多，一会儿就睡着，再也不知道如何上床的事了。

即或在家中那么受折磨，到学校去时又免不了补挨一顿板子，我还是在想逃学时就逃学，决不为处罚所恐吓。

有时逃学又只是到山上去偷人家园地里的李子枇杷，主人拿着长长的竹竿子大骂着追来时，就飞奔而逃，逃到远处一面吃那个赃物，一面还唱山歌气那主人。总而言之，人虽小小的，两只脚跑得很快，甚么茨棚里钻去也不在乎，要捉我可捉不到，就认为这种事比学校里游戏还有趣味。

可是只要我不逃学，在学校里我是不至于象其他那些人受处罚的。我从不用心念书，但我从不在应当背诵时节无法对付。许多书总是临时来读十遍八遍，背诵时节却居然琅琅上口，一字不遗。也似乎就由于这份小小聪明，学校把我同一般同学一样待遇，更使我轻视学校。家中不了解我为甚么不想上进，不好好的利用自己聪明用功，我不了解家中为甚么只要我读书，不让我玩。我自己总以为读书太容易了点，把认得的字记记那不算甚么希奇。最希奇处，应当是另外那些人，在他那份习惯下所做的一切事情。为甚么骡子推磨时得把眼睛遮上？为甚么刀得烧红时在盐水里一淬方能坚硬？为甚么雕佛象的会把木头雕成人形，所贴的金那么薄又用甚么方法作成？为甚么小铜匠会在一块铜板上钻那么一个圆眼，刻花时刻得整整齐齐？这些古怪事情实在太多了。

我生活中充满了疑问，都得我自己去找寻解答。我要知道的太多，所知道的又太少，有时便有点发愁。就为的是白日里太野，各处去看，各处去听，还各处去嗅闻，死蛇的气味，腐草的气味，屠户身上的气味，烧碗处土窑被雨淋以后放出的气味，要我说来虽当时无法用言语去形容，要我辨别却十分容易。蝙蝠的声音，一只黄牛当屠户把刀割进它喉中时叹息的声音，藏在田塍土穴中大黄喉蛇的鸣声，黑暗中鱼在水面拨剌的微声，全因到耳边时分量不同，我也记得那么清清楚楚。因此回到家里时，夜间我便做出无数希奇古怪的梦。经常是梦向天上飞去，一直到金光闪烁中，终于大叫而醒。这些梦直到将近二十年后的如今，还常常使我在半夜里无法安眠，既把我带回到那个"过去"的空虚里去，也把我带往空幻的宇宙里去。

在我面前的世界已够宽广了，但我似乎就还得一个更宽广的世界。我得用这方面得到的知识证明那方面的疑问。我得从比较中知道谁好谁坏。我得看许多业已由于好询问别人，以及好自己幻想所感觉到的世界上的新鲜事情新鲜东西。结果能逃学时我逃学，不能逃学我就只好做梦。

照地方风气说来，一个小孩子野一点的，照例也必须强悍一点，才能各处跑去。因为一出城外，随时都会有一样东西突然扑到你身边来，或是一只凶恶的狗，或是一个顽劣的人。无法抵抗这点袭击，就不容易各处自由放荡。一个野一点的孩子，即或身边不必时时刻刻带一把小刀，也总得带一削光的竹块，好好的插到裤带上；遇机会到时，就取出来当作武器。尤其是到一个离家较远的地方去看木傀儡戏，不准备厮杀一场简直不成。你能干点，单身往各处去，有人挑战时，还只是一人近你身边来恶斗。若包围到你身边的顽童人数极多，你还可挑选同你精力不大相差的一人。你不妨指定其中一个说：

"要打吗？你来，我同你来。"

照规矩，到时也只那一个人拢来。被他打倒，你活该，只好伏在地上尽他压着痛打一顿。你打倒了他，他活该，把他揍够后，你可以自由走去，谁也不会追你，只不过说句"下次再来"罢了。

可是你根本上若就十分怯弱，即或结伴同行，到甚么地方去时，也会有人特意挑出你来殴斗，应战你得吃亏，不答应你得被仇人与同伴两方奚落，顶不经济。

感谢我那爸爸给了我一分勇气，人虽小，到甚么地方去我总不害怕。到被人围上必须打架时，我能挑出那些同我不差多少的人来，我的敏捷同机智，总常常占点上风。有时气运不佳，不小心被人摔倒，我还会有方法翻身过来压到别人身上去。在这件事上，我只吃过一次亏，不是一个小孩，却是一只恶狗，把我攻倒后，咬伤了我一只手。我走到任何地方去都不怕谁。同时因换了好些私塾，各处皆有些同学，大家既都逃过学，便有无数朋友，因此也不会同人打架。可是自从被那只恶狗攻倒过一次以后，到如今，我却依然十分怕狗。

至于我那地方的大人，用单刀扁担在大街上决斗本不算回事。事情发生时，那些有小孩子在街上玩的母亲，只不过说："小杂种，站远一点，不要太近！"嘱咐小孩子稍稍站开点儿罢了。本地军人互相砍杀虽不出奇，但行刺暗算却不作兴。这类善于殴斗的人物，有军营中人，有哥老会中老么，有好打不平的闲汉，在当地另成一帮，豁达大度，谦卑接物，为友报仇，爱义好施，且多非常孝顺。但这类人物为时代所陶冶，到民五以后也就渐渐消灭了。虽有些青年军官还保存那点风格，风格中最重要的一点洒脱处，却为了军纪一类影响，大不如前辈了。

我有三个堂叔叔、两个姑姑都住在城南乡下，离城四十里左右。那地方名黄罗寨，出强悍的人同猛鸷的兽。我爸爸三岁时，在那里差一点险被老虎咬去。我四岁左右，到那里第一天，就看见四个乡下人抬了一只死虎进城，给我留下极深刻的印象。

我还有一个表哥，住在城北十里地名长宁哨的乡下，从那里再过去十来里便是苗乡。表哥是一个紫色脸膛的人，一个守碉堡的战兵。我四岁时被他带到乡下去过了三天，二十年后还记得那个小小城堡黄昏来时鼓角的声音。

这战兵在苗乡有点威信，很能喊叫一些苗人。每次来城时，必为我带一只小斗鸡或一点别的东西。一来为我说苗人故事，临走时我总不让他走。我喜欢他，觉得他比乡下叔父能干有趣。

辛亥革命的一课

有一天,我那表哥又从乡下来了,见了他我非常快乐。我问他那些水车,那些碾坊,我又问他许多我在乡下所熟习的东西。可是我不明白,这次他竟不大理我,不大同我亲热。他只成天出去买白带子,自己买了许多不算,还托我四叔买了许多。家中搁下两担白带子,还说不大够用。他同我爸爸又商量了很多事情,我虽听到却不很懂是甚么意思。其中一件便是把三弟同大哥派阿妤当天送进苗乡去,把我大姐二姐送过表哥乡下那个能容万人避难的齐梁洞去。爸爸即刻就遵照表哥的计划办去,母亲当时似乎也承认这么办较安全方便。在一种迅速处置下,四人当天离开家中同表哥上了路。表哥去时挑了一担白带子,同来另一个陌生人也挑了一担。我疑心他想开一个铺子,才用得着这样多带子。

当表哥一行人众动身时,爸爸问表哥"明夜来不来",那一个就回答说:"不来,怎么成事? 我的事还多得很!"

我知道表哥的许多事中,一定有一件事是为我带那匹花公鸡,那是他早先答应过我的。因此就插口说:

"你来,可别忘记答应我那个东西!"

"忘不了。忘了我就带别的更好的东西。"

当我两个姐姐一个哥哥一个弟弟同那苗妇人躲进苗乡时,我爸爸问我:

"你怎么样? 跟阿妤进苗乡去,还是跟我在城里?"

"甚么地方热闹些?"

"不要这样问，我明白你的意思，你要在城里看热闹，就留下来莫过苗乡吧。"

听说同我爸爸留在城里，我真欢喜。我记得分分明明，第二天晚上，叔父红着脸在灯光下磨刀的情形，真十分有趣。我一时走过仓库边看叔父磨刀，一时又走到书房去看我爸爸擦枪。家中人既走了不少，忽然显得空阔许多。我平时似乎胆量很小，天黑以后不大出房门，到这天也不知道害怕了。我不明白行将发生甚么事情，但却知道有一件很重要的新事快要发生。我满屋各处走去，又傍近爸爸听他们说话。他们每个人脸色都不同往常安详，每人说话都结结巴巴。我家中有两支广式猎枪，几个人一面检查枪支，一面又常常互相来一个莫名其妙的微笑，我也就跟着他们微笑。

我看到他们在日光下做事，又看到他们在灯光下商量。那长身叔父一会儿跑出门去，一会儿又跑回来悄悄的说一阵。我装作不注意的神气，算计到他出门的次数，这一天他一共出门九次，到最后一次出门时，我跟他身后走出到屋廊下，我说：

"四叔，怎么的，你们是不是预备杀仗？"

"咄，你这小东西，还不去睡？回头要猫儿吃了你。赶快睡去！"

于是我便被一个丫头拖到上边屋里去，把头伏到母亲腿上，一会儿就睡着了。

这一夜中城里城外发生的事我全不清楚。等到我照常醒来时，只见全家中早已起身，各个人皆脸儿白白的，在那里悄悄的说些甚么。大家问我昨夜听到甚么没有，我只是摇头。我家中似乎少了几个人，数了一下，几个叔叔全不见了，男的只我爸爸一个人，坐在正屋他那惟一专用的太师椅上，低下头来一句话不说。我记起了杀仗的事情，我问他：

"爸爸，爸爸，你究竟杀过仗了没有？"

"小东西，莫乱说，夜来我们杀败了！全军人马覆灭，死了上千人！"

正说着,高个儿叔父从外面回来了,满头是汗,结结巴巴的说:"衙门从城边已经抬回了四百一十个人头,一大串耳朵,七架云梯,一些刀,一些别的东西。对河还杀得更多,烧了七处房子,现在还不许人上城去看。"

爸爸听说有四百个人头,就向叔父说:

"你快去看看,躲韩在里边没有。赶快去,赶快去。"

躲韩就是我那紫色脸膛的表兄,我明白他昨天晚上也在城外杀仗后,心中十分关切。听说衙门口有那么多人头,还有一大串人耳朵,正与我爸爸平时为我说到的杀长毛故事相合,我又兴奋又害怕,兴奋得简直不知道怎么办。洗过了脸,我方走出房门,看看天气阴阴的,象要落雨的神气,一切皆很黯淡。街口平常这时照例可以听到卖糕人的声音,以及各种别的叫卖声音,今天却异常清静,似乎过年一样。我想得到一个机会出去看看。我最关心的是那些我从不曾摸过的人头。一会儿,我的机会便来了。长身四叔跑回来告我爸爸,人头里没有躲韩的头。且说衙门口人多着,街上铺子都已奉命开了门,张家二老爷也上街看热闹了。对门张家二老爷原是暗中和革命党有联系的本地绅士之一。因此我爸爸便问我:

"小东西,怕不怕人头,不怕就同我出去。"

"不怕,我想看看!"

于是我就在道尹衙门口平地上看到了一大堆肮脏血污人头。还有衙门口鹿角上、辕门上,也无处不是人头。从城边取回的几架云梯,全用新毛竹作成(就是把一些新从山中砍来的竹子,横横的贯了许多木棍),云梯木棍上也悬挂许多人头。看到这些东西我实在希奇,我不明白为甚么要杀那么多人,我不明白这些人因甚么事就被把头割下。我随后又发现了那一串耳朵,那么一串东西,一生真再也不容易见到的古怪东西!叔父问我:"小东西,你怕不怕?"我回答得极好,我说不怕。我原先已听了多少杀仗的故事,总说是"人头如山,血流成河",看戏时也总说是"千军万马分个胜败",却除了从戏台上间或演秦琼哭头时可看到一个木人头放在朱红盘子里托着舞来舞去，此外就不曾看到过一次真的杀仗砍下甚么人头。现在却有那么一大堆血淋淋的从人颈脖上砍下的东西。我并不怕，可不明白为甚么这些人就让兵士砍他们，有点疑心，以为这一定有了错误。

为甚么他们被砍？砍他们的人又为甚么？心中许多疑问，回到家中时问爸爸，爸爸只说这是"造反打了败仗"，也不能给我一个满意的答复。我当时以为爸爸那么伟大的人，天上地下知道不知多少事，居然也不明白这件事，倒真觉得奇怪。到现在我才明白这事永远在世界上不缺少，可是谁也不能够给小孩子一个最得体的回答。

这革命原是城中绅士早已知道，用来对付镇筸镇，和辰沅永靖兵备道两个衙门的旗人大官同那些外路商人，攻城以前先就约好了的。但临时却因军队方面谈的条件不妥，误了大事。

革命算已失败了，杀戮还只是刚在开始。城防军把防务布置周密妥当后，就分头派兵下苗乡去捉人，捉来的人只问问一句两句话，就牵出城外去砍掉。平常杀人照例应当在西门外，现在造反的人既从北门来，因此应杀的人也就放在北门河滩上杀戮。当初每天必杀一百左右，每次杀五十个人时，行刑兵士还只是二十个人，看热闹的也不过三十左右。有时衣也不剥，绳子也不捆缚，就那么跟着赶去的。常常有被杀的站得稍远一点，兵士以为是看热闹的人就忘掉走去。被杀的差不多全从苗乡捉来，胡胡涂涂不知道是些甚么事，因此还有一直到了河滩被人吼着跪下时，才明白行将有甚么新事，方大声哭喊惊惶乱跑，刽子手随即赶上前去那么一阵乱刀砍翻的。

这愚蠢残酷的杀戮继续了约一个月，才渐渐减少下来。或者因为天气既很严冷，不必担心到它的腐烂，埋不及时就不埋，或者又因为还另外有一种示众意思，河滩的尸首总常常躺下四五百。

到后人太多了，仿佛凡是西北苗乡捉来的人都得杀头，衙门方面把文书禀告到抚台时大致说的就是"苗人造反"，因此照规矩还得剿平这一片地面上的人民。捉来的人一多，被杀的头脑简单异常，无法自脱,但杀人那一方面知道下面消息多些,却有点寒了心。几个本地有力的绅士,也就是暗地里同城外人沟通却不为官方知道的人,便一同向道台请求有一个限制。经过一番选择,该杀的杀,该放的放。每天捉来的人既有一百两百,差不多全是四乡的农民,既不能全部开释,也不应全部杀头,因此选择的手续,便委托了本地人民所敬信的天王。把犯人牵到天王庙大殿前院坪里,在神前掷竹筊,一仰一覆的顺筊,开释,双仰的阳筊,开释,双覆的阴筊,杀头。生死取决于一掷,应死的自己向左走去,该活的自己向右走去。一个人在一分赌博上既占去便宜四分之三,因此应死的谁也不说话,就低下头走去。

我那时已经可以自由出门,一有机会就常常到城头上去看对河杀头。每当人已杀过赶不及看那一砍时,便与其他小孩比赛眼力,一二三四屈指计数那一片死尸的数目。或者又跟随了犯人,到天王庙看他们掷筊。看那些乡下人,如何闭了眼睛把手中一副竹筊用力抛去,有些人到已应当开释时还不敢睁开眼睛。又看着些虽应死去,还想念到家中小孩与小牛猪羊的,那分颓丧那分对神埋怨的神情,真使我永远忘不了。也影响到我一生对于滥用权力的特别厌恶。

我刚好知道"人生"时,我知道的原来就是这些事情。

第二年三月本地革命成功了,各处悬上白旗,写个"汉"字,小城中官兵算是对革命军投了降。革命反正的兵士结队成排在街上巡游。外来镇守使,道尹,知县,已表示愿意走路,地方一切皆由绅士出面来维持,并在大会上进行民主选举,我爸爸便即刻成为当地要人了。

那时节我哥哥弟弟同两个姐姐,全从苗乡接回来了。家中无数乡下军人来来往往,院子中坐满了人。在一群陌生人中,我发现了那个紫黑脸膛的表哥。他并没有死去,背了一把单刀,朱红牛皮的刀鞘上描着金黄色双龙抢宝的花纹。他正在同别人说那一夜扑近城边爬城的情形。我悄悄地告诉他:"我过天王庙看犯人打筊,想知道犯人中有不有你,可见不着。"那表哥说:"他们手短了些,捉不着我。现在应当我来打他们了。"当天全城人过天王庙开会时,我爸爸正在台上演说,那表哥当真就爬上台去重重的打了县太爷一个嘴巴,使得台上台下都笑闹不已,演说也无法继续。

革命使我家中也起了变化。不多久,爸爸和一个姓吴的竞选去长沙会议代表失败,心中十分不平,赌气出门往北京去了。和本地阙祝明同去,住杨梅竹斜街酉西会馆,组织了个铁血团,谋刺袁世凯,被侦探发现,阙被捕当时枪决。我父亲因看老谭的戏,有熟人通知,即逃出关,在热河都统姜桂题、米振标处隐匿(因为相熟),后改名换姓,在赤峰、建平等县作科长多年,袁死后才和家里通信。只记到借人手写信来典田还账。到后家中就破产了。父亲的还湘,还是我哥哥出关万里寻亲接回的。哥哥会为人画像,借此谋生,东北各省都跑过,最后才在赤峰找到了父亲。爸爸这一去,直到十二年后当我从湘边下行时,在辰州地方又见过他一面,从此以后便再也见不着了。

我爸爸在竞选失败离开家乡那一年,我最小的一个九妹,刚好出世三个月。

革命后地方不同了一点,绿营制度没有改变多少,屯田制度也没有改变多少。地方有军役的,依然各因等级不同,按月由本人或家中人到营上去领取食粮与碎银。守兵当值的,到时照常上衙门听候差遣。兵马仍照旧把马养在家中。衙门前钟鼓楼每到晚上仍有三五个吹鼓手奏乐。但防军组织分配稍微不同了,军队所有器械不同了,地方官长不同了。县知事换了本地人,镇守使也换了本地人。当兵的每个家中大门边钉了一小牌,载明一切,且各因兵役不同,木牌种类也完全不同。道尹衙门前站在香案旁宣讲圣谕的秀才已不见了。

但革命印象在我记忆中不能忘记的,却只是关于杀戮那几千无辜农民的几幅颜色鲜明的图画。

民三左右地方新式小学成立,民四我进了新式小学。民六夏我便离开了家乡,在沅水流域十三县开始过流荡生活,接受另一种人生教育了。

我上许多课仍然不放下那一本大书

我改进了新式小学后，学校不背诵经书，不随便打人，同时也不必成天坐在桌边，每天不只可以在小院子中玩，互相扭打，先生见及，也不加以约束，七天照例又还有一天放假，因此我不必再逃学了。可是在那学校照例也就甚么都不曾学到。每天上课时照例上上，下课时就遵照大的学生指挥，找寻大小相等的人，到操坪中去打架。一出门就是城墙，我们便想法爬上城去，看城外对河的景致。上学散学时，便如同往常一样，常常绕了多远的路，去城外边街上看看那些木工手艺人新雕的佛象贴了多少金。看看那些铸钢犁的人一共出了多少新货。或者甚么人家孵了小鸡，也常常不管远近必跑去看看。一到星期日，我在家中写了十六个大字后，就一溜出门，一直到晚方回家中。

半年后家中母亲相信了一个亲戚的建议，以为应从城内第二初级小学换到城外第一小学，这件事实行后更使我方便快乐。新学校临近高山，校屋前后各处是树，同学又多，当然十分有趣。到这学校我仍然甚么也不学得，生字也没认识多少，可是我倒学会了爬树。几个人一下课，就在校后山边各自拣选一株合抱大梧桐树，看谁先爬到顶。我从这方面便认识约三十种树木的名称。因为爬树有时跌下或扭伤了脚，刺破了手，就跟同学去采药，又认识了十来种草药。我开始学会了钓鱼，总是上半天学，钓半天鱼。我学会了采笋子，摘蕨菜。后山上到春天各处是野兰花，各处是可以充饥解渴的刺莓，在竹篁里且有无数雀鸟，我便跟他们认识了许多雀鸟，且认识许多野果树。去后山约一里左右,又有一个制瓷器的大窑,我们便常常过那里去看工人制造一切瓷器,看一块白泥在各样手续下如何就变成为一个饭碗,或一件别种用具的生产过程。

学校环境使我们在校外所学的实在比校内课堂上多十倍,但在学校也学会了一件事,便是各人用刀在座位板下镌雕自己的名字。又因为学校有做手工的白泥,我们就用白泥摹塑教员的肖象,且各为取一怪名:绵羊,耗子,老土地菩萨,还有更古怪的称呼。总之随心所欲。在这些事情上我的成绩照例比学校功课好一点,但自然不能得到任何奖励。学校已禁止体罚,可是记过罚站还在执行。

照情形看来,我已不必逃学,但学校既不严格,四个教员恰恰又有我两个表哥在内,想要到甚么地方去时,我便请假。看戏请假,钓鱼请假,甚至几个人到三里外田坪中去看人割禾、捉蚱蜢也向老师请假。至于教师本人,一下课就玩麻雀牌,久成习惯,当时麻雀牌是新事物,所以教师会玩并不以为是坏事情。

那时我家中每年还可收取租谷三百石左右,三个叔父二个姑母占两份,我家占一份。到秋收时,我便同叔父或其他年长亲戚,往二十里外的乡下去,督促佃夫和一些临时雇来的工人割禾。等到田中成熟禾穗已空,新谷装满白木浅缘方桶时,便把新谷倾倒到大晒谷簟上来,与佃夫平分,其一半应归佃夫所有的,由他们去处置,我们把我家应得那一半,雇人押运回家。在那里最有趣处是可以辨别各种禾苗,认识各种害虫,学习捕捉蚱蜢分别蚱蜢。同时学用鸡笼去罩捕水田中的肥大鲤鱼鲫鱼,把鱼捉来即用黄泥包好塞到热灰里去煨熟分吃。又向佃户家讨小小斗鸡,且认识种类,准备带回家来抱到街上去寻找别人同等大小公鸡作战。又从农家小孩处学习抽稻草心织小篓小篮,剥桐木皮作卷筒哨子,用小竹子作唢呐。有时捉得一个刺猬,有时打死一条大蛇,有时还可跟叔父让佃户带到山中去,把雉媒抛出去,吹嗯哨招引野雉,鸟枪里装上一把散碎铁砂和黑色土药,猎取这华丽骄傲的禽鸟。

为了打猎，秋末冬初我们还常常去佃户家，看他们下围，跟着他们乱跑。我最欢喜的是猎取野猪同黄麂。有一次还被他们捆缚在一株大树高枝上，看他们把受惊的黄麂从树下追赶过去。我又看过猎狐，眼看着一对狡猾野兽在一株大树根下转，到后这东西便变成了我叔父的马褂。

　　学校既然不必按时上课，其余的时间我们还得想出几件事情来消磨，到下午三点才能散学。几个人爬上城去，坐在大铜炮上看城外风光，一面拾些石头奋力向河中掷去，这是一个办法。另外就是到操场一角砂地上去拿顶翻筋斗，每个人轮流来作这件事，不溜刷的便仿照技术班办法，在那人腰身上缚一条带子，两个人各拉一端，翻筋斗时用力一抬，日子一多，便无人不会翻筋斗了。

　　因为学校有几个乡下来的同学，身体壮大异常，便有人想出好主意，提议要这些乡下孩子装马，让较小的同学跨到马背上去，同另一匹马上另一员勇将来作战，在上面扭成一团，直到跌下地后为止。这些作马匹的同学，总照例非常忠厚可靠，在任何情形下皆不卸责。作战总有受伤的，不拘谁人头面有时流血了，就抓一把黄土，将伤口敷上，全不在乎似的。我常常设计把这些人马调度得十分如法，他们服从我的编排，比一匹真马还驯服规矩。

　　放学时天气若还早一些，几个人不是上城去坐坐，就常常沿了城墙走去。有时节出城去看看，有谁的柴船无人照料，看明白了这只船的的确确无人时，几人就匆忙跳上了船，很快的向河中心划去。等一会儿那船主人来时，若在岸上和和气气的说：

　　"兄弟，兄弟，你们快把船划回来。我得回家！"

　　遇到这种和平讲道理人时，我们也总得十分和气把船划回来，各自跳上了岸，让人家上船回家。若那人性格暴躁点，一见自己小船为一群胡闹小将把它送到河中打着圈儿转，心中十分忿怒，大声的喊骂，说出许多恐吓无理的野话，那我们便一面回骂着，一面快快的把船向下游流去，尽他叫骂也不管它。到下游时几个人上了岸，就让这船搁在河滩上不再理会了。有时刚上船坐定,即刻便被船主人赶来,那就得有一分儿担当惊险了。船主照例知道我们受不了甚么簸荡,抢上船头,把身体故意向左右连续倾侧不已,因此小船就在水面胡乱颠簸,一个无经验的孩子担心会掉到水中去,必惊骇得大哭不已。但有了经验的人呢,你估计一下,先看看是不是逃得上岸,若已无可逃避,那就好好的坐在船中,尽用乡下人的磨炼,拼一身衣服给水湿透,你不慌不忙,只稳稳的坐在船中,不必作声告饶,也不必恶声相骂,过一会儿那乡下人看看你胆量不小,知道用这方法吓不了你,他就会让你明白他的行为不过是一种带恶意的玩笑,这玩笑到时应当结束了,必把手叉上腰边,向你微笑,抱歉似的微笑。

"少爷,够了,请你上岸!"

于是几个人便上岸了。有时不凑巧,我们也会被人用小桨竹篙一路追赶着打我们,还一路骂我们。只要逃走远一点点,用甚么话骂来,我们照例也就用甚么话骂回去,追来时我们又很快的跑去。

那河里有鳜鱼,有鲫鱼,有小鲇鱼,钓鱼的人多向上游一点走去。隔河是一片苗人的菜园,不涨水,从跳石上过河,到菜园里去看花、买菜心吃的次数也很多。河滩上各处晒满了白布同青菜,每天还有许多妇人背了竹笼来洗衣,用木棒杵在流水中捶打,訇訇的从北城墙脚下应出回声。

天热时,到下午四点以后,满河中都是赤光光的身体。有些军人好事爱玩,还把小孩子,战马,看家的狗,同一群鸭雏,全部都带到河中来。有些人父子数人同来。大家皆在激流清水中游泳。不会游泳的便把裤子泡湿,扎紧了裤管,向水中急急的一兜,捕捉了满满的一裤空气,再用带子捆好,便成了极合用的"水马"。有了这东西,即或全不会漂浮的人,也能很勇敢的向水深处泅去。到这种人多的地方,照例不会出事故被水淹死的,一出了甚么事,大家皆很勇敢的救人。

我们洗澡可常常到上游一点去,那里人既很少,水又极深,对我们才算合式。这件事自然得瞒着家中人。家中照例总为我担忧,唯恐一不小心就会为水淹死。每天下午既无法禁止我出去玩，又知道下午我不会到米厂上去同人赌骰子，那位对于管拘我侦察我十分负责的大哥，照例一到饭后我出门不久，他也总得到城外河边一趟。人多时不能从人丛中发现我，就沿河去寻找我的衣服，在每一堆衣服上来一分注意。一见到了我的衣服，一句话不说，就拿起来走去，远远的坐到大路上，等候我要穿衣时来同他会面。衣裤既然在他手上，我不能不见他了，到后只好走上岸来，从他手上把衣服取到手，两人沉沉默默的回家。回去不必说甚么，只准备一顿打。可是经过两次教训后，我即或仍然在河中洗澡，也就不至于再被家中人发现了。我可以搬些石头把衣压着，只要一看到他从城门洞边大路走来时，必有人告给我，我就快快的泅到河中去，向天仰卧，把全身泡在水中，只露出一张脸一个鼻孔来，尽岸上那一个搜索也不会得到甚么结果。有些人常常同我在一处，哥哥认得他们，看到了他们时，就唤他们：

"熊澧南，印鉴远，你见我兄弟老二吗？"

那些同学便故意大声答着：

"我们不知道，你不看看衣服吗？"

"你们不正是成天在一堆胡闹吗？"

"是呀，可是现在谁知道他在哪一片天底下？"

"他不在河里吗？"

"你不看看衣服吗？不数数我们的人数吗？"

这好人便各处望望，果然不见到我的衣裤，相信我那朋友的答复不是句谎话，于是站在河边欣赏了一阵河中景致，又弯下腰拾起两个放光的贝壳，用他那双常若含泪发愁的艺术家眼睛赏鉴了一下，或坐下来取出速写簿，随意画两张河景的素描，口上嘘嘘打着唿哨，又向原来那条路上走去了。等他走去以后，我们便来模仿我这个可怜的哥哥，互相反复着前后那种答问。"熊澧南，印鉴远，看见我兄弟吗？""不知道，不知道，你自己不看看这里一共有多少衣服吗？""你们成天在一堆！""是呀！成天在一堆，可是谁知道他现在到哪儿去了呢?"于是互相浇起水来,直到另一个逃走方能完事。

有时这好人明知道我在河中,当时虽无法擒捉,回头却常常隐藏在城门边,坐在卖荞粑的苗妇人小茅棚里,很有耐心的等待着。等到我十分高兴的从大路上同几个朋友走近身时,他便风快的同一只公猫一样,从那小棚中跃出,一把攫住了我衣领。于是同行的朋友就大嚷大笑,伴送我到家门口,才自行散去。不过这种事也只有三两次,我从经验上既知道这一着棋时,进城时便常常故意慢一阵,有时且绕了极远的东口回去。

我人既长大了些,权利自然也多些了,在生活方面我的权利便是即或家中明知我下河洗了澡,只要不是当面被捉,家中可不能用爬搔皮肤方法决定我的应否受罚了。同时我的游泳自然也进步多了,我记到我能在河中来去泅过三次,至于那个名叫熊澧南的,却大约能泅过五次。

下河的事若在平常日子,多半是三点晚饭以后才去。如遇星期日,则常常几人先一天就邀好,过河上游一点棺材潭的地方去,泡一个整天,泅一阵水又摸一会儿鱼,把鱼从水中石底捉得,就用枯枝在河滩上烧来当点心。有时那一天正当附近十里长宁哨苗乡场集,就空了两只手跑到那地方去,玩一个半天。到了场上后,过卖牛处看看他们讨论价钱盟神发誓的样子,又过卖猪处看看那些大猪小猪,查看它,把后脚提起时,必锐声呼喊。又到赌场上去看看那些乡下人一只手抖抖的下注,替别人担一阵心。又到卖山货处去,用手摸摸那些豹子老虎的皮毛,且听听他们谈到猎取这野物的种种危险经验。又到卖鸡处去,欣赏欣赏那些大鸡小鸡,我们皆知道甚么鸡战斗时厉害,甚么鸡生蛋极多。我们且各自把那些斗鸡毛色记下来,因为这些鸡照例当天全将为城中来的兵士和商人买去,五天以后就会在城中斗鸡场出现。我们间或还可在敞坪中看苗人决斗,用扁担或双刀互相拼命。小河边到了场期,照例来了无数小船和竹筏,竹筏上且常常有长眉秀目脸儿极白奶头高肿的青年苗族女人,用绣花大衣袖掩着口笑,使人看来十分舒服。我们来回走二三十里路,各个人两只手既是空空的,因此在场上甚么也不能吃。间或谁一个人身上有一两枚铜元,就到卖狗肉摊边割一块狗肉,蘸些盐水,平均分来吃吃。或者无意中谁一个人在人丛中碰着了一位亲长,被问道:"吃过点心吗?"大家正饿着,互相望了会儿,羞羞怯怯的一笑。那人知道情形了,便说:"这成吗?不喝一杯还算赶场吗?"到后自然就被拉到狗肉摊边去,切一斤两斤肥狗肉,分割成几大块,各人来那么一块,蘸了盐水往嘴上送。

机会不好不曾碰到这么一个慷慨的亲戚,我们也依然不会瘪了肚皮回家。沿路有无数人家的桃树李树,果实全把树枝压得弯弯的,等待我们去为它们减除一分担负。还有多少黄泥田里,红萝卜大得如小猪头,没有我们去吃它赞美它,便始终委屈在那深土里!除此以外,路塍上无处不是莓类同野生樱桃,大道旁无处不是甜滋滋的地枇杷,无处不可得到充饥果腹的山果野莓。口渴时无处不可以随意低下头去喝水。至于茶油树上长的茶莓,则长年四季都可以随意采吃,不犯任何忌讳。即或任何东西没得吃,我们还是十分高兴,就为的是乡场中那一派空气,一阵声音,一分颜色,以及在每一处每一项生意人身上发出那一股臭味,就够使我们觉得满意,我们用各样官能吃了那么多东西,即使不再用口来吃喝也很够了。

到场上去我们还可以看各样水碾水碓,并各种形式的水车。我们必得经过好几个榨油坊,远远的就可以听到油坊中打油人唱歌的声音。一过油坊时便跑进去,看看那些堆积如山的桐子,经过些甚么手续才能出油。我们只要稍稍绕一点路,还可以从一个造纸工作场过身,在那里可以看他们利用水力捣碎稻草同竹筱,用细篾帘子勺取纸浆作纸。我们又必须从一些造船的河滩上过身,有万千机会看到那些造船工匠在太阳下安置一只小船的龙骨,或把粗麻头同桐油石灰嵌进缝罅里补治旧船。

总而言之,这样玩一次,就只一次,也似乎比读半年书还有益处。

若把一本好书同这种好地方尽我拣选一种，直到如今，我还觉得不必看这本弄虚作伪千篇一律用文字写成的小书，却应当去读那本色香具备内容充实用人事写成的大书。

我不明白我为甚么就学会了赌骰子。大约还是因为每早上买菜，总可剩下三五个小钱，让我有机会傍近用骰子赌输赢的糕类摊子。起始当三五个人蹲到那些戏楼下，把三粒骰子或四粒骰子或六粒骰子抓到手中，奋力向大土碗掷去，跟着它的变化喊出种种专门名词时，我真忘了自己也忘了一切。那富于变化的六骰子赌，七十二种"快""臭"，一眼间我皆能很得体的喊出它的得失。谁也不能在我面前占去便宜，谁也骗不了我。自从精明这一项玩意儿以后，我家里这一早上若派我出去买菜，我就把买菜的钱去作注，同一群小无赖在一个有天棚的米厂上玩骰子，赢了钱自然全部买东西吃，若不凑巧全输掉时，就跑回来悄悄的进门找寻外祖母，从她手中把买菜的钱得到。

但这是件相当冒险的事，家中知道后可得痛打一顿，因此赌虽然赌，经常总只下一个铜子的注，赢了拿钱走去，输了也不再来，把菜少买一些，总可敷衍下去。

由于赌术精明，我不大担心输赢。我倒最希望玩个半天结果无输无赢。我所担心的只是正玩得十分高兴，忽然后领一下子为一只强硬有力的瘦手攫定，一个哑哑的声音在我耳边响着：

"这一下捉到你了！这一下捉到你了！"

先是一惊。想挣扎可不成。既然捉定了，不必回头，我就明白我被谁捉住，且不必猜想，我就知道我回家去应受些甚么款待。于是提了菜篮让这个仿佛生下来给我作对的人把我揪回去。这样过街可真无脸面，因此不是请求他放和平点抓着我一只手，总是趁他不注意的情形下，忽然挣脱先行跑回家去，准备他回来时受罚。

每次在这件事上我受的处罚都似乎略略过分了些，总是把一条绣花的白绸腰带绑定两手，系在空谷仓里，用鞭子打几十下，上半天不许吃饭，或是整天不许吃饭。亲戚中看到觉得十分可怜，多以为哥哥不应当这样虐待弟弟。但这样不顾脸面的去同一些乞丐赌博，给了家中多少气恼，我是不理解的。

我从那方面学会了不少下流野话和赌博术语，在亲戚中身分似乎也就低了些。只是当十五年后，我能够用我各方面的经验写点故事时，这些粗话野话，却给了我许多帮助，增加了故事中人物的色彩和生命。

革命后本地设了女学校，我两个姐姐一同被送过女学校读书。我那时也欢喜过女学校去玩，就因为那地方有些新奇的东西。学校外边一点，有个做小鞭炮的作坊，从起始用一根细钢条，卷上了纸，送到木机上一搓，吱的一声就成了空心的小管子，再如何经过些甚么手续，便成了燃放时巴的一声的小爆仗，被我看得十分熟习。我借故去瞧姐姐时，总在那里看他们工作一会会。我还可看他们烘焙火药，碓舂木炭，筛硫磺，配合火药的原料，因此明白制焰火用的药同制爆仗用的药，硫磺的分配分量如何不同。这些知识远比学校读的课本有用。

一到女学校时，我必跑到长廊下去，欣赏那些平时不易见到的织布机器。那些大小不一钢齿轮互相衔接，一动它时全部都转动起来，且发出一种异样陌生的声音，听来我总十分欢喜。我平时是个怕鬼的人，但为了欣赏这机器，黄昏中我还敢在那儿逗留，直到她们大声呼喊各处找寻时，我才从廊下跑出。

当我转入高小那年，正是民国五年，我们那地方为了上年受蔡锷讨袁战事的刺激，感觉军队非改革不能自存，因此本地镇守署方面，设了一个军官团。前为道尹后改成苗防屯务处方面，也设了一个将弁学校。另外还有一个教练兵士的学兵营，一个教导队。小小的城里多了四个军事学校，一切都用较新方式训练，地方因此气象一新。由于常常可以见到这类青年学生结队成排在街上走过，本地的小孩，以及一些小商人，都觉得学军事较有意思，有出息。有人与军官团一个教官作邻居的，要他在饭后课余教教小孩子，先在大街上操练，到后却借了附近由皇殿改成的军官团操场使用,不上半月便招集了一百人左右。

　　有同学在里面受过训练来的,精神比起别人来特别强悍,显明不同于一般同学。我们觉得奇怪。这同学就告我们一切,且问我愿不愿意去。并告我到里面后,每两月可以考选一次,配吃一份口粮作守兵战兵的,就可以补上名额当兵。在我生长那个地方,当兵不是耻辱。多久以来,文人只出了个翰林,即熊希龄,两个进士,四个拔贡。至于武人,随同曾国荃打入南京城的就出了四名提督军门,后来从日本士官学校出来的朱湘溪,还作蔡锷的参谋长,出身保定军官团的,且有一大堆。在湘西十三县似占第一位。本地的光荣原本是从过去无数男子的勇敢流血博来的。谁都希望当兵,因为这是年轻人一条出路,也正是年轻人惟一的出路。同学说及进技术班时,我就答应试来问问我的母亲,看看母亲的意见,这将军的后人,是不是仍然得从步卒出身。

　　那时节我哥哥已过热河找寻父亲去了,我因不受拘束,生活既日益放肆,不易教管,母亲正想不出处置我的好方法,因此一来,将军后人就决定去作兵役的候补者了。

预备兵的技术班

家中听说我一到那边去,既有机会考一分口粮,且明白里面规矩极严,以为把我放进去受预备兵的训练,实在比让我在外面撒野较好。即或在学校免不了从天桥掉下的危险,但有人亲眼看到掉下来,总比无人照料,到那些空山里从高崖上摔下为好些,因此当时便答应了。母亲还为我缝了一套灰布制服。

我把这消息告给学校那个梁班长时,军衣还不曾缝好,他就带我去见了一次姓陈的教官。我第一次见到那个挺着胸脯的人,实在有点害怕,但我却因为听说他的杠杆技术曾经得过全省锦标,能够在天桥上竖蜻蜓用手来回走四五次,又能在杠杆上打大车轮至四十来次,简直是个新式徐良、黄天霸,因此虽畏惧他却也喜欢他。

这教官给我第一次印象不坏,此后的印象也十分好。他对于我似乎也还满意。先看我人那么小,排队总在最后一名,在操场中"跑步"时便把我剔出,到"正步走""向后转"走时,我的步子较小一点,又想法让我不吃亏。但经过十天后,我的能力和勇敢,就得到他完全的承认,做任何事应当大家去做的,我头上也总派到一份了。

我很感谢那教官,由于他那分无私严厉,逼迫我学会了一种攀杠杆的技术,到后来还用这点技术救过我自己一次生命的危险。我身体到后在军队中去混了那么久,那一次重重的伤寒病四十天的高热,居然能够支持下来,未必不靠从技术班训练好的一个结实体格所帮助。我的身体是因从小营养不良显得脆弱,性格方面永远保持到一点坚实军人的风味,不管做甚么总去做,不大关心成败得失,似乎也就是那将近一年的训练养成的。

我进到了那军役补习组后，方知道原来在学校作班长的梁凤生，在技术班也还是我们的班长。我在里面得到他的帮助可不少。一进去时的单人教练，他就作了我的教师。当每人到小操场的砂地上学习打筋斗时，用腰带束了我的腰，两个人各用手紧紧的抓着那根带子，好在我正当把两只手垫到地面，想把身体翻过去再一下挺起时，他就赶忙用手一拉，使我不要扭坏腰腿。有时我攀上杠杆，用膀子向后反挂，预备来一次背车，在旁小心照料的也总是他。有时一不小心摔到砂地上，跌哑了喉，想说话无论如何怎样用力再也说不出口，一为他见及，就赶忙搀起我来，扶着我乱跑，必得跑过好一阵，我口方说得出话。不至于出现后遗症。

这人在学校书既读得极好，每次考试总得第一，过技术班来成绩也非常好。母亲是一个寡妇，守着三个儿子，替人缝点衣服过日子。这同学散操以后，便跑回去，把那个早削好了无数甘蔗，业已分配得上好的篮子，提上街到各处去叫卖，把甘蔗卖完便赚回三五十个小钱。这人虽然为了三五十个钱，每个晚上总得大街小巷的走去。可是在任何地方一遇到同学好友时，总一句话不说，走到你身边来，把一节值五文一段的甘蔗，突然一下塞到你的手里，风快的就跑掉了。我遇到他这样两次，心中真感动得厉害。我并不想那甘蔗吃，却因为他那种慷慨大方处，白日见他时简直使我十分害羞。

这朋友虽待得我很好，可是在学校方面，我最好的一个同学却是个姓陈名肇林的。在技术班方面，好朋友也姓陈，名继瑛，这个陈继瑛家只隔我家五户，照本地习惯，下午三点即吃晚饭，他每天同我一把晚饭吃过后，就各人穿了灰布军服，在街上气昂昂的并排走出城去。每出城到门洞边时，卖牛肉的屠户，正在收拾他的业务，总故意逗我们，喊叫我们作"排长"。一个守城的老兵，也总故意做一个鬼脸，说两句无害于事的玩笑话。两人心中以为这是小玩笑，我们上学为的是将来做大事，这些小处当然用不着在意。

当时我们所想的实在与这类事不同,他只打量作团长,我就只想进陆军大学。即或我爸爸希望作一将军终生也作不到,但他把祖父那一份过去光荣,用许多甜甜的故事输入到这荒唐顽皮的小脑子里后,却料想不到,发生很大的影响。书本既不是我所关心的东西,国家又革了命,我知道中状元已无可希望,却俨然有一个将军的志气。家中别的甚么教育都不给我,所给的也恰恰是我此后无多大用处的。可是爸爸给我的教育,却对于我此后生活的转变,以及在那个不利于我读书的生活中支持,真有很大的益处。体魄不甚健实的我,全得爸爸给我那分启发,使我在任何困难情形中总不气馁,任何得意生活中总不自骄。比给我任何数目的财产,还似乎更贵重难得。

当营上的守兵不久有了几名缺额,我们那一组应当分配一名时,我照例去考过一次。考试的结果当然失败。但我总算把各种技术演习了那么一下。也在小操场杠杆上做挂腿翻上,再来了十个背车。又蹲了一次木马,走了一度天桥,且从平台上拿了一个大顶,再丢手侧身倒掷而下。又在大操场指挥一个十人组成的小队,作正步、跑步、跪下、卧下种种口令,完事时还跑到阅兵官面前用急促的声音完成一种报告。操演时因为有镇守使署中的参谋长和别的许多军官在场,临事虽不免有点慌张,但一切动作做得还不坏:不跌倒,不吃砂,不错误手续。且想想,我那时还是一个十三岁半的孩子!这次结果守兵名额虽然被一位美术学校的学生田大哥得去了,大家却并不难过。(这人原先在艺术学校考第一名,在我们班里作了许久大队长,各样皆十分来得。这人若当时机会许可他到任何大学去读书,一定也可做个最出色的大学生。若机会许可他上外国去学艺术,在绘画方面的成就,会成一颗放光的星子。可是到后来机会委屈了他,环境限止了他,自己那点自足骄傲脾气也妨碍了他,十年后跑了半个中国,还是在一个少校闲曹的位置上打发日月。)当时各人虽没有得到当兵的荣耀,全体却十分快乐。我记得那天回转家里时,家中人问及一切,竟对我亲切的笑了许久。且因为我得到过军部的奖语,仿佛便以为我未来必有一天可做将军，为了欢迎这未来将军起见，第二天杀了一只鸡，鸡肝鸡头全为我独占。

第二回又考试过一次，那守兵的缺额却为一个姓舒的小孩子占去了，这人年龄和我不相上下，各种技术皆不如我，可是却有一分独特的胆量，能很勇敢的在一个两丈余高的天桥上，翻倒筋斗掷下，落地时身子还能站立稳稳的，因此大家仍无话说。这小孩子到后两年却害热病死了。

第三次的兵役给了一个名"田棒槌"的，能跳高，撑篙跳会考时第一，这人后来当兵出防到外县去，也因事死掉了。

我在那里考过三次，得失之间倒不怎么使家中失望。家中人眼看着我每天能够把军服穿得整整齐齐的过军官团上操，且明白了许多军人礼节，似乎上了正路，待我也好了许多。可是技术班全部组织，差不多全由那教官一人所主持，全部精神也差不多全得那教官一人所提起，就由于那点稀有服务精神被那位镇守使看中了意，当他卫队团的营副出了缺时，我们那教官便被调去了。教官一去，学校自然也无形解体了。

这次训练算来大约是八个月左右，因为起始在吃月饼的八月，退伍是次年开桃花的三月。我记得那天散操回家，我还在一个菜园里摘了一大把桃花回家。

那年我死了一个二姐，她比我大两岁，美丽，骄傲，聪明，大胆，在一行九个兄弟姊妹中，比任何一个都强过一等。她的死也就死在那分要好使强的性格上。我特别伤心，埋葬时，悄悄带了一株山桃插在坟前土坎上。过了快二十年从北京第一次返回家乡上坟时，想不到那株山桃树已成了两丈多高一株大树。

一个老战兵

当时在补充兵的意义下,每日受军事训练的,本城计分三组,我所属的一组为城外军官团陈姓教官办的,那时说来似乎高贵一些。另一组在城里镇守使衙门大操坪上操的,归镇守使署卫队杜连长主持,名分上便较差些。这两处皆用新式入伍训练。还有一处归我本街一个老战兵滕四叔所主持,用的是旧式教练。新式教练看来虽十分合用,钢铁的纪律把每个人皆造就得自重强毅,但实在说来真无趣味。且想想,在附近中营游击衙门前小坪操练的一群小孩子,最大的不过十七岁,较小的还只十二岁,一下操场总是两点钟,一个跑步总是三十分钟,姿势稍有不合就是当胸一拳,服装稍有疏忽就是一巴掌。盘杠杆,从平台上拿顶,向木马上扑过,一下子掼到地上时,哼也不许哼一声。过天桥时还得双眼向前平视,来作正步通过。野外演习时,不管是水是泥,喊卧下就得卧下,这些规矩纪律真不大同本地小孩性格相宜!可是旧式的那一组,却太潇洒了。他们学的是翻筋斗,打藤牌,舞长稍,耍齐眉棍。我们穿一色到底的灰衣,他们却穿各色各样花衣。他们有描花皮类的方盾牌,藤类编成的圆盾牌,有弓箭,有标枪,有各种华丽悦目的武器。他们或单独学习,或成对厮打,各人可各照自己意见去选择。他们常常是一人手持盾牌单刀,一人使关刀或戈矛,照规矩练"大刀取耳""单戈破牌"或其他有趣厮杀题目。两人一面厮打一面大声喊"砍""杀""摔""坐",应当归谁翻一个筋斗时,另一个就用敏捷的姿势退后一步,让出个小小地位。应当归谁败了时,战败的跌倒时也有一定的章法,做得又自然又活泼。作教师的在身旁指点，稍有了些错误，自己就占据到那个地位上去示范，为他们纠正错误。

这教师就是个奇人趣人，不拘向任何一方翻筋斗时，毫不用力，只需把头一偏，即刻就可以将身体在空中打一个转折。他又会爬树，极高的桅子，顷刻之间就可上去。他又会拿顶，在城墙雉堞上，在城楼上，在高桅半空棋科上，无地无处不可以身体倒竖把手当成双脚，来支持很久的时间。他又会汨水，任何深处可以一汆子到底，任何深处皆可汨去。他又会摸鱼，钓鱼，叉鱼，有鱼的地方他就可以得鱼。他又明医术，谁跌碰伤了手脚时，随手采几样路边草药，捣碎敷上，就可包好。他又善于养鸡养鸭，大门前堂有许多高贵种类的斗鸡。他又会种花，会接果树，会用泥土捏塑人象。

这旧式的一组能够存在，且居然能够招收许多子弟，实在说来，就全为的是这个教练的奇材异能。他虽同那么一大堆小孩子成天在一处过日子，却从不拿谁一个钱也从不要公家津贴一个钱，他只属于中营的一个老战兵，他作这件事也只因为他欢喜同小孩子在一处。全城人皆喊他为"滕师傅"，他却的的确确不委屈这一个称呼。他样样来得懂得，并且无一事不精明在行，你要骗他可不成，你要打他你打不过他。最难得处就是他比谁都和气，比谁都公道。但由于他是一个不识字的老战兵，见"额外""守备"这一类小官时，也得谦谦和和的喊一声"总爷"。他不单教小孩子打拳，有时还鼓励小孩子打架，他不只教他们摆阵，甚至于还教他们洗澡赌博，因此家中有规矩点的小孩，却不大到他这里来，到他身边来的，多数是些寒微人家子弟。

他家里藏了漆朱红花纹的牛皮盾牌，带红缨的标枪，锻银的方天画戟，白檀木的齐眉棍。家中有无数的武器，同时也有无数的玩具：有锣，有鼓，有笛子胡琴，渔鼓简板，骨牌纸牌，无不齐全。大白天，家中照例常常有人唱戏打牌，如同一个俱乐部。到了应当练习武艺时，弟子儿郎们便各自扛了武器到操坪去。天气炎热不练武，吃过饭后就带领一群小孩，并一笼雏鸭，拿了光致致的小鱼叉，一同出城下河去教练小孩子泅水,且用极优美姿势钻进深水中去摸鱼。

在我们新式操练两组里,谁犯了事,不问年龄大小,不是当胸一拳,就是罚半点钟立正,或一个人独自绕操场跑步一点钟。可是在他们这方面,就不作兴这类苛刻处罚。一提到处罚,他们就嘲笑这是种"洋办法",事情由他们看来十分好笑。至于他们的错误,改正错误的,却总是那师傅来一个示范的典雅动作,相伴一个微笑。犯了事,应该处罚,也总不外是罚他泅过河一次,或类似有趣的待遇,在处罚中即包含另一种行为的奖励。我们敬畏老师,一见教官时就严肃了许多,也拘束了许多。他们则爱他的师傅,一近身时就潇洒快乐了许多。我们那两组学到后来得学打靶,白刃战的练习,终点是学科中的艰深道理,射击学,筑城学,以及种种不顺耳与普通生活无关系的名词。他们学到后来却是驰马射箭,再多学些便学摆阵,人穿了五彩衣服,扛了武器和旗帜,各自随方位调动,随金鼓声进退。我们永远是枯燥的,把人弄呆板起来,对生命不流动的。他们却自始至终使人活泼而有趣味,学习本身同游戏就无法分开。

本地武备补充训练既分三处,当时从学的,最合于事实的希望,大都只盼得一个守兵的名额。我们新式操练成绩虽不坏,可是有守兵出缺实行考试时,还依然让那老战兵所教练的旧式一组得去名额最多。即到十六年后的现在,从三处出身的军官,精明、能干、勇敢、负责,也仍然是一个从他那儿受过基础教育的张姓团长,最在行出色。

当时我同那老战兵既同住一条街上,家中间或有了甚么小事,还得常常请他帮点忙。譬如要点药,或做点别的事,总少不了他。可是家中却不许我跟这战兵在一处,还是要我扛了一支长长的青竹子,出城过军官团去学习撑篙跳,让班长用拳头打胸脯,大约就为的是担心我跟这样俗气的人把习惯弄坏。但家中却料不到十来年后,在军队中好几次危险,我用来自救救人的知识,便差不多全是从那老战兵学来的!

在我那地方,学识方面使我敬重的是我一个姨父,是个进士,辛亥后民选县知事。带兵方面使我敬重的是本地一个统领官,做人最美技能最多,使我觉得他富于人性十分可爱的,是这个老战兵。

家中对于我的放荡既缺少任何有效方法来纠正,家中正为外出的爸爸卖去了大部分不动产,还了几笔较大的债务,景况一天比一天的坏下去。加之二姐死去,因此母亲看开了些,以为与其让我在家中堕入下流,不如打发我到世界上去学习生存。在各样机会上去做人,在各种生活上去得到知识与教训。当我母亲那么打算了一下,决定了要让我走出家庭到广大社会中去竞争生存时,就去向一个杨姓军官谈及,便得到了那方面的许可,应允尽我用补充兵的名义,同过辰州。那天我自己还正好泡在河水里,试验我从那老战兵学来的沉入水底以后的耐久力,与仰卧水面的上浮力。这天正是七月十五中元节,我记得分明,到河边还为的是拿了些纸钱同水酒白肉奠祭河鬼,照习俗这一天谁也不敢落水,河中清静异常。纸钱烧过后,我却把酒倒到水中去,把一块半斤重熟肉吃尽,脱了衣裤,独自一人在清清的河水中拍浮了约两点钟左右。

七月十六那天早上,我就背了个小小包袱,离开了本县学校,开始混进一个更广泛的学校了。

辰州(即沅陵)

　　离开了家中的亲人,向甚么地方去,到那地方去又做些甚么,将来有些甚么希望,我一点儿也不知道。我还只是十四岁稍多点一个孩子,这份年龄似乎还不许可我注意到与家中人分离的痛苦,我又那么欢喜看一切新奇东西,听一切新奇声响,且那么渴慕自由,所以初初离开本乡时,深觉得无量快乐。

　　可是一上路,却有点忧愁了。同时上路的约三百人,我没有一个熟人。我身体既那么小,背上的包袱却似乎比本身还大。到处是陌生面孔,我不知道日里同谁吃饭,且不知道晚上同谁睡觉。听说当天得走六十里路,才可到有大河通船舶的地方,再坐船向下行。这么一段长路照我过去经验说来,还不知道是不是走得到。家中人担心我会受寒,在包袱中放了过多的衣服,想不到我还没享受这些衣服的好处以前,先就被这些衣服累坏了。

　　尤其使我害怕的,便是那些坐在轿子里的几个女孩子,和骑在白马上几个长官,这些人我全认得他们,他们已仿佛不再认识我。由于身分的自觉,当无意中他们轿马同我走近时,我实在又害怕又羞怯。为了逃避这些人的注意,我就同几个差弁模样的年轻人,跟在一伙脚夫后面走去。后来一个脚夫看我背上包袱太大了一点,人可太小了一点,便许可我把包袱搭到他较轻的一头去。我同时又与一个中年差遣谈了话,原来这人是我叔叔一个同学。既有了熟人,又双手洒脱的走空路,毫不疲倦的,黄昏以前我们便到了一个名叫高村的大江边了。

　　一排篷船泊定在水边,大约有二十余只,其中一只较大的还悬了一面红绸帅字旗。各个船头上全是兵士，各人皆在寻觅着指定的船。那差遣已同我离开了，我便一个人背了那个大包袱，怯怯的站到岸上，随后向一只船旁冲去，轻轻的问："有地方吗？大爷。"那些人总说："满了，你自己看，全满了！你是第几队的？"我自己就不知道自己应分在第几队，也不知道去问谁。有些没有兵士的船看来仿佛较空的，他们要我过去问，又总因为船头上站得有穿长衣的秘书参谋，他们的神气我实害怕，不敢冒险过去问问。

天气看看渐渐的夜了下来，有些人已经在船头烧火煮饭，有些人已蹲着吃饭，我却坐在岸边大石上，发呆发愁，想不出甚么办法。那时宽阔的江面，已布满了薄雾，有野鹜鹭鹚之类接翅在水面向对河飞去，天边剩余一抹深紫。见到这些新奇光景，小小心中来了一分无言的哀戚。自己便微笑着，揉着为长途折磨坏了的两只脚。我明白，生命开始进入了一个崭新世界。

一会儿又看见那个差遣，差遣也看到我了。

"啊，你这个人，怎么不上船呀？"

"船上全满了，没有地方可上去的。"

"船上全满了，你说！你那么拳头大的小孩子，放大方点，甚么地方不可以夤进去。来，来，我的小老弟，这里有的是空地方！"

我见了熟人高兴极了。听他一说我就跟了他到那只船上去，原来这还是一只空船！不过这船舱里舱板也没有，上面铺的只是一些稀稀的竹格子，船摇动时就听到舱底积水汤汤的流动，到夜里怎么睡觉？正想同那差遣说我们再去找找看，是不是别的地方当真还可照他用的那个粗俚字眼夤进去，一群留在后边一点本军担荷篷帐的伕子赶来了。我们担心一走开，回头再找寻这样一个船舱也不容易，因此就同这些伕子挤得紧紧的住下来。到开饭时有人各船上来喊叫，因为取饭的原因，我却碰到了一个军械处的熟人。于是换了一个船，转到军械船上住下，吃过饭，一会儿便异常舒服的睡熟了。

船上所见无一事不使我觉得新奇。二十四只大船有时衔尾下滩,有时疏散散浮到那平潭里。两岸时时刻刻在一种变化中,把小小的村落,广大的竹林,黑色的悬岩,一一收入眼底。预备吃饭时,长潭中各把船只任意溜去,那份从容那份愉快处,实在使人感动。摇橹时满江浮荡着歌声。我就看这些,听这些,把家中人暂时完全忘掉了。四天以后,我们的船编成一长排,停泊在辰州城下中南门的河岸专用码头边。

又过了两天,我们已驻扎在总爷巷一个旧参将衙门里,一份新的日子便开始了。

墙壁各处是膏药,地下各处是瓦片同乱草,草中留下成堆黑色的干粪便,这就是我第一次进衙门的印象。于是轮到了我们来着手扫除了。做这件事的共计二十人,我便是其中一个。大家各在一种异常快乐情形下,手脚并用整整工作了一个日子,居然全部弄清爽了。庶务处又送来了草荐同木板,因此在地面垫上了砖头,把木板平铺上去,摊开了新作的草荐,一百个人便一同躺到这两列草荐上,十分高兴把第一个夜晚打发走了。

到地后,各人应当有各人的事,作补充兵的,只需要大清早起来操跑步。操完跑步就单人教练,把手肘向后抱着,独自在一块地面上,把两只脚依口令起落,学慢步走。下午无事可作,便躺在草荐上唱《大将南征》的军歌。每个人皆结实单纯,年纪大的约二十二岁,年纪小的只十三岁,睡硬板子的床,吃粗粝陈久的米饭,却在一种沉默中活着下来。我从本城技术班学来那份军事知识,很有好处,使我为日不多就做了班长。

直到现在我还不明白为甚么当时有些兵士不能随便外出,有些人又可自由出入。照我想来则大概是城里人可以外出,乡下人可以外出却不敢外出。

我记得我的出门是不受任何限制的,但每早上操过跑步时,总得听苗人吴姓连长演说:“我们军人,原是卫国保民。初到这来客军极多,一切要顾脸面。外出时节制服应当整齐,扣子扣齐,腰带弄紧,裹腿缠好。胡来乱为的,要打屁股。"说到这里时,于是复大声说:"听到了么?"大家便说:"听到了。"既然答应全已听到,就解散了。当时因犯事被按在石地上打板子的,就只有营中火夫,兵士却因为从小地方开来,十分怕事,谁也不敢犯罪,不作兴挨打。

我很满意那个街上,一上街触目都十分新奇。我最欢喜的是河街,那里使人惊心动魄的是有无数小铺子,卖船缆,硬木琢成的活车,小鱼篓,小刀,火镰,烟嘴。满地是有趣味的物件。我每次总去蹲到那里看一个半天,同个绅士守在古董旁边一样恋恋不舍。

城门洞里有一个卖汤圆的,常常有兵士坐在那卖汤圆人的长凳上,把热热的汤圆向嘴上送去。间或有一个本营里官佐过身,得照规矩行礼时,便一面赶忙放下那个土花碗,把手举起,站起身来含含胡胡的喊"敬礼"。那军官见到这种情形,有时也总忍不住微笑。这件事碰头最多的还是我。我每天总得在那里吃一回汤圆或坐下来看看各种各样过往路人。

我又常常同那团长管马的张姓马夫,牵马到朝阳门外大坪里去放马,把长长的缰绳另一端那个檀木钉,钉固在草坪上,尽马各处走去,我们就躺到草地上晒太阳,说说各人所见过的大蛇大鱼。又或走近教会中学的城边去,爬上城墙,看看那些中学生打球。又或过有树林处去,各自选定一株光皮梧桐,用草揉软作成一个圈套,挂在脚上,各人爬到高处枝桠上坐坐,故意把树摇荡一阵。

营里有三个小号兵同我十分熟习,每天他们必到城墙上去吹号。还过城外河坝去吹号,我便跟他们去玩。有时我们还爬到各处墙头上去吹号,我不会吹号却能打鼓。

我们的功课固定不变的,就只是每天早上的跑步。跑步的用处是在追人还是在逃亡,谁也不很分明。照例起床号吹过不久就吹点名号,一点完名跟着下操坪,到操场里就只是跑步。完事后,大家一窝蜂向厨房跑去,那时节豆芽菜一定已在大锅中沸了许久,大甑笼里的糙米饭也快好了。

我们每天吃的总是豆芽菜汤同糙米饭，每到礼拜天那天，就吃一次肉，各人名下有一块肥猪肉，分量四两，是从豆芽汤中煮熟后再捞出的。

到后我们把枪领来了。

除了跑步无事可作，大家就只好在太阳下擦枪，用一根细绳子缚上些涂油布条，从枪膛穿过，绳子两端各缚定在廊柱上，于是把枪一往一来的拖动。那时候的枪名有下列数种：单响，九子，五子；单响分广式，猪槽两种，五响分小口紧、双筒、单筒、拉筒、盖板五种，也有说"日本春田""德国盖板"的，但不通俗。兵士只知道这些名称，填写枪械表时也照这样写上。

我们既编入支队司令的卫队，除了司令官有时出门拜客，选派二十三十护卫外，无其他服务机会。某一次保护这生有连鬓胡子的司令官过某处祝寿，我得过五毛钱的奖赏。

那时节辰州地方组织了一个湘西联合政府，全名为靖国联军第一军政府。驻扎了三个不同部队。军人首脑其一为军政长凤凰人田应诏，其一为民政长芷江人张学济。另外一个却是黔军旅长后来回黔作了省长的卢焘。与之对抗的是驻兵常德身充旅长的冯玉祥。这一边军队既不向下取攻势，那一边也不向上取攻势，各人就只保持原有地盘，等待其他机会。两方面主要经济收入都靠的是鸦片烟税。

单是湘西一隅，除客军一混成旅外，集中约十万人。我们部队是游击第一支队，属于靖国联军第二军，归张学济管辖。全辰州地方约五千家户口，各部分兵士大致就有两万。当时军队虽十分庞杂，各军联合组织得有宪兵稽查处，故还不至于互相战争。不过当时发行钞票过多，每天兑现时必有二三小孩同妇人被践踏死去。每天给领军米，各地方部队为争夺先后，互相殴打伤人，在那时也极平常。

一次军事会议的结果，上游各县重新作了一度分配，划定若干防区，军队除必需一部分沿河驻扎防卫下游侵袭外，其余照指定各县城防驻清乡。由于特殊原因，第一支队派定了开过那总司令官的家乡芷江去清乡剿匪。

清乡所见

据传说快要"清乡"去了，大家莫不喜形于色。开差时每人发了一块现洋钱，我便把钱换成铜元，买了三双草鞋，一条面巾，一把名叫"黄鳝尾"的小尖刀，刀柄还缚了一片绸子，刀鞘是朱红漆就的。我最快乐的就是有了这样一把刀子，似乎一有了刀子可不愁甚么了。我于是仿照那苗人连长的办法，把刀插到裹腿上去，得意扬扬的到城门边吃了一碗汤圆，说了一阵闲话，过两天便离开辰州了。

我们队伍名分上共约两团。先是坐小船上行，大约走了七天，到我第一次出门无法上船的地方，再从旱路又走三天，便到了沅州所属的东乡榆树湾。这一次我们既然是奉命来到这里清乡，因此沿路每每到达一个寨堡时，就享受那堡中有钱乡绅用蒸鹅肥腊肉的款待，但在山中小路上，却受了当地人无数冷枪的袭击。有一次当我们从两个长满小竹的山谷狭径中通过时，拍的一声枪响，我们便倒下了一个。听到了枪声，见到了死人，再去搜索那些竹林时，却毫无甚么结果。于是把枪械从死去的身上卸下，砍了两根大竹子缚好，把他抬着，一行人又上路了。二天路程中我们部队又死去了两个，但到后我们却一共杀了那地方人将近两千。怀化小镇上也杀了近七百人。

到地后我们便与清乡司令部一同驻扎在天后宫楼上。一到第二天，各处团总来拜见司令供给办养时，同时就用绳子缚来四十三个老实乡下人，当夜由军法长过了一次堂，每人照呈案的罪名询问了几句，各人按罪名轻重先来一顿板子，一顿夹棍，有二十七个在刑罚中画了供，用墨涂在手掌上取了手模，第二天，我们就簇拥了这二十七个乡下人到市外田坪里把头砍了。

一次杀了将近三十个人，第二次又杀了五个。从此一来就成天捉人，把人从各处捉来时，认罪时便写上了甘结，承认缴纳清乡子弹若干排，或某种大枪一支，再行取保释放。无力缴纳捐款，或仇家乡绅方面业已花了些钱运动必须杀头的，就随随便便列上一款罪案，一到相当时日，牵出市外砍掉。认罪了的虽名为缴出枪械子弹，其实则无枪无弹，照例作价折钱，枪每支折合一百八十元，子弹每排一元五角，多数是把现钱派人挑来。钱一送到，军需同副官点验数目不错后，当时就可取保放人。这是照习惯办事，看来象是十分近情合理的。

关于杀人的纪录日有所增，我们却不必出去捉人，照例一切人犯大多数由各乡区团总地主送来。我们有时也派人把团总捉来，罚他一笔钱又再放他回家。地方人民既非常蛮悍，民三左右时一个黄姓的辰沅道尹，在那里杀了约两千人，民五黔军司令王晓珊，在那里又杀了三千左右，现时轮到我们的军队作这种事，前后不过杀二千人罢了！

那地方上行去沅州县城约九十里，下行去黔阳县城约六十里。一条河水上溯可至黔省的玉屏，下行经过湘西重要商埠的洪江，可到辰州。在辰河算是个中等水码头。

那地方照例五天一集，到了这一天便有猪牛肉和其他东西可买。我们除了利用乡绅矛盾，变相"吊肥羊"弄钱，又用钱雇来的本地侦探，且常常到市集热闹人丛中去，指定了谁是土匪处派来的奸细，于是捉回营里去一加搜查，搜出了一些暗号，认定他是从土匪方面派来的探事奸细时，即刻就牵出营门，到那些乡下人往来最多的桥头上，把奸细头砍下来，在地面流一滩腥血。人杀过后，大家欣赏一会儿，或用脚踢那死尸两下，踹踹他的肚子，仿佛做完了一件正经工作，有别的事情的，便散开做事去了。

住在这地方共计四个月，有两件事在我记忆中永远不能忘去，其一是当场集时,常常可以看到两个乡下人因仇决斗,用同一分量同一形色的刀互砍,直到一人躺下为止。我看过这种决斗两次,他们方法似乎比我那地方所有的决斗还公平。另外一件是个商会会长年纪极轻的女儿,得病死去埋葬后,当夜便被本街一个卖豆腐的年轻男子从坟墓里挖出,背到山峒中去睡了三天,方又送回坟墓去。到后来这事为人发觉时,这打豆腐的男子,便押解过我们衙门来,随即就地正法了。临刑稍前一时,他头脑还清清楚楚,毫不胡涂,也不嚷吃嚷喝,也不乱骂,只沉默的注意到自己一只受伤的脚踝。我问他:"脚被谁打伤的?"他把头摇摇,仿佛记起一件极可笑的事情,微笑了一会儿,轻轻的说:"那天落雨,我送她回去,我也差点儿滚到棺材里去了。"我又问他:"为甚么你做这件事?"他依然微笑,向我望了一眼,好象当我是个小孩子,不会明白甚么是爱的神气,不理会我,但过了一会儿,又自言自语轻轻的说:"美得很,美得很。"另一个兵士就说:"疯子,要杀你了,你怕不怕?"他就说:"这有甚么可怕的。你怕死吗?"那兵士被反问后有点害羞了,就大声恐吓他说:"癫狗肏的,你不怕死吗?等一会儿就要杀你这癫子的头!"那男子于是又柔弱的笑笑,便不作声了。那微笑好象在说:"不知道谁是癫子。"我记得这个微笑,十余年来在我印象中还异常明朗。

怀 化 镇

四个月后我们移防到另一个地名怀化的小乡镇住下。这地方给我的印象,影响我的感情极其深切。这地方一切,在我《沈从文甲集》里一篇题作《我的教育》的记载里,说得还算详细。我到了这个地方,因为勉强可以写几个字,那时填造枪械表正需要一些写字的人,有机会把生活改变了一个方式,因此在那领饷清册上,我便成为上士司书了。

我在那地方约一年零四个月,大致眼看杀过七百人。一些人在甚么情形下被拷打,在甚么状态下被把头砍下,我皆懂透了。又看到许多所谓人类做出的蠢事,简直无从说起。这一份经验在我心上有了一个分量,使我活下来永远不能同读"子曰"的城市中人爱憎感觉一致了。从那里以及其他一些地方,我看了些平常人不看过的蠢事,听了些平常人没听过的喊声,且嗅了些平常人不嗅过的气味;使我对于城市中人在狭窄庸懦的生活里产生的作人善恶观念,不能引起多少兴味,一到城市中来生活,弄得忧郁强执不象一个"人"的感情了。

我所到的地方原来不过只是百十户左右一个小镇,地方惟一较大的建筑是一所杨姓祠堂,于是我们一来便驻扎到这个祠堂中。

这里有一个官药铺,门前安置一口破锅子,有半锅黑色膏药,锅旁贴着干枯了的蛇和壁虎蜈蚣等等,表示货真价实。常常有那么一个穿上青洋板绫马褂,二马裾蓝青布衫子,红珊瑚球小帽子,人瘦瘦的、留下一小撮仁丹胡子的店老板,站在大门前边,一见到我们过路时,必机械的把两手摊开,腰背微微弯下,和气亲人的向我们打招呼:

"副爷，副爷，请里边坐，膏药奉送，五毒八宝膏药奉送。"

因为照例作兵士的总有许多理由得在身体不拘某一部分贴上一张膏药，并且各样病症似乎也都可由膏药治好，所以药铺表示欢迎驻军起见，管事的常常那么欢迎我们。并且膏药锅边总还插上一个小小纸招，写着"欢迎清乡部队，新摊五毒八宝膏药，奉送不取分文"。既然有了这种优待，兵士火夫到那里去贴膏药的自然也不乏其人。我才明白为甚么戏楼墙壁上膏药特别多的理由，原来有不要钱买的膏药，无怪乎大家竞贴膏药了。

住处祠堂对门有十来个大小铺子，那个豆腐作坊门前常是一汪黑水，黑水里又涌起些白色泡沫，常常有五六只肮脏大鸭子，把个嫩红的扁嘴插到泡沫里去，且喋呷出一种欢快声音来。

那个南货铺有冰糖红糖，有海带蜇皮，有陈旧的芙蓉酥同核桃酥，有大麻饼与小麻饼。铺子里放了无数放乌金光泽的大陶瓷，上面贴着剪金的福字寿字。有成束的干粉条，又有成束的咸面，皆用皮纸包好，悬挂在半空中，露出一头让人见到。

那个烟馆门前常常坐了一个年纪四十来岁的妇人，扁扁的脸上擦了很厚一层白粉，眉毛扯得细细的，故意把五倍子染绿的家机布裤子，提得高高的，露出水红色洋袜子来。见兵士同火夫过身时，就把脸掉向里面，看也不看，表示正派贞静。若过身的穿着长衣或是军官，她便很巧妙的做一个眼风，把嘴角略动，且故意娇声娇气喊叫屋中男子，为她做点事情。我同兵士走过身时，只看到她的背影，同营副走过时，就看到她的正面了。这点富于人性的姿态，我当时就很能欣赏它，注意到这些时，始终没有丑恶的感觉，只觉得这是"人"的事情。我一生活下来太熟习这些"人"的事情了。比城市里作"夫人""太太"的并没有甚么高下之分的。

我们部队到那地方除了杀人似乎无事可作。我们兵士除了看杀人，似乎也是没有甚么可作的。

由于过分寂寞，杀人虽不是一种雅观的游戏，本部队文职幕僚赶

341

到行刑地去鉴赏这种事情的实在很不乏人。有几个副官同一个上校参谋，我每次到场时，他们也就总站在那桥栏上看热闹。

到杀人时，那个学问超人的军法长，常常也马马虎虎的宣布了一下罪状，在预先写好的斩条上，勒一笔朱红，一见人犯被兵士簇拥着出了大门，便忽忽忙忙提了长衫衣角，拿起光亮白铜水烟袋，从后门菜园跑去，赶先走捷径到离桥头不远一个较高点的土墩上，看人犯到桥头大路上跪下时砍那么一刀。且作为茶余酒后谈笑主题。

若这一天正杀了人，那被杀的在死前死后又有一种出众处，或招供时十分快爽，或临刑时颜色不变，或痴痴呆呆不知事故，或死后还不倒地，于是副官处，卫队营，军需处，参谋军法秘书处，总有许久时间谈到这个被杀的人有趣味地方，或又辗转说到关于其他时节种种杀戮故事。杀人那天如正值场期，场中有人卖猪肉牛肉，刽子手照例便提了那把血淋淋的大刀，后面跟着两个火夫，抬一只竹箩，每到一个屠桌前可割三两斤肉。到后把这一箩筐猪肉牛肉各处平分，大家便把肉放到火炉上去炖好，烧酒无限制的喝着。等到各人都有点酒意时，就常常偏偏倒倒的站起来，那么随随便便的扬起筷子，向另一个正蹲着吃喝的同事后颈上一砍，于是许多人就扭成一团，大笑大闹一阵。醉得厉害一些的，倒在地下谁也不管，只苦了那些小副兵，必得同一只狗一样守着他的主人，到主人醒来时方能睡去。

地方逢一六赶场，到时副官处就派人去摆赌抽头，得钱时，上至参谋、军法、副官等处，下至传达、火夫，人人有份。

大家有时也谈谈学问。几个高级将校，各样学识皆象个有知识的军人，很有些做过一两任知事，有些还能做做诗，有些又到日本留过学。但大家都似乎因为所在地方不是说学问的地方，加之那姓杨的司令官又不识字，所以每天大家就只好陪司令官打打牌，或说点故事，烧烧鸦片烟，喝一杯烧酒。他们想狗肉吃时，就称赞我上一次作的狗肉如何可口，且总以为再来那么一次试试倒不坏。我便自告奋勇，拿了钱即刻上街。几个上级官佐自然都是有钱的，每一次罚款，他们皆照例有一份,摆赌又有一份,他们的钱得来就全无用处。不说别人,单是我一点点钱,也就常常不知道怎么去花! 因此有时只要听到他们赞美了我烹调的手腕后,我还常常不告给他们,就自己跑出去把狗肉买得,一个人拿过修械处打铁炉上去,把那一腿狗肉皮肤烧烧,再同一个小副兵到溪边水里去刮尽皮上的焦处,砍成小块,用钵头装好,上街去购买各样作料,又回到修械处把有铁丝贯耳的瓦钵,悬在打铁炉上面,自己努力去拉动风箱,直到把狗肉炖得稀烂。晚饭摆上桌子时,我方要小副兵把我的创作搬来,使每个人的脸上皆写上一个惊讶的微笑,各个人的脸嘴皆为这一钵肥狗肉改了样子。于是我得意极了,便异常快乐的说:“来,来,试一试,今天的怎么样!”我那么忙着,赤着双脚跑上街去,又到冰冷的溪水里洗刮,又守在风箱边老半天,究竟为的是甚么? 就为的是临吃饭时惊讶他们那么一下。这些文武幕僚也可真算得是懂幽默,常常从楼上眼看着我手上提了狗肉,知道我忙着这件事时,却装作不知道,对于我应办的公文,那秘书官便自己来动手。见我向他们微笑,他们总故意那么说:“天气这样坏,若有点狗肉大家来喝一杯,可真不错!”说了他们又互相装成抱歉的口吻说:“上一次真对不起小师爷,请我们的客忙了他一天。”他们说到这里时就对我望着,仿佛从我微笑时才引起一点疑心,方带着疑问似的说:“怎么,怎么,小师爷,你难道又要请客了么? 这次可莫来了,再来我们就不好意思了!”我笑笑,跑开了。他们明白这件事,他们也没有甚么不好意思。我虽然听得出他们的口吻,懂得他们的做作,但我还是欢喜那么做东请客。此后到大都会混了好多年,还依旧常常作这类“有趣”的傻事。

就因为这点性格,名义上我作的是司书,实际上每五天一场,我总得作一回厨子。大约当时我焖狗肉的本领较之写字的本领实在也高一着,我的生活兴味,对于作厨子办菜,又似乎比写点公函呈文之类更相近。

我间或同这些高等人物走出村口,往山脚下乡绅家里去吃蒸鹅喝家酿烧酒,间或又同修械处小工人上山采药摘花,找寻山果。我们各人都会用筱竹做短箫,在一支青竹上钻四个圆圆的眼儿,另一端安置一个扁扁的竹膜哨子,就可吹出新婚嫁女的唢呐声音。胡笳曲中的《娘送女》《山坡羊》等等,我们无一不可以合拍吹出。我们最得意处也就是四五个人各人口中含了那么一个东西向街上并排走去,呜呜喇喇声音引起许多人注意,且就此吹进营门。住在戏楼上人,先不知道是谁作的事,各人都争着把一个大头从戏楼窗口伸出,到后明白只是我们的玩意儿时,一面大骂我们一面也就笑了许久。大致因为大家太无事可作,所以他们不久也来跟我们学习吹这个东西,有一姓杨的参谋,便常常拿了这种绿竹小管,依傍在楼梯边吹它,一吹便是半天,吹得他自己也十分得意。

我们又常常在晚上拿了火炬镰刀到小溪里去砍鱼,用鸡笼到田中去罩鱼。且上山装套设阱,捕捉野狸同黄鼠狼。把黄鼠狼皮整个剥来,用米糠填满它的空处,晒干时用它装零件东西。

我有一次无意中还在背街发现了一个熔铁工厂,矗立个高过一丈的泥炉在大罩棚下喘气冒烟。

当我发现了那个制铁处以后,就常常一个人跑到那里去,看他们工作。因此明白那个地方制铁分四项手续,第一收买从别处担来的黄褐色原铁矿,七个小钱一斤,按分量算账。其次把买来的原铁矿每一层矿石夹一层炭,再在上面压一大堆矿块,从下面升火让它慢慢的燃。第三等到六七天后矿已烘酥冷却,再把它同木炭放到黄泥作成可以倾侧的炉子里面去。一个人把炉旁风箱拉动,送空气进炉腹,等到铁汁已熔化时,就把炉下一个泥塞子敲去,把黑色矿石渣先扒出来,再把炉倾侧,放光的白色熔液,泻出到划成方形的砂地上,再过一会儿,白汁一凝结,便成生铁板了。末了再把这些铁板敲碎放到煤火炉上去烧红,用锤打成方柱形,便成为运出本地到各县去的熟铁了。我一到这里来就替他们拉风箱,风箱拉动时作出一种动人的吼声,高巍巍的炉口便喷起一股碧焰,使人耳目十分愉快。用一阵气力在这圆桶形风箱上面,不到一刻就可看到白色放光闪着火花的铁汁从缺口流出,这工作也很有意思的。若拉了一阵风箱,亲眼看过倾泻一次铁汁,我回去时便极高兴的过修械处告给那几个小工人,又看他们拉风箱打铁。我常常到修械处,我欢喜那几个小工人,我欢喜他们勇敢而又快乐的工作。我最高兴的是看他们那个麻子主任,高高的坐在一堆铁条上面,一面唱《孟姜女哭长城》,一面调度指挥三个小孩子的工作。他们或者裸着瘦瘦的膊子,舞动他们的铁锤,或用鱼头钻在铁盘上钻眼,或把敷了酱的三角形新钢锉,烧红时放到盐水里一淬,或者甚么事也不作,只是蹲成一团,围到一大钵狗肉,各人用小土碗喝酒,向那麻子"师傅长师傅短"的随意乱说乱笑。说到"作男子的不勇敢可不象男子"时,那师傅若多喝了一杯,时间虽到了十一月,为了来一个证明,总说:

"谁愿意作大丈夫的同我下溪里泅一阵水!"

到后必是师徒四人一齐从后门出去。到溪水里去乱浇一阵水,闹一阵,光着个上身跑回来,大家哈哈笑个半天。有一次还多了一个人,因为我恰恰同他们喝酒,我也就作了一次"大丈夫"。

在部中可看到的还很多。间或有甚么火夫犯了事,值日副官就叫他到大堂廊下,臭骂一顿,喊,"护兵,打这个杂种一百!"于是那火夫知道是要打他了,便自动卸了裤子,趴在冷硬的石阶上,露出一个黑色的大脏臀,让板子拍拍的打,把数目打足,站起来提着裤头荷荷的哭着走了。

白日里出到街市尽头处去玩时,常常还可以看见一幅动人的图画:前面几个兵士,中间一个十二三岁的小孩子,挑了两个人头,这人头便常常是这小孩子的父亲或叔伯。后面又是几个兵,或押解一两个双手反缚的人,或押解一担衣箱,一匹耕牛。这一行人众自然是应当到我们总部去的,一见到时我们便跟了去。

晚上过堂时,常常看到他们用木棒打犯人脚下的螺丝骨。这刑罚是垫在一块方铁上执行的,二十下左右就可把一只脚的骨髓敲出。

又用香火熏鼻子,用香火烧胸胁。又用铁棍上"地绷",啵的一声把脚扳断,第二天上午就拖了这人出去砍掉。拷打这种无知乡民时,我照例得坐在一旁录供,把那些乡下人在受刑不过情形中胡胡乱乱招出的口供,记录在一角公文纸上。末后兵士便把那乡下人手掌涂了墨,在公文末尾空白处按个手印。这些东西末了还得归我整理,再交给军法官存案。

姓文的秘书

当我已升作司书常常伏在戏楼上窗口边练字时,从别处地方忽然来了一个趣人,作司令部的秘书官。这人当时只能说他很有趣,现在想起他那个风格,也作过我全生活一颗钉子,一个齿轮,对于他有可感谢处了。

这秘书先生小小的个儿,白脸白手,一来到就穿了青缎马褂各处拜会。这真是希奇事情。部中上下照例全不大讲究礼节,吃饭时各人总得把一只脚踩到板凳上去,一面把菜饭塞满一嘴,一面还得含含胡胡骂些野话。不拘说到甚么人,总得说:

"那杂种,真是……"

这种辱骂并且常常是一种亲切的表示,言语之间有了这类语助辞,大家谈论就仿佛亲爱了许多。小一点且常喊小鬼,小屁眼客,大一点就喊吃红薯吃糟的人物,被喊的也从无人作兴生气。如果见面只是规规矩矩寒暄,大家倒以为是从京里学来的派头,有点"不堪承教"了。可是那姓文的秘书到了部里以后,对任何人都客客气气的,即或叫副兵,也轻言细语,同时当着大家放口说野话时,他就只微微笑着。等到我们熟了点,单是我们几个秘书处的同事在一处时,他见我说话,凡属自称必是"老子",他把头摇着:

"啊呀呀,小师爷,你人还那么一点点大,一说话也老子长老子短!"

我说:"老子不管,这是老子的自由。"可是我看看他那和气的样子,有点害羞起来了。便解释我的意见:"这是说来玩的,并不损害谁。"

那秘书官说：

"莫玩这个，你聪明，你应当学好的。世界上有多少好事情可学！"

我把头偏着说：

"那你给老子说说，老子再看看甚么样好就学甚么吧。"

因为我一面说话一面看他，所以凡是说到"老子"时总不得不轻声一点，两人谈到后来，不知不觉就成为要好的朋友了。

我们的谈话也可以说是正在那里互相交换一种知识，我从他口中虽得到了不少知识，他从我口中所得的也许还更多一点。

我为他作狼嗥，作老虎吼，且告诉他野猪脚迹同山羊脚迹的分别。我可以从他那里知道火车叫的声音，轮船叫的声音，以及电灯电话的样子。我告他的是一个被杀的头如何沉重，那些开膛取胆的手续应当如何把刀在腹部斜勒，如何从背后踢那么一脚。他却告我美国兵英国兵穿的衣服，且告我鱼雷艇是甚么，氢气球是甚么。他对于我所知道的种种觉得十分新奇，我也觉得他所明白的真真古怪。

这种交换谈话各人真可说各有所得，故在短短的时间中，我们便成就了一种最可纪念的友谊。他来到了怀化后，先来几天因为天气不太好，不曾清理他的东西。三天后出了太阳，他把那行李箱打开时，我看到他有两本厚厚的书，字那么细小，书却那么厚实，我竟吓了一跳。他见我为那两本书发呆，就说：

"小师爷，这是宝贝，天下甚么都写在上面，你想知道的各样问题，全部写得有条有理，清楚明白！"

这样说来更使我敬畏了。我用手摸摸那书面，恰恰看到书脊上两个金字，我说：

"《辞源》，《辞源》。"

"正是《辞源》。你且问我不拘一样甚么古怪的东西，我立刻替你找出。"

我想了想，一眼望到戏楼前诸葛亮三气周瑜的浮雕木刻，我就说"诸葛孔明卧龙先生怎么样?"他即刻低下头去，前面翻翻后面翻翻，一会儿就被他翻出来了。到后另外又翻了一件别的东西。我快乐极了。他看我自己动手乱翻乱看，恐怕我弄脏了他的书，就要我下楼去洗手再来看。我相信了他的话，洗过了手还乱翻了许久。

因为他见我对于他这一本宝书爱不释手，就问我看过报没有。我说:"老子从不看报，老子不想看甚么报。"他却从他那《辞源》上翻出关于"老子"一条来，我方知道老子就是太上老君，太上老君竟是真有的人物。我不再称自己做太上老君，我们却来讨论报纸了。于是同另一个老书记约好，三人各出四毛钱，订一份《申报》来看。报纸买成邮花寄往上海后，报还不曾寄来，我就仿佛看了报，且相信他的话，报纸是了不得的东西，我且俨然就从报纸上学会许多事情了。这报纸一共订了两个月，我似乎从那上面认识了好些生字。

这秘书虽把我当个朋友看待。可是我每天想翻翻他那部宝书可不成。他把书好好放在箱子里，他对这书显然也不轻视的。既不能成天翻那宝书，我还是只能看看《秋水轩尺牍》，或从副官长处一本一本的把《西游记》借来看看。办完公事不即离开白木桌边时，从窗口望去正对着戏台，我就用公文纸头描画戏台前面的浮雕。我的一部分时间，跟这人谈话，听他说下江各样东西，大部分时间，还是到外边无限制的玩。但我梦里却常常偷翻他那宝书，事实上也间或有机会翻翻那宝书。"氢气"是甚么，"淮南子"是甚么，"参议院"是甚么，就多半从那本书上知道的。

驻扎到这里来名为"清乡"，实际上便是就食。从湘西方面军队看来，过沅州清乡，比较据有其他防地占了不少优势，当时靖国联军第二军实力尚厚，故我们部队能够占据这片土地。为时不久，靖国联军一军队伍节制权由田应诏转给了他的团长陈渠珍后，一二军的势力有了消长。二军杂色军队过多，无力团结，一军力图自强，日有振作。作民政长兼二军司令的张学济，在财政与军事两方面，支配处置都发生了困难,第一支队清乡除杀人外既毫无其他成绩,军誉又极坏,因此防地发生了动摇。当一军陈部从麻阳开过,本部感受压迫时,既无法抵抗,我们便在一种极其匆忙中退向下游。于是仍然是开拔,用棕衣包裹双脚,在雪地里跋涉,又是小小的船浮满了一河。五天后,我又到辰州了。

军队防区既有了变化,杂牌军队有退出湘西的模样,二军全部用"援川"名义,开过川东去就食。我年龄由他们看来,似乎还太小了点,就命令我同一个老年副官长,一个跛脚副官,一个吃大烟的书记官,连同二十名老弱兵士,放在后方的留守部,办点后勤杂事。

军队开走后,我除了每三天誊写一份报告,以及在月底造一留守处领饷清册呈报外,别的便无事可作。街市自从二军开拔后,似乎也清静多了。我每天依然常常到那卖汤圆处去坐坐,间或又到一军学兵营看学兵下操。或听副官长吩咐,和一个兵士为他过城外水塘边去钓蛤蟆,把那小生物成串弄回部里,加上香料,剥皮熏干,给他下酒。吃不完还把一半托人捎回家乡给老太太。

女 难

　　我欢喜辰州那个河滩,不管水落水涨,每天总有个时节在那河滩上散步。那地方上水船下水船虽那么多,由一个内行眼中看来,就不会有两只相同的船。我尤其欢喜那些从辰溪一带载运货物下来的高腹昂头"广舶子",一来总斜斜的孤独的搁在河滩黄泥里,小水手从那上面搬取南瓜,茄子,成束的生麻,黑色放光的圆瓮。那船在暗褐色的尾梢上,常常晾得有朱红裤褂,背景是黄色或浅碧色一派清波,一切皆那么和谐,那么愁人。

　　美丽总是愁人的。我或者很快乐,却用的是发愁字样。但事实上每每见到这种光景,我总默默的注视许久。我要人同我说一句话,我要一个最熟的人,来同我讨论这些光景。可是这一次来到这地方,部队既完全开拔了,事情也无可作的,玩时也不能如前一次那么高兴了。虽依旧常常到城门边去吃汤圆,同那老人谈谈天,看看街,可是能在一堆玩,一处过日子,一块儿说话的,已无一个人。

　　我感觉到我是寂寞的。记得大白天太阳很好时,我就常常爬到墙头上去看驻扎在考棚的卫队上操。有时又跑到井边去,看人家轮流接水,看人家洗衣,看他们作豆芽菜的如何浇水进高桶里去。我坐在那井栏一看就是半天。有时来了一个挑水的老妇人,就帮着这妇人做做事,把桶递过去,把瓢递过去。我有时又到那靠近学校的城墙上去,看那些教会中学生玩球,或互相用小小绿色柚子抛掷,或在那坪里追赶扭打。我就独自坐在城墙上看热闹。间或他们无意中把球踢上城时,学生们懒得上城捡取,总装成怪和气的样子:

"小副爷,小副爷,帮个忙,把我们皮球抛下来。"

我便赶快把球拾起,且仿照他们脚尖那么一踢,于是那皮球便高高的向空中蹿去,且很快的落到那些年轻学生身边了。那些人把赞许与感谢安置在一个微笑里,有的还轻轻的呀了一声,看我一眼,即刻又争夺皮球去了。我便微笑着,照旧坐下来看别人的游戏,心中充满了不可名言的快乐。我虽作了司书,身上穿的还是灰布袄子,因此走到甚么地方去,别人总是称呼我作"小副爷"。我就在这些情形中,以为人家全不知道我身分,感到一点秘密的快乐。且在这些情形中,仿佛同别一世界里的人也接近了一点。我需要的就是这种接近。事实上却是十分孤独的。

可是不到一会儿,那学校响了上堂铃,大家一窝蜂散了,只剩下一个圆圆的皮球在草坪角隅。墙边不知名的繁花正在谢落,天空静静的。我望到日头下自己的扁扁影子,有说不出的无聊。我得离开这个地方,得沿了城墙走去。有时在城墙上见一群穿了花衣的女人从对面走来,小一点的女孩子远远的一看到我,就"三姐二姐"的乱喊,且说"有兵有兵",意思便想回头走去。我那时总十分害羞,赶忙把脸对雉堞缺口向外望去。好让这些人从我身后走过,心里却又对于身上的灰布军衣有点抱歉。我以为我是读书人,不应当被别人厌恶。可是我有甚么方法使不认识我的人也给我一分应有尊敬?我想起那两册厚厚的《辞源》,想起三个人共同订的那一份《申报》,还想起《秋水轩尺牍》。

就在这一类隐隐约约的刺激下,我有时回到部中,坐在用公文纸裱糊的桌面上,发愤去写小楷字,一写便是半天。

时间过去了,春天夏天过去了,且重新又过年了。川东鄂西的消息来得够坏。只听说我们军队在川边已同当地神兵接了火,接着就说得退回湖南。第三次消息来时,却说我们军队在湖北来凤全部都覆灭了。一个早上,闪不知被神兵和民兵一道扑营,营长,团长,旅长,军法长,秘书长,参谋长完全被杀。这件事最初不能完全相信。

作留守的老副官长就亲自跑过二军留守部去问信，到时那边正接到一封详细电报，把我们总司令部如何被人袭击，如何占领，如何残杀的事一一说明。拍发电报的就正是我的上司。他幸运先带一团人过湘境龙山布防，因此方不遇难。

好，这一下可好，熟人全杀尽了，兵队全打散了，这留守处还有甚么用处？自从得到了详细报告后，五天之中，我们便各自领了遣散费，各人带了护照，各自回家。

回到家中约在八月左右。一到十二月，我又离开家中过沅州。家中实在呆不住，军队中不成，还得另想生路，沅州地方应当有机会。那时正值大雪，既出了几次门，有了出门的经验，把生棕衣毛松松的包裹两只脚，背了个小小包袱，跟着我一个教中学的舅母的轿后走去，脚倒全不怕冻。雪实在大了点，山路又窄，有时跌到了雪坑里去，便大声呼喊，必得那脚夫把扁担来援引方能出险。可是天保佑，跌了许多次数我却不曾受伤。走了四天到地以后，我暂住在一个卸任县长舅父家中。不久舅父作了警察所长，我就作了那小小警察所的办事员。办事处在旧县衙门，我的职务只是每天抄写违警处罚的条子。隔壁是个典狱署，每夜皆可听到监狱里犯人受狱中老犯拷掠的呼喊。警察所也常常捉来些偷鸡摸狗的小窃，一时不即发落，便寄存到牢狱里去。因此每天黄昏将近牢狱里应当收封点名时，我也照例得同一个巡官，拿一本点名册，提了个马灯，跟着进牢狱里去，点我们这边寄押人犯的名。点完名后，看着他们那方面的人把重要犯人一一加上手铐，必需套枷的还戴好方枷，必需固定的还把他们系在横梁铁环上，几个人方走出牢狱。

警察所不久从地方财产保管处接收了本地的屠宰税，这个县城因为是沅水上游一个大码头，上下船只多，又当官道，每天常杀二十头猪一两头黄牛，我这办事员因此每天又多了一份职务。每只猪抽收六百四十文的税捐，牛收两千文，我便每天填写税单。另外派了人去查验。恐怕那查验的舞弊不实，我自己也得常常出来到全城每个屠案桌边看看。这份职务有趣味处倒不是查出多少漏税的行为,却是我可以因此见识许多事情。我每天得把全城跑到,还得过一个长约四分之三里在湘西方面说来十分著名的长桥,往对河黄家街去看看。各个店铺里的人都认识我,同时我也认识他们。成衣铺,银匠铺,南纸店,丝烟店,不拘走到甚么地方,便有人向我打招呼,我随处也照例谈谈玩玩。这些商店主人照例就是本地小绅士,常常同我舅父喝酒,也知道许多事情皆得警察所帮忙,因此款待我很不坏。

另外还有个亲戚,我的姨父,在本地算是一个大拇指人物,有钱,有势,从知事起任何人物任何军队都对他十分尊敬,从不敢稍稍得罪他。这个亲戚对于我的能力,也异常称赞。

那时我的薪水每月只有十二千文,一切事倒做得有条不紊。

大约正因为舅父同另外那个亲戚每天作诗的原因,我虽不会作诗,却学会了看诗。我成天看他们作诗,替他们抄诗,工作得很有兴致。因为盼望所抄的诗被人嘉奖,我开始来写小楷字帖。因为空暇的时间仍然很多,恰恰那亲戚家中客厅楼上有两大箱商务印行的《说部丛书》,这些书便轮流作了我最好的朋友。我记得迭更司的《冰雪因缘》《滑稽外史》《贼史》这三部书,反复约占去了我两个月的时间。我欢喜这种书,因为他告给我的正是我所要明白的。他不象别的书尽说道理,他只记下一些生活现象。即或书中包含的还是一种很陈腐的道理,但作者却有本领把道理包含在现象中。我就是个不想明白道理却永远为现象所倾心的人。我看一切,却并不把那个社会价值搀加进去,估定我的爱憎。我不愿问价钱上的多少来为百物作一个好坏批评,却愿意考查他在我官觉上使我愉快不愉快的分量。我永远不厌倦的是"看"一切。宇宙万汇在运动中,在静止中,在我印象里,我都能抓定它的最美丽与最调和的风度,但我的爱好显然却不能同一般目的相合。我不明白一切同人类生活相联结时的美恶,另外一句话说来,就是我不大能领会伦理的美。接近人生时,我永远是个艺术家的感情,却绝不是所谓道德君子的感情。可是,由于社会人与人的关系产生的各种无固定性的流动的美,德性的愉快,责任的愉快,在当时从别人看来,我也是毫无瑕疵的。我玩得厉害,职分上的事仍然做得极好。

那时节我的母亲同姊妹,已把家中房屋售去,剩下约三千块钱。既把老屋售去,不大好意思在本城租人房子住下,且因为我事情作得很好,芷江的亲戚又多,便坐了轿子来到芷江,我们一同住下。本地人只知道我家中是旧家,且以为我们还能够把钱拿来存放钱铺里,我又那么懂事明理有作为,那在当地有势力的亲戚太太,且恰恰是我母亲的妹妹,因此无人不同我十分要好。母亲也以为一家的转机快到了。

假若命运不给我一些折磨,允许我那么把岁月送走,我想象这时节我应当在那地方做了一个小绅士,我的太太一定是个有财产商人的女儿,我一定做了两任县知事,还一定做了四个以上孩子的父亲;而且必然还学会了吸鸦片烟。照情形看来,我的生活是应当在那么一个公式里发展的。这点打算不是现在的想象,当时那亲戚就说到了。因为照他意思看来,我最好便是做他的女婿,所以别的人请他向我母亲询问对于我的婚事意见时,他总说不妨慢一点。

不意事业刚好有些头绪,那作警察所长的舅父,却害肺病死掉了。

因他一死,本地捐税抽收保管改归一个新的团防局,我得到职务上"不疏忽"的考语,仍然把工作接续下去,改到了新的地方,作了新机关的收税员。改变以后情形稍稍不同的是,我得每天早上一面把票填好,一面还得在十点后各处去查查。不久在那商会性质团防局里,我认识了十来个绅士,同时还认识一个白脸长身的小孩子。由于这小孩子同我十分要好,半年后便有一个脸儿白白的身材高的女孩印象,把我生活完全弄乱了。

我是个乡下人,我的月薪已从十二千增加到十六千,我已从那些本地乡绅方面学会了刻图章,写草字,做点半通不通的五律七律,我年龄也已经到了十七岁。在这样情形下,一个样子诚实聪明懂事的年轻人,和和气气邀我到他家中去看他的姐姐,请想想,结果我怎么样?

乡下人有甚么办法,可以抵抗这命运所摊派的一份?

当那在本地翘大拇指的亲戚,隐隐约约明白了这件事情时,当一些乡绅知道了这件事情时,每个人都劝告我不要这么傻。有些本来看中了我,同我常常作诗的绅士,就向我那有势力的亲戚示意,愿意得到这样一个女婿。那亲戚于是把我叫去,当着我的母亲,把四个女孩子提出来问我看谁好就定谁。四个女孩子中就有我一个表妹。老实说来,我当时也还明白四个女孩子生得皆很体面,比另外那一个强得多,全是在平时不敢希望得到的女孩子。可是上帝的意思与魔鬼的意思两者必居其一,我以为我爱了另外那个白脸女孩子,且相信那白脸男孩子的谎话,以为那白脸女孩子也正爱我。一分离奇的命运,行将把我从这种庸俗生活中攫去,再安置到此后各样变故里,因此我当时同我那亲戚说:"那不成,我不做你的女婿,也不做店老板的女婿。我有计划,我得照我自己的计划作去。"甚么计划?真只有天知道。

我母亲甚么也不说,似乎早知道我应分还得受多少折磨,家中人也免不了受许多磨难的样子,只是微笑。那亲戚便说:"好,那我们看,一切有命,莫勉强。"

那时节正是三月,四月中起了战事,八百土匪把一个大城团团围住,在城外各处放火。四百左右驻军同一百左右团丁站在城墙上对抗。到夜来流弹满天交织,如无数紫色小鸟振翅,各处皆喊杀连天,三点钟内城外即烧去了七百栋房屋。小城被围困共计四天,外县援军赶到方解了围。这四天中城外的枪炮声我一点儿也不关心,那白脸孩子的谎话使我只知道一件事情,就是我已经被一个女孩子十分关切,我行将成为他的亲戚。我为他姐姐无日无夜作旧诗,把诗作成他一来时便为我捎去。我以为我这些诗必成为不朽作品,他说过,他

356

姐姐便最欢喜看我的诗。

我家中那点余款本来归我保管存放的。直到如今,我还不明白为甚么那白脸孩子今天向我把钱借去,明天即刻还我,后天借去,大后天又还给我,结果算去算来却有一千块钱左右的数目,任何方法也算不出用它到甚么方面去。这钱竟然无着落了。但还有更坏的事。

到这时节一切全变了,他再不来为我把每天送他姐姐的情诗捎去了,那件事情不消说也到了结束时节了。

我有点明白,我这乡下人吃了亏。我为那一笔巨大数目着了骇,每天不拘作任何事都无心情。每天想办法处置,却想不出比逃走更好的办法。

因此有一天,我就离开那一本账簿,同那两个白脸姊弟,四个一见我就问我"诗作得怎么样"的理想岳丈,四个眼睛漆黑身长苗条发辫极大的女孩印象,以及我那个可怜的母亲同姊妹走了。为这件事情为我母亲哭了半年。这老年人不是不原谅我的荒唐,因我不可靠用去了这笔钱而流泪;却只为的是我这种乡下人的气质,到任何时任何一处总免不了吃城里聪敏人的亏,而想来十分伤心。

常　德

我本预备到北京的,但去不成。我本想走得越远越好,正以为我必得走到一个使人忘却了我的存在种种过失,也使自己忘却了自己种种痴处蠢处的地方,才能够再活下去。可是一到常德后,便有个亲戚把我留下了。

到常德后一时甚么事也不能作,只住在每天连伙食共需三毛六分钱的小客栈里打发日子。因此最多的去处还依然同上年在辰州军队里一样,一条河街占去了我大部分生活。辰州河街不过一二里路长,几家作船上人买卖的小茶馆,同几家与船上人作交易的杂货铺。常德的河街可不同多了,这是一条长约三五里的河街,有客栈,有花纱行,有油行,有卖船上铁锚铁链的大铺子,有税局,有各种会馆与行庄。这河街既那么长又那么复杂,长年且因为有城中人担水把地面弄得透湿的,我每天来回走个一回两回,又在任何一处随意呆下欣赏当时那些眼前发生的新事,以及照例存在的一切,日子很快的也就又夜下来了。

那河街既那么长,我最中意的是名为麻阳街的一段。那里一面是城墙,一面是临河而起的一排陋隘逼窄的小屋。有烟馆同面馆,有卖绳缆的铺子,有杂货字号,有屠户,有狗肉铺,门前挂满了熏干的狗肉,有铸铁锚与琢硬木活车以及贩卖小船上应用器具的小铺子。又有小小理发馆,走路的人从街上过身时,总常常可见到一些大而圆的脑袋,带了三分呆气在那里让剃头师傅用刀刮头,或偏了头搁在一条大腿上,在那里向阳取耳。有几家专门供船上划船人开心的妓院,常常可以见到三五个大脚女人,身穿蓝色印花洋布衣服,红花洋布裤子,粉脸油头,鼻梁根扯得通红,坐在门前长凳上剥朝阳花子,见有人过路时就咪笑咪笑,且轻轻的用麻阳人腔调唱歌。这一条街上腥浊不过,一年总是湿漉漉的不好走路,且一年四季总不免有种古怪气味。河中还泊满了住家的小船,以及从辰河上游洪江一带装运桐油牛皮的大船。上游某一帮船只拢岸时,这河街上各处都是水手。只看到这些水手手里提了干鱼,或扛了大南瓜,到处走动,各人皆忙匆匆把从上游本乡带来的礼物送给亲戚朋友。这街上又有些从河街小屋子里与河船上长大的小孩子,大白天三三五五捧了红冠大公鸡,身前身后跟了一只肥狗,街头街尾各处找寻别的公鸡打架。一见了甚么人家的公鸡时,就把怀里的鸡远远抛去,各占据着那堆积在城墙脚下的木料堆上观战。自己公鸡战败时,就走拢去踢别人的公鸡一脚出气。或者因点别的甚么事,两人互骂了一句娘,看看谁也不能输那一口气,就在街中很勇敢的揪打起来,缠成一团揉到烂泥里去。

那街上卖糕的必敲竹梆,卖糖的必打小铜锣,这些人在引起别人的注意方法上,都知道在过街时口中唱出一种放荡的调子,同女人身体某一些部分相关,逗人发笑。街上又常常有妇女坐在门前矮凳上大哭乱骂,或者用一把菜刀,在一块木板上一面砍一面骂那把鸡偷去宰吃了的人。那街上且常常可以看到穿了青羽缎马褂,新浆洗过蓝布长衫的船老板,带了很多礼物来送熟人。街头中又常常有唱木头人戏的,当街靠墙架了场面,在一种奇妙处置下“当当当当蓬蓬当”的响起锣鼓来,许多闲汉便张大了嘴看那个傀儡戏,到收钱时却一哄而散。

那街上许多茶馆,一面临街,一面临河,旁边甬道下去就是河码头。从各小船上岸的人多从这甬道上下,因此来去的人也极多。船上到夜来各处全是灯,河中心有许多小船各处摇去,弄船人拖出长长的声音卖烧酒同猪蹄子粉条。我想象那个粉条一定不坏,很愿意有一个机会到那小船上去吃点甚么喝点甚么,但当然办不到。

我到这街上来来去去，看这些人如何生活，如何快乐又如何忧愁，我也就仿佛同样得到了一点生活意义。

　　我又间或跑向轮船码头去看那些从长沙从汉口来的小轮船，在趸船一角怯怯的站住，看那些学生模样的青年和体面女人上下船，看那些人的样子，也看那些人的行李。间或发现了一个人的皮箱上贴了许多上海北京各地旅馆的标志，我总悄悄的走过去好好的研究一番，估计这人究竟从哪儿来。内河小轮船刚一抵岸，在我这乡巴佬的眼下实在是一种奇观。

　　我间或又爬上城去，在那石头城上兜一个圈子，一面散步，一面且居高临下的欣赏那些傍了城墙脚边住家的院子里一切情形。在近北门一方面，地邻小河，每天照例有不少染坊工人，担了青布白布出城过空场上去晒晾，又有军队中人放马，又可看到埋人，又可看鸭子同白鹅。一个人既然无事可作，因此到城头看过了城外的一切，还觉得有点不足时，就出城到那些大场坪里找染坊工人与马夫谈话，情形也就十分平常。我虽然已经好象一个读书人了，可事实上一切精神却更近于一个兵士，到他们身边时，我们谈到的问题，实在比我到一个学生身边时可谈的更多。就现在说来，我同任何一个下等人就似乎有很多方面的话可谈，他们那点感想，那点希望，也大多数同我一样，皆从实生活取证来的。可是若同一个大学教授谈话，他除了说说书本上学来的那一套心得以外，就是说从报纸上得来的他那一分感想，对于一个人生命的构成，总似乎缺少一点甚么似的。可交换的意见，也就很少很少了。

　　我有时还跟随一队埋人的行列，走到葬地去，看他们下葬的手续与我那地方的习俗如何不同。

　　另外那件使我离开原来环境逃亡的事，我当然没有忘记，我写了些充满忏悔与自责的书信回去，请求母亲的原恕。母亲知道我并不自杀，于是来信说："已经作过了的错事，没有不可原恕的道理。你自己好好的做事，我们就放心了。"接到这些信时，我便悄悄到城墙上去哭。因为我想象得出,这些信由母亲口说姐姐写到纸上时,两人的眼泪一定是挂在脸上的。

我那时也同时听到了一个消息,就是那白脸孩子的姐姐,下行读书,在船上却被土匪抢入山中做押寨夫人去了。得到这消息后,我便在那小客店的墙壁上,写下两句唐人传奇小说上别人的诗,抒写自己的感慨:"佳人已属沙叱利,义士今无古押衙。"义士虽无古押衙,其实过不久这女孩就从土匪中花了一笔很可观的数目赎了出来,随即同一个驻防洪江的黔军团长结了婚。但团长不久又被枪毙,这女人便进到沅州本地的天主堂作洋尼姑去了。

我当然书也不读,字也不写,诗也无心再作了。

那时我所以留在常德不动,就因为上游九十里的桃源县,有一个清乡指挥部,属于我本地军队。这军队也就是当年的靖国联军第一军的一部分。那指挥官节制了三个支队,本人虽是个贵州人,所有高级官佐却大半是我的同乡。朋友介绍我到那边去,以为做事当然很容易。那时节何键正作骑兵团长,归省政府直辖,贺龙作支队司令,归清乡指挥统辖,部队全驻防桃源县。我得到了个向姓同乡介绍信之后,就拿了去会贺龙,我得了个拿九元干薪的差遣,只一月便不干了。又去晋谒别的熟人,向清乡指挥部谋差事。可是两处虽有熟人,却毫无结果。书记差遣一类事情既不能作,我愿意当兵,大家又总以为我不能当兵。不过事情虽无结果,熟人在桃源的既很多,我却可以常常不打票坐小轮船过桃源来玩了。那时有个表弟正从上面总部委派下来作译电,我一到桃源时,就住在他那里。两人一出外还仍然是到河边看来往船只。或上去一点到桃源女子师范河边,看看河中心那个大鱼梁。水发时,这鱼梁堪称一种奇观,因为是斜斜的横在河中心,照水流趋势,即有大量鱼群,蹦跳到竹架上,有人用长钩钩取入小船,毫不费事!我离开那个清乡军队已两年,再看看这个清乡军队,一切可完全变了。枪械,纪律,完全不象过去那么马虎,每个兵士都仿佛十分自重,每个军官皆服装整齐凸着胸脯在街上走路。平时无事兵士全不能外出,职员们办公休息各有定时;军队印象使我十分感动。

那指挥官虽自行伍出身,一派文雅的风度,却使人看不出他的本来面目,笔下既异常敏捷,做事又富有经验,好些日子听别人说到他时就使我十分倾心。因此我那时就只想,若能够在他那儿当一名差弁,也许比作别的事更有意思。可是我尽这样在心中打算了很久,却终不能得到一个方便机会。

船　上

　　住在那小旅馆实在不是个办法,每天虽只三毛六分钱,四个月来欠下的钱很象个大数目了。欠账太多了,非常怕见内老板,每天又必得同她在一桌吃饭。她说的话我可以装作不懂,可是仍然留在心上,挪移不开。桃源方面差事既没有结果,那么,不想个办法,我难道就作旅馆的伙计吗?恰好那时有一只押运军服的帆船,正预备上行,押运人就是我哥哥一个老朋友,我也同他在一堆吃过喝过。一个作小学教员的亲戚,答应替我向店中办个交涉,欠账暂时不说,将来发财再看。在桃源的那个表弟,恰好也正想回返本队,因此三人就一同坐了这小船上驶。我的行李既只是一个用面粉口袋改作的小小包袱,所以上船时实在洒脱方便。

　　船上装满了崭新棉布军服,把军服摊开,就躺到那上面去,听押船上行的曾姓朋友,说过去生活中种种故事,我们一直在船上过了四十天。

　　这曾姓朋友读书不多,办事却十分在行,军人风味的勇敢,爽直,正如一般镇筸人的通性,因此说到任何故事时,也一例能使人神往意移。他那时年纪不会过二十五岁,却已赏玩了四十名左右的年轻黄花女。他说到这点经验时,从不显出一分自负的神气,不骄傲,不矜持。他说这是他的命运,是机缘的凑巧。从他口中说出的每个女子,都仿佛各有一份不同的个性,他却只用几句最得体最风趣的言语描出。我到后来写过许多小说,描写到某种不为人所齿及的年轻女子的轮廓,不至于失去她当然的点线,说得对,说得准确,就多数得力于这朋友的叙述。一切粗俗的话语,在一个直爽的人口中说来,却常常是妩媚的。这朋友最爱说的就是粗野话。在我作品中,关于丰富的俗语与双关比譬言语的应用,从他口中学来的也不少。(这人就是《湘行散记》中那个戴水獭皮帽子大老板。)

我临动身时有一块七毛钱,那豪放不羁的表弟却有二十块钱,但七百里航程还只走过八分之一时,我们所有的钱却已完全花光了。把钱花光后我们仍然有说有笑,各人躺在温暖软和的棉军服上面,说粗野的故事,喝寒冷的北风,让船儿慢慢拉去,到应吃饭时,便用极厉害的辣椒在火中烧焦蘸盐下饭。

船只因为得随同一批有兵队护送的货船同时上行,一百来只大小不等的货船,每天必同时拔锚,同时抛锚,因此景象十分动人。但辰河滩水既太多,行程也就慢得极可以。任何一只船出事时皆得加以援助,一出事总就得停顿半天。天气又冷,河水业已下落,每到上滩河槽容船处都十分窄,船夫在这样天气下,还时时刻刻得下水中拉纤,故每天即或毫无阻碍也只能走三十里。送船兵士到了晚上有一部分人得上岸去放哨,大白天则全部上岸跟着船行,所以也十分劳苦。这些兵士经过上司的命令,送一次船一个钱也不能要,就只领下每天二毛二分钱的开差费,但人人却十分高兴。一遇船上出事时,就去帮助船夫,做他们应做的事情。

我们为了减轻小船的重量,也常常上岸走去,不管如何风雪,如何冷,在河滩上跟着船夫的脚迹走去,遇他们落水,我们便从河岸高山上绕道走去。

常德到辰州四百四十里,我们一行便走了十八天,抵岸那天恰恰是正月一日。船傍城下时已黄昏,三人空手上岸,走到市街去看了一阵春联。从一个屠户铺子经过,我正为他们说及四年前见到这退伍兵士屠户同人殴打,如《水浒》上的镇关西,谁也不是他的对手。恰恰这时节我们前面一点就抛下了一个大爆竹,訇的一声,吓了我们一跳。那时各处虽有爆竹的响声,但曾姓朋友却以为这个来得古怪。

看看前面不远又有人走过来,就拖我们稍稍走过了屠户门前几步,停顿了一下。那两个商人走过身时,只见那屠户家楼口小门里,很迅速的又抛了一个爆竹下来,又是訇的一声,那两个商人望望,仿佛知道这件事,赶快走开了。那曾姓朋友说:"这狗杂种故意吓人,让我们去拜年吧。"还来不及阻止,他就到那边拍门去了。一面拍门一面和气异常的说:"老板,老板,拜年,拜年!"一会儿有个人来开门,门拉开时,曾姓朋友一望,就知道这人是镇关西,便同他把手拱拱,冷不防在那高个子眼鼻之间就是结结实实一拳,那家伙大约多喝了杯酒,一拳打去就倒到烛光辉煌的门里去了。只听到哼哼乱骂,但一时却爬不起来,且有人在楼上问甚么甚么,那曾姓朋友便说:"狗贪的,把爆竹从我头上丢来,你认错了人。老子打了你,有甚么话说,到中南门河边送军服船上来找我,我名曾祖宗。"一面说,一面便取出一个名片向门里抛去,拉着我们两人的膀子,哈哈大笑迈步走了。

我们还以为那个镇关西会赶来的,因此各人随手拾了些石头,预备来一场恶斗,谁知身后并无人赶来。上船后,还以为当时虽不赶来,过不久定有人在泥滩上喊曾芹轩,叫他上岸比武。这朋友腹部临时还缚了一个软牛皮大抱肚,选了一块很合手的湿柴,表弟同我却各人拿了好些石块,预备这屠户来说理。也许一拳打去那家伙已把鼻子打塌了,也许听到寻事的声音是镇筸人,知道不大好惹,且自己先输了理,故不敢来第二次讨亏吃了,因此我们竟白等了一个上半夜。这个年也就在这样可笑情形中过了。第二天一早,船又离开辰州河岸,开进辰河支流的白河了。

从辰州上行,我们仍然沿途耽搁,走了十四天,在离目的地七十里的一个滩上,轮到我们的船出险了。船触大石后断了缆。右半舷业已全碎,五分钟后就满了水。幸好船只装的是棉军服,一时不会沉没,我们便随了这破船,急水中漂浮了约三里。同时船上除了我们三人,就只一个拦头工人一个舵手。水既激急,所以任何方法总不能使船安全泊岸。然而天保佑,到后居然傍近浅处了。慢慢的十几个拉纤的船夫赶来了，兵士赶来了，大家甚么话也不说，只互相对望干笑。于是我们便爬到岸边高崖上去，让船中人把搁在浅处的碎船篷板拆下，在河滩上做起一个临时棚子，预备过夜。其余船只因为两天后已可到地，就不再等我们，全部开走了。本地虽无土匪，却担心荒山中有野兽，船夫们烧了两大堆火，我们便在那个河滩上听了一夜滩声，过了一个元宵。

保　靖

目的地到达后，我住在一个做书记的另一表弟那里。无事可作等事作，照本地话说名为"打流"。这名词在吃饭时就见出了意义。每天早晚应吃饭时，便赶忙跑到各位老同事老同学处去，不管地方，不问情由，一有吃饭机会总不放过机会。这些人有作书记的，每月大约可得五块到十块钱。有作副官的，每月大约可得十二块到十八块钱。还有作传达的，数目比书记更少。可是在这种小小数目上，人人却能尽职办事，从不觉得有何委屈，也仍然在日光下笑骂吃喝，仍然是有热有光的打发每一个日子。职员中肯读书的，还常常拿了书到春天太阳下去读书。预备将来考入军官学校的，每天大清早还起来到卫队营去附操。一般高级军官，生活皆十分拮据，吃粗粝的饭，过简陋的日子，然而极有朝气，全不与我三年前所见的军队相象。一切都得那个精力弥满的统领官以身作则，擘画一切，调度一切，使各人能够在职务上尽力，不消沉也不堕落。这统领便是先一时的靖国联军一军司令，直到现在，还依然在湘西抱残守缺，与一万余年轻军人同过那种甘苦与共的日子。

当时我的熟人虽多，地位都很卑下，想找工作却全不能靠谁说一句话。我记得那时我只希望有谁替我说一句话，到那个军人身边去作一个护兵。且想即或不能作这人的护兵，就别的官佐护兵也成。因此常常从这个老朋友处借来一件干净军服，从另一个朋友又借了条皮带，从第三个又借了双鞋子，大家且替我装扮起来，把我打扮得象一个有教育懂规矩的兵士后，方由我那表弟带我往军法处，参谋处,秘书处,以及其他地方,拜会那些高级办事员。先在门边站着,让表弟进去呈报。到后听说要我进去了,一走进去时就霍的立一个正,作着各样询问的答复,再在一张纸上写几个字。只记得"等等看我们想法",就出来了。可是当时竟毫无结果。都说可以想法,但谁也不给一个切实的办法。照我想来其所以失败的原因,大体还是一则作护兵的多用小苗人和乡下人,做事吃重点。用亲戚属中子侄,做事可靠点。二则他们认识我爸爸,不好意思让我来为他们当差。我既无办法可想,又不能去亲自见见那位统领官,一坐下来便将近半年。

这半年中使我亲亲切切感到几个朋友永远不忘的友谊,也使我好好的领会了一个人当他在失业时萎悴无聊的心情。但从另外一方面说来,我却学了不少知识。凭一种无挂无碍到处为生的感情,接近了自然的秘密。我爬上一个山,傍近一条河,躺到那无人处去默想,漫无涯涘去作梦,所接近的世界,似乎皆更是一个结实的世界。

生活虽然那么糟,性情却依旧那么强,有一次因个小小问题,与那表弟吵了几句,半夜里不高兴再在他床上睡觉了,一时又无处可去,就走到一个养马的空屋里,爬到有干草同干马粪香味的空马槽里睡了一夜,到第二天去拿那小包袱告辞时,两人却又讲了和,笑着揉到地上扭打了一阵。但我那表弟却更有趣味,在另外一个夜里,与一个同事说到一件小事,互相争持不下时,就向那人说:"你不服吗,我两人出去打一架看看!"那人便老老实实同他披了衣服出去,到黑暗无人的菜园里,扭打了一阵,践踏坏了一大堆白菜,各人滚了一身泥,鼻青眼肿悄悄回到住处,一句话也不说。第二天上饭桌时,才为人从脸目间认出夜里情形来,互相便坦白的大笑,同时也就照常成为好朋友了。这一群年轻人大致都那么勇敢直爽,十分可爱,但十余年来,却有大半早从军官学校出身作了小军官,在历次小小内战上牺牲腐烂了。

当时我既住到那书记处,几月以来所有书记原本虽不相识,到后自然也熟透了。他们忙时我便为他们帮帮忙,写点不重要的训令和告示,一面算帮他们的忙,一面也算我自己玩。有一次正在写一件信札，为一个参谋处姓熊的高级参谋见到，问我是甚么名义。我以为应分受责备了，心里发慌。轻轻的怯怯的说："我没有名义，我是在这里玩的。帮他们忙写这个文件！"到后那书记官却为我说了一句公道话，告给那参谋，说我帮了他们很多的忙。问清楚了姓名，因此把我名单开上去，当天我就作了四块钱一月的司书。我作了司书，每天必到参谋处写字，事作完时就回到表弟处吃饭睡觉。

事业一有了着落，我很迅速的便在司书中成为一个特出的书记了。不久就加薪到六元。我比他们字写得实在好些。抄写文件时上面有了错误处，我能纠正那点笔误。款式不合有可斟酌处，我也看得出，说得出。我的几个字使得到了较优越的地位，因此更努力写字。机会既只许可我这个人在这方面费去大部分时间同精力，我也并不放下这点机会。我得临帖，我那时也就觉得世界上最使人敬仰的是王羲之。我常常看报，原只注意有正书局的广告，把一点点薪水聚集下来，谨谨慎慎藏到袜统里或鞋底里，汗衣也不作兴有两件，但五个月内我却居然买了十七块钱的字帖。

一分惠而不费的赞美，带着点幽默微笑，"老弟，你字真龙飞凤舞，这公文你不写谁也就写不了！"就因为这类话语，常常可以从主任那瘪瘪口中听到，我于是当着众人业已熄灯上床时，还常常在一盏煤油灯下，很细心的用曹娥碑字体誊录一角公文或一份报告。

各种生活营养到我这个灵魂，使它触着任何一方面时皆若有一闪光焰。到后来我能在桌边一坐下来就是八个钟头，把我生活中所知道所想到的事情写出，不明白甚么叫做疲倦，这分耐力与习惯，都出于我那作书记的命运。

我不久因工作能力比同事强，被调到参谋处服务了。

书记处所在地方，据说是彭姓土司一个妃子所住的花楼。新搬去住的参谋处，房子梁架还是年前一个梁姓苗王处抬来的，笨大的材头，笨大的柱子，使人一见就保留一种希奇印象。四个书记每天有训令命令抄写时，就伏在白木作成的方桌上抄写，不问早晚多少，以写完为止。文件太多了一点，照例还可调取其他部分的书记来帮忙，有时不必调请，照例他们也会赶过很高兴帮忙。把公事办完时，若那天正是十号左右发饷的日子，各人按照薪水，多少不等各领得每月中三分之一的薪饷，同事朋友必各自派出一份钱，亲自去买狗肉来燉，或由任何人做东，上街去吃面。若各人身边皆空空的，恰恰天气又很好，就各自手上拿一木棒，爬上山顶上去玩，或往附近一土坡上去玩。那后山高约一里，并无甚么正路，从险峻处爬到顶上时，却可以看许多地方。我们也就只是看那么一眼，不管如何困难总得爬上去。土坡附近常常有号兵在那里吹号，四周埋葬了许多小坟。每天差不多总有一起小棺材，或蒲包裹好的小小尸首，送到这地方来埋葬。当埋葬时，远远便蹲了无数野狗同小狼，埋人的一走，这坟至多到晚上，就被这群畜生扒开，小尸首便被吃掉了。这地方狼的数量不知道为甚么竟那么多，既那么多为甚么又不捕捉，这理由不易明白。我们每次到那小坡上去，总得带一大棒，就为的是恐怕被狼袭击，有木棒可以自卫。这畜生大白天见人时也并不逃跑，只静静的坐在坟头上望着你，眼睛光光的，牙齿白白的，你不惹它它也不惹你。等待你想用石头抛过去时，它却在石头近身以前，飞奔跑去了。

这地方每当月晦阴雨的夜间，就可听到远远近近的狼嗥，声音好象伏在地面上，水似的各处流，低而长，忧郁而悲伤。间或还可听到后山的虎叫，"昂"的一声，谷中回音可延长许久。有时后山虎豹来人家猪圈中盗取小猪，从小猪锐声叫喊情形里，还可分分明明的知道这山中野兽，从何处回山，经过何处。大家都已在床铺上听惯了这种声音，也不吃惊，也不出奇。可是由于虎狼太多，虽窗下就有哨兵岗位，但各人皆担心当真会有一天从窗口跃进一只老虎或一只豺狼，我们因此每夜总小心翼翼把窗门关好。这办法也并非毫无好处，有一次果然就有两只狼来扒窗子，两个背靠背放哨的兵士，深夜里又不敢开枪，用刺刀拟定这畜生时，据说两只狼还从从容容大模大样的并排走去。

我的事情既不是每天都很多很多,因此一遇无事可作时,几个人也常常出去玩。街上除了看洋袜子,白毛巾,为军士用的服装,和价值两元一枚的镀金表,别的就没有甚么可引起我们注意了。逢三八赶场,在三八两天方有杂货百物买卖。因此我们最多勾留的地方,还是那个河边。河边有一个码头,长年湾泊五十号左右小木船。上面一点是个税局,扯起一面大大的写有红黑扁字桐油油过的幡旗。有一只方头平底渡船,每天把那些欢喜玩耍的人打发过河去,把马夫打发过河去,把跑差的兵士打发过河去,又装载了不少从永顺来的商人,及由附近村子里来作小买卖的人,从对河撑回,那河极美丽,渡船也美丽。

我们有时为了看一个山洞,寻一种药草,甚至于抖一口气,也常常走十里八里,到隔河大岭上跑个半天。对河那个大岭无所不有,也因为那山岭,把一条河显得更加美丽了。

我们虽各在收入最少的卑微位置上做事,却生活得十分健康。有时即或胡闹,把所有点点钱完全花到一些最可笑事情方面去,生活也仍然是健康的。我们不大关心钱的用处,为的是我们正在生活,有许多生活,本来只须我们用身心去接近,去经验,却不必用一笔钱或一本书来作居间介绍。

但大家就是那么各人守住在自己一分生活上,甘心尽日月把各人拖到坟墓里去吗?可并不这样。我们各人都知道行将有一个机会要来的,机会来时我们会改造自己变更自己的,会尽我们的一分气力去好好作一个人的。应死的倒下,腐了烂了,让他完事。可以活的,就照分上派定的忧乐活下去。

十个月后,我们部队有被川军司令汤子模请过川东填防的消息,我们长官若答应时,便行将派四团人过川东。这消息从几次代表的行动上,决定了一切技术上问题,过不久,便因军队调动把这消息完全证实了。

一个大王

那时节参谋处有个满姓同乡问我："军队开过四川去，要一个文件收发员，你去不去？"他且告给我若愿意去，能得九块钱一月。答应去时，他可同参谋长商量作为调用，将来要回湘时就回来，全不费事。

听说可以过四川去，我自然十分高兴。我心想上次若跟他们部队去了，现在早腐了烂了。上次碰巧不死，一条命好象是捡来的，这次应为子弹打死也不碍事。当时带军队过川东的司令姓张，也就正是我二年前在桃源时想跟他当兵不成那个指挥官。贺龙作了我们部队的警卫团长，另外有一顾营长，曾营长，杨营长。有些人同去的也许都以为入川可以捞几个横财，讨一个媳妇。我所想的还不是钱不是女人。我那时自然是很穷的，六块钱的薪水，扣去伙食两块，每个月我手中就只四块钱，但假若有了更多的钱，我还是不会用他。得了钱除了充大爷邀请朋友上街去吃面，实在就无别的用处。至于女人呢，仿《疑雨集》写艳体诗情形已成过去了，我再不觉得女人有甚么意思。我那时所需要的似乎只是上司方面认识我的长处，我总以为我有分长处，待培养，待开发，待成熟。另外还有一个秘密理由，就是我很想看看巫峡。我有两个朋友为了从书上知道了"巫峡"的名字后，便亲自徒步从宜昌沿江上重庆走过一次。我听他们说起巫峡的大处，高处和险处，有趣味处，实在神往倾心。乡下人所想的，就正是把自己全个生命押到极危险的注上去，玩一个尽兴！我们当时的防地同川军长官汤子模石青阳事先约好了的,是酉阳,龙潭,彭水,龚滩,统由箅军接防,前卫则到涪州为止。我以为既然到了那边,再过巫峡,当然很方便了。

我既答应了那同乡,不管多少钱,不拘甚么位置,都愿意去。三天以后,于是就随了一行人马上路了。我的职务便是机要文件收发员。临动身时每人照例可向军需处支领薪水一月。得到九块钱后,我甚么也不作,只买了一双值一块二毛钱的丝袜子,买了半斤冰糖,把余钱放在板带里。那时天气既很热,晚上还用不着棉被,为求洒脱起见,因此把自己惟一的两条旧棉絮也送给了人,自己背了个小小包袱就上路了。我那包袱中的产业计旧棉袄一件,旧夹袄一件,手巾一条,夹裤一条,值一块二毛钱的丝袜子一双,青毛细呢的响皮底鞋子一双,白大布单衣裤一套。另外还有一本值六块钱的《云麾碑》,值五块钱褚遂良的《圣教序》,值两块钱的《兰亭序》,值五块钱的虞世南《夫子庙堂碑》。还有一部《李义山诗集》。包袱外边则插了一双自由天竺筷子,一把牙刷,且挂了一个碗底边钻有小小圆眼用细铁丝链子扣好的搪磁碗儿。这就是我的全部产业。这分产业现在说来,依然是很动人的。

这次旅行与任何一次旅行一样,我当然得随同伴走路。我们先从湖南边境的茶峒到贵州边境的松桃,又到四川边境的秀山,一共走了六天。六天之内,我们走过三个省分的接壤处,到第七天在龙潭驻了防。

这次路上增加了我新鲜经验不少,过了些用木头编成的渡筏,那些渡筏的印象,十年后还在我的记忆里,极其鲜明占据了一个位置(《边城》即由此写成)。晚上落店时,因为人太多了一点,前站总无法分配众人的住处,各人便各自找寻住处,我却三次占据一条窄窄长凳睡觉。在长凳上睡觉,是差不多每个兵士都得养成习惯的一件事情,谁也不会半夜掉下地来。我们不止在凳上睡,还在方桌上睡。第三天住在一个乡下绅士家里,便与一个同事两人共据了一张漆得极光的方桌,极安适的睡了一夜。有两次连一张板凳也找寻不出时，我同四个人就睡在屋外稻草积上，半夜里还可看流星在蓝空中飞！一切生活当时看来都并不使人难堪，这类情形直到如今还不会使我难堪。我最烦厌的就是每天睡在同样一张床上，这分平凡处真不容易忍受。到现在，我不能不躺在同一样床上睡觉了，但做梦却常常睡到各种新奇地方去，或回复到许多年以前曾经住过的地方去。

通过黔湘边境时，我们上了一个高坡，名"棉花岭"，上三十二里，下三十里。那个坡折磨了我们一整天。可是爬上了这样一个高坡，在岭头废堡垒边向下望去，一群小山，一片云雾，那壮丽自然的画图，真是一个动人的奇观。这山峰形势同堡垒形势，十余年来还使我神往。在四川边境上时，我记得还必须经过一个大场，每次场集据说有五千牛马交易。又经过一个古寺院，有六人不能合抱的松树，寺中南边一白骨塔，穿形的塔顶，全用刻满佛象的石头砌成，径约四丈。锅井似的圆坑里，人骨零乱，有些腕骨上还套着麻花纹银镯子，也无谁人取它动它。听寺僧说，是上年闹神兵，一个城子的人都死尽了，半年后把骨头收来，隔三年再焚化。

我们的军队到川东时，虽仍向前方开去，司令部却不能不在川东边上"龙潭"暂且住下。

我们在市中心一个庙里扎了营，办事处仍然是戏楼，比较好些便是新到的地方墙壁上没有多少膏药，市面情形也不如数年前在怀化清乡那么糟了。商会欢迎客军，早为我们预备一切，各人有个木板床，上面安置一条席子。院中且预先搭好了一个大凉棚，既遮阳又通风，因此住在楼上也不很热。市面粗粗看来，一切都象个样子。地方虽不十分大，但正当川盐入湘的孔道，且是桐油集中处，又有一条小河，从洞庭湖来的小船还可由湘西北河上行直达市镇，出口的桐油与入口的花纱杂物交易都很可观。因此地方有邮局，有布置得干净舒适的客商安宿处，还有"私门头"，供过往客商及当地小公务员寻欢取乐。

地方有大油坊和染坊,有酿酒糟坊,有官药店,有当铺。还有一个远近百里著名的龙洞,深处透光处约半里,高约十丈,长年从洞中流出一股寒流,冷如冰水。时正六月,水的寒冷竟使任何兵士也不敢洗手洗脚,手一入水,骨节就疼痛麻木,失去知觉。那水灌溉了千顷平田,本地禾苗便从无旱灾。本部上自司令下至马夫,到这洞中次数最多的,恐怕便是我。我差不多每天必来一回,在洞中大石板上一坐半天,听水吹风够了时,方用一个大葫芦贮满了凉水回去,款待那些同事朋友。

那地方既有小河,我当然也欢喜到那河边去,独自坐在河岸高崖上,看船只上滩。那些船夫背了纤绳,身体贴在河滩石头下,那点颜色,那种声音,那派神气,总使我心跳。那光景实在美丽动人,永远使人同时得到快乐和忧愁。当那些船夫把船拉上滩后,各人伏身到河边去喝一口长流水,站起来再坐到一块石头上,把手拭去肩背各处的汗水时,照例总很厉害的感动我。

我的职务并不多,只是从外来的文件递到时,照例在簿籍上照款式写着某年某月某日某时收到某处来文,所说某事。发出的也同样记上一笔。文件中既分平常、次要、急要三种,我便应当保管七本册子,一本作为来往总账,六本作分别记录。这些册子到晚上九点钟,必把它送给参谋长房里去,好转呈司令官检察一次,画一个阅字再退回来。我的职务虽比司书稍高,薪饷却并不比一个弁目为高。可是我也有了些好处,一到了这里,不必再出伙食,虽名为自办伙食,所有费用统归副官处报账。我每月可净得九块钱,在当时,可不是一个小数目!得了钱时不知如何花费,就邀朋友上街到面馆吃面,每次得花两块钱。那时可以算为我的好朋友的,是那司令官几个差弁,几个副官,和一个青年传令兵。

我们的住处各用木板隔开,我的职务在当时虽十分平常,所保管的文件却似乎不能尽人知道,因此住处便在戏楼最后一角,隔壁是司令官的十二个差弁,再过去是参谋长同秘书长,再过去是司令官,再过去是军法。对面楼上分军法处、军需处、军械处三部分,楼下有副官处和庶务处。戏台上住卫队一连。正殿则用竹席布幕编成一客厅和起居公事房,接见当地绅士和团总时,就在这大客厅中,同时又常常用来审案。各地方皆贴上白纸的条子,写明所属某部,用虞世南体,端端正正写明,纸条便出自我的手笔。差弁房中墙上挂满了大枪小枪,我房间中却贴满了自写的字。每个视线所及的角隅,我还贴些小小字条,上面这样写着:"胜过锺王,压倒曾李。"因为那时节我知道写字出名的,死了的有锺王两人,活着却有曾农髯和李梅庵。我以为只要赶过了他们,一定就可"独霸一世"了。

我出去玩时,若只一人我常到龙洞或河边,两人以上就常常过对河去。因为那时节防地虽由川军让出,川军却有一个旅司令部与小部分军队驻在河对面一庙里。上级虽相互要好,兵士不免常有争持,打点小架。我一人过去时怕吃人的亏,有了两人则不拘何处走去不必担心了。

到这地方每月虽可以得九块钱,不是吃面花光,就是被别的朋友用了,我却从不缝衣,身上就只一件衣。一次因为天气很好,把自己身上那件汗衣洗洗,一会儿天却落了雨。衣既不干,另一件又为一个朋友穿去了,差弁全已下楼吃饭,我又不便赤膊从司令官房边走过,就老老实实饿了一顿。

我不是说过我同那些差弁全认识吗?其中共十二个人,大半比我年龄还小些,我以为最有趣的是那个弁目,这是一个土匪,一个大王,一个真真实实的男子。这人自己用两支枪毙过两百个左右的敌人,却曾经有过十七位押寨夫人。这大王身个儿小小的,脸庞黑黑的,除了一双放光的眼睛外,外表任你怎么看也估不出他有多少精力同勇气。年前在辰州河边时,大冬天有人说:"谁现在敢下水,谁不要命!"他甚么话也不说,脱光了身子,即刻扑通一声下水给人看看。且随即在宽约一里的河面游了将近一点钟,上岸来时,走到那人身边去,"一个男子的命就为这点水要去吗?"或者有人述说谁赌扑克被谁欺骗把荷包掏光了,他当时一句话也不说,一会儿走到那边去,替被欺骗的把钱要回来,将钱一下掼到身边,一句话不说就又开走了。这大王被司令官救过他一次,于是不再作山上的大王,到这行伍出身的司令官身边做一个亲信,用上尉名义支薪,侍候这司令官却如同奴仆一样的忠实。

我住处既同这样一个大王比邻,两人不出门,他必走过我房中来和我谈话。凡是我问他的,他无事不回答得使我十分满意。我从他那里学习了一课古怪的学程。从他口上知道烧房子,杀人……种种犯罪的纪录,且从他那种爽直说明中了解那些行为背后所隐伏的生命意识。我从他那儿明白所谓罪恶,且知道这些罪恶如何为社会所不容,却也如何培养着这人坚实强悍的灵魂。我从他坦白的陈述中,才明白用人生为题材的各样变故里,所发生的景象,如何离奇,如何眩目。这人当他作土匪以前,本是一个良民,为人又怕事又怕官,被外来军人把他当成一个土匪胡乱枪决过一次,到时他居然逃脱了,后来且居然就作大王了!

他会唱点旧戏,写写字,画两笔兰草,每到我房中把话说倦时,就一面口中唱着一面跳上我的桌子,演唱《夺三关》与《杀四门》。

有一天,七个人在副官处吃饭,不知谁人开口说到听说本市甚么庙里,川军还押得有一个古怪的犯人,一个出名的美姣姣。十八岁时作了匪首,被捉后,年轻军官全为她发疯,互相杀死两个小军官。解到旅部后,部里大小军官全想得到她,可是谁也不能占到便宜。听过这个消息后,我就想去看看这女土匪。我由于好奇,似乎时时刻刻要用这些新鲜景色喂养我的灵魂,因此说笑话,以为谁能带我去看看,我便请谁喝酒。几天以后,对那件事自然也就忘掉了。一天黄昏将近时分,吃过晚饭,正在自己擦拭灯罩,那大王忽然走来喊我:

"兄弟,兄弟,同我去个好地方,你就可以看你要看的东西。"

我还来不及询问到甚么地方去看甚么东西,就被他拉下楼梯走出营门了。

我们过河去到一个庙里,那里驻扎得有一排川军,他同他们似乎都已非常熟习,打招呼行了个军礼,进庙后我们就一直向后殿走去,不一会儿转入另一个院落,就在栅栏边看到一个年轻妇人了。

那妇人坐在屋角一条朱红毯子上,正将脸向墙另一面,背了我们凭借壁间灯光做针线。那大王走近栅栏边时就说:

"天妹,天妹,我带了个小兄弟来看你!"

妇人回过身来,因为灯光黯淡,只见着一张白白的脸儿,一对大大的眼睛。她见着我后,才站起身走过我们这边来。逼近身时,隔了栅栏望去,那妇人身材才真使我大吃一惊!妇人不算得是怎样稀罕的美人,但那副眉眼,那副身段,那么停匀合度,可真不是常见的家伙!她还上了脚镣,但似乎已用布片包好,走动时并无声音。我们隔了栅栏说过几句话后,就听她问那弁目:

"刘大哥,刘大哥,你是怎么的?你不是说那个办法吗?今天十六。"

那大王低低的说:

"我知道,今天已经十六。"

"知道就好。"

"我着急,卜了个课,说月分不利,动不得。"

那妇人便骨都着嘴吐了一个"呸",不再开口说话,神气中似有三分幽怨。这时节我虽把脸侧向一边去欣赏那灯光下的一切,但却留心到那弁目的行为。我看他对妇人把嘴向我努努,我明白在这地方太久不是事,便说我想先回去。那女人要我明天再来玩,我答应后,那弁目就把我送出庙门,在庙门口捏捏我的手,好象有许多神秘处,为时不久全可以让我明白,于是又进去了。

我当时只希奇这妇人不象个土匪,还以为别是受了冤枉捉到这里来的。我并不忘掉另一时在怀化剿匪所经过的种种,军队里

378

照例有多少胡涂事作。一夜过去后，第二天吃早饭时，一桌子人都说要我请他们喝酒。因为那女匪王天妹已被杀，我要想看，等等到桥头去就可看见了。有人亲眼见到的，还说这妇人被杀时一句话不说，神色自若的坐在自己那条朱红毛毯上，头掉下地时尸身还并不倒下。消息吓了我一跳。我以为昨晚上还看到她，她还约我今天去玩，今早怎么就会被杀？吃完饭我就跑到桥头上去，那死尸却已有人用白木棺材装殓，停搁在路旁，只地下剩一滩腥血以及一堆纸线白灰了。我望着那个地面上凝结的血块，我还不大相信，心里乱乱的，忙匆匆的走回衙门去找寻那个弁目。只见他躺在床上，一句话不说。我不敢问他甚么，便回到自己房中办事来了。可是过不多久，我却从另一差弁口中知道这件事情的原委了。

原来这女匪早就应当杀头的，虽然长得体面标致，可是为人著名毒辣，爱慕她的军官虽多，谁也不敢接近她，谁也不敢保释她。只因为她还有七十支枪埋到地下，谁也不知道这些军械埋藏处。照当时市价这一批武器将近值一万块钱，不是一个小数目。因此，尽想设法把她所有的枪诱骗出来，于是把她拘留起来，且待她和任何犯人也不同，这弁目知道了这件事，又同川军排长相熟，就常过那边去。与女人熟识后，却告给女人，他也还有六十枝枪埋在湖南边境上，要想法保她出来，一同把枪支掘出上山落草，就可以天个怕地不怕在山上做大王活个下半世。女人信托了他，夜里在狱中两人便亲近了一次。这事被军官发现后，向上级打了个报告，因此这女人第二天一早，便为川军牵出去砍了。

当两个人夜里在狱中所作的事情，被庙中驻兵发觉时，触犯了作兵士的最大忌讳，十分不平，以为别的军官不能弄到手的，到头来却为一个外来人占先得了好处，俗话说"肥水不落外人田"，因此一排人把步枪上了刺刀，守在门边，预备给这弁目过不去。可是当有人叫他名姓时，这弁目明白自己的地位，不慌不忙的，结束了一下他那皮带，一面把两支小九响手枪取出拿在手中，一面便说："兄弟,兄弟,多不得三心二意,天上野鸡各处飞,谁捉到手是谁的运气。今天小小冒犯,万望海涵。若一定要牛身上捉虱,钉尖儿挑眼,不高抬个膀子,那不要见怪,灯笼子认人枪子儿可不认人!"那一排兵士知道这不是个傻子,若不放他过身,就得要几条命。且明白这地方川军只驻扎一连人,篁军却有四营,出了事不会有好处。因此让出一条路,尽这弁目两只手握着枪从身旁走去了。人一走,这王天妹第二天一早便被砍了。

女人既已死去,这弁目躺在床上约一礼拜左右,一句空话不说,一点东西不吃,大家都怕他也不敢去撩他。到后忽然起了床,又和往常一样活泼豪放了。他走到我房中来看我,一见我就说:

"兄弟,我运气真不好!天妹为我死的,我哭了七天,现在好了。"

当时看他样子实在好笑又可怜。我甚么话也不好说,只同他捏着手,微笑了一会儿,表示同情和惋惜。

在龙潭我住了将近半年。

当时军队既因故不能开过涪州,我要看巫峡一时还没有机会。我到这里来熟人虽多,却除了写点字以外毫无长进处。每天生活依然是吃喝,依然是看杀人,这分生活对我似乎不大能够满足。不久有一个机会转湖南,我便预备领了护照搭坐小货船回去。打量从水道走,一面我可以经过几个著名的险滩,一面还可以看见几个新地方。其时那弁目正又同一个洗衣妇要好,想把洗衣妇讨作姨太太。司令官出门时,有人拦舆递状纸,知道其中有了些纠纷。告他这事不行,说是我们在这里作客,这种事对军誉很不好。那弁目便向其他人说:"这是文明自由的事情,司令官不许我这样作,我就请长假回家,拖队伍干我老把戏去。"他既不能娶那洗衣妇人,当真就去请假。司令官也即刻准了他的假。那大王想与我一道上船,在同一护照上便填了我与他两人的姓名。把船看好,准备当天下午动身。吃过早饭,他正在我房中说到那个王天妹被杀前的种种事情,忽然军需处有人来请他下去算饷,他十分快乐的跑下楼去。不到一分钟,楼下就吹集合哨子,且听到有值日副官喊"备马"。我心中正纳闷,以为照情形看来好象要杀人似的。但杀谁呢?难道枪决逃兵吗?难道又要办一个土棍吗?随即听人大声嘶嚷。推开窗子看看,原来那弁目上衣业已脱去,已被绑好,正站在院子中。卫队已集了合,成排报数,准备出发。值日官正在请令。看情形,大王一会儿就要推出去了。

被绑好了的大王,反背着手,耸起一副瘦瘦的肩膊,向两旁楼上人大声说话:

"参谋长,副官长,秘书长,军法长,请说句公道话,求求司令官的恩典,不要杀我吧。我跟了他多年,不做错一件事。我太太还在公馆里侍候司令太太。大家做点好事说句好话吧。"

大家互相望着,一句话不说。那司令官手执一支象牙烟管,从大堂客厅从从容容走出来,温文尔雅的站在滴水檐前,向两楼的高级官佐微笑着打招呼。

"司令官,来一分恩典,不要杀我吧。"

那司令官说:

"刘云亭,不要再说甚么话丢你的丑。做男子的作错了事,应当死时就正正经经的死去,这是我们军队中的规矩。我们在这里作客,凡事必十分谨慎,才对得起地方人。你黑夜里到监牢里去奸淫女犯,我念你跟我几年来做人的好处,为你记下一笔账,暂且不提。如今又想为非作歹,预备把良家妇女拐走,且想回家去拖队伍。我想想,放你回乡去做坏事,作孽一生,尽人怨恨你,不如杀了你,为地方除一害。现在不要再说空话,你女人和小孩子我会照料,自己勇敢一点做个男子吧。"

那大王听司令官说过一番话后,便不再喊公道了,就向两楼的人送了一个微笑,忽然显得从从容容了,"好好,司令官,谢谢你几年来照顾,兄弟们再见,兄弟们再见。"一会儿又说:"司令官你真做梦,别人花六千块钱运动我刺你,我还不干!"司令官仿佛不听到,把头掉向一边,嘱咐副官买副好点的棺木。

于是这大王就被拥簇出了大门,从此不再见了。

我当天下午依然上了船。我那护照上原有两个人的姓名,大王那一个临时用朱笔涂去,这护照一直随同我经过了无数恶滩,五天后到了保靖,方送到副官处去缴销。至于那帮会出身、温文尔雅才智不凡的张司令官,同另外几个差弁,则三年后在湘西辰州地方,被一个姓田的部属客客气气请去吃酒,进到辰州考棚二门里,连同四个轿夫,当欢迎喇叭还未吹毕时,一起被机关枪打死,所有尸身随即被浸渍在阴沟里,直到两月事平后,方清出尸骸葬埋。刺他的部属田旅长,也很凑巧,一年后又依然在那地方,被湖南主席叶开鑫,派另一个部队长官,同样用请客方法,在文庙前面夹道中刺死。

学历史的地方

从川东回湘西后，我的缮写能力得到了一方面的认识，我在那个治军有方、智足多谋的统领官身边作书记了。薪饷仍然每月九元，却住在山上高处一个单独新房子里。那地方是本军的会议室，有甚么会议需要纪录时，机要秘书不在场，间或便应归我担任。这分生活实在是我一个转机，使我对于全个历史各时代各方面的光辉，得了一个从容机会去认识，去接近。原来这房中放了四五个大楠木橱柜，大橱里约有百来轴自宋及明清的旧画，与几十件铜器及古瓷，还有十来箱书籍。一大批碑帖，不多久且来了一部《四部丛刊》。这统领官既是个以王守仁曾国藩自诩的军人，每个日子治学的时间，似乎便同治事时间相等，每遇取书或抄录书中某一段时，必令我去替他作好。那些书籍既各得安置在一个固定地方，书籍外边又必需作一识别，故二十四个书箱的表面，书籍的秩序，全由我去安排。旧画与古董登记时，我又得知道这一幅画的人名时代同他当时的地位，或器物名称同它的用处。全由于应用，我同时就学会了许多知识。又由于习染，我成天翻来翻去，把那些旧书大部分也慢慢的看懂了。

我的事情那时已经比我在参谋处服务时忙了些，任何时节都有事作。我虽可随时离开那会议室，自由自在到别一个地方去玩，但正当玩得十分畅快时，也会为一个差弁找回去的。军队中既常有急电或别的公文，于半夜时送来，回文如须即刻抄写时，我就随时得起床做事。但正因为把我仿佛关闭到这一个房子里，不便自由离开，把我一部分玩的时间皆加入到生活中来，日子一长，我便显得过于清闲。因此无事可作时，把那些旧画一轴一轴的取出，挂到壁间独自来鉴赏，或翻开《西清古鉴》《薛氏彝器钟鼎款识》这一类书，努力去从文字与形体上认识房中铜器的名称和价值。再去乱翻那些书籍，一部书若不知道作者是甚么时代的人时，便去翻四库提要。这就是说我从这方面对于这个民族在一段长长的年份中，用一片颜色，一把线，一块青铜或一堆泥土，以及一组文字，加上自己生命作成的种种艺术，皆得了一个初步普遍的认识。由于这点初步知识，使一个以鉴赏人类生活与自然现象为生的乡下人，进而对于人类智慧光辉的领会，发生了极宽泛而深切的兴味。若说这是个人的幸运，这点幸运是不得不感谢那个统领官的。

那军官的文稿，草字极不容易认识，我就从他那手稿上，望文会义的认识了不少新字。但使我很感动的，影响到一生工作的，却是当时他那种稀有的精神和人格。天未亮时起身，半夜里还不睡觉，凡事任甚么他明白，任甚么他懂。他自奉常常同个下级军官一样。在某一方面说来，他还天真烂漫，甚么是好的他就去学习，去理解。处置一切他总敏捷稳重。由于他那分希奇精力，算军在湘西二十年来博取了最好的名誉，内部团结得如一片坚硬的铁，一束不可分离的丝。

到了这时我性格也似乎稍变了些。我表面生活的变更，还不如内部精神生活变动的剧烈。但在行为方面，我已经同一些老同事稍稍疏远了。有时我到屋后高山去玩玩，有时又走近那可爱的河水玩玩，总拿了一本线装书。我所读的一些旧书，差不多就完全是这段时间中奠基的。我常常躺在一片草场上看书，看厌倦时，便把视线从书本中移开，看白云在空中移动，看河水中缓缓流去的菜叶。既多读了些书，把感情弄柔和了许多，接近自然时感觉也稍稍不同了。加之人又长大了一点，也间或有些不安于现实的打算，为一些过去了的或未来的东西所苦恼，因此虽在一种极有希望的情况中过着日子，我却觉得异常寂寞。

那时节我爸爸已从北方归来，正在那个前驻龙潭的张指挥部作军医正。他们军队虽有些还在川东，指挥部已移防下驻辰州。我的母亲和最小的九妹皆在辰州同住。家中人对我前事已毫无芥蒂。我的弟弟正同我在一个部中作书记，我们感情又非常好。

我需要几个朋友，那些老朋友却不能同我谈话。我要的是个听我陈述一分酝酿在心中十分混乱的感情。我要的是对于这种感情的启发与疏解，熟人中可没有这种人。可是不久却有个人来了，是我一个姨父。这人姓聂，与熊希龄同科的进士，上一次从桃源同我搭船上行的表弟便是他的儿子。这人是那统领官的先生，从一个县长任上卸职，一来时被接待住在对河一个庙里，地名狮子洞。为人知识极博，而且非常有趣味，我便常常过河去听他谈"宋元哲学"，谈"大乘"，谈"因明"，谈"进化论"，谈一切我所不知道却乐意知道的种种问题。这种谈话显然也使他十分快乐，因此每次所谈时间总很长很久。但这么一来，我的幻想更宽，寂寞自然也就更大了。

我总仿佛不知道应怎么办就更适当一点。我总觉得有一个目的，一件事业，让我去做，这事情是合于我的个性，且合于我的生活的。但我不明白这究竟是甚么事业，又不知用甚么方法即可得来。

当时的情形，在老朋友中只觉得我古怪一点，老朋友同我玩时也不大玩得起劲了。觉得我不古怪，且互相有很好友谊的，只四个人：一个满振先，读过《曾文正公全集》，只想作模范军人。一个陆弢，侠客的崇拜者。一个田杰，就是我小时候在技术班的同学，第一次得过兵役名额的美术学校学生，心怀大志的脚色。这三人当年纪青青的时节，便一同徒步从黔省到过云南，又徒步过广东，又向西从宜昌徒步直抵成都。还有一个回教徒郑子参，从小便和我在小学里念书，我在参谋处办事时节，便同他在一个房子里住下。平常人说的多是幼有大志，投笔从戎，我们当时却多是从戎而无法用笔的人。我们总以为目前这一分生活不是我们的生活。目前太平凡,太平安。我们要冒点险去做一件事,不管所做的是一件如何小事,当我们未明白以前,总得让我们去挑选,不管到头来如何不幸,我们总不埋怨这命运。因此到后来姓陆的就因泅水淹毙在当地大河里。姓满的作了小军官,广西江西各处打仗,民十八在桃源县被捷克式自动步枪打死了。姓郑的从黄埔四期毕业,在东江作战以后,也消失了。姓田的从军官学校毕业作了连长,现在还是连长。我就成了如今的我。

我们部队既派遣了一个部队过川东作客,本军又多了一个税收局卡,给养也充足了些。那时候军阀间暂时休战,"联省自治"的口号喊得极响,"兵工筑路垦荒""办学校""兴实业",几个题目正给许多人在京、沪及各省报纸上讨论。那个统领官既力图自强,想为地方作点事情,因此参考山西省的材料,亲手草了一个湘西各省自治的计划,召集了几度县长与乡绅会议,计划把所辖十三县划成一百余乡区,试行"湘西乡自治",草案经过各县区代表商定后,一切照决议案着手办去。不久就在保靖地方设立了一个师范讲习所,一个联合模范中学,一个中级女学,一个职业女学,一个模范林场。另外还组织了六个小工厂。本地又原有一个军官学校,一个学兵教练营,再加上六千左右的军农队。学校教师与工厂技师,全部由长沙聘来,一般薪水都比本地待遇高些。因此地方就骤然有了一种崭新的气象。此外为促进乡治的实现与实施,还筹备了一个定期刊物,置办了一部大印报机,设立了一个报馆。这报馆首先印行的便是乡治条例与各种规程。文件大部分由那统领官亲手草成,乡代表审定通过,由我在石印纸上用胶墨写过一次;现在既得用铅字印行,一个最合理想的校对,便应当是我了。我于是暂时调到新报馆作了校对,部中有文件抄写时,便又转回部中。从市街走两地相距约两里,从后山走稍近,我为了方便时常从那埋葬小孩坟墓上蹲满野狗的山地走过,每次总携了一个大棒。

一个转机

调进报馆后,我同一个印刷工头住在一间房子里。房中只有一个窗口,门小小的。隔壁是两架手摇平板印刷机,终日叽叽格格大声响着。

这印刷工头倒是个有趣味的人物。脸庞眼睛全是圆的,身个儿长长的,具有一点青年挺拔的气度。虽只是个工人,却因为在长沙地方得风气之先,由于"五四"运动的影响,成了个进步工人。他买了好些新书新杂志,削了几块白木板子,用钉子钉到墙上去,就把这些古怪东西放在上面。我从司令部搬来的字帖同诗集,却把它们放到方桌上。我们同在一个房里睡觉,同在一盏灯下做事,他看他新书时我就看我的旧书。他把印刷纸稿拿去同几个别的工人排好印出样张时,我就好好的来校对。到后自然而然我们就熟习了。我们一熟习,我那好向人发问的乡巴佬脾气,有机会时,必不放过那点机会。我问那本封面上有一个打赤膊人象的书是甚么,他告了我是《改造》以后,我又问他那《超人》是甚么东西,我还记得他那时的样子,脸庞同眼睛皆圆圆的,简直同一匹猫儿一样,"唉,伢俐,怎么个末朽? 一个天下闻名的女诗人⋯⋯也不知道么?""我只知道唐朝女诗人鱼玄机是个道士。""新的呢?""我知道随园女弟子。""再新一点?"我把头摇摇,不说话了。我看到他那神气我倒觉得有点害羞,我实在甚么也不知道。一会儿我可就知道了,因为我顺从他的指点,看了这本书中的一篇小说。看完后我说,"这个我知道了。你那报纸是甚么报纸? 是老《申报》吗?"于是他一句话不说，又把刚清理好的一卷《创造周报》推到我面前来，意思好象只要我一看就会明白似的，若不看，他纵说也说不明白。看了一会儿，我记着了几个人的名字。又知道白话文与文言文不同的地方，其一落脚用"也"字同"焉"字，其一落脚却用"呀"字同"啊"字，其一写一件事情越说得少越好，其一写一件事情越说得多越好。我自己明白了这点区别以后，又去问那印刷工人，他告我的大体也差不多。当时他似乎对于我有点觉得好笑。在他眼中我真如长沙话所谓有点"朽"。

不过他似乎也很寂寞，需要有人谈天，并且向这个人表现表现思想。就告诉我白话文最要紧处是"有思想"，若无思想，不成文章。当时我不明白甚么是思想，觉得十分忸怩。若猜得着十年后我写了些文章，被一些连看我文章上所说的话语意思也不懂的批评家，胡乱来批评我文章"没有思想"时，我即不懂"思想"是甚么意思，当时似乎也就不必怎样惭愧了。

这印刷工人使我很感谢他，因为若没有他的一些新书，我虽时时刻刻为人生现象自然现象所神往倾心，却不知道为新的人生智慧光辉而倾心。我从那儿知道了些新的、正在另一片土地同一日头所照及的地方的人，如何去用他们的脑子，对于目前社会作一度检讨与批判，又如何幻想一个未来社会的标准与轮廓。他们那么热心在人类行为上找寻错误处，发现合理处，我初初注意到时，真发生不少反感！可是，为时不久，我便被这些大小书本征服了。我对于新书投了降，不再看《花间集》，不再写《曹娥碑》，却欢喜看《新潮》《改造》了。

我记下了许多新人物的名字，好象这些人同我都非常熟习。我崇拜他们，觉得比任何人还值得崇拜。我总觉得希奇，他们为甚么知道事情那么多。一动起手来就写了那么多，并且写得那么好。

为了读过些新书，知识同权力相比，我愿意得到智慧，放下权力。我明白人活到社会里应当有许多事情可作，应当为现在的别人去设想,为未来的人类去设想,应当如何去思索生活,且应当如何去为大多数人牺牲,为自己一点点理想受苦,不能随便马虎过日子,不能委屈过日子了。

我常常看到报纸上普通新闻栏说的卖报童子读书,补锅匠捐款兴学等记载,便想,自己读书既毫无机会,捐款兴学倒必须做到。有一次得了十天的薪饷,就全部买了邮票,封进一个信封里。另外又写了一张信笺,说明自己捐款兴学的意思。末尾署名"隐名兵士",悄悄把信寄到上海《民国日报·觉悟》编辑处去,请求转交"工读团"。作过这件事情后,心中有说不出的秘密愉快。

那时皮工厂、帽工厂、被服厂、修械厂组织就绪已多日,各部分皆有了大规模的标准出品。师范讲习所第一班已将近毕业,中学校、女学校、模范学校全已在极有条理情形中上课。我一面在校对职务上作我的事情,一面向那印刷工人问些下面的情形,一面就常常到各处去欣赏那些我从不见过的东西。修械处的长大车床与各种大小轮轴,被一条在空中的皮带拖着飞跃活动,从我眼中看来实在是一种壮观。其他各个工厂亦无事不触目惊人。还有学校,那些从各处派来的青年学生,在一般年轻教师指导下,无事无物不新的情形中,那分活动实在使我十分羡慕。我无事情可作时,总常常去看他们上课,看他们打球。学生中有些原来和我在小学时节一堆玩过闹过的,把我请到他们宿舍去,看看他们那样过日子,我便有点难受。我能聊以自解的只一件事,就是我正在为国家服务,却已把服务所得,作了一次捐资兴学的伟大事业。

本军既多了一些税收,乡长会议复决定了发行钞票的议案,金融集中到本市,因此本地顿呈现空前的繁荣。为了乡自治的决议案,各县皆摊款筹办各种学校,同时造就师资,又决定了派送学生出省或本省学习的办法。凡学棉业、蚕桑、机械、师范以及其他适于建设的学生,在相当考试下,皆可由公家补助外出就学。若愿入本省军官学校,人既在本部任职,只要有意思前去,即可临时改委一少尉衔送去。我想想，我也得学一样切实的技能，好来为本军服务。可是我应当学甚么能够学甚么，完全不知道。

因为部中的文件缮写，需要我处似乎比报纸较多，我不久又被调了回去，仍然作我的书记。过了不久，一场热病袭到了身上，在高热胡涂中任何食物不入口，头痛得象斧劈，鼻血一碗一滩的流。我支持了四十天。感谢一切过去的生活，造就我这个结实的体魄，没有被这场大病把生命取去。但危险期刚过不久，平时结实得同一只猛虎一样的老同学陆弢，为了同一个朋友争口气，泅过宽约一里的河中，却在小小疏忽中被洄流卷下淹死了。第四天后把他死尸从水面拖起，我去收拾他的尸骸掩埋，看见那个臃肿样子时，我发生了对自己的疑问。我病死或淹死或到外边去饿死，有甚么不同？若前些日子病死了，连许多没有看过的东西都不能见到，许多不曾到过的地方也无从走去，真无意思。我知道见到的实在太少，应知道应见到的可太多。怎么办？

我想我得进一个学校，去学些我不明白的问题，得向些新地方，去看些听些使我耳目一新的世界。我闷闷沉沉的躺在床上，在水边，在山头，在大厨房同马房，我痴呆想了整四天，谁也不商量，自己很秘密的想了四天。到后得到一个结论了，那么打量着："好坏我总有一天得死去，多见几个新鲜日头，多过几个新鲜的桥，在一些危险中使尽最后一点气力，咽下最后一口气，比较在这儿病死或无意中为流弹打死，似乎应当有意思些。"到后我便这样决定了："尽管向更远处走去，向一个生疏世界走去：把自己生命押上去，赌一注看看，看看我自己来支配一下自己，比让命运来处置我更合理一点呢还是更糟糕一点？若好，一切有办法，一切今天不能解决明天可望解决，那我赢了；若不好，向一个陌生地方跑去，我终于有一时节肚子瘪瘪的倒在人家空房下阴沟边，那我输了。"

我准备到北京读书，读书不成便作一个警察；作警察也不成，那就认了输，不再作别的好打算了。

当我把这点意见，这样打算，怯怯的同我上司说及时，感谢他，尽我拿了三个月的薪水以外，还给了我一种鼓励。临走时他说："你到那儿去看看，能进甚么学校，一年两年可以毕业，这里给你寄钱来。情形不合，你想回来，这里仍然有你吃饭的地方。"我于是就拿了他写给我的一个手谕，向军需处取了二十七块钱，连同他给我的一分勇气，离开了我那个学校，从湖南到汉口，从汉口到郑州，从郑州转徐州，从徐州又转天津，十九天后，提了一卷行李，出了北京前门的车站，呆头呆脑在车站前面广坪中站了一会儿。走来一个拉排车的，高个子，一看情形知道我是乡巴佬，就告给我可以坐他的排车到我所要到的地方去。我相信了他的建议，把自己那点简单行李，同一个瘦小的身体，搁到那排车上去，很可笑的让这运货排车把我拖进了北京西河沿一家小客店，在旅客簿上写下——

　　沈从文年二十岁学生湖南凤凰县人

便开始进到一个使我永远无从毕业的学校，来学那课永远学不尽的人生了。

二十年八月在青岛作
二十九年十月十日在昆明校改
三十年一月七日校毕
一九八〇年五月在北京修订

创作要目

1924 年

12 月 2 日,在《晨报副刊》发表散文《一封未曾付邮的信》。

1925 年

2 月 20 日,在《晨报副刊》发表短篇小说《三贝先生家训》。

6 月 29 日,在《语丝》文学周刊发表短篇小说《福生》。

8 月 22 日,在《晨报副刊》发表《第二个狒狒》。

8 月 29 日,在《现代评论》发表散文《怯步者笔记——鸡声》。

1926 年

在《现代评论》周刊第 3 卷 72—75 期发表中篇小说《在别一个国度里》;

在《世界日报·文学》1、2、3 期发表小说《记陆弢》。

1927 年

7 月,小说《篁君日记》开始在《晨报副刊》连载;中篇小说《山鬼》开始在《现代评论》连载。

9 月,短篇小说集《蜜柑》由上海新月书店出版。

1928 年

1 月,在《小说月报》发表短篇小说《在私塾》。

2 月 1 日至 4 日,在《晨报副刊》发表《南行杂记》。

同年,小说、戏剧集《入伍后》在上海北新书店出版;长篇童话小说《阿丽思中国游记》在《新月》连载,并由新月书店出版。

7 月,小说集《好管闲事的人》和《老实人》分别由新月书店和现代书店出版;小说《柏子》《有学问的人》和《雨后》在《小说月报》8、9 月号发表。

1929 年

在《红黑》创刊号和《人间》创刊号分别发表小说《龙朱》和《媚金·豹子·与那羊》。

在《红黑》第 5 期发表小说《七个野人与最后一个迎春节》。

在《新月》7 月号发表中篇小说《一个母亲》;中篇小说《神巫之爱》在光华书店出版。

在《新月》9 月号发表短篇小说《牛》。

9 月,在《小说月报》发表短篇小说《会明》。

10 月,在《小说月报》发表短篇小说《菜园》。

1930 年

1 月,在《小说月报》发表短篇小说《萧萧》。

在《新月》3 月号发表短篇小说《绅士的太太》。

在《小说月报》4 月号发表短篇小说《丈夫》。

10 月起,中篇小说《一个女剧员的生活》在《现代学生》连载。

1931 年

1 月,小说集《石子船》由中华书局出版。

6 月起,在《文艺月刊》发表书信集《废邮存底》。

10 月,纪实作品《记胡也频》开始在《时报》连载。

11 月 2 日,在《北斗》杂志发表短篇小说《黔小景》。

1932 年

1 月,短篇小说集《虎雏》由上海新中国书局出版。

3 月 16 日,中篇小说《泥涂》开始在上海《时报》连载。

在《创作月刊》7 月号发表短篇小说《都市一妇人》。

9 月,小说《阿黑小史》开始在《新时代》月刊连载。

1933 年

《丁玲女士被捕》和《丁玲女士失踪》两文分别发表在《独立评论》和《大公报》。

7 月,长篇传记《记丁玲女士》开始在《国闻周报》连载;中篇小说《凤子》由杭州苍山书店出版。

8 月,小说《女人》(后改名《如蕤》)开始在《申报·自由谈》连载。

1934 年

1 月,《边城》开始在《国闻周报》连载。《湘行散记》各篇在《文学》月刊、《大公报·文艺副刊》《国闻周报》《水星》等报刊陆续发表。

8 月 22 日,小说《过岭者》发表于《大公报·文艺副刊》。

1935 年

5 月 19 日,小说《新与旧》发表于《独立评论》。

1936 年

10 月 25 日,在《大公报·文艺》发表《作家间需要一种运动》;后来又发表《再谈差不多》。

1937 年

5 月,短篇小说《贵生》在《文学杂志》创刊号发表。

6 月 1 日,小说《大小阮》在《文学杂志》发表。

1938 年

8 月 13 日,纪实作品《湘西》开始在《大公报·文艺》连载。

1939 年

2 月 6 日,散文《昆明冬景》在香港《大公报·文艺》发表。

12 月,短篇小说集《主妇集》由长沙商务印书馆出版。

1940 年

在《战国策》先后发表散文《烛虚》、论文《新的文学运动与新的文学观》等。

在《国文月刊》先后发表《向徐志摩作品学习抒情》《向周作人、鲁迅作品学习抒情》等文。

1942 年

《芸庐纪事》开始在《人世间》创刊号连载。

11 月,小说《新摘星录》开始在《当代评论》周刊连载。

1943 年

1、2 月,散论《水云——我怎么创造故事,故事怎么创造我》在《文学创作》发表。

1944 年

《雪晴》《绿魇》等文在《当代文艺》1、2 期发表。

1945 年

1 月,《长河》第 1 卷作为昆明"文聚丛书"之一出版。

1947 年

散文《一个传奇的故事》《巧秀和冬生》先后在《大公报》和《文学杂志》发表。

1950 年

11 月 14 日,在《大公报》发表《我的学习》一文。

1960 年

3 月,文物研究论文集《龙凤艺术》由作家出版社出版。

1981 年

9 月,大著《中国古代服饰研究》由商务印书馆香港分馆出版。

图书在版编目（CIP）数据

沈从文精选集／沈从文著. —北京：北京燕山出版社，2005. 12（2021. 1 重印）
ISBN 978-7-5402-1748-8

Ⅰ. 沈…　Ⅱ. 沈…　Ⅲ. ①散文-作品集-中国-现代
②小说-作品集-中国-现代　Ⅳ. I216. 2

中国版本图书馆 CIP 数据核字（2005）第 146575 号

沈从文精选集

沈从文 著

编 选 者／陈骏涛

责任编辑／陈 果 王 然

装帧设计／小 贾 张 佳

北京燕山出版社出版发行

北京市丰台区东铁匠营苇子坑 138 号嘉城商务中心 C 座　邮编 100079

全国新华书店经销

北京市松源印刷有限公司印刷

开本 850mm×1168mm　1/32　印张 13　字数 336,000

2015 年 3 月第 6 版　2021 年 1 月第 12 次印刷

定价：58.00 元